März 2015

Es ist eine geschenkte Zeit
zum Lesen zu haben.
Wer es schafft, in einer
Geschichte zu versinken,
vergrößert die eigene Welt.

Ihre Michaela

Michaela Zernicke

7 Leben bis zur Ewigkeit

© 2014 Michaela Zernicke

Umschlaggestaltung, Illustration: Michaela Zernicke
Bildquelle und Authorisierung:

www.goethezeitportal.de

Verlag: tredition GmbH, Hamburg

ISBN Paperback: 978-3-7323-0860-6
ISBN Hardcover: 978-3-7323-0860-3
ISBN e-Book: 978-3-7323-0862-0

Das Werk, einschließlich seiner Teile, ist urheberrechtlich geschützt. Jede Verwertung ist ohne Zustimmung des Verlages und des Autors unzulässig. Dies gilt insbesondere für die elektronische oder sonstige Vervielfältigung, Übersetzung, Verbreitung und öffentliche Zugänglichmachung.

Bibliografische Information der Deutschen Nationalbibliothek:
Die Deutsche Nationalbibliothek verzeichnet diese Publikation in der Deutschen Nationalbibliografie; detaillierte bibliografische Daten sind im Internet über http://dnb.d-nb.de abrufbar.

Für meine kleine Seele Zampina
Und meine Nichten Caya und Noëlle

Zeit!
Ein Hauch!
Ewig schnell.
Verbleibe Augenblicke des Glücks.
Schütte in mir aus Kübel des Lichts.
Lasse keinen Raum für Dunkelheit.
Spüre die Sinne
mit vollem Herzen und sei dankbar
für dieses Wunder

Ich bin eine Seele.

Ich existiere.

Wie kann ich es beschreiben. Ich fühle.

Ich fühle den Raum und die Dinge um mich herum.

Ich kann nicht sehen, nicht sprechen, nicht riechen und nicht hören und doch kann ich all diese Sinne in gewisser Weise durch mein Gespür ersetzen.

Ich fühle mich wie ein Schneeball aus Nebel.

Und es gibt hier noch viele andere Schneebälle.

Wir treffen aufeinander und schweben wieder auseinander.

Wir haben ein Gefühl füreinander, manchmal ist es gut und manchmal merkwürdig, aber es ist nie schlecht.

Es gibt keine Zeit, die vergeht.

Wir existieren und irgendwie habe ich das Gefühl, es ist richtig so, wenigstens für die anderen Seelen.

Aber für mich stimmt es nicht, ohne Zeit zu sein.

Bei allem Frieden, den ich hier spüre, fühle ich auch die Ungeduld.

Es muss noch etwas anderes geben, was auf mich wartet.

Etwas, dass für mich wieder einen Rahmen bildet, einen Körper, der in der Zeit lebt und nicht ohne Zeit existiert.

Kapitel 1

Schweißgebadet wache ich auf. Was ist nur los, es ist stockdunkel draußen, noch mitten in der Nacht. Ich schaue auf meinen Wecker, tatsächlich, fast drei Uhr. Ich habe ein unbestimmtes Gefühl der Angst, obwohl ich überhaupt keine Idee habe, wieso. Aber es nagt regelrecht an mir. Ich kann mich nicht daran erinnern, schlecht geträumt zu haben. Ich habe mir den Luxus gegönnt, zwei Tage nicht zu arbeiten, aber was habe ich in dieser Zeit eigentlich gemacht? Ich kann mich nicht erinnern.
Wahrscheinlich lag es doch an einem Traum.
Jetzt bin ich so aufgekratzt und immer noch völlig unruhig, dass an Schlaf nicht mehr zu denken ist.
Also beschließe ich, erst mal aufzustehen und etwas zu trinken, bestimmt fällt mir dann alles wieder ein.
Ich gehe in die Küche und gieße mir ein Glas Milch ein und trinke es in einem Zug leer. Danach geht es mir etwas besser, ich bin ein bisschen ruhiger geworden. Und ich muss ein wenig über mich lächeln.
Ich mag eigentlich keine Milch, ich brauche sie nur für den Kaffee. In meiner Verwirrtheit habe ich sie mir einfach eingegossen, ohne darüber nachzudenken. Aber sie schmeckt mir so gut, dass ich noch einmal nachschenke und das Glas direkt wieder leere.
Dabei schaue ich auf den Hof hinaus, aber es ist noch so dunkel, dass ich nur mein Spiegelbild in der

Glasscheibe sehen kann. Selbst in dieser Spiegelung kann ich erkennen, wie blass ich bin.
Ich habe normalerweise einen eher dunklen Teint, da meine Großeltern und mein Vater Italiener waren. Von meiner Oma habe ich auch die dunkelbraunen, mit einem Rotstich durchzogenen schönen Locken geerbt. Die sind mein ganzer Stolz, auch wenn sie noch schöner wären, wenn ich mir öfter einen Haarschnitt gönnen könnte.
Wieso ich das nicht kann?
Nun, ich bin Malerin von Beruf, also nicht so Maler und Anstreicher, sondern so richtig, also eigentlich. Meistens male ich Karikaturen, das hilft beim Überleben.
Das ist natürlich als richtige Künstlerin nicht mein Faible. Aber die Hauptsache ist, überhaupt kreativ zu sein. Dafür verkaufe ich auch schon mal meine Seele und male billige Karikaturen um sie dann den reichen Touristen für viel Geld auf der Kö zu verkaufen.
Ach ja, ich wohne in Düsseldorf. Obwohl die reichen Leute auf der Königsallee manchmal etwas hochnäsig sind, was nicht so wirklich mein Ding ist, sichern genau sie meinen Lebensunterhalt. Und im Übrigen liebe ich es in dieser Stadt zu wohnen, mit der herrlichen Altstadt, dem grandiosen Rheinufer und den tollen Stadtvierteln, die sich immer mehr entwickeln und Raum für uns Künstler bieten.
Zudem gibt es hier haufenweise renommierte Künstler, die den Interessierten, den Newcomern und auch einigen alten Hasen jede Menge beibringen

können und fantastische Kurse an der Kunsthochschule geben. Diese sind nur leider furchtbar teuer. Aber ich spare immer eifrig dafür, um wieder etwas Neues zu lernen und mein Talent zu fördern.

Talent, das sagte mein Vater immer, dass ich ganz viel davon habe. Aber er hatte von seiner Mutter, der eben erwähnten rothaarigen Italienerin auch ganz viel Lebensfreude und Lebenskunst mit vererbt bekommen und sagte mir immer, dass ich das schon schaffen würde und einfach durchhalten müsste.

Aber ich meine, mit dem Talent muss es jetzt mal langsam gut sein. Ich bin 33 Jahre alt und muss doch endlich mal auf etwas zurückblicken können, nämlich auf meine Erfolge. Wenn diese mich auch nicht reich machen, dann wenigstens berühmt. Aber wenn man berühmt aber nicht reich ist, ist man meistens tot.

Ach so ein Blödsinn, der mir da durch den Kopf geht, während ich mich erwische, wie ich wieder ein Glas Milch trinke.

Aber diese Gedanken bringen mich wieder zu meiner Panikattacke. Einer meiner Vielen.

Mit 30 wollte ich berühmt oder reich sein.

Wenn ich das nicht schaffen würde, habe ich mir vorgenommen, eine Banklehre zu machen und mein Leben auf solide Beine zu stellen, diesmal mit wirtschaftlicher Sicherheit.

Das sind übrigens die Worte und Gedanken meiner Mutter, die diese mir jahrein, jahraus immer wieder eingepflanzt hat, bis ich selber daran geglaubt habe.

Das macht es mir jetzt auch so schwer, dagegen zu verstoßen und noch immer an meiner so sinnlos erscheinenden künstlerischen Karriere festzuhalten.
Zwischen diesen Welten gefangen, bekomme ich immer wieder Angstzustände, vor allem weil mein geliebter Vater vor zwei Jahren plötzlich an einem Herzinfarkt gestorben ist und mich jetzt nicht mehr seelisch unterstützen kann und er mir so furchtbar fehlt.
Aber diesen Gedanken wische ich für heute fort, sonst verfalle ich noch in völligen Trübsinn.
Jetzt würde ich lieber wissen, was ich die letzten zwei Tage gemacht habe und warum ich so blass bin, denn das ist mir trotz drei Gläser Milch immer noch nicht eingefallen.
Ich sollte jetzt ins Bett gehen, damit ich Morgen halbwegs fit bin, denn Morgen ist wieder ein guter Tag. Ich habe mich für einen zweitägigen Bildhauerkurs angemeldet, auf den ich schon lange warte, weil ein ganz toller Künstler dort lehrt und endlich habe ich einen der wenigen Plätze ergattern können.
Als ich noch mal kurz ins Bad gehe, um mir ein wenig Wasser ins Gesicht zu spritzen, schaue ich in den Spiegel und stelle erschrocken fest, dass ich einen riesigen blauen Fleck im Gesicht habe und eine noch größere Beule am Hinterkopf. Beides tut überhaupt nicht weh, verwirrt mich aber ungemein.
Was ist an den letzten beiden Tagen nur geschehen? Wo war ich? Was habe ich gemacht?

Morgen muss ich mir darüber unbedingt Gedanken machen aber jetzt bin ich einfach zu müde für weitere Sorgen. Ich werde mich jetzt zwingen zu schlafen und morgen wird es dafür eine Lösung geben.

Morgens gibt es natürlich keine Lösung. Der blaue Fleck wird langsam grün-gelb. Ich muss mir irgendeine Geschichte ausdenken, wie das passiert sein kann oder noch besser, ganz viel Schminke benutzen, was ich eigentlich hasse. Aber hier führt echt kein Weg vorbei. Es wäre mir wirklich zu peinlich, zugeben zu müssen, dass ich es wirklich nicht weiß. Hört sich nach alkoholischen Eskapaden an und da ich so gar nicht bin, will ich auch nicht, dass andere so über mich denken.

Falls man es durch die Schminke noch sehen kann, bin ich einfach auf einer Treppe gestürzt. Besser ein Tollpatsch, als ein Alki. Aber am liebsten wäre es mir, wenn ich wüsste, was wirklich passiert ist.

Nach dem gewonnenen Malwettbewerb in meinem Gesicht weiß ich, dass es nicht auffallen wird. Außer mich kennt jemand, denn so aufgedonnert laufe ich normal nicht rum und gerade heute gefällt mir das gar nicht. Heute wollte ich eigentlich Künstlerin pur sein und da wäre Schminke das Letzte, woran ich überhaupt denke.

Aber es ist nicht zu ändern, ich ziehe mir noch rasch meine Jeans und ein altes T-Shirt an, dazu meine lilafarbenen Turnschuhe und schon bin ich fertig.

Trotz der Merkwürdigkeiten der letzten Tage freue ich mich auf den Bildhauerkurs. Der Dozent ist in meinen Augen unschlagbar, da er ein großes Repertoire hat, so dass ich auswählen kann, was ich will. Er kann mir bei jedem Stück helfen, ob ich mir etwas Klassisches oder etwas Modernes aussuche.

Ich werde alles in mich aufsaugen. Wenn mich etwas interessiert bin ich unvergleichlich ehrgeizig. Leider ist das nicht so oft der Fall, wie ich es mir wünsche.

Ich wohne in einem separaten, winzigen Haus im Garten eines Mehrfamilienhauses. Hier fehlt mir zwar ein wenig der Blick auf die Straße und somit auch auf die Menschen. Aber ich bin hier vollkommen abgeschottet und kann so in Ruhe arbeiten und um mich herum ist ein wunderschöner Garten, der mich immer wieder inspiriert.

Nur wenn es geregnet hat, so wie gestern Abend, ist der Weg ein wenig matschig und so gehe ich vorsichtig von Stein zu Stein, um meine Schuhe nicht allzu sehr zu verschmutzen.

Auf dem Weg treffe ich die Nachbarskatze, die mich normalerweise nicht beachtet. Aber heute streicht sie mir wie verrückt um die Beine und ich wusste gar nicht, wie gut das tut. Ich bücke mich zu ihr hinunter und habe sie schon halb auf dem Schoß hängen. Ich kann mich gar nicht mehr an ihren Namen erinnern, aber das scheint ihr nichts auszumachen. Das Schnurren der Katze ist für mich in diesem Moment das schönste Geräusch auf der Welt und es versetzt mich in eine völlig entspannte, fröhliche Stimmung. Doch kurze Zeit später muss ich mich auf den Weg zur Bahn machen, sonst komme ich zu spät. Aber heute darf ich nicht zu spät kommen. Wenn ich nur wieder meine Karikaturen verkaufen wollte, wäre ich geblieben.

In der Bahn bekomme ich glücklicherweise einen Sitzplatz. Im Hinsetzen fällt mir der Name der Katze wieder ein, sie heißt Clara, ein schöner Name. Die Besitzerin hat ihn mir einmal gesagt, als ich sie im Hausflur des Haupthauses getroffen habe, durch den ich immer durch muss, um auf die Straße zu gelangen. Sie spielte mit ihrer Katze im Flur, weil es draußen regnete, und warf ihr Leckerchen zu und Clara rannte wie von Sinnen hinter ihnen her. Gibt es überhaupt Besitzer von Katzen oder wohnen sie nicht einfach nur irgendwo, wo es ihnen gut geht. Sie erscheinen mir immer so eigenständig oder eigensinnig? Ich kann es nicht beschreiben. Wieso mache ich mir überhaupt Gedanken darüber? Katzen mochte ich schon immer, aber wenn ich ehrlich bin, waren sie mir auch irgendwie egal. In meinem Garten gibt es viele. Wenn eine es wollte, habe ich sie gestreichelt und wenn nicht dann nicht. Vielleicht sagt mir mein Unterbewusstsein, ich sollte mir eine anschaffen, aber nein, ich wollte keine Besitzerin sein.
Vielleicht würde ja eine kommen und bei mir bleiben wollen, das gefiel mir besser.

Beinahe habe ich die Haltestelle verpasst. Ich zwänge mich noch gerade durch die zugehenden

Türen und gehe durch die Altstadt zur Kunsthochschule. Hier ist morgens noch kein Trubel. Einige Schulkinder sind auf dem Weg in ihre Schulen. Hier und da sehe ich einige Müllfahrzeuge, die das Chaos der vergangenen Nacht beseitigen. Es riecht nach altem Fett und Alkoholausdünstungen schwängern die Luft. Das habe ich noch nie so wahrgenommen, es ist mir unangenehm, vor allem so früh am Morgen. Ich möchte ein Glas Milch trinken, aber das werde ich hier in der Altstadt wohl nicht finden.

Gerade rechtzeitig bin ich in der Schule angekommen. Ich renne schon fast in den Unterrichtsraum, um nicht zu spät zu sein. Noch nicht mal Zeit am Automaten noch schnell einen Kaffee fürs Wachwerden zu ziehen.

Kaum bin ich im Raum, winkt mir auch schon jemand zu. Es ist Tim, ein guter Bekannter oder auch Freund von mir. Ich treffe ihn immer wieder in den Kursen. Er ist selbständiger Makler von Beruf und verdient damit recht gut. Zudem kann er sich die Arbeitszeiten ein wenig einteilen, weil er noch einen Angestellten hat. Seine Leidenschaft ist die Kunst und er ist gar nicht so schlecht.

Manchmal bin ich ein wenig neidisch auf ihn. Er braucht sich keine Gedanken zu machen, wie er die nächste Miete bezahlen soll, und kann seiner Leidenschaft ganz unbeschwert nachgehen. Ehrlicherweise trübt das auch manchmal unsere Beziehung, denn er sieht oft den Kampf, den ich austrage und dann bietet er mir schon mal an, meine

Miete zu bezahlen, was ich gar nicht leiden kann. Es macht mich klein und als Künstlerin schlecht.

Da es in letzter Zeit aber ganz gut bei mir läuft und ich mir sogar etwas zurücklegen kann, ist es derzeit kein Thema zwischen uns.

Ja, dieses zwischen uns ist auch etwas ganz Spezielles. Das gibt es immer mal wieder und dann ist es auch genauso schnell wieder vorbei.

Ich lebe sehr gern allein, sonst würde das mit meinen kreativen Phasen auch gar nicht funktionieren. Aber auch ich möchte mich natürlich gerne mal anlehnen, mich verwöhnen lassen und einfach ein normales Leben leben.

Und Tim ist wirklich nicht zu verachten. 1,80 Meter groß, dunkelhaarig, blaue Augen. Er geht regelmäßig ins Fitnessstudio, denn auch den weiblichen Kunden muss er etwas Nettes zum Anschauen bieten, das hilft beim Verkaufen, sagt er. Er ist dabei aber kein Muskelprotz, aber das Sixpack kann sich sehen lassen.

Und er vergöttert mich, aber nachdem ich mich bei ihm mal wieder ein paar Tage angekuschelt habe, merke ich, dass er doch ziemlich oberflächlich ist und für meine Begriffe auch ein wenig egoistisch, außer wenn es um mich geht. Aber es nützt nichts, ich habe es so oft probiert und wollte immer nur die guten Seiten sehen aber dann bröckelt die Wand immer mehr ein. Dann bitte ich ihn zu gehen und wir sehen uns einige Zeit nicht, bis es wieder von vorne losgeht.

Mittlerweile werde auch ich etwas egoistischer und denke mir, dass so einige Frauen einen so tollen Mann gern im Bett hätten und naja, ich gönne es mir halt mal ab zu.

Tim winkt immer noch zu mir rüber. Ich gehe zu ihm, wir küssen uns auf die Wangen und er redet ganz aufgeregt auf mich ein. »Ich dachte, dir wäre etwas passiert. In der Zeitung war ein ganz großer Artikel, du hast ihn bestimmt auch gelesen. Dort war ein Foto von einer unbekannten Toten abgedruckt, und obwohl das Gesicht ziemlich grün und blau war und die Haare im Tod ein wenig verblichen, sah sie aus wie du. Dann habe ich immer wieder versucht, dich zu erreichen, aber du bist weder ans Telefon gegangen, noch hast du auf mein Klingeln an der Tür reagiert. Das hat mich ganz verrückt gemacht. Ich habe schon woanders geklingelt, aber die Frau, die mir öffnete, kannte mich nicht und hatte auch keinen Schlüssel für die Tür zum Garten. Den hätte nur der Hausmeister für Notfälle. Du musst mir unbedingt mal einen Schlüssel geben.«
»Nun hol mal Luft«, warf ich dazwischen. Aber es war ein komisches Gefühl, als er von einer Frau sprach, die wie ich aussah, mit grünen und blauen Flecken im Gesicht. Aber nach außen blieb ich ganz gelassen. »Ist doch nichts passiert, ich bin doch hier. Ich habe die letzten beiden Tage keine Zeitung gelesen. Wenn ich die Ähnlichkeit gesehen hätte, hätte ich mich natürlich sofort bei dir gemeldet. « Ja, ich hatte keine Zeitung gelesen, weil ich irgendwie

ausgeblendet war und einen Schlüssel für ihn würde es auf gar keinen Fall geben, das fehlte noch. Nur nicht darauf eingehen, vielleicht würde er es wieder vergessen.
»So, nun geht es aber los, der Dozent schaut uns schon etwas verwirrt an. Ich glaube er möchte anfangen«, wies ich ihn erstmal in die Schranken um das Thema mit dem Schlüssel nicht wieder aufkommen zu lassen.

Ich entscheide mich für den ersten Tag für einen römischen Frauenkopf, den kann ich in den Garten stellen, wenn er mir gelingen sollte. Wir arbeiten den ganzen Tag hart und machen nur eine Pause um unser mitgebrachtes Mittagessen zu verschlingen. Der ganze Kurs ist total heiß darauf zu sehen, was aus den Werken wird. Abends habe ich dann tatsächlich einen fast fertigen Kopf. Ich entscheide mich, das noch nicht vollendete Werk mit nach Hause zu nehmen, um es dort fertig zu stellen. So kann ich morgen etwas Neues beginnen. Aber die Skulptur ist ganz schön schwer. Ich überlege schon, mir ein Taxi zu gönnen, als Tim, ganz der wahre Gentleman, mir vorschlägt, mich nach Hause zu fahren. Ich weiß, wohin das führen wird und versinke augenblicklich in schönen Tagträumen. Eine randvolle Badewanne mit Schaum und mit Tim, der mich sanft einseift und mich streichelt….
»Was ist denn so schwer daran, dich zu entscheiden? Wir müssen uns beeilen, ich bin in einer Stunde verabredet und will noch kurz duschen.«

Platsch, in meiner Badewanne ist das Wasser ganz plötzlich kalt geworden und ich springe schnell heraus und in die Wirklichkeit zurück. Tim ist das nicht entgangen. Er grinst mich an. »Erzähl es mir morgen genauer, dann können wir es nachholen.« Das mag ich wiederum sehr gern an ihm, er ist immer direkt und manchmal etwas dreckig in seinen Formulierungen, das macht mich echt an.

Aber für heute bringt er mich brav nach Hause, trägt mir meine Skulptur in die Wohnung und gibt mir einen Kuss. Der Schweinehund, er lässt mich ziemlich schmachtend zurück. Ich werde mich rächen.

Ich bin noch so in meiner Begeisterung des Bildhauens gefangen, dass ich, nachdem Tim weg ist, erst gar nicht ans Duschen denke. Ich will sofort weitermachen. So nehme ich mir das Schleifpapier und gebe damit dem Kopf den letzten Schliff. Die Nase ist noch etwas kantig, aber ich bekomme den Übergang zum Gesicht gut hin. Die Lippen arbeite ich zu einem leichten Schmollmund heraus, sieht aber nicht wie aufgespritzt aus. Die Augen sind am schwierigsten, sie müssen irgendwie leuchten, aber bei Stein in Stein ist das etwas schwierig. Dennoch gelingt es mir am Ende ganz gut. Um Mitternacht bin ich stolz und fertig. Ich gehe dreckig ins Bett, ich kann kaum noch stehen, duschen ist einfach zu anstrengend.

Ich schlafe schnell ein, aber die Träume fangen auch sofort an. Erst träume ich von Sardinen, aber nicht

die leckeren, scharf in Knoblauch gebraten, sondern frisch und roh.
Merkwürdigerweise ekel ich mich nicht davor, mir läuft eher das Wasser im Mund zusammen. Dann sehe ich den Katzen in meinem Garten zu, wie sie spielen und sich auch mal jagen. Sie springen um meine Beine rum und dann springe ich selber mit, fast schwerelos lande ich auf der Mauer, die meinen Garten umgibt, um den Blick in den nächsten Garten zu genießen.
Und dann stehe ich auf der Straße und ein großes Auto überfährt mich.

Keuchend wache ich auf. Der Traum wirkte so realistisch auf mich. Der erste Teil hatte mich verzaubert, aber die letzte Sequenz hatte mich zu Tode erschrecken lassen. War es eine Vorahnung. Quatsch, ich lese zu viele Romane über Vampire, Gestaltwandler und Figuren mit übermenschlichen Fähigkeiten, dass ich schon anfange so zu denken. Aber der Unfall am Ende passt so gar nicht zu dem Rest, woher kommt das?
Ich sollte wohl einfach mal wieder Jane Austen lesen, zum Träumen und abreagieren. Aber jetzt kann ich mich erst mal gar nicht beruhigen. Also stehe ich auf und trinke ein Glas Milch, schon wieder. Ich muss Milch kaufen, sie geht mir langsam aus.
An der Tür kratzt es, was mich gar nicht erschreckt, denn ich weiß sofort, es ist eine Katze. Ich öffne die Tür und Clara kommt wie selbstverständlich mit

hoch erhobenem Schwanz herein und springt auf die Arbeitsplatte in der Küche und trinkt meine Milch aus. Ich beruhige mich fast unmittelbar und setze mich in einen meiner Korbsessel am Küchentisch. Clara springt sanft auf meinen Schoß. Sie rollt sich ein und schnurrt. So sitze ich fast zwei Stunden dort, mitten in der Nacht, genieße das Schnurren und bin vollkommen ruhig und gedankenlos. Als ich fast einschlafe, springt Clara herunter, streckt sich und kratzt an der Tür, diesmal von innen. Als ich die Tür öffne, stolziert sie raus und geht ihrer Wege. »Danke«, rufe ich ihr leise hinterher.
Übermorgen werde ich eine Katzenklappe einbauen lassen.
Als ich wieder im Bett liege, schlafe ich sofort ein und schlafe traumlos durch, bis der Wecker mich um sieben Uhr weckt. Ich fühle mich gerädert. Erst der anstrengende Tag gestern, dann die Träume, bei dem Gedanken alleine läuft es mir eiskalt den Rücken runter und dann die zwei wachen Stunden, bei diesem Gedanken allerdings möchte ich schnurren, wenn ich es nur könnte.
Ich gehe schnell duschen. Als ich mein Schlafshirt ausziehe, entdecke ich weitere blaue Flecken, auf meinem ganzen Körper verteilt. Es sieht schlimm aus und ich bin geschockt. Aber wie so oft verschiebe ich dieses Problem auf einen späteren Zeitpunkt und ziehe mich rasch an. Dann schmiere ich mir noch Butterbrote für die Mittagspause und stecke ein wenig Obst in meine Tasche. Vitamine würden mir gut tun.

Diesmal bin ich zehn Minuten früher da und gönne mir noch einen Kaffee aus dem Automaten. Vielleicht werde ich ja doch noch wach.

Tim ist noch nicht da, als ich den Unterrichtsraum betrete. Doch kurze Zeit später kommt er förmlich herein gerannt. Schnaufend setzt er sich auf seinen Stuhl. Er sieht genauso fertig aus, wie ich.

»War wohl eine harte Nacht«, frage ich etwas besitzergreifend. Auch wenn ich ihn nur sporadisch will, ist der Gedanke, dass er zwischendurch andere Frauen hat, etwas befremdlich für mich.

»Hab nur schlecht geschlafen« ist seine kurz angebundene Antwort. Ich lasse ihn wohl besser erst mal in Ruhe, bis er wach ist. Immer diese Morgenmuffel.

Ich habe mir immer noch nicht überlegt, was ich als Nächstes machen will. Irgendetwas Modernes oder Abstraktes als Gegenpol zu der klassischen Büste von gestern. Ich weiß aber nicht was genau. Da die anderen erst mal ihre Werke fertig stellen müssen, hat der Dozent etwas Zeit für mich und wir überlegen gemeinsam.

»Sie arbeiten sehr geschickt, also würde ich nicht empfehlen, etwas Gradliniges, Modernes zu arbeiten, eher ein Tier in einer Bewegung. Es ist herausfordernd Muskeln und Fell zu bearbeiten. Wie wäre es mit einer Katze im Sprung?« schlägt er mir vor.

Wieso schon wieder eine Katze? Sie verfolgen mich. Habe ich ihnen etwas angetan, dass sie mich jetzt verfolgen? Oder habe ich etwas Gutes gemacht und sie begleiten jetzt meinen Weg. Der Gedanke, dass sie mich beschützen gefällt mir.

»Äh, ja das klingt nicht schlecht«, stammele ich. »Ich hatte mir, äh, nur gerade vorgestellt, wie ich es angehen soll«, versuche ich mich zu retten.

Zunächst sucht mir der Dozent einen passenden Stein. Er lässt mich eine Katze auf Papier zeichnen und lobt mich für das Ergebnis. Ich hatte noch nie eine Katze gemalt, aber ja, das Ergebnis lässt sich sehen. Dann hilft er mir die Zeichnung vom Papier auf den Stein zu übertragen und gibt mir noch einige Tipps, bevor ich anfange, den Stein zu bearbeiten. Mittags habe ich den Kopf, die Hals- und Schulterpartie zu meiner Zufriedenheit fertig gestellt und freue mich auf zehn Minuten Pause mit meinem Butterbrot und Tim. Aber Ruhe will mir Tim nicht gönnen.

»Komm bitte mit, ich muss dir etwas zeigen«, sagt er ungeduldig und zerrt mich fast aus dem Raum und in den Innenhof hinein, wo wir uns einen ruhigen Platz im Schatten suchen. Wir setzen uns und ich packe meine Brote aus und biete Tim auch eine Schnitte an. Gern hätte ich mir noch einen Kaffee geholt, aber ich glaube nicht, dass Tim das jetzt noch zulassen würde. Er will mir unbedingt etwas zeigen und wühlt auch schon ungeduldig in seiner Tasche rum, bis er endlich einige PC-Ausdrucke findet und mir in die Hand drückt.

»Daran habe ich die ganze Nacht gesessen«, beginnt er aufgeregt. Jetzt weiß ich, warum er so fertig aussieht.

»Hier sind alle Berichte von den letzten Tagen über die Tote, die dir so ähnlich sieht. Lies sie«, bittet er mich. Ich will eigentlich nicht so blöde Berichte lesen. Warum soll ich mich mit so Schauergeschichten aus der Boulevardpresse beschäftigen? Aber Tim sieht so fertig und besorgt aus, dass ich nicht ablehnen kann. Also beiße ich in mein Brot, und beginne zu lesen. Beim zweiten Bericht und drei Bissen später bleibt mir dieser wortwörtlich im Hals stecken.

Ich bekomme einen schlimmen Hustenanfall und Tim klopft mir heftig auf den Rücken, bevor mein Hals wieder frei ist.

Der erste Bericht war vollkommen sachlich. Mitten in der Nacht hatte es einen Autounfall gegeben, bei der es eine Tote gegeben hatte. Der Autofahrer hatte Fahrerflucht begangen, was sich als besonders tragisch erwiesen hatte, da sein Opfer noch gelebt hatte. Da aber nichts in der Stadt los war, hatte man das Opfer erst später gefunden. Nach der Körpertemperatur zu urteilen, etwa nach einer halben Stunde. Sie hatte noch gelebt, war aber auf dem Weg ins Krankenhaus ihren Verletzungen erlegen. Wenn man sie sofort nach dem Unfall hätte behandeln können, hätte sie überleben können.

Tragisch, aber warum sollte ich das lesen?

Dann nehme ich mir den zweiten Bericht und der fängt mit einem großen Foto an. Dann kam der Aufruf in der Zeitung: *»Wer kennt dieses Unfallopfer?«*

Ich starre auf das Foto. Jetzt weiß ich, warum Tim so fertig ist. Das bin ich auf dem Foto und Tim weiß noch nicht mal etwas von meinem dicken blauen Fleck in meinem Gesicht. Die Tote auf dem Foto trägt einen an derselben Stelle und in der gleichen Größe. Im Bericht, den ich mich jetzt zwinge zu lesen, stehen keine Neuigkeiten. Da man nichts Neues wusste, wurde das Gleiche in anderen Worten geschrieben und der Aufruf wurde im Text noch mal verdeutlicht. Ich versuche erstmal, mir nichts anmerken zu lassen. Ich brauche zunächst alle Informationen.

Der dritte und aktuelle Bericht ist dann mein Todesstoß.

»Nach ersten Erkenntnissen verdichten sich die Informationen, dass es sich bei der Toten um Marta S. aus Düsseldorf handelt. Es gibt Hinweise von Bekannten, die aber nicht wissen, wo sie wohnt. Jetzt werden die Eltern von Marta S. und weitere Zeugen gesucht.

Aber das Kuriose an der Geschichte ist, die Leiche ist verschwunden. Warum sollte eine Tote gestohlen werden? Dieser Todesfall wirft mehr Fragen auf, als dass es Antworten zu geben scheint. Wir bleiben für Sie am Ball!«

Ich starre Tim an, der wortlos neben mir sitzt. »Ich bin nicht tot und dennoch sieht es so aus.« Mehr fällt mir nicht ein.

Aber dann erzähle ich ihm doch, was er noch nicht weiß. Meine zwei verlorenen Tage, der riesige blaue Fleck in meinem Gesicht, die vielen anderen an meinem Körper und die Beule an meinem Kopf, die nicht weh tut.

Ganz ernst frage ich ihn »Meinst du, ich war tot und sitze jetzt wieder hier? Sie könnten einen Fehler gemacht haben, ich war vielleicht nur bewusstlos. Ich sollte mich bei der Polizei melden, damit sie nach der wirklichen Toten suchen können.«

»Ich weiß nicht, ob das klug wäre,« ist Tims knappe Antwort.

Die Seele

Ich lebe.
Ich kann sehen, sprechen, riechen und hören.
Nichts passt zu mir, aber es fühlt sich gut an.
Ich sehe aus einer anderen, einer mir völlig neuen Perspektive.
Ich spreche eine Sprache, die ich zuvor nur gehört habe.
Glücklicherweise kann ich sie deshalb auch verstehen.
Und ich höre das Leben und rieche die Welt.
Es gibt wieder einen Rahmen und eine Zeit.
Das Leben ist nicht wirklich im Gleichgewicht.
Ich ruhe viel zu wenig.
Die Gefühle taumeln.
Manchmal bin ich zufrieden, manchmal glücklich, dann wieder sorgenvoll und ich habe Angst, viel Angst.
Doch im Gegensatz zum Anfang meines Lebens merke ich jetzt, ich bin nicht allein und das zeigt mir, ich kann es schaffen.
Denn ich lebe.

Kapitel 2

»Wieso soll ich nicht zur Polizei gehen? Ich habe doch nichts Böses getan. Wie soll das sonst weiter gehen?« Entfährt es mir ein wenig hysterisch.
»Ich habe einem Mitarbeiter der Düsseldorfer Universität vor zwei Jahren eine Wohnung vermittelt. Dieser Mann arbeitet in der Pathologie. Da ich ein wahres Schnäppchen für ihn gefunden habe, fühlt er sich sicher mir gegenüber ein wenig verpflichtet. Ich hätte nie gedacht, dass ich mal einen Pathologen um einen Gefallen bitten werde, aber genau das habe ich gestern gemacht. Ich rief ihn an und fragte ganz direkt nach der verschwundenen Leiche. Ich sei so neugierig, und da ich ihn jetzt schon so lange kennen würde und bla, bla, bla. Auf jeden Fall ist er mit Informationen rausgerückt. Sonntagmorgen sei die Tote bei Ihnen eingetroffen. Da sie die Identität nicht kannten, haben sie Proben entnommen und eine Aufnahme vom Kiefer gemacht. Am nächsten Tag sei so viel passiert, dass sie die Autopsie nicht machen konnten. Was er aber definitiv sagen konnte, dass die Tote auch tot gewesen sei. Die Leichenstarre sei voll ausgebildet und auch die üblichen Verfärbungen wären da gewesen. Er fand meine Fragen etwas merkwürdig und hält mich jetzt wahrscheinlich für einen Perversen. Ja, auf jeden Fall, als sie am nächsten Morgen die Autopsie machen wollten, also Dienstag sei die Leiche weg gewesen. Sie haben keine Einbruchspuren gefunden, lediglich die

Fluchttür sei von innen offen gewesen. Die sei aber immer offen, eben der Sinn einer Fluchttür.«
Damit beendet Tim seinen Vortrag und ich schweige. Nach einigen Minuten fragt er mich, ob es mir gut geht und ob ich nicht etwas dazu sagen will.
»Ich bin sprachlos, aber ich verstehe immer noch nicht, warum ich nicht zur Polizei gehen soll.« Entgegne ich. Ich bin mir aber nicht sicher, ob ich in der Lage bin, klar zu denken.
»Was glaubst du, was wohl passieren wird, wenn eine Tote im Polizeirevier auftaucht. Ich würde dir ja Recht geben, wenn der Pathologe die Proben nicht genommen hätte. Aber meinst du auch, sie lächeln dich alle an und sagen: *›Das ist schön, dass sie wieder da sind, schönes Leben noch.‹* Gibst du mir vielleicht mit meiner Vermutung recht, dass sie ein paar Proben machen oder eine Kieferaufnahme von dir haben wollen und diese dann mit den Daten im Leichenschauhaus vergleichen werden. Dann musst du irgendwie erklären, warum du nicht tot bist. Das überfordert mich ein wenig, dafür eine Erklärung zu finden.«
Ich bin hilflos. »Sag mir, was ich machen soll. Ich kann keinen klaren Gedanken fassen.«
»Da sie bald wissen werden, wo du wohnst, würde ich vorschlagen, du sammelst deine Sachen ein und ziehst erstmal bei mir ein. Von dort können wir die Presse weiter verfolgen und überlegen, was zu tun ist. Ich habe die Hoffnung, ja es muss einfach so sein, dass sie bald die wahre Identität der Toten finden werden. Dann kannst du dich melden und

behaupten, du warst im Urlaub. Wir beide wissen ja, dass du es nicht sein kannst«, sagt Tim.

Mich beschleicht das Gefühl, das es noch eine andere Lösung geben kann, aber den Gedanken will ich nicht weiter zulassen. Das kann einfach nicht sein. Aber Tims Vorschlag scheint mir vernünftig. Tim ist der einzige Mensch, der nur Gutes für mich will. Ich frage mich nur, wer mich in der Zeitung erkannt hat und es beschämt mich ein wenig, dass meine Freunde meine Adresse nicht kennen. Aber ja, ich habe nur Bekannte und lose Freunde und sie lasse ich nie in mein Reich, dort bin ich gern allein. Und anscheinend habe ich auch vergessen, meine Anschrift beim Einwohnermeldeamt umzumelden, was mir gar nicht bewusst war.

Nur Tim kennt mein Versteck, was mich mehr an ihn bindet, als ich gedacht hatte. Dann war da noch meine Schulfreundin aus Bielefeld, aber sie hatte unsere Zeitungen bestimmt nicht gelesen. Ich hoffe erst mal, dass es eine lokale Nachricht bleiben wird.

Tim holt unsere Sachen aus dem Arbeitsraum und entschuldigt uns bei dem Dozenten mit der Ausrede, mir sei schlecht geworden. Es müsste mich jetzt nach Hause bringen. Und so verlassen wir das Hochschulgebäude. Leider habe ich jetzt meine Katze nicht fertigmachen können, aber irgendwie ist das jetzt doch nebensächlich.

Tim wohnt bei mir in der Nähe. Er bewohnt ein umgebautes Loft in der obersten Etage mit eigenem Aufzug. Er hatte damals den Alleinvertrieb für das ganze Gebäude und es die ganze Zeit nicht angeboten. Als er alle anderen Wohnungen verkauft hatte, reichten die Provisionen für eine ordentliche Anzahlung, so dass er sich die Wohnung leisten konnte.

Mir fehlt dort etwas die Privatsphäre. Es gibt nur einen großen Raum, lediglich das Bad ist abgetrennt vom Rest. Aber da die Wohnung 150 qm hat, finde ich sicher eine Ecke, wo ich mich einrichten kann.

Ich nehme nicht viel mit. Ich hänge außer an meinen Kunstobjekten nicht an den Dingen. Was mir wirklich leid tut, ist, dass Clara zur Begrüßung kommt und mich ein wenig betreten ansieht, als wir nach fünf Minuten wieder gehen. Schade, sie hätte mich ein wenig beruhigen können.

Aber als wir bei Tim ankommen, stelle ich mit Erstaunen fest, dass auf seinem Sofa eine kleine Katze, weiß mit roten Flecken und einem zartrosa Näschen liegt. Sie hat ein verbundenes Bein und schaut mich aus Augen an, die noch viel zu groß für ihren kleinen Kopf sind.

»Du hast eine Katze, ich dachte, du magst keine Tiere?«, frage ich Tim.

»Ich mag Tiere sehr, doch sie engen mein Leben zu sehr ein. Ich bin viel unterwegs, dann wieder viel zu Hause. Wie soll ein Tier das verkraften? Doch jetzt hat es mich getroffen. Die Kleine lag beinahe vor meiner Tür, als ich vor ein paar Tagen nach Hause kam und hat fürchterlich geschrien. Ich konnte sie hochheben und sah, dass ihr Bein einfach so runter hing. Also bin ich direkt in die Tierklinik gefahren und die haben sie sofort operiert. Jetzt hat sie ein paar Nägel und Platten im Bein und darf vorerst nicht raus. Das Provisorium würde nicht halten, wenn sie springt. Also habe ich sie aufgenommen. Sie ist noch ein wenig scheu, aber wir werden mal sehen, ob sie bei mir bleiben möchte. Hier kann sie auch später nicht raus und das tut mir etwas leid«, antwortet Tim, ein wenig stolz auf seine kleine Katze.

Ich setze mich auf die Couch und die kleine Katze humpelt auf meinen Schoß, rollt sich ein und schnurrt, wie Clara neulich Nacht. Sofort bin ich ganz ruhig. Tim sieht mich erstaunt an. »Ich dachte auch, Katzen wären nicht so dein Ding.«

»In den letzten Tagen hat sich vieles geändert. Katzen gehören auch dazu. Ich komme mir vor, als sei ich eine Katzenflüsterin. Sie mögen mich und ich nehme zur Kenntnis, dass ich sie fast brauche. Sie stabilisieren meine Sinne. Du kannst vielleicht nachvollziehen, wie durcheinander ich bin und immer, wenn ich auf eine Katze treffe, was derzeit sehr oft passiert, beruhigen sie mich sofort, und da sie sich anscheinend wohl fühlen, nenne ich das einen echte win win Situation.« Indem ich es ausspreche, wird es mir wirklich bewusst, wie wichtig sie mir sind.

Es ist mittlerweile spät geworden. Tim hat uns etwas zu essen gemacht. Wir essen und sprechen über alltägliche Dinge. Dafür bin ich sehr dankbar. Dann setzen wir uns vor den Fernseher, was ich wirklich sehr genieße, da ich bei mir zu Hause keinen

Fernseher habe. Es macht mich unkreativ und das ist wirklich das Letzte, was ich will und was ich mir leisten kann. Aber ich liebe Fernsehen.
Ich kann abschalten und mich berieseln lassen und die ganze Zeit schnurrt eine kleine Katze auf meinem Schoß. Als der Film vorbei ist, fällt mir auf, dass ich gar nicht weiß, wie die Katze heißt. Aber Tim antwortet auf meine Frage etwas traurig. »Sie hat noch keinen Namen. Wenn ich sie später wieder gehen lassen muss, tut es mir noch mehr weh, wenn sie einen Namen hat.«
Aber das geht einfach nicht. Sie braucht einen Namen. Aber ich verstehe auch, dass Tim so vorsichtig ist. Das zeigt mir zudem, dass er alles in allem gar nicht so oberflächlich ist, wie ich immer dachte.
»Ich überlege mir einen Namen für sie und habe gleichzeitig eine glänzende Idee. Wenn hier alles wieder zur Ruhe kommt und ich wieder nach Hause kann, nehme ich sie mit zu mir. Aber natürlich nur, wenn sie raus möchte, ansonsten bleibt sie bei dir. Bei mir kann sie aus dem Gartengelände nicht heraus und wäre sicher. Was denkst du?«
Tim nimmt mein Gesicht in beide Hände und küsst mich. »Du hast eine Last von mir genommen. Die Idee ist genial und die Kleine scheint dich zu lieben. Wenn sie also raus will, gehört sie dir und ich habe immer einen Grund dich zu besuchen«, lacht er verschmitzt.
Ich genieße den fröhlichen Moment. Wir sind für ein paar Augenblicke unbeschwert. Doch dann denke

ich direkt darüber nach, wann ich wohl wieder nach Hause kann. Aber ich bin Perfektionistin darin, meine Probleme auf den nächsten Tag zu verschieben und genau das tue ich jetzt.

Als ich später mein Bett auf dem Sofa einrichten will, hält Tim mich zurück. »Komm mit ins Bett, das ist viel bequemer und ich werde dich von schlechten Träumen abhalten. Es fällt mir zwar schwer, aber ich werde dich nicht anfassen. Wenn du willst, kannst du in meinem Arm einschlafen.«

»Das klingt verlockend. Ich nehme das ganze Angebot an und wehe, du hältst nicht Wort. Ich habe das Gefühl, all meine Kräfte in den nächsten Tagen zu brauchen und es ist schon jetzt so wenig davon übrig.«

Ich schlafe in Tims Armen sofort ein und diese Nacht bedrängen mich auch keine Träume. Mitten in der Nacht wache ich aber doch auf, weil ich kaum atmen kann. Aber es ist nur die Kleine, die es sich auf meinem Hals, direkt unter dem Kinn bequem gemacht hat und wie um Mitleid heischend hat sie ihre verletzte Pfote direkt unter meiner Nase drapiert. Die stinkt ganz furchtbar nach Plastik von dem Klebeband. Aber in diesem Moment fällt mir ihr Name ein. Zampina. Zampino heißt italienisch »Kleine Pfote«, aber da ich hier ein kleines Mädchen vor mir habe, wird es eine Zampina. Na, wenn das nicht passt. Und sofort schlummere ich wieder ein.

Als wir am nächsten Morgen frühstücken, bitte ich Tim mir keine Zeitung zu besorgen, ich bin noch nicht bereit, mich wieder dieser Situation zu stellen.

Als wir später gerade den Frühstückstisch aufgeräumt haben, klingelt es an der Tür. Tim erwartet niemand.

»Ich schau mal nach«, sagt er, während er schon auf dem Weg zur Tür ist.

Ich höre, wie er jemanden freundlich begrüßt, den er offensichtlich nicht kennt. Es sind zwei Personen.

Tim antwortet etwas zu laut, dass er der Polizei natürlich gern Fragen beantworten würde, warum es denn gehen würde.

Ich mache mich aus dem Staub, wohin nur? In einer Einzimmerwohnung. Das Bad ist die einzige Möglichkeit.

Ich sammele auf dem Weg noch das ein oder andere von meinen Sachen ein und hoffe, dass sie nicht so weit in die Wohnung hineingehen, um die Ecke mit meinen gestapelten Sachen zu entdecken.

Ich bin gerade dabei, die Badezimmertür zu schließen, da bitten die Polizisten, hereinkommen zu dürfen.

Dann, als Tür zu ist, höre ich nichts mehr.

»Herr Berner, uns wurde gemeldet, dass Sie mit einem Ihnen bekannten Pathologen über die verschwundene Tote gesprochen haben. Der Pathologe fand Ihr Interesse ein wenig befremdlich«, stellt der Polizist fest. Seine Kollegin hingegen hat eher Interesse an Zampina und setzt sich zu ihr auf das Sofa und streichelt sie. Tim lässt seinen Blick ein wenig zu der Polizistin schweifen, um ein wenig Zeit zu gewinnen.

»Ja«, beginnt Tim, »ich habe eine flüchtige Bekannte, die Marta heißt. Ich habe sie schon länger nicht gesehen, und da ich Herrn Schubert bei einer Wohnungsvermittlung kennengelernt habe, nutzte ich diese Verbindung und stellte meine Fragen. Habe dadurch aber auch nicht mehr erfahren, als in den Zeitungen stand«, versucht sich Tim zu retten.

»Warum haben Sie Ihren Verdacht dann nicht der Polizei gemeldet?« kommt sofort die nächste Frage.

»Nun, so gut kenne ich Marta nun auch wieder nicht. Wir haben nur losen Kontakt. So verwarf ich den Gedanken wieder, dass sie es sein könnte. Ich hatte dann auch so viele Kundentermine, dass ich mich nicht weiter darum kümmern konnte. Aber wer ist denn die Tote jetzt? Konnte man es inzwischen feststellen?« geht Tim in die Offensive.

»Wir können Ihnen zum derzeitigen Ermittlungsstand leider keine Auskünfte erteilen«, antwortet diesmal die Polizistin.

»Dann brauchen wir ja auch nicht weiter zu sprechen, wenn es nicht die Marta ist, die ich kenne, gibt es ja auch keine weiteren Fragen.« ist die sichere Entgegnung von Tim, der jetzt langsam etwas ärgerlich wird.

Die Polizistin räumt deshalb ein: »Da haben Sie natürlich recht. Wie heißt denn die Marta, die Sie kennen, mit Nachnamen?«

»Das bedeutet, Sie haben sie wirklich identifiziert? Meine Bekannte heißt Santomauro mit Nachnamen. Ihre Großeltern stammen, glaube ich, aus Italien, sind aber verstorben. « Tim war sich ja sicher, dass es seine Marta nicht sein konnte. Sie hockte ja im Bad und versteckte sich.

»Dann habe ich eine traurige Nachricht für Sie. Das ist der Name der Toten. Wir konnten sie anhand der genommenen Proben und der Röntgenaufnahme des Kiefers eindeutig identifizieren.« Die Stimme der Polizistin ist mitfühlend. »Aufgrund dieser Übereinstimmung müssen wir Ihnen natürlich weitere Fragen stellen. Außer der Zeugin, die uns aufgrund der Fotos in der Zeitung den Namen genannt hat, haben wir noch niemand gefunden, der sie kennt.«

»Es wäre nett, wenn ich heute Nachmittag zu Ihnen kommen könnte. Ich habe in einer Stunde einen Besichtigungstermin. Und obwohl wir uns nicht so gut kannten, bin ich jetzt doch geschockt und hätte gern noch ein paar Minuten, um mich zu sammeln. Ich komme nach dem Termin sofort zu Ihnen, spätestens gegen 14.00 Uhr. Geht das?« entgegnet Tim fassungslos.

Gott sei Dank sind die Polizisten sehr einfühlsam. Sie verabreden sich für 15.00 Uhr im Polizeipräsidium und verabschieden sich dann.

Tim macht die Tür zu und geht langsam, noch völlig geschockt zur Badezimmertür, um Marta zu befreien.

Er öffnet kreidebleich die Tür: »Du bist tot.«

Kapitel 3

»Sieh mich an, fass mich an, ich bin nicht tot«, schreie ich.
Ich bekomme eine Panikattacke oder vielmehr bin ich schon mittendrin. Ich schlage auf Tims Brust ein.
»Ich bin nicht tot, ich bin nicht tot«, schluchze ich. Aber bald habe ich keine Kraft mehr und Tim nimmt mich schweigend in die Arme und drückt mich fest an sich, bis ich mich wieder halbwegs im Griff habe.
Dann erzählt er mir alles ganz genau von dem Gespräch mit den Polizisten und dass er heute Nachmittag für eine Aussage ins Polizeipräsidium muss.
Wir müssen uns Gedanken machen und beratschlagen, was er sagen soll. Ich kann aber nicht denken, mein Kopf ist leer.
»Ich muss ihnen heute Nachmittag etwas erzählen und ich muss nahe an der Wahrheit bleiben, damit ich mich später nicht verzettele. Also erzähle ich Ihnen alles, was ich weiß. Außer, dass wir uns erst im Bildhauerkurs das letzte Mal gesehen haben und dass du noch lebst. In deine Wohnung kannst du erstmal nicht zurück. Lass uns diesen Termin abwarten und heute Abend weiter reden. Ich muss noch ein paar Dinge erledigen. Das mache ich aber vom Büro aus. Leg du dich aufs Sofa und schmuse mit Zampina. Das beruhigt dich. Schau dir ein paar alte Serien im Fernsehen an. Versprich mir, dass du keine Nachrichten schaust, erst recht nicht im WDR mit den Regionalnachrichten.

Ruf nicht deine Mutter oder sonst wen an. Du hast meine Handynummer für den Notfall.« rasselt er herunter. Ich bin sowieso wie betäubt, höre ihm zu und lege mich anschließend wortlos auf das Sofa. Sofort klettert Zampina auf meinen Schoß und schmust mich an. Ich werde ruhiger, bin aber immer noch im Schockzustand. Tim sucht einige Sachen zusammen, küsst mich auf die Stirn und verlässt mit einem ratlosen Blick die Wohnung.

Kaum ist er raus, fange ich an zu hyperventilieren. Da klettert Zampina an meinem Hals hoch und schnurrt mir direkt ins Ohr, schon kann ich ruhiger atmen. Ich bin so fertig, dass ich Gott sei Dank wenig später in einen unruhigen Schlaf falle. Ich träume zwar von Toten, die durchs Leichenschauhaus laufen, aber alles ist besser, als zu grübeln und verrückt zu werden.

Mittags wache ich auf und laufe wie ein Tiger im Käfig durch die Wohnung, immer von einem Ende zum anderen. Laufen hilft, man kann dabei das Gehirn teilweise ausschalten. Als ich dann nicht mehr kann, setze ich mich tatsächlich vor den Fernseher und schaue mir ‚How I met your mother' an. Ich liebe diese Serie, kann aber diesmal wirklich nicht darüber lachen. Aber ich versuche mich einfach darauf zu konzentrieren und das Ablenkungsmanöver klappt ganz gut. Immer wieder muss ich Gedankenfetzen zulassen. Was soll ich bloß tun? Es muss ein Irrtum sein. Aber warum sagt mir mein Unterbewusstsein immer wieder, dass es wahr ist, dass ich gestorben bin.

Tim weiß sofort, dass er die Tatsache, dass Marta eigentlich tot ist, akzeptieren muss. Sie ist vom Wesen vollkommen verändert. Er liebt sie noch genauso oder vielleicht sogar noch mehr, aber sie ist anders.

Warum sollen mehrere Proben lügen. Hier würde er aber trotzdem bei der Polizei noch mal nachhaken. Von wem stammen die Proben. Gibt es mehrere Ärzte, die es bestätigen können, oder hat sich einer vertan. Das darf er nicht vergessen. Er hat einen Plan, wenn es keine Zweifel gibt, dass Marta offiziell tot ist. Sie muss dann erstmal von der Bildfläche verschwinden, sonst würde sie irgendjemand zu einem Versuchskaninchen machen.

Italien ist ein gutes Ziel. Marta kann die Sprache und ist oft da gewesen. Er hat Kontakte nach Rom und so ruft er einen befreundeten Makler an, der vor einigen Jahren von Deutschland nach Rom gezogen war und dort vor allem den Ausländern Wohnungen vermittelt. Er erreicht ihn glücklicherweise sofort und bittet ihn, eine kleine Mietwohnung für ihn zu suchen. Es müsste aber schnell gehen. Sie sollte zentral liegen. Er wollte es sich für die Wochenenden und Kurzurlaube gönnen, nicht in einem Hotel wohnen zu müssen. Ja, beantwortet er seine Frage, die Geschäfte liefen gut hier in Düsseldorf, deshalb sei er plötzlich auch auf die Idee gekommen. Er wolle seine Freundin beeindrucken, mit der er erst seit kurzem zusammen sei. Ja, ein Autostellplatz im Haus sei auch gut. Nein, eine

Putzfrau wolle er nicht und er brauche auch keine Concierge, der das Kommen und Gehen überwacht. Der Kollege will ihn sofort anrufen, wenn er etwas gefunden hat.

Das ist erledigt. Jetzt kann er noch eine halbe Stunde durchschnaufen, dann muss er seinen Termin bei der Polizei wahrnehmen. Sie stellen ihm endlos Fragen. Immer wieder das Gleiche. Er muss hoch konzentriert bleiben, um nicht plötzlich loszubrüllen, ja, sie ist bei mir zu Hause, nicht tot aber tot gewesen. Wenigstens kann er Angaben zur Mutter machen. Sie wohne in München, hat wieder geheiratet und heißt jetzt, so glaubt er, Wasler. Aber er sei sich nicht sicher. Als sie wieder, kurz nach dem Tod des Mannes, geheiratet hatte, hatte sich Marta sehr aufgeregt, auch dass sie den Namen des anderen Mannes annehmen wollte. So hatte er den Namen seinerzeit ziemlich oft gehört.

Nach zwei Stunden sind sie durch. Er fühlt sich wie aus dem Wasser gezogen. Wenigstens hat er die Bestätigung bekommen, dass mehrere Ärzte bereits die Identität bestätigt hatten. Nun stehe nur noch der DNA Test aus, aber sie waren sich zu 98 % sicher, dass es sich bei der Toten um Marta Santomauro handelt, nun müssten sie nur noch die Tote finden.

Da Tim nicht verdächtigt wird, den Autounfall mit Fahrerflucht begangen zu haben, entlässt man ihn mit einem kurz angebundenen Dank für seine Hilfe.

Jetzt wird es wirklich Zeit zu handeln und so hat er noch ein paar Wege und Besorgungen vor sich, bevor er wieder nach Hause zu Marta zurückkehren kann.

Es ist mittlerweile neun Uhr abends und Tim ist immer noch nicht zurück. Immer wieder nehme ich mein Handy in die Hand und will ihn anrufen und bitten, zu mir zu kommen, da ich sonst verrückt werde. Aber ich will ihn nicht noch mehr mit mir strapazieren.

Abwechselnd lache ich hysterisch auf, dann bekomme ich wieder einen Weinkrampf. Schließlich stiere ich nur noch mit leeren Augen auf den Fernseher, in dem bunte Bilder tanzen. Was es ist, interessiert mich nicht. Auch Zampina kann mich nicht mehr beruhigen. Um halb zehn endlich höre ich den Schlüssel im Schloss und stürme zur Wohnungstür und werfe mich dem erschöpften Tim in die Arme.

Er drückt mich fest an sich und lenkt mich so zum Sofa, wo wir uns setzen. Erst erzählt er mir von dem Termin bei der Polizei. Jetzt würde es meine Mutter erfahren. Sicher, ich habe kein sehr gutes Verhältnis zu ihr, aber kann man dafür so bestraft werden, dass die Polizei zu einem kommt und man so von dem Tod, der eigenen und einzigen Tochter erfährt, obwohl es dieser, bis auf die hysterischen Anfälle, eigentlich ganz gut geht. Ich fühle mich wie in einem Hamsterrad, ich muss immer laufen und komme nie zum Ziel. Wie komme ich aus dem Rad wieder raus? Würde ich bald wieder aufwachen, weil mir jemand in den Arm kneift und sagt ‚April,

April', Nein, außer, dass Juni ist, würde es wohl keiner tun. Dies ist meine ganz persönliche Realität. Wenigstens kann Tim denken und so eröffnet er mir seinen Plan. Fakt ist, ich bin tot. Er würde das jetzt so annehmen, ohne einen von uns oder uns beide für verrückt zu erklären. Es sei nun mal so, es wäre das Erste, was wir einfach mal so hinnehmen müssen. Da es mir, bis auf meine plötzliche Katzenmacke und damit einhergehenden, kleineren Veränderungen gut zu gehen scheint, so dass wir nicht befürchten müssen, dass ich gleich wieder leblos werde. Er sagt wirklich leblos, um nicht mehr das Wort ‚tot' benutzen zu müssen. Dies müssen wir zum derzeitigen Zeitpunkt nicht mehr diskutieren, da es genau das ist, was uns vom Denken ablenkt, was auch nicht wirklich sehr erstaunlich sei. Er wirkt jetzt auf mich ein wenig überdreht. Seine Worte helfen mir, er nimmt mich so, wie ich bin, sogar leblos. All meine Zombieversionen steigen plötzlich in mir hoch, doch ich bin die Königin des Verdrängens auf den nächsten Tag. Hier bin ich Profi und so beruhige ich mich ganz und bin endlich in der Lage, Tims weiteren Erklärungen konzentriert zuzuhören.

Vor zwei Stunden hatte er via Internet eine Wohnung auf seinen Namen in Rom gemietet. Er hatte seine Schwester eine Stunde lang malträtiert, nachdem er ihr die wahre Geschichte erzählt hatte, ihm ihren Ausweis zu geben. Sie soll ihren in einigen Wochen als verloren melden, bis dahin könnte sie sich mit dem Führerschein und ihrem Reisepass behelfen.

Dann hatte er Bleichmittel für die Haare und eine Haarschneideschere gekauft, damit ich dem Foto von Lara, seiner Schwester etwas ähnlicher werde.
Diesen Plan erläutert er mir natürlich nicht in drei Sätzen, sondern mit allen Kleinigkeiten in anderthalb Stunden. Als er fertig ist, ziehe ich zweimal kurz Luft ein und falle dann kommentarlos in Ohnmacht.

Er hat sie überfordert, indem er alles auf einmal erzählt hat. Wie dumm von ihm. Aber wie soll er die Aufgabe der eigenen Existenz und die Aufnahme einer Neuen nett verpacken. Er holt einen angefeuchteten Waschlappen aus dem Bad und legt ihr diesen auf die Stirn und streichelt ihr zärtlich über den Arm. Für sie würde er alles tun, selbst wenn es illegal war. Aber ist es legal, offiziell für tot erklärt zu werden, wenn man lebt.

Langsam komme ich wieder zur Besinnung. Tim hält mich zärtlich im Arm. Ich brauche noch ein paar Minuten. Dann sage ich »Danke, dass du das für mich tust. Danke, dass du für mich da bist. Es ist so schwer, alles zu begreifen, aber ich glaube, du hast Recht. Es ist derzeit der einzige Weg. Vielleicht gibt es später eine andere Lösung. Aber ich habe Angst, allein mit einer neuen Identität, auch noch einer gestohlenen, irgendwohin zu gehen, wo mich keiner kennt. Damit bin ich völlig überfordert.«
»Ich dachte, in Rom würdest du dich ein wenig zu Hause fühlen, dort haben deine Großeltern gelebt.

Du kannst die Sprache sprechen und findest dich dort dadurch schneller zu Recht« antwortet Tim unsicher, ob er die richtige Entscheidung getroffen hat.

»Du hast die bestmögliche Wahl getroffen, aber dennoch will ich ja hier eigentlich nicht weg und ich weiß nicht, wie ich aus der Ferne das Problem lösen soll. Es muss doch eine Lösung dafür geben. Wenigstens hat deine Schwester einen richtig schönen Namen, wenn ich denn schon einen Neuen brauche« versuche ich zu scherzen, um die schwere Last ein wenig von uns zu nehmen.

Die nächsten Tage verbringe ich viel Zeit mit Tim. Er nimmt nur die wichtigsten, beruflichen Termine wahr. Wir haben aber auch richtig viel zu tun. Erstmal bleichen wir meine Haare. Ich sehe furchtbar aus. Dann schneidet Tim mir auch noch die Haare. Er kann es erstaunlich gut, aber dennoch, sie sind jetzt nur noch kinnlang und ich muss sie auch noch glatt föhnen, um möglichst viel Ähnlichkeit mit meinem Passfoto zu bekommen. Lara ist drei Zentimeter größer als ich. Also muss ich auf der Fahrt hohe Schuhe anziehen, aber drei Zentimeter dürften wohl so oder so nicht auffallen. Ja, die Fahrt. Fliegen ist wohl etwas zu gefährlich, da gibt es bestimmt eine Liste mit Vermissten und die Fotos würden vielleicht etwas genauer angeschaut. Eine vermisste Tote würde wohl ziemlich viel Aufregung hervorrufen. Also mit dem Auto. Tim will sich ein paar Tage frei nehmen, um mit mir die lange Fahrt zu machen. Dann kann er noch zwei Tage in Rom bleiben. Das ist eine riesige Erleichterung für mich. Da ich nur wenige Sachen aus meiner Wohnung mitgenommen habe, besorgt mir Tim noch ein paar Dinge, die ich am Anfang auf jeden Fall brauche. Einen Haarföhn, ein paar Handtücher, Bettwäsche usw. Es kommt eine Menge zusammen, wenn man nicht aus seinem eigenen Fundus schöpfen kann. Ich kann ihm gar nicht genug danken, was er für mich tut.

Die Presse bauscht den Fall in den nächsten Tagen groß auf. Jeden Tag sehe ich ein Foto von mir in der Zeitung. Die Berichte werden immer fantasievoller um es mal nett zu umschreiben. Was mir alles angedichtet wird. Wahrscheinlich hätte ich Beziehungen zum Rotlichtmilieu gehabt oder wäre irgendwie anders in kriminelle Machenschaften verstrickt gewesen. Selbst ein Zusammenhang zur Mafia wurde konstruiert, da meine Großeltern und mein Vater Italiener gewesen seien. Besonders traurig macht mich ein Bericht über meine Mutter, die angeblich auch interviewt worden ist. Aber die Formulierungen sind so gar nicht meine Mutter, dass sie sich wahrscheinlich nur etwas ausgedacht haben, um doch mal etwas für die Tränendrüse drucken zu können. Ich will sie so gern anrufen und ihr sagen, dass ich lebe. Aber wie soll sie das verschweigen können. Presse und Polizei auf den Fersen, nein das geht im Moment einfach nicht. Ich hoffe, sie legen meinen Fall bald ad acta. So habe ich dann vielleicht die Möglichkeit, ihr ein Lebenszeichen von mir zu geben.

Die Polizei hat sich seit drei Tagen nicht mehr bei Tim gemeldet, so dass wir davon ausgehen, dass sie es gar nicht mehr tun werden. Am vierten Tag packen wir die Koffer. Tim fragt die Nachbarin, ob sie sich ein paar Tage um Zampina kümmern kann, was sie mit Freuden übernimmt.
Mitten in der Nacht stehlen wir uns aus dem Haus und machen uns auf den Weg nach Rom.
In diesem Moment bin ich aufgeregt wie ein kleines Kind. Ich habe einige Malutensilien bei mir und stelle mir vor, wie ich auf dem Piazza Navona sitze und Bilder an zahlungsfreudige Touristen verkaufe.
Ja, wahrscheinlich würde ich auch wieder meine ungeliebten Karikaturen malen müssen, aber egal, es würde spannend werden.
Im nächsten Moment bekomme ich wieder Angst, ganz allein in Rom und dazu noch offiziell für tot erklärt.
Wenn ich es schaffe, mich selbst nicht in den Fokus zu stellen, bin ich gespannt, wie die Geschichte sich auflösen wird, wenn überhaupt jemals. Aber wenn man mittendrin steckt, ist es schwierig, diese Einstellung durchzuhalten.
Aber zuerst muss ich die Angst überwinden, ich könnte jeden Moment tot umfallen, denn ehrlicherweise ist das wirklich meine größte Sorge. Ich will mein Leben bewusster leben und irgendjemand hatte mir eine zweite Chance gegeben. Diese will ich jetzt auch nutzen, aber nach einem Abenteuer in Rom, will ich auch wieder in mein altes Leben zurück, vielleicht mit Tim.

Die Seele

Es riecht nach Veränderung.
So lange hatte ich mich jetzt kaum bewegt, aber wir bewegen uns trotzdem.
Es ist friedlich und es wird von Minute zu Minute wärmer.
Es riecht nach Italien.
Warum erkenne ich das.
Ich bewege mich auf mein Zuhause zu.
Ich fühle mich wohl.
Ich bin glücklich.
Ich habe die richtige Wahl getroffen.

Kapitel 4

Wir sind schon achtzehn Stunden unterwegs.
Und endlich fahren wir von der Autobahn ab und in die Stadt rein. Es ist ein herrlicher Sommerabend, Mitte Juni.
Es sind Unmengen von Menschen unterwegs, die meisten hier draußen mit dem Auto.
Da wir an den meisten Stellen nur Schritt fahren, kann ich mir ein neues Bild von Rom machen. Ich krame in meiner Erinnerung. Ja, so ist es hier immer gewesen. Die Randgebiete sind zumeist hässlich. Riesige Wohnsilos, überall mit Wäscheleinen vor den Fenstern. Alles wirkt ärmlich und manchmal auch ein wenig dreckig, weil seit Jahren nichts mehr an den Häusern gemacht worden ist.
Dann wieder ein Gebiet mit Gewerbegebäuden oder eher Schuppen, hier eine Autowerkstatt, dort ein Handwerker und dann eine verlassene Halle, vor der sich Müll und alte Autos stapeln.
Dann kommen die ersten Hotels, namhaft und teuer.
Ich stelle mir vor, was ich täte, wenn ich hier Urlaub machen müsste. Ein Bus würde mich vom Flughafen zu einem edlen Hotel am Stadtrand und in solch einer Umgebung bringen. Würde ich dann das pulsierende Nachtleben in der Innenstadt erleben oder würde ich mich nicht mehr aus dem Hotel trauen?
Aber wahrscheinlich sind die Zimmer so teuer, dass die Gäste sich ohne Probleme ein Taxi leisten

können oder es gäbe rund um die Uhr einen Shuttleservice. Wie erschreckend.
Dann lieber ein kleines, einfaches Hotel mitten in der Altstadt, wo man den Lärm der Straße hören kann, was nicht stört, da man sowieso erst mitten in der Nacht ins Bett geht, um das Leben aufzusaugen.
Ich habe ein wenig Angst, wo die Wohnung sein würde, bloß nicht hier irgendwo. Ich bin ein zu ängstlicher Mensch, um mich abends in eine U-Bahn zu setzen und mal zu schauen, was so passiert. Vor allem allein.
Ich hatte Tim nicht gefragt. In der Aufregung hatte ich es ganz vergessen. Aber ich kann mir nicht vorstellen, dass Tim eine Wohnung gemietet hatte, die ich abends nicht verlassen will. Mittlerweile habe ich so das Gefühl, dass Tim mir nicht nur aus Nächstenliebe hilft, sondern weil da eben sehr viel Gefühl ist.
Und ich, die ich immer auf die Liebe auf den ersten Blick setze, auf den großen Knall warte, ich fühle auch eine ganze Menge guter Dinge für ihn.
Ich sehe zu ihm hinüber. Er fährt sehr konzentriert. Die Mitstreiter sind zwar sehr rücksichtsvoll mit ausländischen Autofahrern, aber hier kann man nie wissen, wann der nächste Wagen einfach mal so ausschert, um eine tiefgelbe Ampel noch zu erwischen.
Und schon halte ich kurz die Luft an, als jeweils ein Auto von rechts und eines von links auf unsere Spur, nein nicht auf unsere Spur, sondern genau dahin, wo wir gerade sind, wollen. Aber Tim gibt kurz Gas.

Sollen die anderen Autofahrer sich doch hinter ihm um den Platz streiten. Da geht auch schon das Hupkonzert los, aus heruntergelassenen Fenstern lamentieren Arme wild durcheinander.
Tim grinst mich an und fährt gelassen weiter.
»Und«, fragt er, »kannst du dich erinnern? Ist es hier nicht hässlich? Aber keine Angst, in so einem Bunker habe ich dich nicht einquartiert. Auch wenn es kein Schloss ist, ich bin mir sicher, es wird dir gefallen.«
Es dauert noch eine ganze Weile, bis wir endlich im Bereich der Innenstadt ankommen.
Zuerst sehe ich den Circo Massimo, eigentlich nur eine nicht gewässerte, ovale Grünfläche. Sich vorzustellen, dass hier früher große Veranstaltungen und Wettkämpfe abgehalten wurden, fällt mir schwer, aber die Jogger mögen es hier.
Aber dann wird meine Vorstellungskraft nicht weiter auf die Probe gestellt, das Colloseum, herrlich restauriert. Vor kurzem hatte die Regierung den Schaustellern verboten, sich dort mit den Touristen als Legionär oder Cesar fotografieren zu lassen. Sicher können sie mal nerven. Aber es geht schließlich auch um ihren Lebensunterhalt und für mich gehören sie einfach dazu.
Sollen sie lieber die Pferdekutschen verbieten. Schon als Kind hatte ich mich geweigert, da mitzufahren. Die Pferde taten mir damals schon leid und daran hat sich bis heute nichts geändert.
Weiter geht es zur Schreibmaschine. Mir fällt wirklich nicht ein, wie das Ding richtig heißt, aber

egal, ich finde es hässlich, so ein riesiger Prunkbau, ganz aus weißem Marmor.

Tim biegt links ab, Richtung Piazza Navona. Hier fühle ich mich wohl, so als Tourist. Meine Großeltern haben eher vor den Toren Roms gelebt und so habe ich als Kind Rom immer als Tourist erlebt, wenn wie Ausflüge in die Stadt gemacht haben.

Vorbei am Torre Argentina, eine Ausgrabungsstätte, die auch als Katzenasyl dient. Dort war ich noch nie. Ich sollte bald mal hingehen. Plötzlich bin ich traurig, dass ich Zampina nicht mitnehmen konnte. Aber ich hoffe, sie bald wieder zu sehen. Dann ist sie schon groß und ich werde mich wieder neu bei ihr einschleimen müssen.

Nicht weit hinter dem Torre biegt Tim plötzlich rechts in eine der Altstadtgassen ab. Mein Herz bleibt stehen. Ich fasse Tims Hand am Lenkrad, aber der brüllt auf »Nicht, ich kann nicht mehr lenken.« Beinahe hätten wir die Wand der schmalen Gasse gerammt.

Da bereits Autos hinter uns hupen, kann er sich von dem Schrecken kaum erholen, lächelt aber vor sich hin. Er freut sich mit mir, dass ich jetzt schon begeistert bin.

Nach wenigen hundert Metern bremst er, die gleichen Autos hinter uns hupen schon wieder. Aber Tim steigt aus und klingelt an der Tür, links neben ihm. Als aufgedrückt wird, verschwindet er im Hauseingang. Ich möchte im Boden versinken. Ist das peinlich, hier die ganze Straße zu blockieren. Ich rutsche etwas tiefer in meinen Sitz und befürchte, dass einer der Autofahrer hinter mir aussteigt und sich lautstark beschwert, dass ich den Weg versperre. Aber da geht auch schon die Tür auf und Tim ist zurück.

Er macht das große Tor auf, in dem auch die Eingangstür integriert ist. Er steigt schnell ein, winkt den Autofahrern eine Entschuldigung zu und fährt durch das Tor. Hier sind neben einem kleinen Innenhofgarten auch drei Stellplätze.

»Komm, lass erstmal die Taschen im Auto. Wir gehen kurz auf die Straße, wir können erst einen kleinen Aperitif nehmen und dann ganz gemütlich auspacken« schlägt er vor.

Direkt gegenüber ist eine kleine Bar, Mimi e Cocò, ein lustiger Name, aber heute will ich da nicht hin. Ich muss nach der langen Fahrt unbedingt ein paar Schritte gehen, auch wenn ich nicht sicher bin, ob mein Deo hält, was die Flasche verspricht.

Wir lassen uns von den Menschenmengen treiben und landen zwei Minuten später auf der Piazza Navona. Hier stellen die Künstler aus. Wir gehen an einigen Ständen vorbei und ich spreche einen Künstler an. Er malt herrliche Impressionen aus Rom. Es ist vom Motiv her Mengenware, aber man sieht, er kann es. Ich bin begeistert. Er merkt es und holt eine kleine Mappe hervor. Hier findet man keine Rombilder, sondern herrliche Landschaften à la Caspar David Friedrich. Impressionen, fein verschleiert durch Nebel oder glitzernd in einzelnen Sonnenstrahlen, die durch die Bäume fallen. Ich freue mich über die Kunst und Tim kann nicht umhin, mir das Bild mit den herrlichen Sonnenstrahlen zu kaufen. »Damit sie für dich immer scheinen«, raunt er mir zu und küsst mich zärtlich auf die Wange. »Es ist das erste Bild in deiner Wohnung, vorerst.«

Nachdem ich mein Geschenk erfreut annehme und dem Maler sage, dass ich sicher bald wiederkomme, schiebt mich Tim zu einem freien Tisch in einem Lokal in der ersten Reihe zur Piazza.

»Nein« wehre ich mich »hier ist es viel zu teuer und abgeschmackt.«

»Abgeschmackt ist heute gerade richtig und ich finde es furchtbar romantisch, wie in alten Filmen. Komm wir lassen es uns gut gehen und regen uns über den schlechten, teuren Wein auf. Morgen gehen wir in eine kleine Gasse und lassen uns kulinarisch verwöhnen. Heute will ich Lärm, Schausteller und Rom touristisch pur, um dich hier zu begrüßen.«

Ich habe nichts entgegenzusetzen. Wenn er weiß, dass es teuer und schlecht werden wird, werde ich es genießen, hier zu sitzen.

Das machen wir dann auch. Erst bestellen wir einen Aperol Sprizz, später dann noch zwei Flaschen Wein. Gott sei Dank ist es Weißwein, sonst hätten wir das nicht überlebt. Wieder ein schönes Wortspiel, welches für mich eine ganz neue Bedeutung hat.

Als wir dann um zwei Uhr nachts die letzten Gäste sind, zahlen wir und schlendern noch ein wenig torkelnd durch die Altstadtgassen. Tim kauft uns in

einem immer offenen Laden noch zwei eiskalte Flaschen Wasser, die wir beim Wein irgendwie vergessen haben. Damit verdünnen wir unseren Alkoholpegel ein wenig.
In der Wohnung angekommen, küsst Tim mich stürmisch und ich schmelze in seinen Händen, die mir erst die Bluse über den Kopf ziehen und beinahe gleichzeitig die Jeans ausziehen, ohne aber nur einen Augenblick von meinen Lippen zu lassen. Das Bett haben wir noch nicht gemacht, was jetzt aber auch völlig egal ist. Das ist wirklich ein berauschendes Ende für einen berauschenden Tag und das alles bei dem Schlamassel, in dem ich stecke. Tim hat es tatsächlich geschafft, mich aus dem tiefen Loch zu befreien, vorerst.

Nach glatten drei Stunden Schlaf bin ich schon wieder putzmunter, allerdings mit furchtbaren Kopfschmerzen.
Da ich Tim nicht stören möchte, mache ich schnell eine Katzenwäsche, ziehe mich an und gehe runter zum Auto.
Ich nehme eine Tasche heraus, um mir etwas Frisches anziehen zu können. Dann gehe ich raus, eigentlich will ich zur Piazza Navona. Will mal sehen, wie es dort morgens um sieben aussieht, wenn die Touristen noch nicht da sind. Aber irgendetwas zieht mich zum Torre Argentina. Ich hatte es ja schon bei unserer Ankunft bemerkt, dass ich eine Beziehung zu diesem Ort habe. Mich wundert nur, wie unwiderstehlich das Gefühl ist. Auf

dem Weg kaufe ich mir eine Latte macchiato und frage den freundlichen Verkäufer, ob er eine Kopfschmerztablette für mich hat. Der Mann ruft direkt nach seiner Frau und diese kommt sofort von hinten, mit einer riesigen Katastrophenhandtasche und findet tatsächlich, nach kurzer Suche, ein Heftchen mit Tabletten. Sie muss ein Stier sein, so wie ich. Wir neigen dazu. Sie drückt mir zwei Tabletten heraus und gibt mir noch ein Glas Leitungswasser zum Runterspülen.

Ich bedanke mich für die große Freundlichkeit, wünsche einen wunderschönen Tag und mache mich mit meinem Kaffee auf zum Torre.

Wer noch nicht in Rom war, dem muss ich das jetzt kurz erklären. Es ist ein ziemlich großer Platz. Außen rum Straßen, Bushaltestellen für unzählige Busse, natürlich kein Bahnhof im eigentlichen Sinne wie bei uns, wenn mehr als fünf Busse an einem Ort halten. Nein, eine kleine Bucht am Straßenrand reicht vollkommen aus. Meistens kommen dann drei Busse gleichzeitig oder keiner. Bei der Einfahrt gibt es einen großen Tumult, gerade wenn ein Bus zum Vatikan fährt, denn die Touristen tummeln sich eher, als dass sie sich sortieren. Das alles aber in größter Panik, denn dieser Bus könnte der letzte des Tages sein, also auf ihn mit Gebrüll.

In der Mitte des Platzes ist quasi ein Loch. Es ist nicht ganz so groß, wie ein Fußballfeld aber nah dran. Dort finden Ausgrabungen statt und überall und darauf wollte ich natürlich hinaus, sind Katzen.

Sie räkeln sich in der Sonne oder putzen sich gegenseitig.

Als ich komme, öffnet ein junger Mann gerade einen der beiden Eingänge. Er hat zwei Paletten mit Futter dabei und müht sich etwas. Ich frage ihn, ob ich helfen kann, doch er winkt ab. Das mache er jeden Morgen und sei schon geübt. Ich frage ihn spontan, ob ich mit rein darf und wieder biete ich meine Hilfe an.

Aber das geht leider nicht. Er erklärt mir, dass sie genaue Vorschriften hätten, sonst könnte ihnen die Erlaubnis entzogen werden. Sie würden hier nicht nur füttern, sondern auch nach dem Rechten sehen, ob Katzen krank seien oder heimlich in der Nacht mal wieder eine Neue ausgesetzt worden sei.

Aber ich könnte hier oben warten. Nach dem füttern, wären sie oft schmusig und dankbar für einen Schoß und ein paar Hände, die sie streicheln. Ansonsten würde um 12.00 Uhr das Tierasyl aufmachen, dort wären ganz viele Tiere, auch die Kranken in der Nursery.

Also warte ich geduldig, trinke meinen Kaffee in Ruhe aus und sehe dem Mann beim Füttern der Tiere zu.

Einige Minuten später kommt er wieder hoch, grüßt und verschwindet.

Und er hat nicht zu viel versprochen. Keine fünf Minuten später kommen mehrere Katzen, es scheint ein Wettlauf zu sein. Schließlich habe ich innerhalb von zehn Sekunden direkt zwei Katzen auf meinem Schoß und eine liegt neben mir. Sie hat das Rennen verloren, freut sich aber offensichtlich auch über die Streicheleinheiten.

Eine Steinbank weiter sitzt eine ältere Frau. Ich kann nicht schätzen, wie alt sie ist, aber sie muss früher eine atemberaubende Schönheit gewesen sein und auch jetzt noch muss ich sie wegen ihrer Ausstrahlung anstarren. Sie hat graue Haare, die kurz und peppig geschnitten sind, sie trägt Jeans, Turnschuhe und ein lilafarbenes T-Shirt. Aber ich weiß nicht, wie ich es ausdrücken soll, sie hat so eine natürliche Eleganz, dass sie in dem Outfit in die Oper hätte gehen können und sie hätte die anderen Frauen in langen Abendroben ausgestochen und Männer aller Altersklassen hätten ihr bewundernd hinterher geschaut. Auch die zwei Katzen, die auf ihrem Schoß liegen, hätte sie noch mit in die Oper nehmen können, ohne dass es deplatziert gewirkt hätte.

Jetzt starrt mich die Frau ihrerseits an und ich werde knallrot, reiße mich aber zusammen, deute auf die Katzen in unseren Schößen und lächle sie an, schaue dann aber sofort weg.

Als ich zwei Minuten später wieder zu ihr rüber sehe, ist sie fort, vollkommen weg, also nicht mehr am Ende des Platzes zu sehen oder gerade um die Ecke gehend. Sie muss geflogen sein. Ich bleibe noch etwa eine halbe Stunde sitzen und genieße das Schnurren der Katzen. Als ich unruhig werde, weil ich noch zur Piazza Navona und etwas für das Frühstück einkaufen möchte, merken die Katzen das sofort und springen von meinem Schoß herunter und putzen sich, auf dem Boden liegend, genüsslich. Ich verspreche wiederzukommen und gehe in Richtung Pantheon, denn ich habe beschlossen, durch die Altstadt einen kleinen Umweg zu gehen. Am Ende des Platzes, kurz vor der Straße sitzt ein alter Mann und bettelt. Ich gebe ihm großzügig zehn Euro, denn jemand sollte an meinem momentanen Glück teilhaben. Ich frage ihn, ob ich hier in der Nähe einen Supermarkt finde und er deutet um die Ecke. Richtig, da ist er ja direkt. Ich kaufe herrliche Sachen für das Frühstück mit Tim und stelle mich an der Kasse an. Vor mir steht der alte Mann von vorhin und kauft drei Flaschen billigen Rotwein. O.K., so hatte ich mir das nicht vorgestellt. Der würde kein Geld mehr von mir bekommen. Als er mich sieht, grüßt er mich und bedankt sich noch mal bei mir, mit einem Blick auf die Flaschen. Er ist nur Haut und Knochen und kauft sich nicht ein Fitzelchen zu essen.

Das finde ich wiederum so traurig, dass er mir doch mehr leidtut, als dass ich mich ärgere, aber Geld wird er trotzdem keins mehr bekommen.

Mit meiner Tüte schlendere ich dann langsam in Richtung Pantheon und bewundere den Meisterbau mit dem riesigen Loch in der Mitte der Kuppel. Schön finde ich, dass das Dach nicht mehr von außen mit Gold belegt ist, wie es ursprünglich gewesen sein soll. So ist es wundervoll schlicht. Dann geht es weiter zur Piazza Navona, am liebsten wäre ich noch weiter zum Trevi Brunnen gegangen, aber dann wäre Tim vor Hunger und Sorge sicher gestorben. So gehe ich nur in Ruhe über den Platz, den ich mittlerweile nicht mehr menschenleer vorfinde. In der frühen Morgenstunde strahlt er noch ein ganz anderes Flair aus als am Abend mit den vielen Menschen. Die ersten Künstler bauen ihre Stände auf. Ein junger Mann sieht ganz nett aus, so dass ich ihn spontan frage, was man denn tun muss, um hier seine Werke zu verkaufen. »Oh, da müsste ich zum Amt gehen und einen Gewerbeschein für diesen Platz beantragen. Es gäbe zwei verschiedene, einen für tagsüber bis 17.00 Uhr und den anderen für den ganzen Tag und die Nacht. Aber der Letztere wäre fast unbezahlbar, auch wenn die Einnahmen ungleich höher wären. Denn abends, wenn die anderen Geschäfte nicht mehr locken und das erste Glas Wein seinen Bestimmungsort gefunden hat, sitzt das Geld etwas lockerer.« Ich bedanke mich bei ihm und mache mich auf den Weg in mein neues Zuhause. Als ich die Wohnungstür öffne, wartet schon ein unruhiger Tim auf mich. Er beruhigt sich aber schnell und nimmt mich zur Begrüßung in den Arm, um mich zärtlich zu küssen. Aber als er sieht, dass ich eingekauft habe, lässt er mich sofort los, nimmt mir die Tüte ab, marschiert in die Küche und packt sie sofort aus. Also hat jetzt wohl erst einmal sein Hunger Vorrang.

Deshalb schaue ich mir die Wohnung in Ruhe an. Schlafzimmer und Bad kenne ich ja schon, aber ich sehe, dass Tim die Betten bezogen hat und meine restlichen Taschen neben dem Bett stehen. Durch die Diele komme ich in einen großen Raum, in dem sich die Küche, das Wohnzimmer und das Esszimmer befinden. Alles in einem Raum, was aber sehr schön ist. Rechts neben der Tür steht, am weitesten von der Balkontür entfernt, ein Zweiersofa, tief und gemütlich mit einem kleinen Tisch davor. Gegenüber steht ein kleiner Tisch mit einem Fernseher. Der ganze Raum ist eher ein langer Schlauch. Links von der Tür steht ein großer Esstisch aus Holz quer im Raum, an dem man aber noch bequem vorbei kommt, denn dahinter, jeweils rechts und links befinden sich zwei Küchenzeilen, die sich bis zur Wand mit der Balkontür ziehen. Ich gehe an Tim vorbei auf den Balkon. Mir stockt der Atem. Wir sind im zweiten Stock und von hier oben hat man einen Blick in den eigenen kleinen Garten aber auch über die Grundstücksmauer hinweg in die Nachbargärten. Alles ist grün, manchmal gesellen sich einige Parkplätze dazwischen, aber alles wunderbar grün und zum Teil auch noch liebevoll angelegt mit Kieswegen und Buchsbaumhecken. Mein eigener Balkon ist an den Stützpfeilern mit Efeu berankt und mit Holzdielen am Boden ausgelegt. Ein paar vertrocknete Blumen hängen traurig in runden Tontöpfen direkt am Geländer. Hier werde ich schnell Abhilfe schaffen und alles neu bepflanzen. Auf dem Balkon stehen ein Klapptisch und zwei Stühle und damit ist er auch schon fast voll. Aber wenn ich den Tisch ganz an den Rand stelle und einen Stuhl zusammenklappe, kann ich hier draußen malen, was für ein wunderbarer Ort dafür.

Jetzt decken wir erst mal den Tisch, um auf dem Balkon zu frühstücken.

Als ich Tim von dem Künstler auf der Piazza erzähle, entscheidet er sofort, dass wir den Gewerbeschein für mich holen. Durch die Stadt schlendern wäre zwar netter, aber das hier sei wesentlich wichtiger.

Nach dem Frühstück suchen wir uns die Anschrift des Ordnungsamtes im Internet heraus und stellen fest, dass wir dorthin auch mit dem Bus vom Torre Argentina aus fahren können. Ich glaube, darüber ist Tim doch etwas erleichtert. Wir gehen zum Torre und steigen dort in den passenden Bus und sind schon nach wenigen Minuten an unserem Ziel aber hier beginnt dafür der Marathon. Stunde um Stunde müssen wir warten. Erst fehlt noch ein Vordruck, den wir wieder an einem anderen Schalter besorgen und ausfüllen müssen. Dann wieder eine Nummer ziehen für den anderen Schalter. Es ist wie eine Persiflage auf das Beamtentum in Italien. Wir rechnen schon fest damit, dass gleich alle Schalter schließen und eine vierstündige Mittagspause einlegen. Aber oh Wunder, nichts dergleichen passiert. Wir warten einfach noch mal fast zwei Stunden, dann habe ich meinen Gewerbeschein in der Hand. Ich bin aber etwas beschämt, denn Tim hat darauf bestanden, dass ich eine Ganztages- und Nachtversion nehme und blättert sage und schreibe 2.000,- Euro hin, für ein Vierteljahr. Wie soll ich das nur wieder gut machen? Er ist so teuer, weil ich als Ausländerin hier keine Steuern zahlen muss, also

bezahlen wir damit direkt so eine Art Abgeltungssteuer.
Lara wird sich sicher über den Steuerbeleg freuen, auch wenn er etwas erklärungsintensiv sein dürfte, da sie mehr als ganztags als Ärztin in einem Krankenhaus arbeitet.
Nachdem wir nun den ganzen Tag in dem Amt vertrödelt haben, bleibt keine Zeit mehr für einen Stadtbummel und einige Besichtigungen, die wir machen wollten. Also gehen wir abends ins ‚Cul du sac'. Ein kleines Lokal in unmittelbarer Nähe meiner Wohnung, in dem die Weinkarte so dick ist, wie das Telefonbuch einer Großstadt.
Wir entscheiden uns für einen sizilianischen Weißwein namens Donna sfugata, köstlich. Wir entscheiden uns genau dreimal. Dazu essen wir Käse, Wurst, Brot und frischen, bunten Salat und trinken brav zwei Karaffen Wasser dazu.
In der Nacht lieben wir uns auf betörende Weise und ich werde richtig traurig, dass Tim am nächsten Morgen zurück nach Düsseldorf fahren muss.
Morgens wache ich schon wieder um sieben Uhr auf. Trotz des Wassers habe ich furchtbare Kopfschmerzen. Ich sollte wirklich nicht mehr so viel trinken. Tim murmelt mir zu, dass er erst am Nachmittag fahren wird und ich ihn noch zwei Stunden schlafen lassen soll, er hätte noch einen Rausch. Er schaut mich mit einem offenen Auge verschmitzt an und ergänzt, dass dies nicht nur vom Alkohol käme, und schläft danach kommentarlos einfach wieder ein.

Also würde ich nach zwei Kopfschmerztabletten und drei Gläsern Milch wieder meine morgendliche Runde machen. Aber dazu hatte ich noch etwas vorzubereiten.

Dreißig Minuten später bin ich am Torre, aber der junge Mann ist noch nicht da. Also sehe ich mich um und entdecke den alten Mann am gleichen Platz wie tags zuvor. Ich gehe zu ihm, krame in meiner Tasche und hole zwei Butterbrote und einen Apfel hervor. Als ich ihm beides hinhalte, rümpft er die Nase und schaut mich befremdlich an »Was soll ich damit?«

»Wie wäre es mit essen?«

»Warum?«

Jetzt reicht es mir. »Da ich Sie wahrscheinlich nicht davon überzeugen kann, von dem gesammelten Geld keinen Alkohol, sondern etwas zu essen zu kaufen, dachte ich mir, es gibt halt umsonst etwas zu essen und ab und zu spendiere ich Ihnen eine Flasche Wein darüber hinaus. Heute natürlich nicht, denn gestern gab es ja direkt drei Flaschen von meinem Geld« ergänze ich schnell, als ich die Vorfreude in seinen Augen auf eine erneute Flasche Wein sehe.

»Alles klar, das esse ich später« entgegnet er. Aber so hatte ich mir das nicht vorgestellt. »Der Handel gilt nur, wenn Sie alles aufessen, wenn ich hier sitze. Sie können sich dabei auch mit mir unterhalten, wenn Sie möchten.«

Der Alte grummelt vor sich hin, schaut sich die Brote genauer an und stellt fest, dass sie mit einem herrlichen Schinken belegt sind. Da packt er sie doch ganz aus und fängt an zu essen. Gesprächig ist er allerdings nicht. Ich bekomme nur heraus, dass er Antonio heißt und schon seit acht Jahren auf der Straße lebt. Den Grund für den Absturz will er mir nicht nennen, aber er leidet immer noch daran, das kann man unschwer erkennen. Beim Apfel gibt es dann erneut eine Diskussion aber ich bleibe standhaft, der Handel gilt nur mit dem Apfel. Nachdem er ihn ganz aufgegessen hat, verabschiede ich mich, denn jetzt kommt auch der junge Mann mit dem Katzenfutter, das will ich nicht verpassen. Alles läuft genauso, wie am Tag zuvor. Nach der Fütterung habe ich direkt drei Katzen um mich herum. Eine ist neu, denn eine von gestern ist abtrünnig geworden und zu der älteren Frau, die auch wieder auf der Bank nebenan sitzt, auf den Schoß geklettert.

Diesmal verschwindet sie aber nicht einfach im Nichts. Nach ihrem Katzeneinsatz geht sie an mir vorbei, bleibt stehen, streckt mir die Hand entgegen und stellt sich vor.

»Ich bin Emilia. Ich habe das Gefühl, wir sehen uns jetzt öfter.«

Ich stammele auch meinen Namen, also den von Lara. Ich bin völlig überrascht, und als ich ihre Hand schüttle, durchfährt mich etwas Unbeschreibliches. Ich finde nur ein einziges Wort dafür: ›Macht‹.

Nicht diese Macht einer Diktatorin, die alle umbringt, die ihr nicht folgen. Nein, mein Gott ist mir das peinlich, es ist etwas Übernatürliches, wie eine Fee oder ein Engel mit unbegrenzten Möglichkeiten. Ich sage ja, es ist peinlich, aber

eigentlich egal, denn ich bin wohl tot, oder? Was kann da noch peinlich sein?
Ich sitze noch ein paar Minuten da, nachdem Emilia gegangen ist, und denke über diese Begegnung nach. Ich komme aber zu keinem Schluss. Ich kann mir dieses Gefühl nicht erklären. Also gehe ich zum Supermarkt und kaufe noch einige fehlende Sachen für das Frühstück ein.
Tim schläft noch, als ich nach Hause komme, also setze ich mich mit einem Buch auf den Balkon und lese.
Als Tim eine Stunde später aufsteht, frühstücken wir ganz in Ruhe, etwas schweigsam, denn der Abschied schwebt drohend über uns. Aber wir wollen den Tag noch nutzen und so machen wir uns auf zu unserer vorerst letzten gemeinsamen Runde durch Rom. Erst geht es zum Trevi Brunnen, denn wir müssen sicherstellen, dass Tim auch wieder kommen wird, sonst fände ich es hier auf Dauer wohl doch etwas einsam.
Wir werfen 50 Cent über die linke Schulter, immer über das Herz, denn das soll mit einem Teil in Rom bleiben.
Dann fahren wir mit dem Bus den Corso runter, bis zum Kaufhaus Rinascente.
Dort in einer Seitenstraße ist ein Bürohaus und im Innenhof ist eine Trattoria für die Geschäftsleute, die mittags etwas essen wollen. Eine Theke, ein paar Plätze auf Hochstühlen am Fenster und Plastikstühle und Tische im geschlossenen Innenhof. Nicht besonders hübsch aber hier gibt es die besten Panini

der Stadt. Gott sei Dank haben wir nicht so viel zum Frühstück gegessen. Wir lassen uns die Panini auf dem Grill erwärmen und einpacken, denn wir wollen sie erst in der Villa Borghese essen, unserem nächsten Ziel.
Dort suchen wir uns einen schattigen Platz unter Bäumen und verspeisen unser Mittagessen.
Danach sind wir faul und machen, eng aneinander gekuschelt einen kurzen Mittagsschlaf.
Ganz benommen wachen wir zwei Stunden später wieder auf. Wie konnten wir nur unsere letzten Stunden verschlafen? Jetzt müssen wir uns schon beeilen, denn Tim muss fahren, sonst wird es zu spät. Wir sind traurig, wollen uns nicht trennen. Aber es hilft nichts, Tim hat Termine und muss einfach fahren. Er gibt mir noch einen Umschlag. Als ich ihn öffne, finde ich 1.000,- Euro und stammle: »Das geht nicht, das ist so viel Geld. Ich werde doch etwas verdienen, wenn ich meine Bilder verkaufe.«
Aber Tim sieht das ganz nüchtern. »Du hast noch keine Bilder, du musst dafür noch etwas einkaufen, und selbst wenn du ein paar Bilder verkaufst, verdienst du damit kein Vermögen. Mir ist lieber, ich weiß, du bist fürs Erste versorgt. Wenn du willst, kannst du mir jeden Cent zurückgeben, musst du aber nicht. Die Wohnung ist für drei Monate bezahlt. Danach müssen wir sehen, ob du weiter hier bleibst oder wieder zurück kannst.
Leb dich gut ein und versuche, ein paar Leute kennen zu lernen. Ich versuche, in drei Wochen

wieder hier zu sein und dann hoffe ich, ein paar Tage länger bleiben zu können.«
Wir umarmen uns und küssen uns leidenschaftlich, ein wenig verzweifelt. Fast hätte Tim die Abfahrt noch um eine Weile verschieben müssen, aber wir bleiben vernünftig.
Ach wie gerne wäre ich noch ein wenig unvernünftig geblieben.

Die Seele

Ich war am Torre Argentina und in der Villa Borghese, im Innern meiner Heimat.
Alles geht so langsam voran.
Aber ich darf mein Ich nicht so stark vorantreiben wollen.
Es muss sich langsam entwickeln.
Ich habe so lange gewartet, gewartet auf diesen Moment.
Die Zeit kommt, meine Zeit, unsere Zeit.
Den Nebeln und der zeitlosen Zeit entronnen, gilt es jetzt geduldig zu sein, das Leben mit allen Sinnen aufzunehmen und meinem neuen ›Ich‹ die unumgänglichen Dinge des Lebens zu lehren.

Kapitel 5

Ich bin allein.
Es macht mir aber erstmal nichts aus, denn ich bin voller Tatendrang. 1.000,- EUR bis zur Pleite, dafür aber eine bezahlte Wohnung. Es geht mir also gar nicht so schlecht. Ich werde den Gürtel jetzt enger schnallen. Ich will nachher nicht ohne Geld dastehen und Tim noch mal fragen müssen, nein, das geht wirklich nicht.
Ich sortiere meine Malutensilien. Ich habe meinen großen Aquarellkasten und viele Tuben Ölfarben. Ich schaue schnell durch und notiere, welche Farben mir fehlen.
Die Pinsel sollten erstmal reichen. Ich brauche eine Palette um die Farben zu mischen, Terpentin, eine Staffelei und eine Mappe, in der ich die Bilder ausstellen kann. Zunächst kann ich den Klapptisch vom Balkon mitnehmen, der zwar etwas zu groß ist, aber mein Weg ist nicht allzu weit.
Im Internet finde ich den passenden Laden für mich, den ich auch mit dem Bus gut erreichen kann. Also mache ich mich direkt auf den Weg, der Tag ist noch lang genug, um das heute noch zu erledigen. Der Bus, auf den ich nicht lange warten muss, ist überfüllt, aber da Feierabendverkehr ist, wird der nächste auch nicht leerer sein, also stopfe ich mich noch zu den anderen dazu. Trotz Klimaanlage ist er total überhitzt. Aber ich bin stolz, meine Pläne direkt in die Tat umzusetzen und nicht alles auf den nächsten Tag zu verschieben. In dem Laden finde

ich schnell, was ich brauche und zum Glück denke ich noch rechtzeitig daran, auch Leinwände zu kaufen, sonst hätte ich mein Vorhaben anzufangen, doch noch verschieben müssen. Ich muss hier schon den ersten Hunderter ausgeben und spüre eine Unruhe, schnell etwas auf der Habenseite auffüllen zu müssen.

Das Licht ist nicht mehr perfekt, als ich wieder zuhause bin. Für ein bis zwei Stunden ist es noch akzeptabel. Ich suche mir im Reiseführer ein Bild von der Villa Borghese heraus, aber das gefällt mir nicht, also fange ich an, aus dem Kopf zu malen. Den kleinen See mit ein paar Booten und den Bäumen drum herum, mehr passt schon nicht mehr in das kleine Format. Das ist ganz schön friemelig, also suche ich noch mal durch meine mitgebrachten Sachen und finde tatsächlich meine Lupe. Die kann ich mit einem dicken Gummiband über die Stirn ziehen und die Lupe vor ein Auge klappen. Damit geht es deutlich besser und ich komme gut voran. Nach anderthalb Stunden bin ich fertig und begutachte mein Werk. Hier und da ergänze ich mit Gelb noch einige Lichtreflexe und fertig bin ich. Es gefällt mir gut und ist das erste Bild meines neuen Lebens. Anschließend mache ich mich auf den Weg zur Piazza Navona. Ich will mir die Preise der anderen Künstler anschauen, denn ich habe gar keine Ahnung, für welchen Preis ich meine Bilder anbieten kann.

Es ist eine Ernüchterung. Alles wird so billig angeboten, dass ich kaum weiß, wie man damit

Miete und Farben bezahlen soll, geschweige denn das Leben an sich. Aber viele Bilder sind nur kitschig und nicht so schwierig zu malen. Also male ich entweder schneller und einfacher oder ich nehme einen höheren Preis. Ich finde den Maler wieder, dessen Bild jetzt an der Wand in meinem Schlafzimmer hängt, und schaue mir alles genau an. Er erkennt mich wieder und wir kommen ins Gespräch. Nach einer Weile beichte ich ihm dann, dass ich auch hier verkaufen werde. Erst erscheint es mir, als sei er ein bisschen wütend aber schließlich, meint er, dass es dann wahrscheinlich weniger Schund hier geben wird, wenn noch jemand außer ihm etwas Qualitatives anbieten würde. Das nimmt er wohl an, weil ich eines seiner Bilder gekauft hatte. Er bittet mich, nicht zu niedrige Preise zu nehmen, die anderen würden die Preise völlig kaputtmachen und manchen Touristen wäre es einfach egal, was sie kaufen, Hauptsache billig.
Er stellt sich mir als Mario vor und ich nenne ihm meinen Namen, na ja, halt den von Tims Schwester.
Jetzt fühle ich mich wirklich allein. Gern wäre ich jetzt noch ins ‚Cul du sac' gegangen aber allein ist nicht so mein Ding. Ich muss das erst noch lernen. Sicher werde ich auch hier Menschen kennenlernen, mit denen ich ausgehen kann.
Im nächsten Moment stockt mir der Atem. Ich bin direkt in den wohl atemberaubendsten Mann hineingelaufen, den ich je in meinem Leben gesehen habe. Ein typischer, ja ein vollkommener Italiener. Ein Typ, für den man sofort alles liegen und stehen

lässt, um mit ihm auszuwandern. Groß, dunkler Teint, große braune Augen, leicht gewelltes, fast schwarzes, längeres Haar und einfach, ja einfach unheimlich männlich. Ich kann förmlich das Sixpack unter seinem weißen Hemd sehen. Darunter kommt dann noch eine stylische Jeans. In dem Moment ist der einzige Wunsch, den ich habe, dass er sich umdreht und ich mir dann ganz in Ruhe seinen Hintern anschauen kann, der muss auch der Hammer sein.

Das passiert natürlich alles in einer Zehntelsekunde und danach wird es ziemlich peinlich, weil ich mal wieder anfange zu stammeln. Aber er rettet perfekt die Situation, indem er sich galant entschuldigt, mich schöne Frau nennt und mich dann einfach stehen lässt. Er läuft so schnell aus meinem Leben, wie er hineingestolpert ist.

Ich werde den Weg in meine Wohnung nicht mehr schaffen, obwohl ich direkt vor meiner Haustür stehe, so durcheinander fühle ich mich. Ich schleppe mich zu dem Café Mimi e Cocò hinüber und bestelle mir, noch immer atemlos und mit Herzklopfen ein großes Glas Wein. Als mir die Kellnerin dies bringt, kippe ich es, ganz damenhaft, in einem Zug hinunter und bestelle ein Zweites.

Die Kellnerin lächelt mich an, in der Hand das zweite Glas Wein und meint, nach diesem Zusammenprall würde sie sich auch betrinken. »Haben Sie wenigstens die Telefonnummer bekommen?«

»Nein. Er ist weg« stammele ich immer noch. Aber doch noch geistesgegenwärtig frage ich sie. »Haben Sie den Mann schon mal gesehen? Ist er öfters hier?«
Sie enttäuscht mich. »Nein, ganz sicher nicht, wenn der nur einmal hier vorbei gegangen wäre, würde ich das in meinem ganzen Leben nicht mehr vergessen. Es gibt schon wirklich schöne Menschen in Rom aber der, der ist etwas ganz Besonderes. Haben Sie die Macht gespürt, die von ihm ausging? Es ist mir eiskalt den Rücken runter gelaufen und er ist mehrere Meter von mir entfernt vorübergegangen. Haben Sie es nicht bemerkt?«
Ich antworte nicht, bin in meinen Gedanken gefangen und schließlich gibt die Kellnerin auf. Aber sie hatte Recht, es ging Macht von dem Mann aus. Die gleiche übernatürliche Macht wie von Emilia. Ich hatte das in meinem bisherigen Leben so noch nie gespürt und jetzt gleich zweimal kurz hintereinander. Ich trinke mein Glas Wein in Ruhe aus, verabschiede mich und gehe langsam zu meiner Wohnung, hoffend, dass der magische Fremde vielleicht doch noch einmal um die Ecke kommen möge. Oben angekommen lege ich mich mit einem kleinen Schwips ins Bett und schlafe. Morgen muss ich malen.
Ich stehe sehr früh auf und fange direkt an. Mit einer Tasse Kaffee male ich ein wunderschönes Bild von der Piazza Navona. Ohne Menschen, aber mit morgendlichen Nebelschwaden rund um den Vier-Ströme-Brunnen. Ich bin von mir selbst begeistert.

Danach dusche ich schnell, denn ich darf die Katzen und Antonio nicht vernachlässigen. Nach einer guten halben Stunde Intensivschmusen mit meinen Katzen und einem guten Gespräch mit Antonio, er hat tatsächlich Geschichte studiert und später an der Universität gelehrt, gehe ich mit einem heißen Latte macchiato wieder in meine Wohnung, um weiter zu arbeiten.

Plötzlich habe ich einen Gedanken und lasse meinen Pinsel über die Leinwand wirbeln. Am Ende habe ich ein passables Bild von dem Fremden, der auf meinem Bild vor dem Pantheon steht, ganz allein.

Menschen malen kann ich eigentlich nicht so gut, aber er ist mir sehr gut gelungen. Das Bild hänge ich direkt neben meinem Bett auf. Wenn Tim das nächste Mal kommt, darf ich nicht vergessen, es wieder abzuhängen, sonst wären zu viele Erklärungen notwendig.

So vergehen die nächsten beiden Tage, morgens zum Torre und danach malen. Da ich ein wenig um mein Geld bange, gehe ich abends nicht aus, sondern koche mir leckere Pasta und gönne mir ein oder zwei Gläser sizilianischen Weins. Am dritten Abend fällt mir aber doch die Decke auf den Kopf und ich wandere durch die Altstadt. Ich habe mir gerade ein Eis gekauft, da erscheint er wieder. Er steht einfach da und schaut mich an, ja richtig, er sieht mich an, nicht zufällig an mir vorbei oder irgendwo anders hin. Er schaut mir in die Augen und sein Blick trifft mich so, dass ich fast in die Knie gehe. Ich muss mich an der Hauswand abstützen und atme tief

durch. Dann schaue ich wieder hoch und er ist weg. Na super, wenn ich jedes Mal halb in Ohnmacht falle, wenn ich ihn sehe. Daran muss ich arbeiten.
In der Nacht habe ich furchtbare Träume, von Katzen, Emilia und dem magischen Mann. Antonio kommt auch darin vor, aber er ist nicht alt, sondern etwa Mitte vierzig, stattlich und nicht so schmächtig wie jetzt. Der Traum hat etwas Kriegerisches und alle Menschen und Tiere scheinen auf der guten Seite zu stehen und gegen etwas Unsichtbares zu kämpfen. Aber nicht nur das, hinter ihnen stehe ich, in einem Nachthemd, was ich übrigens gar nicht besitze. Es scheint, als würden mich alle verteidigen vor einer nicht greifbaren, großen Gefahr.
Ich wache schweißgebadet auf. Ich spüre noch die Angst des Traums, die nicht vergehen will. Es ist so real gewesen, dass ich selbst nach dem Aufwachen noch alles ganz genau vor Augen habe. Es ist mitten in der Nacht. Mir fehlt eine Katze, die mich etwas beruhigen könnte. Ich trinke ein Glas Milch und beginne dann zu malen, da es hilft, mich zu beruhigen. Dieses Bild werde ich nie verkaufen können, denn es ist ein Abbild meines Albtraums. Aber es hilft mir wieder runterzukommen und verhindert auch, es zu vergessen, wie das so oft bei Träumen ist.
Vielleicht war es mein Tod, der diese Bilder hervorruft. Ein Traum aus dem Jenseits, wo ich jetzt eigentlich sein müsste. Eventuell gehört diese Seite jetzt zu meinem Leben.

Um fünf Uhr morgens bin ich fertig und beschließe in die Villa Borghese zu gehen und vor Ort zu malen. Das war eine grandiose Idee. Ich male drei Bilder, die einfach fantastisch geworden sind. Ich beschließe zusammenzupacken, da sich der Himmel bewölkt und es nach Regen aussieht. Doch über das Malen habe ich meine Katzen ganz vergessen. Natürlich gehe ich noch am Torre vorbei, aber zu meinem Ritual kommt es nicht. Meine üblichen süßen Katzen finde ich nicht vor. Aber eine, die ich noch nicht kenne, eine grau Getigerte mit drei Beinen legt sich bei mir auf den Schoß und steht nicht mehr auf.

Es fängt an zu regnen, aber das stört sie nicht im Mindesten. Ich halte meinen Pulli über uns, bis dieser vollkommen mit Regenwasser durchtränkt ist, aber diese Katze scheint das alles nicht zu stören. Da entscheide ich etwas. Ich nehme die Kleine auf den Arm und gehe zum Katzenasyl. Sie schmiegt sich an mich und meint wohl, es gäbe keinen natürlicheren Aufenthaltsort auf dieser Welt als meine Arme.

Drinnen treffe ich auf einige freiwillige Helfer, die etwas erstaunt sind, als ich mit der Katze hereinkomme. Was ich den mit Kimba auf dem Arm täte, sie würde doch draußen auf dem Areal wohnen.

»Ich will diese Katze mitnehmen, sie hat mich auserwählt, also ist es mein Schicksal für sie zu sorgen«, erwidere ich spontan.

So einfach geht es nun aber doch nicht. Mir werden viele Fragen gestellt, wie ich wohne, was ich machen würde, wenn ich wieder nach Deutschland zurückgehen würde, ob mein Balkon gesichert sei. Kann ich die Schutzgebühr bezahlen und, und, und. Ich beantworte alle Fragen mit größter Selbstverständlichkeit, obwohl ich mir vorher keine Gedanken gemacht hatte. Weil ich sie einfach will, sie gehört zu mir, also mache ich natürlich alles, was erforderlich ist und in welchem Land ich jemals leben würde, ist einfach egal. England scheidet aufgrund der Quarantäne sinnvollerweise aus, solange Kimba lebt, aber da will ich sowieso nicht hin.

Ich bezahle die geforderten 200,- Euro für Impfungen und Kastration und lasse mir den Weg zum nächsten Tierladen erklären, der netterweise direkt um die Ecke ist. Ich leihe mir eine Transportbox und weg bin ich oder vielmehr wir.

In meiner Wohnung kommen wir dann ziemlich vollgepackt und dreihundert Euro leichter an.

Ich rechne kurz mein verbliebenes Guthaben durch, wodurch mir etwas übel wird, aber egal, es ist eine notwendige Ausgabe gewesen.

Wir machen es uns erstmal auf dem Sofa bequem aber nach zwei Stunden Kuscheln werde ich unruhig, ich sollte jetzt langsam Geld verdienen gehen. Mittlerweile habe ich elf Bilder fertig und entscheide, jetzt noch ein oder zwei Bilder zu malen und dann heute Abend das erste Mal mein Glück zu versuchen und meinen Stand auf der Piazza Navona aufzubauen.

Wie von selbst male ich zwei Bilder mit grauen Katzen, allerdings haben sie vier Beine, sonst hätten

meine Käufer vielleicht Probleme und ich kann ja schlecht jedem erklären, dass Katzen auch ganz gut mit drei Beinen klarkommen.
Um acht Uhr verabschiede ich mich seufzend von Kimba. Das ist echt nicht nett von mir, an unserem ersten gemeinsamen Abend zu verschwinden. Aber irgendwie ist sie ja nicht unerheblich an dem Loch in meiner Kasse beteiligt.
Ich verkaufe zwei Bilder an dem Abend und bekomme ein Lob von Mario, dem meine Bilder sehr gut gefallen.
Achtzig Euro habe ich verdient. Fürs Erste nicht schlecht. So vergehen auch die nächsten Tage. Morgens zum Torre, dann irgendwo in der Stadt malen oder auch zu Hause, damit Kimba nicht so lange alleine ist und abends zur Piazza. Nicht jeden Abend kann ich Bilder verkaufen, aber es reicht, um die verbliebene Rücklage nicht anzurühren. Aber es reicht sicher nicht, um die Miete, deren Höhe ich gar nicht kenne, den nächsten Gewerbeschein und meinen Lebensunterhalt zu bezahlen.
Ich muss mir auf Dauer etwas anderes überlegen. Wenn es nicht anders geht, werde ich neben meinen schönen Bildern, wieder Karikaturen machen. Die muss ich wenigstens nicht vorbereiten. Ich brauche einfach nur einen Stuhl und ein paar Sachen zum Malen. Das würde gehen. Oder ich lerne jemanden kennen, der ein Jobangebot für mich hat. Noch habe ich mein normales Leben nicht im Griff. Aber ich muss mir noch etwas Zeit geben, was mir aber schwerfällt, denn trotz meines auch bisherigen

chaotischen Lebens, ist mir ein Mindestmaß an finanzieller Sicherheit immer wichtig gewesen.

Ich habe schon immer auf große Sprünge verzichtet und erst mit einem ausreichenden Polster meine Mal- oder Bildhauerkurse gebucht. Urlaub hatte ich das letzte Mal mit meinen Eltern gemacht. Aber wenn ich ehrlich bin, hatte ich auch immer meine Eltern oder später nur noch meine Mutter im Rücken. Ihr geht es finanziell nicht schlecht, und obwohl ich es nie in Anspruch genommen habe, wusste ich doch, sie würde mir immer helfen, wenn es nötig wäre.

Nun weiß ich noch nicht einmal, ob ich meine Mutter je wiedersehen würde und wenn, ob sie mir das je verzeihen würde, dass ich sie über meine Situation nicht ins Vertrauen gezogen habe.

Ich muss dieses Problem lösen, ich muss mich bei ihr melden. Aber ich kann doch nicht anrufen und sagen ›Hi Mama, ich bin gar nicht tot. Ich wollte dir das nur mal so mitteilen.‹ Aber hinfahren kann ich auch nicht, das ist zu gefährlich.

Ich habe doch gar nichts gemacht, ich bin einfach von einem Auto überfahren worden und habe aus irgendeinem höheren Grund eine zweite Chance bekommen. Ich weiß noch nicht weswegen, aber grundlos ist das sicher nicht passiert. Der Haken wird noch kommen.

Und meine Albträume kommen auch immer wieder, immer wieder gleich und immer gleich bedrohlich. Eine große Welle von irgendwas kommt auf mich zu, um mich zu überrollen. Es muss etwas passieren, ich weiß nur nicht, was es ist und wann es passieren wird. In diesen Momenten kommt Kimba zu mir und beruhigt mich und gibt mir Kraft. Wirklich Kraft oder soll ich es Macht nennen, um mich verständlicher auszudrücken? Ich sehe sie mir genauer an und fühle auch von ihr diese außerirdische Stärke ausgehen aber ich fühle sie nicht nur bei ihr, wie bei Emilia und dem wunderschönen Fremden, sondern sie gibt mir etwas davon ab. Wahrscheinlich werde ich langsam verrückt. Ich spinne, ich drehe durch. An diesem Abend maile ich nicht nur mit Tim, wie so oft, ich rufe ihn an. Ich muss mal eine vertraute Stimme hören, sonst fange ich noch an, mit mir selbst zu sprechen. Es reicht ja schon, dass ich immer mehr mit Kimba rede, so wie in dem Klischee mit der mittelalten, alleinstehenden Frau mit drei Katzen, die irgendwann nur noch mit dem Tierarzt und den Katzen spricht, anstatt mit Freunden und Nachbarn.

Ich klage Tim mein ganzes Leid. Ein wenig deute ich auch von dem ganzen Zeug an, aber ich bin mir unsicher, was er davon hält. Aber wie immer zeigt er großes Verständnis und Interesse und verspricht am übernächsten Wochenende zu kommen, vorher würde er es nicht schaffen. Er ist begeistert, als er hört, dass ich Kimba aus dem Tierheim geholt habe, und freut sich schon darauf, sie zu sehen. Zampina ginge es auch gut und sie würde immer noch keine Anstalten machen, raus zu wollen. Wir plaudern noch ein wenig über seinen Alltagsstress und verabschieden uns dann. Das hat mir gut getan, ich brauche vielleicht nur ein wenig mehr Bodenhaftung und ein normales Leben.

Am nächsten Abend würde ich Mario fragen, ob er nicht eine Idee hätte, was ich hier in Rom anstellen kann, um Anschluss zu finden, ohne jeden Abend in die Disco zu müssen. Das ist echt nicht mein Ding.

Der nächste Morgen fängt so an wie immer. Ich bin früh wach, wohingegen sich Kimba immer mehr als Langschläferin outet. Sie maunzt, will noch nicht fressen und bleibt in der warmen Kuhle im Bett liegen, die ich hinterlassen habe. Also ignoriere ich sie, dusche und mache mich auf zu meiner Runde. Heute würde ich Antonio mal wieder neben den Broten eine Flasche Wein gönnen. Er hat in der letzten Woche immer alles brav aufgegessen und ich finde, sein Gesicht sieht schon nicht mehr so schmal aus. Ich überlege, ob ich ihn nicht mal mit zu mir zum Duschen einladen soll. Er kommt mir ziemlich vertrauenswürdig vor, weiß aber nicht, ob dies zu weit geht. Ich kann mich schließlich auch täuschen.

Zunächst gehe ich zu meiner Bank und zu meinen Katzen. Es ist aber keine da, keine Einzige. Ich sehe Emilia auf der anderen Bank sitzen, auch sie hat nur eine Katze auf ihrem Schoß sitzen und ich vermute, das ist ihre eigene, denn sie ist auch immer weg, wenn Emilia wie vom Erdboden verschluckt, verschwindet.

»Guten Morgen wissen Sie, wo die Katzen heute sind, das habe ich bisher noch nicht erlebt.« »Sie haben sich versteckt, es liegt etwas Unheilvolles in der Luft«, entgegnet Emilia.

Ich will gerade fragen, was sie wohl an diesem strahlenden Morgen damit sagen will, als es anfängt. Mir dröhnt auf einmal der Kopf, er scheint zu zerplatzen. Ich krümme mich vor Schmerzen. Migräne ist das nicht. Ich kann kaum noch gucken, so tut mir alles weh. Emilia sieht erschrocken zu mir, dann um sich herum, bis ihr Blick bei einem Mann hängen bleibt. Er steht etwa in fünfzig Metern Entfernung, vollkommen seelenruhig, schaut in meine Richtung, nein er schaut nicht, denn er hat die Augen geschlossen, so als würde er sich konzentrieren.
Emilia springt blitzschnell auf und stellt sich zwischen uns, hat mir aber den Rücken zugewandt, so dass ich nicht sehen kann was passiert. Aber meine höllischen Kopfschmerzen hören im selben Moment auf.
Emilia brüllt nach einem Giancarlo und nach Antonio. Der Giancarlo kommt nicht, dafür aber Antonio. Der Antonio, der Obdachlose springt auf die Beine und hastet herüber. Mir schreit Emilia zu »Marta, lauf sofort ins Pantheon, renne.« Ich rühre mich nicht, ich bin erstaunt, geschockt und unwissend. Emilia brüllt mich nur noch an. »Lauf um dein Leben Marta, sofort.«
Das habe ich jetzt auch verstanden und erwache aus meiner Starre. Antonio ist mittlerweile bei mir angekommen und zieht mich von der Bank hoch, nimmt meine Hand und rennt los. Ich komme kaum hinterher. Ich denke noch, dass es erstaunlich ist, wie fit er ist bei seinem Alkoholkonsum, als hinter uns

ein Schrei ertönt. Ich drehe mich um und sehe Emilia zusammenbrechen.
Antonio zerrt weiter an mir, aber ich will nicht. »Wir können doch Emilia nicht einfach dort liegen lassen.«
Doch er ist unerbittlich und zieht mich mit einer solchen Kraft weiter, die ich ihm nie zugetraut hätte. Die Schmerzen brennen wieder in meinem Kopf. Ich kann nicht mehr weiter. Ich breche direkt vor der Statue des kleinen Elefanten mit dem Obelisken auf dem Rücken zusammen. Die Schmerzen werden von Sekunde zu Sekunde schlimmer. Antonio hebt mich auf und zieht mich mit großer Anstrengung weiter Richtung Pantheon.
Der Mann scheint uns zu folgen, um in kürzester Zeit näher zu kommen, zu nahe.
Antonio nimmt mich auf die Arme und rennt mit mir in erstaunlicher Geschwindigkeit weiter. Wir haben es nicht mehr weit bis zum Pantheon. Aber ich kann nicht darüber nachdenken, mir ist es eigentlich egal, wenn nur diese Schmerzen aufhören würden.
Noch eine Ecke, glücklicherweise ist es noch früh und es stehen noch nicht so viele Touristen im Weg herum, die ins Pantheon drängen. Meinen Schmerzen nach zu urteilen, muss der Mann direkt hinter uns sein, da hechtet Antonio durch den Eingang und muss mich auf dem Steinboden fallen lassen, da er keine Kraft mehr hat.
Aber das bekomme ich nicht mehr mit. Der Schmerz war so unerträglich, dass ich in Ohnmacht gefallen bin.

Die Seele

Es beginnt.
Wir sind nicht vorbereitet.
Ich will nicht schon wieder alles verlieren, was ich gerade erst geschenkt bekommen habe.
Das Gefühl ist zu gut.
Es muss dieses Mal gelingen.
Marta und ich werden es schaffen.
Ich bin mir ganz sicher, wenn sie es glaubt und es annimmt.

Kapitel 6

Ich habe rasende Kopfschmerzen. Was ist passiert?
Ich öffne vorsichtig die Augen, schließe sie aber direkt wieder. Es ist zu viel Licht in dem Raum, in dem ich mich aufhalte, deswegen sind die Schmerzen mit geöffneten Augen noch viel schlimmer.
Im Hintergrund höre ich leise Stimmen. Ich konzentriere mich ein wenig, dann kann ich verstehen, was gesprochen wird.
»Wir hätten sie vorbereiten sollen, nur abzuwarten war ein großer Fehler. Es hätte schief gehen können, bevor es überhaupt angefangen hat«sagt eine aufgeregte Frauenstimme, die eindeutig von Emilia kommt.
Gott sei Dank. Emilia lebt. Als ich sie zusammenbrechen sah, dachte ich, sie wäre tot. Aber sie ist wahrscheinlich stark genug, für was auch immer da passiert ist. Außerdem hatte sich der Mann ja direkt wieder auf mich konzentriert und war uns hinterher gejagt.
»Wir haben es schlichtweg falsch eingeschätzt. Wir sollten froh sein, dass es noch mal gut gegangen ist und daraus unsere Lehren ziehen. Wir müssen jetzt hart arbeiten. Ich hätte nicht gedacht, dass die andere Seite so schnell ist. Dass sie Marta jetzt schon entdeckt haben, konnte keiner ahnen. Auch unsere Späher haben nichts bemerkt. Lasst uns nach vorne schauen und ausarbeiten, wie wir vorgehen wollen, damit so etwas nicht noch mal unvorbereitet

geschieht« antwortet eine Männerstimme, die ich nicht kenne.
In diesem Moment springt eine Katze auf meinen Bauch. Es ist Kimba. Ich sehe mich um, meine Augen zu Schlitzen zusammengekniffen, um den Schmerz in Schach zu halten. Ich bin nicht bei mir zu Hause, wie kommt Kimba dann hier her? Sie schnurrt mich laut an und scheint glücklich, dass ich wieder bei ihr bin. Die Menschen im anderen Raum haben etwas aus diesem Zimmer gehört und kommen alle rüber. Da stehen Emilia, Antonio und der schöne Fremde und dahinter schaut noch ein etwa elfjähriges Mädchen neugierig durch die Armbeuge von Antonio.
»Gott sei Dank, du bist aufgewacht. Wie geht es dir?« fragt Emilia und setzt sich dabei vorsichtig zu mir auf die Bettkante.
»Mir geht es nicht gut. Ich fühle mich, als hätte jemand meinen Kopf durch einen Fleischwolf gedreht. Hat vielleicht einer von euch eine Kopfschmerztablette und anschließend noch die eine oder andere Erklärung für mich?« entfährt es mir etwas ärgerlich.
»Eine Kopfschmerztablette hilft leider nicht bei einem Angriff der Dunklen. Aber Giancarlo hier wird dich gleich behandeln, dann wird es dir etwas besser gehen. Danach solltest du schlafen und ich verspreche dir, morgen sind die Schmerzen weg und wir werden dir vieles erklären. Es war ein Fehler, wir haben die Situation falsch eingeschätzt, sonst hätten wir dir schon eher Klarheit verschafft«

antwortet Emilia schuldbewusst und steht auf, um Giancarlo Platz zu machen.

Giancarlo ist also mein atemberaubender Fremder. Er wird mich behandeln? Ist er Arzt? Das macht mich etwas nervös. Wie blöd bin ich eigentlich, ich mache mir tatsächlich Gedanken wie ein Teenager. Es scheint hier um die Sicherheit meines zweiten Lebens zu gehen und nicht um ein paar wunderschöne Männerhände, die mich gleich vielleicht berühren werden. Da, schon wieder, Schluss jetzt damit. Im Augenblick will ich nur, dass diese höllischen Schmerzen aufhören, egal, welche Hände das bewerkstelligen werden.

»Ach Marta, ich habe ganz vergessen, dir alle vorzustellen. Antonio kennst du ja schon. Allerdings sitzt er nur als Obdachloser am Torre, um die Situation und dich zu beobachten. Giancarlo hast du, glaube ich schon bemerkt. Das ist sein Manko, er sollte im Hintergrund bleiben und dich bewachen, aber er sieht einfach zu gut aus. Wir sollten ihn besser in den Innendienst versetzen, aber er ist auf der Straße einfach zu wertvoll. Und zuletzt haben wir hier noch Maria. Die Kleine gehört erst seit zwei Monaten zu unserem Team, und da sie noch ein Kind ist, wenn auch zum zweiten Mal, schicken wir sie noch nicht raus in die Stadt.

Es gibt noch mehr Helfer, wie zum Beispiel hier unsere kleine Kimba aber auch noch mehr Menschen, die lernst du alle später kennen. Versuch dich jetzt zu entspannen. Wir reden morgen weiter« beendet Emilia ihre erste Einführung. Mir schwirrt der Kopf jetzt erst recht. Sie kennen meinen richtigen Namen. Und sie hat so viel angedeutet, was ich nicht verstehe. Aber wozu bin ich Marta. Ich verschiebe mal alles auf den nächsten Tag und lasse mich jetzt von Giancarlo, ach dieser Name, verwöhnen.

Die anderen verschwinden schweigend aus dem Zimmer und Giancarlo begrüßt mich »Hallo Marta, jetzt kann ich mich wenigstens offiziell vorstellen und muss nicht gleich um die nächste Ecke flüchten. Mein vollständiger Name ist Giancarlo Matteo. Ich habe da zwar noch so einige Vornamen, aber die interessieren dich sicher nicht. Na, dann werde ich mal mit dem Erholungsprogramm anfangen. Leg dich bitte ganz entspannt auf den Rücken. Leg die Arme einfach so hin, wie es für dich bequem ist.«

Ich bin mal wieder gar nicht entspannt. Diesen Mann reglos so nah zu spüren, geht über meine letzten Kräfte, aber es scheint der einzige Weg zu sein, die Kopfschmerzen los zu werden, also dann mal los.

Er streicht mir die Haare ein wenig aus der Stirn. Oh, oh ich muss aufpassen, nicht zu schnurren.

Und dann berührt er mich gar nicht mehr. Aber das ist auch nicht nötig. Erst blinzle ich ein wenig durch halb geöffnete Augen, um zu sehen, dass er seine Hände über meinen Kopf hält, mich erst belustigt ansieht, dann aber die Augen schließt und ganz konzentriert die Hände in etwa zehn Zentimeter Höhe über meinen ganzen Körper gleiten lässt. Kimba, die auf meinem Bauch liegt, rollt sich auf den Rücken und schnurrt anscheinend ganz entspannt. Sie bekommt also auch etwas von meiner Behandlung ab und genießt es. Also gut, dann werde ich das wohl auch machen. Ich schließe die Augen und nach nur wenigen Minuten sind meine Schmerzen fast weg. Was für eine Wohltat und dann bin ich auch schon eingeschlafen.

»Jetzt aber mal aufgewacht« weckt mich die fröhliche Stimme von Antonio. »Du hast vierzehn Stunden geschlafen, das sollte wohl reichen.«
»Guten Morgen Antonio, mir geht es offensichtlich viel besser, mein Kopf fühlt sich wieder heil an. Da ist nur noch ein leichtes Pochen, aber sonst alles klar« begrüße ich ihn.
»Das Pochen bekommen wir jetzt mit einer Tablette hin. Das kommt eher vom langen Schlafen.«
»Antonio, wie ich annehme. Bevor es hier losgeht: Was hast du mir eigentlich alles von deinem Leben erzählt? Was stimmt davon oder war alles bis auf deinen Namen gelogen«
»Es stimmt ziemlich viel. Ich habe tatsächlich Geschichte studiert und an der Uni gelehrt, in Perugia. Vor acht Jahren wurde ich nachts auf der Straße überfallen und niedergestochen, wegen 9,50 Euro in meiner Tasche. Ich habe es nicht geschafft. Ich kämpfte noch drei Tage im Krankenhaus, bis ich nicht mehr konnte und starb. Danach fing mein neues Leben an. Es ist nicht einfach, du wirst es merken, aber es ist eine zweite Chance, die ich bekommen habe und dafür bin ich dankbar.« Erläutert er mir.

»Was ist das für ein neues Leben, was für ein Kampf, der hier in Rom ausgefochten wird?«, frage ich ihn.
»Sei nicht so ungeduldig. Ich bin nicht befugt, dir die Geschichte der hellen Wesen zu erklären. Das können nur die Ältesten, die von Anfang an dabei waren. Das sind Emilia und Giuseppe, den du später kennenlernen wirst« antwortet Antonio und der Ton sagt aus, dass es hierüber keine Diskussionen geben wird. »Wenn du möchtest, kannst du jetzt duschen. Wir haben aus deiner Wohnung einige Sachen geholt und alles dort in den Schrank geräumt. Der Frühstückstisch ist gedeckt. Wenn du fertig bist, komm einfach in die Küche, um dich zu stärken. Wir haben heute noch viel vor.« Damit verlässt er den Raum.
Die Dusche tut mir gut. Das Pochen verschwindet ganz unter dem heißen Wasserstrahl und meine etwas verkrampften Muskeln entspannen sich merklich. Ich bleibe bestimmt zwanzig Minuten reglos stehen und genieße das Prasseln. Bevor ich völlig aufweiche, steige ich aus der Dusche und trockne mich ab. In einem kleinen Schrank finde ich einen Föhn, neue Zahnbürsten, Creme und Deo.
Als ich fertig angezogen bin, fühle ich mich wie ein neuer Mensch und denke: »Ja, die Abenteuer können kommen.«Das liegt wohl an der Dusche, die mich etwas übermütig werden lässt.
Die Küche ist eine gemütliche Wohnküche. Zusammengewürfelte Küchenmöbel, ein altes Küchenbüffet aus Weichholz und ein riesiger

Holztisch mit einer Bank an der Wand und bunt zusammen gesammelten Stühlen drum herum. Ein Mann, schätzungsweise im gleichen Alter wie Emilia oder etwas älter sitzt am Kopf des Tisches. Das muss Giuseppe sein, einer der älteren Mitstreiter dieses komischen Vereins. Kimba stürzt direkt auf mich zu und schnurrt um meine Beine. Giuseppe steht auf, umarmt mich und gibt mir zwei Küsse auf die Wangen. »Endlich lerne ich dich kennen. Ich heiße Giuseppe. Setz dich doch bitte zu uns. Giancarlo, bring Marta bitte einen Latte macchiato, den mag sie doch morgens am liebsten. Setz dich hierher, hier ist für dich gedeckt. Frühstücken wir erst mal in Ruhe, dann kannst du uns mit Fragen bombardieren« erzählt Giuseppe, augenscheinlich gut gelaunt.

Also setze ich mich und wir fangen mit einem herrlichen Frühstück an. Mehrere Sorten Schinken und sogar etwas dunkles Brot, was in Italien nicht selbstverständlich ist. Ganz viel Obst und mehrere Sorten, duftende Tomaten. Dann kommt noch der versprochene Latte macchiato mit herrlichem Milchschaum, welchen ich mit etwas Zucker verrühre und dann ab löffele. Kimba bekommt ab und zu ein kleines Stück Schinken. Sie sitzt natürlich die ganze Zeit auf meinem Schoß.

Fertig gefrühstückt sehen mich alle erwartungsvoll an. Wieso mich, ich soll doch jetzt die ganze Geschichte hören?

Emilia fragt dann aber. »Hast du Fragen oder sollen wir dir unsere Geschichte erzählen?«

Eine Frage habe ich tatsächlich, aber erstmal will ich wissen, wie es Emilia geht. »Emilia, wie hast du den Angriff des Mannes, oder wie ihr ihn nennt, des Dunklen überlebt?«

»Ich bin ziemlich stark bei der Verteidigung, aber durch meine ausgebildete Gabe bin ich eine Null beim Angriff. Mein Glück war, dass der Dunkle auf dich fixiert war. Er war so stark, dass ich es sonst nicht geschafft hätte. Er wusste wohl nicht, wer ich bin, sonst hätte er mich erst kaltgestellt und wäre danach hinter dir hergelaufen. Oder er ist ein reiner Befehlsempfänger« klärt sie mich auf.

»Wie ist das hier mit Kimba, ist sie irgendwie geklont oder ein Mensch in Tiergestalt oder was anderes«

Giancarlo ist jetzt an der Reihe. »Kimba ist eine Späherin, sie sucht die Umgebung nach den Dunklen ab und kann uns auch warnen, wenn es drauf ankommt. Aber sie sollte dir nicht so nah kommen, da du eine Warnung nicht verstehen würdest. Aber ich nehme an, sie fand einen alten Bekannten wieder und konnte sich so nicht von dir fernhalten. Aber das ist jetzt zu kompliziert. Du wirst es verstehen, wenn wir mit der Geschichte durch sind. Hab ein wenig Geduld, bitte. Auf jeden Fall ist es auch ihr zweites Leben.«

»Na, dann mal los. Ich weiß zwar gar nicht, ob ich das alles hören möchte, aber ich glaube, das würde jetzt auch nichts mehr an der Situation ändern. Also erzählt mir, was ich wissen muss und vor allem, warum ich wieder lebe«

Giuseppe als Ältester in der Runde hat das Vorrecht ihre Geschichte zu erzählen, also fängt er an.
»Unsere sagen wir mal, Entstehungsgeschichte fängt vor etwa einhundertfünfzig Jahren an. Und sie drehte sich zunächst nur um Katzen, und auch wenn man unsere Spezies heute auf der ganzen Welt findet, fing damals alles hier in Rom an. In Rom wurden die Katzen immer verehrt, man achtete ihre Eigenständigkeit, quasi alle Tiere konnte man domestizieren, nur bei Katzen funktionierte dies nur bedingt. Einige wenige Menschen, die versucht hatten, die Katzen zu unterwerfen, waren wütend, dass es nicht klappte, und quälten daraufhin die Katzen. Und so kam es, dass ein Kater, er nannte sich später Il Maligno, sein ursprünglicher Name ist nicht überliefert, aufstand und sich wehrte.«
»Der Böse«, übersetze ich den Namen des Katers für mich.
»Ja, der Böse und so war er auch. Er hatte so viel Leid ertragen müssen, dass er lernte, wie man es zurückgab. Und er perfektionierte es so gut, dass er Menschen töten konnte. Nun denn, auch er starb irgendwann an Altersschwäche. Und es kam so, wie bei allen Katzen, ihre Seelen gehen in das Seelenreich und ihre Körper werden bestenfalls begraben. Keiner weiß wie, aber Il Maligno trug wohl so viel Hass in sich, dass er es schaffte, ein eigenes Seelenreich zu gründen, ein Dunkles. Und dieses, sein eigenes Reich ermöglichte es ihm immer, wenn er wollte, es zu verlassen und zurückzukehren.

Seine Seele war so böse, dass er lebende Katzen mit dem Bösen infizieren konnte. Dies führte zum einen dazu, dass die Menschen die Katzen nicht mehr so wie früher achteten und das zum anderen sein Seelenreich immer größer wurde, wenn diese Katzen starben. Das war aber noch nicht so schlimm. Nach einigen Katzengenerationen schaffte er es, in einen Menschen zu fahren. Er suchte sich den erstbesten Toten dafür aus. Er übernahm das Regiment, aber es klappte nicht so wie gewünscht, denn der Träger wehrte sich und so kämpften sie mehr mit sich selbst als gegen andere, denn dieser Mensch war ein guter und gläubiger Mensch gewesen. Daraufhin gab Il Maligno auf und suchte sich einen anderen Toten, einen bösen Toten. Und diesmal funktionierte es wunderbar. Der Tote hatte noch seine grundlegenden Eigenschaften und so vereinigte sich das Böse mit dem Bösen. Natürlich erschuf er im Laufe der Zeit immer mehr von diesen Kreaturen und sie begingen Verbrechen und aufgrund der Verbindung zwischen Mensch und Katze waren sie schwer zu kriegen. Sie waren schnell, klug, gewitzt und natürlich von Grund auf schlecht. Aber sie hatten einen schwerwiegenden Fehler und der war Überheblichkeit. Sie bekämpften auch die guten Katzen, und da diese ja auch nicht dumm sind, fanden sie einen Weg, sich zu wehren. Das Seelenreich der Hellen wurde gegründet und genau wie die dunkle Macht fuhren die hellen Seelen in die Körper von Toten und versuchten die Dunklen zu vernichten. Aber wie du sicherlich bemerkt hast, haben wir es bis heute nicht geschafft.« Giuseppe macht eine Pause und trinkt einen Schluck Kaffee, ganz ausgetrocknet von der Erzählung.

»Aber was habe ich mit all dem zu tun? Ich beginne zu verstehen, dass ich ein Teil von euch geworden bin. Aber ich glaube nicht, dass ich so wichtig bin, dass man mich dermaßen bekämpfen muss. Also, was ist mit mir, wer bin ich?«

»Deine letzte Frage ist die alles Entscheidende. Du bist Anima, die erste Seele, die es geschafft hat in einen Menschen zu fahren und dann erneut aus dem Seelenreich entflohen ist, um die Dunklen zu jagen. Ja, du bist sozusagen unser Gründungsmitglied mit Instinkten, die kein anderes Mitglied unserer Gattung hat.« fährt Giuseppe fort.

»Aber wenn, ganz allgemein gefragt, der Wirt sterben würde, dann kann die Seele doch in einen neuen Körper fahren und weitermachen. Ich mag das kaum sagen, aber mein Körper oder sonst etwas an mir ist doch nicht wichtig. Ich bin nicht athletisch oder habe irgendwelche Jagdinstinkte, eher im Gegenteil« hake ich nach.

»Erstens, Anima sucht sich immer den richtigen Körper aus, also hat er etwas damit gezielt verfolgt, was wir aber auch noch nicht herausgefunden haben und zweitens, wenn die Seele wieder ins Seelenreich zurückkehrt, bedarf es mehr oder weniger eines Zufalls dort wieder rauszukommen. Erst gibt es keinen gezielten Wunsch nach Flucht. Das Seelenreich ist ein großes Nebellabyrinth, in dem es keine Zeit gibt und der Wille etwas anderes tun zu

wollen ist normalerweise einfach nicht vorhanden. Ein Jäger hat es vielleicht noch in seinem Unterbewusstsein, aber das ist auch schon alles. Und dann gibt es keine Tür, durch die man einfach verschwinden kann. Es ist riesengroß dort und ein Ausgang ist so etwas wie ein Fehler im System. Das dunkle Reich hat eine Pforte und das ist das Hauptproblem. Wir bekämpfen die Körper, können aber gegen die Seelen nichts ausrichten. So kehren die Seelen ins jeweilige Reich zurück, die Dunklen suchen sich postwendend einen neuen Wirt, die Hellen bleiben gefangen. Die neuen Dunklen erkennen wir erstmal nicht, deshalb sind wir Seher so wichtig, da wir die Seelen erkennen können und somit sehen, wen die Jäger jagen müssen.
Ja und manche hellen Seelen sind nie wieder erschienen«erklärt diesmal Emilia.
Ich sehe sie an und frage vorsichtig nach. »Wie lange war Anima fort?«
»Siebzig Jahre«, antwortet Emilia.
Mir stockt der Atem. Meine Seele war so lange gefangen. Spontan denke ich, ich müsste ihr Rom mal richtig zeigen. In der Innenstadt hatte sich Rom wahrscheinlich in den letzten siebzig Jahren kaum geändert, aber dieser Autoverkehr und sie allgemeine Hektik. Das musste einen überfordern. Ich würde in nächster Zeit etwas rücksichtsvoller mit meiner Seele umgehen. Nicht bei Rot die Straße überqueren, wie das hier üblich ist, sondern schön brav warten. Ich brauche noch etwas Zeit, um näher nach meiner Aufgabe zu fragen, also frage ich

erstmal nach den anderen. »Jeder scheint hier eine festgelegte Aufgabe zu haben, wie funktioniert das System?«
Jetzt ist Giancarlo mit der Erklärung an der Reihe. »Also, wie du weißt, gibt es die Jäger wie dich. Du wirst in den nächsten Tagen viel mehr von dem erfahren, was deine Aufgabe sein wird aber auch, welche Fähigkeiten du noch entwickeln kannst und vielleicht noch die ein oder andere Gabe. Eine Seele wie deine sollte zu mehr als nur zum Jagen geeignet sein. Aber das werden wir in den nächsten Tagen, Wochen oder Monaten erfahren. Dann sind da die Späher, meistens sind es die Katzen. Zum Teil sind es ganz normale Katzen, dann aber auch die, wie deine kleine Kimba. Sie ist eine Wiedergeborene und sie ist besonders wichtig, weil sie eine von zweien ist, die vorher zu den Dunklen gehört haben. Den anderen, Rossi, wirst du noch kennenlernen, aber er schläft morgens immer etwas länger. Er hat die Nachtschicht. Die Späher sind hauptsächlich Katzen, weil sie im Gewimmel der Stadt nicht so auffallen. Sie sind schnell und können in jedem Spalt verschwinden, teils um sich zu verstecken, manchmal auch um sich zu retten. Sie haben noch bessere Augen und einen noch besseren Geruchssinn und hören besser als normale Katzen. Wenn sie einmal einen Dunklen gerochen haben, vergessen sie es nie wieder und sie können die Seelen riechen, die dunklen und die hellen und das in jeder Gestalt. Ich muss dir also, glaube ich, nicht erklären, welchen hohen Stellenwert sie dadurch für uns haben.«

Kimba streicht ihm dankbar um die Beine. Aber Giancarlo fährt unbeirrt fort. »Man muss natürlich ihre Sprache verstehen, aber das wird dir nicht schwerfallen, denn du bist jetzt schon durch deine Seele sehr nah an ihrer Gefühlswelt dran und darauf kommt es an, ihre Gefühle zu verstehen.
Als Nächstes haben wir die Heiler. Wie du schon weißt, können wir nach den Angriffen helfen. Die Schmerzen würden ewig bleiben, wenn es uns nicht gäbe. Sie könnten uns gezielt außer Kraft setzen, wenn wir es nicht verhältnismäßig schnell wieder beheben könnten. Bei dir hat es allerdings sehr lange gedauert, weil du ja weder ein Schutzschild noch einen anderen Mechanismus hast. Bei den anderen Mitgliedern unserer Gemeinschaft wäre die Angelegenheit in einer halben Stunde wieder erledigt«, berichtet er mit Stolz in der Stimme »Dann gibt es die Seher, das sind zum Beispiel Emilia und Giuseppe. Sie halten sich normalerweise im Hintergrund. In erster Linie sind sie dafür da, unsere Geschichte zu bewahren. Sie leben ewig, wenn sie sich nicht in Kämpfe begeben, und sind so etwas wie unsere Häuptlinge oder Könige. Da die Seelen nach ihrer Wiedergeburt nicht auf dem aktuellen Stand sind und Teile einfach vergessen haben, brauchen sie die Hilfe der Seher, um nicht immer von Anfang an beginnen zu müssen. Ansonsten haben sie die Fähigkeit, jedenfalls im Normalfall, die anderen durch Weissagungen zu schützen. Sie sehen Unheil auf uns zukommen und können manchmal auch ganz konkret Angriffe

vorhersagen. Weiterhin können sie die Seelen wiedererkennen, wie Emilia eben schon berichtete. Unser Schutz ist in erster Linie auf sie gerichtet.
Letztendlich haben wir dann noch unsere Alleskönner, wie Antonio. Bei ihnen hat sich keine oder noch keine Gabe besonders herauskristallisiert. Deswegen sind sie aber extrem wichtig für uns, weil sie ein wenig von allem können. Wenn man eine Gabe hat, muss man ständig an ihr arbeiten und sie perfektionieren. So kann ich überhaupt nicht in die Zukunft sehen und ich habe nicht die Möglichkeit die Dunklen anzugreifen. Antonio kann aber mit begrenzten Mitteln heilen, hat grundlegende Möglichkeiten Unheil hervorzusehen und kann schwächere Mitglieder der Gegenseite auch angreifen und bekämpfen. Und vergessen wir nicht die Neuen, wie Maria. Ihre Seele wurde zum ersten Mal wiedergeboren. Wir wissen noch nicht, was sie kann, aber ihr Leben als Kind ist um so viel neuer als unseres, so ohne Eltern, das fangen wir ganz behutsam an. Ihr Leben soll erstmal so normal wie möglich sein, so mit Schule und dem übrigen Mädchenkram. Nebenbei bilden wir sie natürlich aus, aber eher so wie in einem Sportverein. Bisher vermuten wir, dass sie auch eine Jägerin wird. Sie hat erstklassige Instinkte und Reflexe. Aber wir werden sehen «beendet Giancarlo seinen Bericht.
Fürs Erste habe ich nur eine Frage, nämlich, was ich als Jägerin tun muss, aber ich traue mich nicht, zu fragen.

»Willst du wissen, was deine Aufgabe ist?«, fragt nun Giuseppe ganz behutsam.

»Ich bin mir nicht sicher, ob ich das schon aushalten kann. Ich bin kein besonders mutiger Mensch. Auch wenn meine Seele vermutlich ganz viel davon hat« antworte ich zaghaft.

Emilia versucht, es mir zu erklären. »Du fängst wieder von vorne an. Du wirst alles wieder lernen und du wirst sehen, du hast es in dir, auch wenn du dir das jetzt noch nicht vorstellen kannst.«

»Na dann legt mal los und erklärt mir bitte auch, warum gerade ich so wichtig bin. Es gibt noch mehr Jäger, warum scheint meine Seele gerade mich gezielt ausgewählt zu haben?«

»Dann bin ich jetzt wohl wieder dran« wirft Giuseppe ein. »Ich kannte dich damals persönlich. Emilia lebte zwar auch schon in ihrem zweiten Leben, war aber in Mailand, bis klar wurde, dass Rom der Ursprung allen Übels war.«

Ich schlucke, wie alt sind sie bloß alle.

Aber keine Zeit, Giuseppe spricht weiter. »Du stecktest damals in der Hülle eines jungen Mannes, Giacomo Berlozzi. Er war ein ganz normaler Bäcker, bevor er nach kurzer, schwerer Krankheit verstarb. Anima suchte ihn aus, obwohl keiner von uns auch nur einen Hinweis auf besondere Fähigkeiten körperlicher oder geistiger Art feststellen konnte. Aber sie bildeten schon nach wenigen Trainingseinheiten eine traumhafte Symbiose. Er konnte sich plötzlich bewegen wie, ja wie was eigentlich, er schwebte nur noch. Er war schneller als jeder von uns und beweglicher als die Katzen. Und die beiden haben wie zwei einzelne Individuen miteinander kommuniziert, so dass wir von beiden den Verstand nutzen konnten. Sie haben sich miteinander weiter entwickelt. Aber das Wichtigste von allem war, sie standen kurz davor eine Lösung zu finden, wie man die dunkle Seite töten kann. Aufgrund einer Unachtsamkeit eines Spähers schließlich wurden die beiden gestellt und körperlich vernichtet und die Seele ging unverzüglich ins Seelenreich. Seitdem warten wir. Wir versuchen natürlich auch, die Lösung zu finden, aber es gelingt uns einfach nicht. Deshalb setzen wir alle Hoffnungen auf dich und Anima. Wir denken, dass du als Marta das erfüllen kannst, was eventuell mit dem Körper von Giacomo nicht ging, wenn es überhaupt daran lag. Jetzt müssen wir aber erst mal das Wissen wieder freilegen, damit wir da weitermachen können, wo Anima und Giacomo damals aufhören mussten.«

Mir dampft der Kopf. Ich würde zu einer Kriegerin ausgebildet werden, auch noch zu der, die immer in der ersten Reihe steht. Ich entschuldige mich, gehe nach nebenan, lege mich auf die Couch, decke mich zu und versuche meinen Kopf abzuschalten, was natürlich nicht geht. Giancarlo kommt mit Kimba auf dem Arm hereingeschlichen, legt die Kleine auf meinem Bauch ab und flüstert leise.«Entschuldige, wir haben dich überfordert. Genieße Kimba auf deinem Bauch. Wenn du willst, lasse ich dir eine kurze Behandlung zuteilwerden, nach der du herrlich entspannt ein paar Stunden schlafen kannst.«

»Ja. Gern. Im Moment ist das alles etwas viel für mich. Aber ich verspreche, ich werde mein Möglichstes tun, um euch zu helfen.« Verspreche ich und schließe die Augen.

Die Seele

Sie verstehen es.
Ich habe so lange gewartet und gehofft.
Die Seher haben damals verstanden, was passiert ist, nicht vollständig, aber gesehen und verstanden.
Sie wissen, wir müssen den alten Pfad wieder aufnehmen und weiter gehen.
Ich weiß, Marta kann mich mit ein wenig Übung hören und meinen Weisungen folgen.
Wir zwei werden stärker sein, als ich es jemals mit meinem geliebten Giacomo vermocht hätte.
Sie ist klug und stark und einfallsreich.
Sie muss nur ihre Angst verlieren.
Aber ich werde sie an die Hand nehmen und leiten.

Kapitel 7

Wieder in meiner Wohnung zurück, liege ich auf meinem Sofa. Giancarlo ist mitgekommen, um auf mich aufzupassen, lässt mich aber allein und setzt sich mit dem Rücken zu mir auf den Balkon. Die Tür hat er hinter sich zugezogen.
Ich höre in mich hinein. Emilia und Giuseppe hatten gesagt, ich müsste als Erstes meine Seele kennenlernen und verstehen.
Nur deshalb seien Giacomo und meine Seele damals stark gewesen.
Als Nächstes muss ich dann lernen, mich zu verteidigen, damit mich ein eventuell erneuter Angriff nicht so hart treffen würde. Und die Gegenseite ist klug, man kann nie ausschließen, dass sie mich irgendwann alleine antreffen könnten und dies wäre für mich in meinem derzeitigen Kenntnisstand tödlich. Die helle Macht hat keine Zeit mehr, noch mal siebzig Jahre zu warten, bis dahin würde sie untergehen.
Nachdem ich dies alles gehört hatte, fühle ich mich direkt besser, alles hängt von mir ab. Toll, eine echte Herausforderung, gar kein Druck, nein.
Aber was bleibt mir? Sie haben mir mein zweites Leben geschenkt. Wie bedankt man sich am besten dafür? Man könnte dieses Leben einsetzen, um den anderen das Leben, die Existenz zu retten. Ein hoher Einsatz, aber es ist auch ein wertvolles Geschenk, das ich bekommen habe.

Aber ich schaffe es einfach nicht, meinen Kopf klarzukriegen. Ich muss zunächst alle weiteren drängenderen Fragen zurückstellen, muss mich auf das Hier und Jetzt konzentrieren. Aber es ist wirklich einfacher gesagt als getan.
Erneut schnappe ich mir Kimba, setze sie auf meinen Bauch und entspanne mich auf dem Sofa. Ich spreche ganz leise mit ihr. »Mein kleiner Schatz kannst du nicht helfen, meine Seele zu finden. Ich möchte in irgendeiner Weise mit ihr sprechen, sie kennenlernen und wissen, wie sie funktioniert. Aber es ist eigentlich eine Katzenseele und ich nehme euch erst seit so kurzer Zeit wahr, dass ich nicht weiß, wo ich anfangen muss.« Meine kleine Maus gibt mir wie erwartet keine Antwort, sondern kringelt sich auf meinem Bauch zusammen und schnurrt mich leise an. Also entscheide ich im Geiste, dasselbe zu tun und mich auf diese ach so schöne Katzenart einzulassen und dieses Schnurren vollständig aufzusaugen. Ich versuche, eins damit zu werden. Ich versinke völlig, habe plötzlich seichte Tagträume von Katzen in einem romantischen, italienischen Hinterhof. Einige raufen sich und spielen, während ein majestätischer Kater über allem auf einem Mäuerchen thront und allem wohlwollend zusieht. Eine junge Katze kommt angesprungen und stupst den großen Kater. Dieser stößt aber die kleine Katze liebevoll und sacht fort, als scheint er zu sagen. »Später meine Kleine bekommst du deine Schmuseeinheit. Jetzt muss ich aufpassen, dass dir nichts passiert.«

Ich schrecke hoch, Kimba springt erschrocken vom Sofa auf.

Das war Anima in seinem ursprünglichen Leben als stolzer Papa gewesen. Sein erstes Leben, bevor alles begann. Da war eine Verbindung, ich hatte einen Zugang gefunden. Ich nehme die noch immer verschreckte Kimba hoch und drücke sie, was ihr jetzt nicht weniger Furcht bereitet, es aber über sich ergehen lässt. Diese Menschen.

Ich muss noch viel lernen, aber ich muss von den Katzen lernen, um meine Katzenseele zu verstehen.

Das zumindest habe ich verstanden.

Danach bin ich vollkommen erledigt. Ich weiß nicht, was mich dabei so angestrengt hat. Vielleicht war es nur der Adrenalinausstoß gewesen, als ich bemerkt hatte, den ersten Schritt gegangen zu sein, in eine neue, mir unbekannte Welt.

Ich beschließe erst mal ein Stündchen zu schlafen, froh darüber, dass die anderen mir die Zeit lassen. Vielleicht wissen sie auch, dass ich offensichtlich allein einen Weg finden muss, mich mit meiner Seele anzufreunden.

Ich muss an meine Mutter denken, die wahrscheinlich immer noch sehr traurig ist und ich habe immer noch keinen Weg gefunden, noch nicht mal Zeit gehabt darüber nachzudenken, wie ich sie informieren kann, dass ich noch lebe. Mit diesem traurigen Gedanken schlafe ich ein.

Eine gute Stunde später weckt mich Giancarlo. »Hallo Marta, wach auf. Wir wollen in die Stadt

gehen, etwas essen und uns danach ein wenig betrinken .«
Ich schrecke hoch. »Raus gehen? In die Stadt? Das ist viel zu gefährlich. Was ist, wenn wir wieder angegriffen werden? «
»Wir werden heute nicht angegriffen, da sind wir uns alle einig. Wir gehen davon aus, dass die Dunklen zunächst die Situation analysieren, überlegen, ob sie wirklich Anima aufgestöbert haben. Inzwischen sind wir ganz froh, dass wir dich weder informiert noch ausgebildet haben. Du hast so unschuldig reagiert, dass wir hoffen, sie denken, sie hätten sich geirrt. Des Weiteren haben wir vier Späher aktiviert und sind selbst alle dabei. Dir wird nichts passieren, vertraue mir. Und wir sind Italiener, was ist dieses miese Leben wert, wenn wir nicht zwischendurch mal leben und feiern. Also los! Auf, mach dich ein wenig hübsch. «fordert er mich auf und lässt keine Widerrede zu.
Und ja, ich habe Lust trotz der Vorkommnisse. Seit Tim weg ist, bin ich nicht mehr ausgegangen und das in einer Stadt wie Rom.
Ich ziehe ein leichtes Sommerkleid mit Spaghettiträgern an und, ja ich hatte sie tatsächlich mitgenommen, meine roten Pumps und dazu gab es dem Anlass entsprechend den roten Lippenstift.
Meine Haare, immer noch ungewohnt blond aber dafür mittlerweile nicht mehr glatt geföhnt, belebe ich mit etwas Gel, so dass sie noch ein bisschen lockiger werden. Fertig, ich bin ziemlich zufrieden.

Meinen Augen sieht man den Stress zwar an, aber alles kann man halt nicht wegretuschieren.
Ich gehe nach nebenan und dort wartet Giancarlo schon auf mich und wirft mir einen bewundernden Blick zu.
Ich frage ihn mit sorgenvoller Stimme: »Kommt Kimba auch mit?« Ich kann mir nicht vorstellen, sie einer Gefahr auszusetzen. Sie hat schließlich nur drei Beine.
Giancarlo lacht » Keine Sorge, sie hat ja sozusagen schon den ganzen Tag Dienst hier bei dir, jetzt darf sie sich etwas erholen. Obwohl, sie ist nicht froh dabei. Sie will immer auf dich aufpassen. Und wenn es die drei Beine sind, die dir Sorgen machen, ganz umsonst. Sie ist die Wildeste und Schnellste von allen. Nur Rossi kann ihr manchmal den Rang ablaufen, wenn er gut drauf ist.« Giancarlo muss noch immer lachen und ich bin etwas beschämt. Ich habe meine Kleine zu einer Katze zweiter Klasse abgestempelt. Aufgrund ihrer Behinderung habe ich ihr weniger zugetraut. Ich meine auch, sie schaut mich etwas wütend an. Also nehme ich sie auf den Arm und entschuldige mich bei ihr. »Kommt nicht mehr vor, dass ich dich nicht für voll nehme, aber Sorgen werde ich mir trotzdem immer machen, wenn du dabei bist«, raune ich ihr zu. Sie gibt mir mit ihrem Kopf einen zärtlichen Dübber und ich weiß: Es ist wieder alles gut.
Kurz danach verlassen wir die Wohnung. Wir gehen Richtung Piazza Navona, den überqueren wir und gehen am Ende links bis zum Largo Febo. Dort ist

ein wunderbares Gartenlokal unter großen Bäumen. Giuseppe hat einen Tisch für uns bestellt und er, Emilia, Antonio und Maria sind auch schon da und begrüßen uns. Ich bemerke, dass noch zwei Plätze frei sind, und frage die anderen, ob noch jemand kommt. »Ja«, sagt Giuseppe, »Dana und Mario kommen noch, aber Mario sagte schon, sie würden ein wenig später kommen. Wir sollen ruhig schon bestellen, sie werden dann beim Secondo einsetzen, also beim zweiten Gang.«

Der Kellner kommt, bringt uns die Karten und fragt nach den Getränken. »Ich glaube, wir entscheiden uns zunächst für einen Bianco. Haben sie einen Guten, Trockenen aus Sizilien?«, fragt Giuseppe und grinst mich an. Was sie wohl noch alles über mich wissen? Aber egal, ich gewöhne mich langsam daran. Sie gewinnen mein Herz mit jedem Moment mehr, deshalb räume ich ihnen gewisse Vorrechte ein. Aber diese Vertrautheit ist trotzdem noch ungewohnt für mich, da ich in Deutschland doch immer so zurückgezogen gelebt habe.

Der Kellner bestätigt, dass er einen wunderbaren trockenen aber dennoch fruchtigen Wein aus Sizilien hat, hierzu passend aus der gleichen Kellerei auch einen Roten, eventuell für die späteren Gänge. Giuseppe bestellt direkt zwei Flaschen, sie wollen heute schließlich feiern. Die Familie sei immerhin wieder vereint, was sollte es wohl für einen schöneren Grund geben, als dass die verlorene Tochter wieder heimgekehrt sei. Der Kellner grinst mich an und ich schicke meinerseits ein warmes Lächeln zu Giuseppe.

Dann suchen wir das Essen aus. Die Karte ist wunderbar. Als Vorspeise wähle ich mit Scamorza gefüllte und frittierte Zucchiniblüten aus. Ich wusste gar nicht, dass es die zu dieser Jahreszeit noch gibt. Herrlich, die hatte meine Oma immer gemacht. Danach würde es für mich Fegato geben, Kalbsleber mit Zwiebeln, Gemüse und Kartoffeln. Mir läuft schon jetzt das Wasser im Mund zusammen, und als die anderen bestellen, stelle ich mir vor, überall zu probieren, denn es hört sich alles so wunderbar an. Gegrilltes Steak, eine ganze Dorade, gefüllt mit Kräutern, Kalbsschnitzel mit Feigensoße und Lamm in Gorgonzola-Basilikumsoße, wunderbar.

Als der Wein kommt und die Gläser gefüllt sind, stoßen wir an und wünschen uns ein langes Leben und im Stillen, ein langes zweites Leben. Es ist ein warmer Sommerabend und ich bin froh, nur mein dünnes Sommerkleid anzuhaben. Ich habe zwar noch ein Tuch dabei, aber das werde ich wohl bis spät abends nicht brauchen. Giancarlo, der neben mir sitzt, schaut mich plötzlich von oben bis unten an und nickt anerkennend. »Alles da, wo es hingehört und in diesem Kleid, mit diesem Dekolleté, siehst du atemberaubend aus« und lächelt mich spitzbübisch an.

Ich kann einfach nicht verhindern, dass mein Gesicht einschließlich Dekolleté eine tiefrote Farbe annimmt, ja perfekt, jetzt passt mein Gesicht auch noch zu meinen Schuhen. Wirklich ganz toll und ich sehe, dass Giancarlo nur noch mehr lächelt und leise kichert, sich dann aber ganz cool an Giuseppe wendet und den Wein lobt. Der Schweinehund, irgendwie würde ich mich noch rächen, der sollte mal sehen, das kann ich auch.

Dann kommt auch schon der erste Rosenverkäufer. Er stellt sich direkt neben mich und hält mir die Rosen unter die Nase. In gebrochenem Italienisch fragt er mich, ob ich nicht eine wunderbare Rose möchte, so schön, wie ich selbst. Ich finde es komisch, dass er mich fragt und nicht Giancarlo oder Giuseppe. Kaufen nicht immer die Männer für die Frauen in ihrer Begleitung die Blumen? Da sehe ich Emilias entsetztes Gesicht und springe erschrocken auf. Der Mann macht einen Satz nach hinten und sieht nicht weniger erschrocken aus. Giancarlo stellt sich schützend zwischen uns, lässt es aber so aussehen, als wolle er mich nur beruhigen und nimmt mich sanft in den Arm. Giuseppe ist ganz ruhig geblieben und bittet den Mann sofort zu gehen. Ich sei allergisch auf Rosen und er würde mir den ganzen Abend verderben, da ich nur noch niesen müsste, wenn er nur einen Augenblick weiter in meiner Nähe bleiben würde. Der Rosenverkäufer schaut zwar etwas ungläubig, verschwindet aber direkt zum übernächsten Tisch. Ich setze mich wieder, atme aber immer noch etwas schneller. Emilia entschuldigt sich. »Meine Lieben, ich schaute in dem Moment zu Rossi rüber und er übermittelte mir eine gewisse Aufregung. Aber es war nur der frische Fisch, den ein Kellner gerade in diesem

Moment an seiner Nase vorbei zum Tisch getragen hat.
Er war abgelenkt und er ist immer hungrig. Ich muss mal ein ernstes Wort über seine Professionalität mit ihm reden. So geht das nicht, er schlampt.«
Ich schaue ihrem Blick nach, tatsächlich sitzt er dort mit beschämtem Ausdruck in den Augen, direkt an der Hauswand.
»Bitte sei nicht böse auf ihn, ich sehe ihn zum ersten Mal, ein wunderbarer, roter, stolzer Kater mit weißen Pfoten. Er weiß bestimmt, was er falsch gemacht hat. Was haltet ihr davon, wenn ich eine Portion Sardinen bestelle, nur für ihn.«
Emilia findet ja auch, dass sie etwas streng gewesen ist, schließlich macht er seinen Job gut und das immer die ganze Nacht durch. Manchmal ist er einfach müde. Also frage ich nach, ob er sie lieber gegrillt oder roh mag und bekomme zur Antwort, gegrillt mit Knoblauch mit ein wenig Zitrone. Aber die Antwort geben mir nicht meine Freunde am Tisch, sondern Rossi selbst, also nicht wörtlich aber irgendwie telepathisch. Da der Kellner gerade am Tisch ist, bestelle ich die Sardinen genauso, bevor mir die anderen eine Antwort geben können. Neben einem lauten Maunzen von der Hauswand gibt es sonst gar keinen Laut, nur ungläubiges Staunen, denn sie hatten die Bestellung von Rossi natürlich auch gehört.
Und dann bricht fröhliches Gelächter am Tisch aus, was der Kellner nun wirklich nicht verstehen kann. Emilia saust um den Tisch herum, nimmt mich in

den Arm und flüstert mir zu. »Ich wusste, es würde klappen.«

Als wenige Minuten später der Duft von Knoblauch und Fisch über den Platz weht, bewegt sich Rossi ungeduldig von einer Pfote auf die andere. Ich mache nur ein kleines Zeichen mit der Hand, da will er schon losmarschieren, aber Giuseppe hebt die Hand und gebietet ihm damit Einhalt. Er pfeift ganz leise und um die Ecke saust eine kleine, wieselflinke, schwarze Katze und setzt sich neben Rossi. Nun erhebt Giuseppe die Hand erneut und ein immer noch ungeduldiger Rossi scharwenzelt cool und gemächlich von seiner Häuserwand über die Straße zu uns herüber. Er setzt sich artig zu meinen Füßen und wartet. Ich gebe ihm einen kleinen Fisch hinunter und damit ist es mit seiner Geduld aber so etwas von vollkommen vorbei. Er schlingt den Fisch hinunter, leckt sich das Mäulchen und streckt seine Pfote zu meinem Bein hoch, um sofort den zweiten Fisch zu ergattern. Ich habe wirklich Angst, dass er sich verschluckt aber noch mehr, dass er vor lauter Ungeduld mein Kleid mit seinen Krallen in zwei Teile zerreißen könnte. So beeile ich mich, indem ich kaum eine Pause beim Füttern einlege, was ihn wahrlich glücklich erscheinen lässt.

Als der Teller fast leer ist, ermahnt Emilia den Kater, dass auch noch andere warten und so pfeift sie ganz leise und die kleine schwarze Katze kommt angeflitzt, während Rossi ganz gehorsam zu seinem Beobachtungsposten zurückkehrt.

»Die Kleine heißt Elsa, sie ist noch neu aber diese merkwürdige Angewohnheit, Sardinen mit Knoblauch zu mögen hat sie sofort von Rossi übernommen. Selbst schuld. Jetzt muss er halt teilen« lacht Emilia. Und ich füttere die Kleine mit den letzten Fischen, was sie ziemlich glücklich stimmt. Direkt danach verschwindet sie wieder um die Ecke, auf ihren ihr vorher zugewiesenen Platz. Zuvor hatte sie mir aber noch kurz ein leises Miauen als Dank zukommen lassen.
Dann bekommen wir unsere Vorspeisen und genießen diese stillschweigend, weil es so toll schmeckt. Als wir fast fertig sind, kommen Mario und Dana angeschlendert, sehen sich suchend um und kommen dann zu unserem Tisch.
Na klar, mich überrascht wirklich kaum noch etwas. Mario ist natürlich mein Mario von der Piazza Navona, mein Nachbarmaler. Er gehört auch zur Truppe und ist wahrscheinlich nur für mich dort abgestellt.
Emilia lächelt mich an »So viele Überraschungen gibt es jetzt nicht mehr, jedenfalls auf Menschen bezogen, die wir dir aus unserem engeren Kreis noch nicht vorgestellt haben.«
»Natürlich nicht, außer der Kellnerin im Mimi e Coco kenne ich ja sonst auch niemanden mehr in Rom und mit der habe ich auch nur zwei Sätze gewechselt.« Meine Antwort fällt nicht lächelnd aus, aber ich kann nicht lange böse sein, denn in dem Moment, wo ich es sage, fängt ein riesiges Gelächter an, in das ich schließlich einfallen muss.

Es ist so ansteckend. Sicher, ich hätte es wissen müssen, die Kellnerin gehört auch zu uns. Emilia hat sich noch nicht wieder beruhigt und muss beim Reden ständig glucksen. »Tut mir leid, meine Liebe, aber Flora hätten wir dir Morgen vorgestellt, ehrlich.« Und schon muss sie wieder lachen und steckt die anderen, mich eingeschlossen, erneut an. Sie kommt mir wie ein Teenager vor, es ist herrlich, das mitzuerleben.
Der Kellner stört uns fast, als er mit dem Secondo auftaucht. Aber als der Duft der unterschiedlichen Gerichte über den Tisch weht, werden wir alle wieder todernst. Es geht schließlich ums Essen. Mario und Dana, die ich mit Messer und Gabel in der Hand begrüße, bestellen noch nach, müssen aber natürlich noch warten. In meinem neuen Übermut drücke ich den beiden jeweils eine Gabel in die Hand und schiebe meinen Teller ein wenig rüber.
»Das müsst ihr probieren, es ist einfach köstlich.« Schmatze ich ihnen mit halb vollem Mund entgegen. Und so machen es dann alle. Wir müssen so lachen und jeder probiert beim anderen dessen Köstlichkeit auf dem Teller. Diesen würde ich am Ende am liebsten ablecken, aber das macht man ja nicht. Giancarlo schaut mich die ganze Zeit während des Essens an, bis ich ihn schließlich frage, was denn los sei.
»Du genießt das Essen so, als hättest du noch nie etwas Köstlicheres in deinem Leben gegessen. Es macht mir Spaß, dich dabei zu betrachten. Entschuldige bitte, wenn es dich stört« antwortet er

mir. »Nein« entgegne ich. »Es stört mich überhaupt nicht. Nichts stört mich heute. Das mit euch hier ist Leben pur. Wie aus einem Film, eine italienische Großfamilie beim Essen rund um einen großen Tisch, genießt die Speisen und unterhält sich über Gott und die Welt. Ich könnte den Rest fast vergessen. Aber im Moment ist es so schön, dass mir der Rest einfach egal ist. Und es kommt mir bei der Stimmung nicht mehr so bedrohlich vor. Das genieße ich.«

Dann kommt das Essen von Mario und Dana und wir müssen wieder lachen. Unsere Teller sind mittlerweile leer, so dass die beiden ihre Teller mit Ravioli in Steinpilzsoße und Risotto mit Tagliata vom Rinderfilet nun ihrerseits direkt in die Mitte stellen und wir uns wie selbstverständlich daran bedienen. Ich hatte in meinem Leben noch nie ein besseres, schöneres und lustigeres Essen erlebt als dieses. So hebe ich mein Weinglas und sage: »Auf das Zweite und meine Familie« und alle stoßen, ohne zu zögern, mit mir an.

Wir köpfen noch einige Flaschen Wein und dabei erzählen uns Dana und Mario von ihrer Hochzeit im Mai.

Die anderen kennen das meiste der Geschichte natürlich schon, aber der eine eben mehr und der andere weniger, so dass es für alle interessant ist. Sie haben in der Villa d'Este in Tivoli geheiratet. Dort hatte ein Freund dafür gesorgt, dass die Wasserspiele der riesigen Treppe angestellt wurden, so dass es ein herrliches Ambiente ergab. Sie waren zu zweit mit vier Trauzeugen. Emilia, Giuseppe, Rossi und Kimba. Die wichtigsten Menschen und Katzen in ihrem Leben. Die anderen wären fast genauso wichtig, entschuldigen sie sich, aber Emilia und Giuseppe sind so etwas wie Ersatzeltern. Mit den echten Eltern könnten sie nicht mehr feiern und die beiden wären der beste Ersatz, den man sich vorstellen könnte. Und die Katzen gehörten einfach dazu, ohne sie geht es nicht mehr. Der Standesbeamte hätte sich zwar ein wenig gewundert aber er hatte bestimmt auch schon andere Verrücktheiten erlebt. Sie versprechen, beim nächsten Treffen, die Fotos mitzubringen.

Es wird ein Uhr, bis wir aufbrechen und nach Hause gehen. Ich will unbedingt wieder in meiner Wohnung schlafen, bin aber etwas ängstlich dort allein zu sein. Die anderen finden es aber auch gut, wenn das Leben normal weiter geht und ich mich nicht immer verstecke. Also bietet sich Giancarlo kurz entschlossen an, bei mir auf dem Sofa zu übernachten. Das macht mich zwar etwas nervös, aber ich nehme es dankbar an.

Auf halbem Weg verabschieden wir uns lauthals und mit vielen Umarmungen und Küssen von Emilia, Giuseppe und Maria und verabreden uns für den nächsten Mittag bei mir in der Wohnung.

Bei mir angekommen begrüßen wir Kimba, die in meinem Bett liegt, aber nur einmal kurz den Kopf hebt, sich dann umdreht und weiter schläft. Ich beneide Katzen um ihren entspannten Schlaf. Katzen scheinen immer alles mit Haut und Haar zu machen.

Giancarlo und ich stehen etwas unbeholfen in der Küche.
»Möchtest du etwas trinken? «, frage ich ihn.
»Trinken möchte ich heute wirklich nichts mehr, ich habe definitiv genug gehabt. Hast du eine Decke für mich?« Und schaut etwas ratlos zum Sofa hinüber.
Ja, damit er dort gemütlich schlafen könnte, müsste er wohl noch mindestens dreißig Zentimeter schrumpfen. Also biete ich ihm an, das Sofa zu nehmen. Ich schlafe sowieso immer auf der Seite, so dass es für mich auf jeden Fall passen würde. Aber er lehnt sofort ab »nein, das geht schon. Du hast anstrengende Tage vor dir und solltest ausgeruht sein. Wenn ich nochmal hier schlafe, bringe ich mir eine Luftmatratze mit. Für eine Nacht wird es gehen. Aber hast du vielleicht ein T-Shirt für mich, ich möchte nicht im Hemd schlafen.«
Ich gehe ins Schlafzimmer und wühle in meinen Schlafshirts nach dem größten. Es ist zwar lila, aber es sollte ihm so halbwegs passen. Ich gebe es ihm und gehe ins Bad, um mir das Gesicht zu waschen und die Zähne zu putzen. Beim Zähneputzen komme ich immer ans Nachdenken und ich merke, wie nervös es mich macht, dass Giancarlo hier bei mir in der Wohnung über Nacht bleibt. Bei Tim ist es immer mehr oder weniger selbstverständlich gewesen, aber dieser Mann macht mich echt fertig.
Am Anfang dachte ich ja, was ist das denn für ein Schönling. Mit denen kann man ja eigentlich gar nichts anfangen, nur schön und nichts dahinter. Als wenn ich große Erfahrungen mit den Männern, die

frisch aus dem Modemagazin entsprungen sind, haben würde, aber ich stelle es mir eben so vor.
Aber Giancarlo ist anders, er ist noch nicht mal nach dem ersten Blick oberflächlich, wahrscheinlich liegt es daran, dass er schon so viel Schlimmes hier erlebt hat. Viele Menschen und Katzen, die im Kampf gegen das Böse gestorben sind. Vielleicht konnte er als Heiler auch nicht jedem ins Leben zurück helfen.
Und trotz seiner Ernsthaftigkeit mochte ich diese anzüglichen Blicke, die er mir zwischendurch zuwirft, ohne dass ich mich billig angemacht fühle. Ich kann es zwar nicht recht deuten, aber ich fühle mich einfach wohl dabei. So, als nimmt er mich für voll und weiß trotzdem ein schönes Dekolleté zu würdigen. Ach was sind das nur für Gedanken?
Nächstes Wochenende würde Tim mich wieder besuchen kommen. Ich freue mich so sehr darauf.
Aber das bringt auch einige negative Gedanken wieder hoch. Ich kann mir einfach nicht vorstellen, dass sich die beiden treffen. Tim wäre ganz klar eifersüchtig und ich weiß nicht, ob ich meine merkwürdigen, verworrenen Gefühle bezüglich Giancarlo unter der Oberfläche versteckt halten könnte. Das zeigt mir aber auch, dass meine Gefühle für Giancarlo, so man sie denn welche nennen kann, doch vielleicht nicht so ganz harmlos sind.
Aber fürs Erste stempele ich sie als harmlos ab und packe sie in meine beliebte Schublade für Morgen oder übermorgen.
Ich ziehe mir im Bad mein Schlafshirt an und gehe nochmal in mein Küchenwohnzimmer um Giancarlo

gute Nacht zu sagen. Er steht an der Arbeitsplatte gelehnt, trinkt ein Glas Wasser und schaut zum Fenster hinaus. Ich bin nicht wirklich dünn und mit 170 cm nicht gerade klein, aber für ihn ist mein T-Shirt dann doch etwas knapp. Es reicht fast bis zur Taille und liegt ziemlich eng an. Ich halte die Luft an. Was ich neulich vor dem Café nicht sehen konnte, nämlich seinen Po, finde ich jetzt auf dem Präsentierteller vor. Sein schwarzer Slip und das eng anliegende Shirt. Leider nur hat Giancarlo bemerkt, dass ich gekommen bin, und dreht sich zu mir um und lacht lauthals los. »Hast mir wohl extra das kleinste Shirt gegeben, was sich in deinem Schrank befindet«, sagt er, noch immer lachend und ziemlich selbstbewusst, wie ich finde.

Ich werde natürlich nur rot und ansonsten versuche ich einfach nur normal zu atmen, was einen zischenden Laut verursacht. Das bringt Giancarlo schon wieder zum Lachen. Ich komme aus der Nummer einfach nicht mehr raus, also versuche ich erst gar nicht, irgendeine Erklärung zu finden, sage kurz angebunden Gute Nacht und drehe mich um, um in mein Schlafzimmer zu gehen. Aber meine Tortur soll noch nicht zu Ende sein.

Giancarlo kommt hinter mir her, nimmt mich von hinten in den Arm und haucht mir ins Ohr: »Sei nicht böse, ich will mich nicht über dich lustig machen«, und schon kichert er wieder leise. »Du hättest dich sehen müssen, dann hättest du mit mir gelacht. Du bist aber wirklich selber schuld. Ich hätte mich dir gegenüber ja mehr verhüllt, aber du

wolltest es ja nicht anders. Und dann kommst du noch ohne zu klopfen herein, so konnte ich mich auch nicht züchtig unter meiner Decke verstecken. Bitte sei jetzt nicht böse auf mich, ich sollte es auf dich sein.« Aber das scheint er nicht zu sein. Seine Lippen berühren meinen Hals, was mir einen Schauer über den Rücken laufen lässt. Sämtliche Härchen an meinem Körper stellen sich auf und ich wünsche mir in diesem Augenblick nichts sehnlicher, als dass er weiter machen soll mit seiner Liebkosung. Aber er raunt mir nur zu »Schlaf schön und träum süß, meine kleine Kätzin,« springt auf mein Sofa und hüllt sich mit der Decke ein. Ich lasse ein »Du auch« verlauten, was ihn wieder zum Kichern bringt und verlasse das Zimmer ansonsten wortlos. Vollkommen fertig sinke ich auf mein Bett. Das war so peinlich, aber trotzdem spüre ich immer noch seine Lippen auf meinem Hals. So etwas habe ich noch nie erlebt, mit keinem anderen Mann, zu keinem Zeitpunkt. Er elektrisiert mich förmlich und was mich ehrlicherweise völlig um den Verstand bringt, ist, dass er das weiß und diese Karte total offen ausspielt.
Trotz der ganzen Aufregung der letzten Minuten schlafe ich wohlig ein. Ich fühle mich beschützt und vielleicht auch ein wenig begehrt. Diese Nacht träume ich weder von Katzen, noch von dämonischen Dunklen, auch nicht von Tim. Ich träume von Giancarlo, der mich am ganzen Körper streichelt und liebkost und dabei schnurrt. Also sind die Katzen doch wieder dabei.

Am nächsten Morgen wache ich gegen neun Uhr auf. Ich habe furchtbare Kopfschmerzen. Es war wohl doch zu viel Wein gewesen. Durch die Wohnung zieht der Duft von gebratenem Speck und Eiern, der mich die Kopfschmerzen fast vergessen lässt. Also schwinge ich mich aus dem Bett und trotte in die Küche hinüber. Dort steht Giancarlo am Herd, diesmal vollständig bekleidet und bereitet das Frühstück vor. »Guten Morgen, meine Schöne« begrüßt er mich lächelnd »Hast du gut geschlafen und etwas Nettes geträumt? «
»Ich habe wunderbar und traumlos geschlafen«, lüge ich ein wenig. »Ich habe nur furchtbare Kopfschmerzen. Ich muss erst mal eine Tablette nehmen. War wohl doch zu viel Wein gestern. Hast du eventuell schon einen Kaffee gekocht?« frage ich nach.
»Klar, Kaffee ist gleich fertig. Muss nur noch die Milch aufschäumen. Die Eier sind auch fertig. Eier mit Speck, ist das nicht typisch deutsch? So etwas würde ein Italiener nie frühstücken, viel zu mächtig. Aber ich werde mir auch eine kleine Portion gönnen. Nach zu viel Wein hilft das fettige Essen immer gut, finde ich« erklärt mir Giancarlo, während er mir eine riesige Portion Eier und Speck auf meinen Teller häuft.
Ich schlucke schnell eine Tablette mit ein wenig Leitungswasser und schon bin ich bereit. Der Kaffee ist köstlich, schön stark mit einer Haube aus Milchschaum. Mir geht es direkt besser. Aber ich

habe mit Giancarlo noch etwas zu klären. Ich muss meine gedankliche Schublade von gestern Abend öffnen und meinen Tim daraus hervorholen. Übermorgen kommt er und da kann ich so eine Situation nicht ungeklärt lassen. Ich verschiebe zwar gern auf den nächsten Tag, aber dann sollte es auch erledigt werden. »Giancarlo, ich muss etwas klarstellen. Gestern Abend, also ich weiß nicht, wie ich es erklären soll. Das passiert mir eigentlich nicht. Ich bin sozusagen mit Tim zusammen, wie du sicherlich mitbekommen hast. Und nun, er kommt übermorgen und ich wollte nur sagen, ich freue mich sehr auf ihn und das mit uns, also.« Stammele ich etwas lahm und verliere den Faden.

»Du musst nichts erklären, es war nichts. Wir haben uns doch nur freundlich Gute Nacht gesagt. Außerdem, wir sind doch so etwas wie Kollegen, also ich meine, da wird nichts laufen, Geschäft ist Geschäft.« Sagt Giancarlo wie selbstverständlich. Ich bin platt, so einfach ist das also. Da war nichts, äffe ich ihn in Gedanken nach. Also wenn das nichts war, na ja, vielleicht ja nur für mich, denke ich etwas enttäuscht.

Ich habe jetzt zwar offensichtlich ein Problem weniger, dafür bin ich um eine Illusion ärmer.

Kurz zieht mir noch einmal das Kribbeln über den Hals. Das Gefühl ist jetzt noch unsagbar und völlig überraschend neu.

Wir frühstücken gemeinsam und plaudern ein wenig über Rom. Wo man so ausgehen kann und vergleichen, inwiefern Deutsche und Italiener anders sind. Nett halt, aber ich bin nur halb bei der Sache. Hauptsächlich bin ich einfach enttäuscht, ungerecht aber so ist es eben.

Um kurz nach zehn sind wir fertig und Giancarlo steht auf und meint, er müsste jetzt noch so einiges erledigen. Die nächsten Tage würden wir uns wahrscheinlich nicht sehen. Andere würden sich um mich kümmern, damit ich mit meinem Wissen weiter käme.

Ich bringe ihn zur Tür. Dort dreht er sich um, kommt mit dem Kopf dem meinen ganz nahe und flüstert mir ins Ohr. »Sag mir, wenn er weg ist, meine Kätzin.« Und gibt mir einen zärtlichen Kuss auf die Wange. Dann dreht er sich wortlos um und verschwindet im Treppenhaus. Kurz danach knallt die schwere Holztür ins Schloss, während ich immer noch in der Tür stehe und versuche, mein Herz wieder in den normalen Takt zu bekommen.

Die Seele

Zu viel Gefühl, zu viel Alkohol.
Da stimmt etwas noch nicht.
Wir haben ein Ziel, das zu erreichen muss erste Priorität haben.
Aber ich finde keine Möglichkeit, mich entsprechend mitzuteilen.
Sie muss es selbst merken, dafür darf ich sie aber nicht unnötig in gefährliche Situationen bringen.
Ich muss Geduld haben, aber es fällt so schwer.
Ich habe so lange gewartet. Ich will losgehen.
Ich habe doch die beste Wahl getroffen.
Wir beide werden es sicher schaffen, wenn ich ihr vertraue und ihr ein wenig mehr Zeit gebe.

Kapitel 8

Um Punkt 12 kommen Emilia, Giuseppe und eine mir unbekannte Frau zu mir. Ich habe ein Nudelgericht mit Anchovis, Artischocken und Tomaten gekocht, den Parmesan gerieben und einen Salat gemacht. Ich wusste nicht, ob die anderen etwas essen würden. Ich bin auf jeden Fall vom Frühstück noch ziemlich satt und meine Aufregung hat sich auch noch nicht vollständig gelegt. Aber ich will keine schlechte Gastgeberin sein.
Als die Drei in die Diele treten, schnuppern sie und scheinen ziemlich erfreut, als ich sie frage, ob sie etwas essen möchten.
»Wir Italiener verschließen uns nie einem guten Essen und so wie es hier duftet, würden wir wohl auf etwas Gutes verzichten. Wir wollten zwar eigentlich direkt weiter, aber gegen ein schnelles Mittagessen ist nichts einzuwenden« entgegnet Emilia, während sie mich auf die Wangen küsst und mir gleichzeitig Anna vorstellt. Sie ist meine neue Fitnesstrainerin. Ich muss wohl ziemlich erschrocken aussehen, so dass sich Emilia genötigt fühlt, noch eine Erklärung hinterher zu schieben. »Keine Sorge, du musst nicht für Olympia trainieren, aber wir sind immer auf der Hut und so versuchen wir immer fit zu bleiben. Wie du ja mittlerweile selbst gemerkt hast, sind die Angriffe der dunklen Macht kraftraubend und manchmal muss man einfach fit genug sein, um wegzulaufen. Wir wollen überleben und nicht übermütig werden und du bist unser höchstes Gut

und das soll eine lange Weile so bleiben. Also lass uns erst mal essen, dabei erklären wir dir alles.«
Mein Essen scheint ihnen zu schmecken, was mich sehr freut. Währenddessen erläutert mir Anna ihre Vorgehensweise. »Ich schlage vor, wir treffen uns jeden Morgen am Circo Massimo. Dort machen wir erst ein paar Aufwärmübungen und drehen dann ein paar Runden. Wenn du nach zwei Wochen, würde ich sagen, eine gewisse Grundfitness hast, werden wir morgens über den Tiber zum Gianicolo hochlaufen, das bringt zusätzlich Kraft und nach weiteren zwei Wochen gehen wir dann ins Fitnessstudio, was wir dann eine Weile beibehalten sollten, je nachdem, wie es deine verbleibende Zeit während der Ausbildung dann erlaubt.« Ich stöhne. Darauf habe ich nun gar keine Lust, aber ich kann mich wahrscheinlich nicht dagegen wehren. Das verdeutlicht mir dann auch Giuseppe. »Es geht leider nicht anders, meine Liebe. Wenn eines Tages dein Leben davon abhängt, wirst du die Notwendigkeit erkennen. Bis dahin musst du uns vertrauen. Wir haben mit der Ausbildung ziemlich viel Erfahrung und Fehler aus der Vergangenheit werden wir garantiert nicht wiederholen. Anna wird nachher mit der U-Bahn zum Circo fahren, damit du den Weg kennst. Oder weißt du, wie du hinkommst?«
»Nein, in der Ecke bin ich nur mit dem Auto vorbeigefahren, als ich umgezogen bin. Also nein, keine Ahnung«, antworte ich geschlagen.

»Nun aber zu der weiteren Ausbildung«, fährt Giuseppe fort. »Zum Glück müssen wir dir das Kochen ja nicht mehr beibringen. Großes Kompliment für deine Pasta«, schiebt Giuseppe lächeln ein. »Ernsthaft, als Erstes wollen wir uns um die Abwehr kümmern. Wie du aus unserer Erklärung sicherlich weißt, gibt es dafür keine Spezialisten in unseren Reihen. Glücklicherweise kann man sich die einfache Abwehr von Angriffen aber antrainieren. Eine Gabe haben wir noch bei keinem entdeckt. Hier wirst du lernen, was bei einem Angriff passiert. Das könnte dir oder euch bei der Lösung vielleicht helfen, so hart es auch klingen mag. Du musst wissen, welche Mittel die Dunklen einsetzen. Ansonsten geht es darum, den Geist und die Seele vor den Angriffen abzuschirmen, mehr nicht. Selbst anzugreifen ist ungleich schwerer zu lernen. Das wird erst später passieren. Dann wollen wir natürlich noch testen, ob du weitere Gaben hast. Dazu wirst du die Grundregeln des Heilens von Giancarlo näher gebracht bekommen und die Gabe des Sehens von Emilia erlernen.« Der Gedanke an eine nahe Zusammenarbeit mit Giancarlo ließ mein Herz heftiger schlagen, wenn auch nur kurz, denn die Anspannung war zu groß. »Dann werden wir sehen, ob du weitergehende Fähigkeiten hast, was aber nicht zwingend und im Zweifel auch nicht erforderlich, sondern höchstens hilfreich ist. Hauptsache, du kannst uns als Jägerin dienen und hoffentlich unser Volk, die Menschen und die Tiere

im Allgemeinen retten. Mehr nicht« schmunzelte Giuseppe am Ende. »Noch Fragen?«
»Also ein Spaziergang«, fasse ich zusammen. »Seid ihr eigentlich sicher, dass Anima mit mir kommunizieren wird und wir eine Lösung für das Problem finden werden?«, frage ich nach. Von Seelen töten will ich nicht sprechen. Auch wenn die Gegenseite böse ist, kann ich mir nicht vorstellen, jemanden zu töten und das auch noch vorsätzlich.
»Eine irgendwie geartete Kommunikation gibt es immer zwischen der Seele und dem Menschen«, erläutert mir Emilia. »Aber es kommt auf die Qualität an, mit der man kommuniziert. Wie ging es dir übrigens heute Morgen nach dem etwas erhöhten Weingenuss gestern Abend?« fragt sie nach.
»Mir ging es gar nicht gut. Ich hatte furchtbare Kopfschmerzen. Nach dem Frühstück musste ich sogar eine weitere Tablette nehmen, da die erste keinerlei Wirkung zeigte. Und noch immer ist der Schmerz nicht ganz weg«, wehklage ich ein wenig.
»Das habe ich mir gedacht. Hast du schon mal eine Katze erlebt, die sich an ein Weinglas heranmacht und daraus trinkt? Nein, aber an einem Milchglas schleckt oder ein Fisch- oder Fleischstück stiehlt? Ja, das hat man schon mitbekommen oder kann es sich vorstellen. Und ich sage dir eins, Anima mochte Alkohol noch nie. Wenn du also mal über die Strenge schlägst wie gestern Abend, solltest du deiner Seele im Gegenzug etwas anbieten, ein Glas Milch oder ein Stück rohen Fisch. Wobei ich hier sehr eindeutig die Milch vorziehen würde, es sei

denn, du hast gerade Sushi im Kühlschrank. Und schon kommuniziert ihr miteinander. Du musst nur darauf hören und in einer vielleicht etwas ungewohnten Art antworten. Und noch etwas, Anima hasst Leber, hier solltest du deinen Genuss ein wenig einschränken. Aber das ist nicht das, was wir bei euch erwarten. Hier wird es ganz sicher eine Kommunikation auf wesentlich höherer Ebene geben. Giacomo hat damals Giuseppe erzählt, dass er sich ganz normal mit Anima unterhalten konnte, natürlich nicht laut. Wir erwarten, dass Anima dich sozusagen anspricht, wissen aber nicht wann und wie und auch nicht ob Anima irgendetwas daran hindern könnte. Das müssen wir noch abwarten. Vielleicht ist nur eine gewisse Vertrautheit nötig« beendet Emilia ihre Ausführungen und schnappt sich die letzten Nudeln aus der Schüssel.
Ich muss also mal wieder geduldig sein. Wahrscheinlich aber auch ganz gut so. Ich muss jetzt so viel Neues, mir vollkommen Fremdes lernen, dass es vielleicht einfacher ist, wenn man nicht gleichzeitig auch noch mit seiner Seele sprechen muss.
Nach dem Mittagessen machen sich Anna und ich auf den Weg zum Circo Massimo. Da wir den Weg sowieso machen müssen, überlegen wir kurz direkt eine kleine Trainingseinheit einzuschieben. Aber heute ist es so heiß, dass wir das schnell wieder verwerfen.
Wir fahren mit dem Bus Richtung Via Veneto, dort ist die U-Bahn-Haltestelle und wir steigen hinab in

die Tiefe. Ich stelle fest, dass ich in Rom noch nie U-Bahn gefahren bin. Mir gefällt es besser oberirdisch, da kann man viel mehr von der Stadt sehen. Aber bei den 32 Grad bin ich froh, der Sonne zu entkommen. Die kurze Busfahrt hat mir schon gereicht. Da wir am frühen Nachmittag unterwegs sind, bekommen wir sogar einen Sitzplatz und haben ein wenig Zeit, uns zu unterhalten. Zu meiner Überraschung stelle ich fest, dass Anna ein ganz normaler Mensch ist. Aber sie hatte auch schon ihre schlechten Erfahrungen gemacht. Ihre Mutter war bei einem Kampf mit den Dunklen ums Leben gekommen. Einer von den Hellen war ums Leben gekommen, weil er Annas Mutter beschützen wollte. Er hatte versucht, sie rechtzeitig aus dem Kampfgebiet rauszubringen und hatte die beiden mit seinem Körper abgeschirmt. Dadurch hatte er sich nicht mehr verteidigen können, und wurde schutzlos von einem Angriff der Dunklen getroffen. Danach hatte Annas Mutter nur noch versucht auf der Flucht ihre Tochter in Sicherheit zu bringen und so war sie auch ein Opfer geworden. Auch Giancarlo, der sofort zur Stelle war, konnte ihrer Mutter nicht mehr helfen. Es gab überhaupt keinen Grund, Annas Mutter weiter zu verfolgen. Es war klar, dass sie eine Unbeteiligte war, aber die Dunklen waren in einen Rausch geraten, den auch die helle Macht zuvor noch nie gesehen hatte. Gott sei Dank konnten sie den Angriff danach doch noch abwehren und den Kampf wenig später fürs Erste beenden. Doch Anna war übrig geblieben. Sie hatte mit ihrer Mutter allein gelebt. Es

gab keine weiteren Verwandten mehr. So hatte sich Emilia ihrer angenommen und sie bei sich zu Hause aufgenommen. Dann wurde sie erwachsen und auch wegen der immerwährenden Gefahren bei Emilia war sie ausgezogen. Trotzdem hatten sie sich vor ihrer Berufswahl beraten, mit welchem Beruf sie der hellen Macht zukünftig dienen konnte und so hatten sie gemeinsam entschieden, dass sie Fitnesstrainerin werden sollte. Sie hatte mittlerweile ein eigenes Studio und einige Angestellte. So konnte sie immer Sonderaufträge annehmen und neue Mitglieder der Gemeinschaft trainieren und ausbilden.
Ich merke, wie engagiert sie vorgeht und wie überzeugt sie ist, etwas Gutes zu tun. Ich werde plötzlich etwas stolz darüber, dass ich auserwählt worden bin, bei diesem komischen Verein mitzumachen. Ich werde mein zweites Leben einsetzen, für sie, für meine neue Familie und auch für Anna. Sie macht mit, ohne sich in irgendeiner Weise schützen zu können. Wie wichtig müssen die Menschen und die Sache an sich für sie sein, dass sie sich dieser Gefahr ausliefert. Ich muss sie wirklich bewundern und das sage ich ihr dann auch. Sie errötet ein wenig und bedankt sich bei mir für die netten Worte aber schließlich sei es für sie selbstverständlich, sich für ihre Familie einzusetzen und es seien nun mal keine Kellner und Friseure. Also was soll es, da muss man durch, und wenn sie es dank meiner Hilfe endlich schaffen würden, dem ganzen Einhalt zu gebieten, hätte es sich auch noch gelohnt.

Da ist es wieder, die zentnerschwere Last, die ich tragen muss, die kleine Malerin aus Düsseldorf, die plötzlich zu James Bond mutiert und die Welt rettet. Alles klar? Was steht sonst noch auf dem Programm?
Den Rest der Fahrt schweigen wir. Ich muss das erst mal verdauen und Anna merkt, so glaube ich, dass sie mir etwas viel aufgebürdet hat. Also lässt sie mich in Ruhe verkraften, was ich gehört habe.
An der Haltestelle Circo Massimo steigen wir aus und laufen hinüber zum Platz. Jetzt im Sommer ist kaum noch ein Grashalm zu erkennen. Ich kann mir schon vorstellen, wie ich Staub schlucken werde.
Ich frage Anna, warum man das hier einfach so hässlich lassen würde und es nicht wieder ein bisschen, wie früher herrichtet. Sie meint, es läge wahrscheinlich am fehlenden Geld. In Rom gibt es so viele Restaurationsarbeiten, dass nicht für alles Geld da wäre und dieser Platz würde in dem Zustand sogar noch Geld einbringen, da hier regelmäßig Konzerte stattfinden. Sie würde mich mal zu einem mitnehmen, da würde man die Geschichte unter den Füßen spüren, obwohl man gerade ein Rockkonzert besucht.
Ich sage direkt zu, dass ich mitkomme, egal welche Band sie sich aussucht.
»So meinst du, du findest morgen den Weg wieder hierher?«, fragt mich Anna.
»Ja klar, das war nicht schwer. Erst den Bus, dann in die U-Bahn und schon bin ich da. Kann ich hier auch

eine Bus- und Bahnfahrkarte für einen längeren Zeitraum kaufen?« frage ich nach.
»Ja, bei jedem Tabacchi gibt es diese Karten. Aber das können wir nachher noch zusammen machen« bietet sie sich an. »Hast du noch etwas Zeit und Lust mit mir die Thermen des Caracalla zu besuchen. Es ist sozusagen ein altes Spaßbad für die Reichen. Es ist toll erhalten und man kann es sich richtig gut vorstellen, wie es damals war, oder kennst du es schon?«
»Ja, das würde ich gerne sehen und nein, ich war noch nie dort. Ich habe darüber schon mal in einem Reiseführer gelesen. Wo müssen wir hin? Sag bloß nicht, wir müssen bei der Hitze nochmal Bus fahren?«
»Nein« lacht Anna, »es ist hier gleich die Straße runter, maximal 10 Minuten zu Fuß. Komm, wir holen uns dort an dem Bibite eine kalte Flasche Wasser und machen uns auf den Weg.«
»Das ist die beste Idee des Tages. Ich spüre schon, wie das Wasser meine Kehle runter läuft, vielleicht kippe ich mir auch eine ganze Flasche über den Kopf« grinse ich.
Aber das ist nicht nötig. Wir kaufen das Wasser, ich nehme direkt zwei Flaschen an einer der Buden, die überall in der Stadt verteilt stehen und für übertreuerte Preise kalte Getränke, Süßigkeiten, Eis und Panini anbieten. Aber das ist mir jetzt vollkommen egal. Ich habe selten köstlicheres Wasser getrunken. Dann gehen wir eine Straße unter Bäumen entlang und durch den Schatten ist es

merklich angenehmer. So stecke ich die zweite Flasche in meine Tasche für später.
Die Besichtigung ist toll. Anna kennt sich hier gut aus und erzählt mir viel über die Thermen. Es ist wirklich viel erhalten, so kann man die Fliesen von ganzen Schwimmbädern erkennen. Auch die Raumhöhe lässt sich gut erahnen, denn überall sind noch Mauerstücke in der ursprünglichen Höhe zu sehen, teilweise restauriert. Anna sagt neben den Fakten. »Dies ist aber kein schützender Raum. Ich glaube zwar, dass es egal ist, weil die Thermen so weit außerhalb vom Zentrum liegen aber man sollte es wissen, meine ich.« Ich muss nachhaken. »Was meinst du mit einem schützenden Raum, das habe ich noch nie gehört?«
»Oh, ich vergesse immer wieder, dass du noch so neu bist. Schützende Räume sind heilige Orte, wie der Petersdom oder überhaupt alle Kirchen in Rom. Hier in den Thermen ging es aber eher darum, seinen Lastern zu frönen. Es sagt zwar keiner, aber es war bestimmt wie in einem Freudenhaus heute. Die vielen Frauen, die den Männern immer zu Diensten sein mussten, bedienen, waschen und, und, und. Da ist doch sicher noch mehr passiert. Also, was ich sagen wollte, niemals ein heiliger Ort, deswegen sind dies eher die Gebiete der Dunklen« erläutert Anna.
»Deswegen musste ich vom Torre Argentina auch ins Pantheon laufen. Dort hatte ich Schutz und die Dunklen konnten nicht weiter angreifen. Ich hatte

mir darüber gar keine Gedanken gemacht, jetzt ist es klar« sinniere ich vor mich hin.

»Welcher Angriff? Wissen sie schon, dass du wieder da bist? Das ist ja furchtbar« kreischt Anna mir entgegen. »Komm, weg hier, los lauf schon, wir müssen zur U-Bahn, oder lass uns sehen, ob wir ein Taxi bekommen.«

Ich schaue sie etwas begriffsstutzig an, da entgegnet sie kurzatmig. »Hast du nicht zugehört. Es ist ein Schutzgebiet der Dunklen, hier haben wir keine Chance, wenn sie angreifen, komm schon« drängt sie mich.

In diesem Moment schreit ein ganzer Schwarm von Raben über uns. Der Himmel verdunkelt sich, es sind so viele und sie kommen dem Boden schnell näher. Wir laufen, nein wir rennen um unser Leben. Das hier ist nicht normal, sind es die Vorboten oder verwandeln sich die Tiere gleich in die Dunklen? Ich habe keine Ahnung, dafür aber jede Menge Angst. Das aber treibt mich zumindest an. Anna ist natürlich schneller als ich, sie ist schließlich durchtrainiert. Wieso bekomme ich hier alles an praktischen Fällen bewiesen? Ja, ich weiß es nun auch, ich bin nicht fit, aber Todesangst macht einen wenigstens schnell, hoffentlich auch schnell genug.

Anna erwartet mich schon an der Eingangspforte und hält die Tür auf und zieht mich dann schnell weiter. Es ist noch ein Stück zur Straße, wo wir auf ein lebensrettendes Taxi hoffen können. Die Vögel kommen immer näher. Ich blicke mich kurz um und kann erkennen, dass sich mehrere Menschen am

Ausgang versammelt haben. Einer steht ganz ruhig vorne in der ersten Reihe. Ich weiß sofort, es ist ein Dunkler. Ich schreie Anna zu, was ich bemerkt habe. Sie ruft in vollem Lauf zurück »ich weiß, verschließ deinen Geist, lass sie nicht rein, dann können sie dir nicht weh tun. Du musst Schranken in deinem Kopf aufbauen. Stell sie dir bildlich vor und verriegele alles, so als wenn du eine Wohnungstür mit vielen Schlössern hast« keucht sie und zieht mich weiter mit.

Ich stelle mir einen heraufziehenden Hurrikan vor, wie er auf mich zukommt, und hole im Geist ganz viele stabile Bretter hervor und schiebe sie alle zum Schutz vor meinen Kopf, vor mein Gehirn, vor meine Seele.

Da trifft mich der erste Blitz, Schmerzen jagen durch meinen Kopf. Aber diesmal macht es mich wütend. Anna soll mich hier nicht sterben sehen, nicht noch einen Menschen aus ihrem direkten Umfeld. Und sie soll durch mich auch nicht in Gefahr kommen. Die anderen brauchen sie doch. Also versuche ich diesen Angriff durch einen offenen Schlitz in meinem Bretterzaun wieder rauszuschieben und teilweise gelingt mir das sogar. Der Schmerz ist zwar noch immer ungeheuer stark, aber er ist zu kontrollieren und ich kann weiter an meinem Bretterzaun arbeiten. Ich darf bloß nicht die Konzentration verlieren, dann fällt alles in sich zusammen und wir sind schutzlos. Anna wird langsamer, wir haben die Straße fast erreicht. Schließlich bleibt sie stehen und winkt auf der anderen Straßenseite ein Taxi heran und es bleibt tatsächlich stehen. Sie führt mich etwas langsamer aber für diese voll befahrene, vierspurige Straße noch viel zu schnell hinüber. Da rast ein LKW auf uns zu. In diesem Moment verliere ich die Konzentration und der nächste Blitz trifft mich mit voller Wucht. Der LKW bremst gerade noch rechtzeitig und lenkt ein wenig zur Seite und Anna hievt mich im letzten Augenblick aus der Gefahrenzone rein ins Taxi. »Bitte fahren Sie schnell, meiner Freundin geht es nicht gut. Sie wird von einem Stalker verfolgt, der Mann dort auf der anderen Straßenseite. Sie hat furchtbare Angst, bitte schnell« fordert Anna den Taxifahrer auf. Ein italienischer Taxifahrer, Vater von vier Töchtern, wie er uns später erzählt, lässt sich so etwas natürlich nicht zweimal sagen. Er drückt aufs Gas, so dass wir in die Sitze gedrückt werden, und rast Richtung Innenstadt. »Wohin soll ich denn fahren«, fragt er nach ein paar Sekunden. Anna nennt ihm eine Straße, die ich nicht kenne. Ich habe aber auch so starke Kopfschmerzen, dass ich nicht mehr alles mitbekomme. Anna telefoniert kurz danach und flüstert leise ins Telefon, so dass ich nichts verstehen kann. Ich kann mir gar nicht vorstellen, dass das jemand am anderen Ende hören kann. Nach wenigen Minuten, der Taxifahrer zirkelt sich regelrecht durch den beginnenden Berufsverkehr, sind wir da, wo wir wohl offensichtlich hin wollten. Wir sind irgendwo zwischen Vatikan und Engelsburg, mitten in einem Wohnviertel. Anna hilft mir aus dem Wagen, ich kann kaum noch stehen. Sie bezahlt den Taxifahrer und bedankt sich nochmal bei ihm. Dann schleppt sie mich im Haus zwei Stockwerke hoch, dann kommt ihr jemand entgegen, übernimmt mich und trägt mich zwei weitere Stockwerke hoch. Ich erkenne den Geruch, Giancarlo trägt mich in seine Wohnung. Anna hatte ihn direkt angerufen, damit er seine Heilkräfte einsetzen kann. Er legt mich auf dem Sofa ab und beginnt sofort mit seiner Therapie und lässt erneut die Hände über mir schweben. Der Schmerz lässt spürbar nach und ich entspanne mich ein wenig. Wie soll das jetzt hier weitergehen? Ich mag Giancarlo wirklich sehr aber das heißt ja nicht, dass ich mich andauernd angreifen lassen muss, um ihn zu sehen. Sicher würde er sich auch mal so mit mir verabreden, wenn es so wichtig für mich ist, ohne dass ich mich derzeit ständig irgendwelchen Attentaten aussetzen muss. Nach wenigen Minuten sind die Kopfschmerzen weg und Giancarlo raunt mir zu. »Bleib schön liegen meine Süße, ich bin nebenan, wenn du mich brauchst.«

Ich halte die Augen geschlossen, bin aber gar nicht so fertig wie beim ersten Angriff. So höre ich drüben Anna und Giancarlo diskutieren. Anna weint. »Ich wusste nichts von dem ersten Angriff, nichts davon, dass die dunkle Seite schon Bescheid weiß. Ich hätte sie doch nie solch einer Gefahr ausgesetzt, niemals. Ich finde die Thermen einfach nur wunderschön und dachte, später kann sie dort nicht mehr hin und würde vielleicht ihr ganzes Leben diesen schönen Ort nicht sehen können.« Sie schluchzt weiter. Giancarlo redet leise auf sie ein, dass es ja nicht ihre

Schuld sei. Sie hätten vergessen, ihr alles zu berichten, aber es sei einfach alles so schnell gegangen. Aber Anna ist untröstlich. Die Schluchzer werden immer lauter. Also beschließe ich, aufzustehen und mich einzumischen. Ich betrete die Küche, wo die beiden auf einer Bank am Esstisch sitzen. Ich setze mich wortlos neben Anna und Giancarlo übergibt sie sozusagen in meine Arme. Ich streiche ihr über das Haar und rede leise und hoffentlich beruhigend auf sie ein. »Anna es ist nichts passiert, mir geht es gut und ich habe den Nachmittag mit dir genossen. Du hast recht, es ist ein wundervoller Ort, von dem wir jetzt wissen, dass ich ihn niemals in meinem Leben mehr sehen werde. Ich danke dir, dass du ihn mir gezeigt hast.« Anna wird schon etwas ruhiger und ich fahre fort, jetzt etwas lauter, denn ich will, dass Giancarlo meinen Ausführungen folgen kann. »Wenn mich nicht alles täuscht, geht es mir wesentlich besser, als nach dem ersten Angriff. Ich glaube, ich hatte heute meine erste Lektion in Abwehr und die habe ich von einer sehr guten Lehrerin bekommen. Du hast mir in all der Panik noch sehr anschaulich erklärt, wie ich mich verbarrikadieren kann.«
Und an Giancarlo gewandt. »Ich hatte nur zwei Einschläge, ist das normal?«
»Wie, Einschläge«, fragt er verwundert nach.
»Ja, ich vergleiche es mit Blitzen, die in meinen Kopf eindringen. Ich habe versucht, um mein Gehirn so etwas wie einen Bretterzaun aufzubauen und ganz am Anfang traf mich so ein Blitz, den ich sozusagen

wieder hinausgeschoben habe. Am Ende hat mich aufgrund des drohenden Verkehrsunfalls die Konzentration verlassen und so hat mich ein weiterer Blitz mit voller Wucht getroffen. Aber dazwischen, den ganzen Weg zur Straße und über die Straße war nichts, rein gar nichts. Also will ich wissen, ob das am Angriff lag oder an meiner Verteidigung.«

»Das war ganz klar deine Verteidigung. Ich bin zwar erst wenige Male so richtig getroffen worden, aber mir erzählen ja die anderen immer, wie es sich anfühlt. Es sind nie einzelne Blitze, es ist eher wie, ja wie eine Flutwelle, die erst aufhört, wenn man aus der Gefahrenzone raus ist. Also ist es heute wirklich ein glücklicher Tag geworden, eine geglückte Verteidigung nach so kurzer Zeit lässt einiges auf deine Fähigkeiten schließen« beendet Giancarlo seine Ausführungen.

Anna ist ganz still geworden. Sie hat uns aufmerksam zugehört. Jetzt lächele ich sie an und sie lächelt zaghaft zurück.

Giancarlo öffnet zur Feier des Tages eine Flasche Prosecco. Als wir gerade anstoßen wollen, klingelt es an der Tür. Nach wenigen Minuten stehen Emilia und Giuseppe keuchend vor uns. »Du solltest umziehen, höchstens in den zweiten Stock. Wo ist unser Sorgenkind?« fragt Emilia und schaut verwundert auf das Glas Prosecco in Giancarlos Hand.

»Bitte kommt doch herein, wir trinken auf Marta und eine geglückte Verteidigung. Entschuldigt bitte, dass ich so panisch war. Es hat sich herausgestellt, dass es ein Anlass zum Feiern und nicht zur Sorge ist. Aber Marta soll es euch selbst erzählen, das hat sie sich verdient.« Mit diesen Worten bittet Giancarlo sie, sich zu setzen.

Nachdem ich alles dreimal erzählt habe und Emilia es immer wieder mit einzigartig, hervorragend, besser als gedacht und weiteren Superlativen kommentiert hatte, feiern wir wieder ein bisschen. Ich trinke nicht ganz so viel und bitte Giancarlo am Ende, mir ein Glas Milch zu geben. Ganz allein für Anima.

Um ein Uhr gehen wir alle nach Hause. Die beiden Herren bestehen aber darauf, mich sicher nach Hause zu bringen.

Als ich wieder in meiner Wohnung bin, ist Kimba ein wenig böse, dass ich sie so lange allein gelassen habe und ich verspreche ihr, am nächsten Tag mehr Zeit für sie zu haben. Dann gönnen wir uns noch ein Glas Milch, jeder eins.

Die Seele

Sie lernt schnell.
Morgen schenke ich ihr einen Tag ohne Kopfschmerzen für die zwei Gläser Milch.
Sie wird es verstehen.
Und dann üben wir.
Sie ist besser, als ich es mir je erträumt habe.
Es ist jetzt unser gemeinsames Ziel.
Das zu verstehen war schon das Schwierigste.
Es bedeutet Hingabe.

Kapitel 9

Am nächsten Morgen schicke ich als Erstes ein Stoßgebet zu Anima. Ich habe keine Kopfschmerzen, nicht vom Angriff und nicht vom Prosecco.
Daraufhin gönne ich Kimba und mir erneut ein Glas Milch, mit rohem Fisch will ich den Tag nicht beginnen.
Erst mal will ich in Ruhe in meiner gemütlichen Küche oder auf dem Balkon frühstücken. Aber nein, ich habe Lauftraining. Ich suche verzweifelt nach meiner Uhr, es ist sieben. Gut, dass ich so früh aufgewacht bin. Also ziehe ich mich an, Turnschuhe, Jogginghose, T-Shirt und dann noch einen Pferdeschwanz binden. Kimba sieht mich schon wieder etwas schief von der Seite an. Ich sollte wenigstens noch schnell für ihr Frühstück sorgen. Also flott eine Dose öffnen, auf einen Teller und vor die Balkontür stellen. Das ist ihr Lieblingsplatz zum Fressen. Aber nein, sie rührt es natürlich nicht an. Sie will wahrscheinlich erst noch eine kleine Streicheleinheit, dann schmeckt ihr das Futter direkt besser. Aber auch das ist es nicht, sie verschwindet aus der Küche. Na, wenn sie nicht will, dann kann ich ihr jetzt auch nicht helfen, sonst komme ich doch noch zu spät.
Ich nehme noch meinen Schlüssel und gehe zur Tür. Dort liegt Kimba wie so ein Zugdackel vor der Tür und schaut mich aufmüpfig an. Na klar, sie will mit.
»Kimba, ich habe dir doch schon erklärt, dass ich es nicht ertragen kann, wenn du für meinen Schutz

sorgen sollst. Außerdem verstehen weder Anna noch ich deine Warnhinweise, sie ist ein Mensch der ersten Generation.« Erkläre ich ihr. Aber Kimba weicht nicht von der Tür, also suche ich mir kurzerhand eine kleine Sporttasche und packe sie ein. Das findet sie auch nicht sehr lustig, lässt es aber über sich ergehen. Sie kann eben Kompromisse eingehen.

Wir zwei legen schon mal die erste Trainingseinheit ein, um den Bus am Torre Argentina noch zu bekommen. Anna hat mir extra die Uhrzeiten durchgegeben, damit ich den direkten Anschluss mit der U-Bahn habe.

Erschöpft stehe ich im Bus, denn ein Sitzplatz ist, um diese Uhrzeit schon nicht mehr zu bekommen. Aber wir können trotzdem erst mal verschnaufen. Kimba steckt ihren Kopf aus der Tasche und schon fangen einige Mitfahrende an, mit dem Finger auf uns zu zeigen und zu lachen.

Aber das ist auch egal, wir gehören eben zusammen. Bis zur U-Bahn-Haltestelle ist der Bus völlig überfüllt. Ich achte nur noch darauf, dass Kimba in meiner Tasche nicht zerdrückt wird. An meiner Haltestelle steigen fast alle aus. Gott sei Dank, ich hätte sonst gar nicht gewusst, wie wir da hätten raus kommen sollen.

Dann steigen wir wieder hinab in die Tiefe, hier ist es genauso voll wie im Bus, aber schnell merke ich, dass fast alle Menschen in die entgegengesetzte Richtung wollen, so dass wir endlich wieder durchatmen können. Anna hatte recht, die U-Bahn

kommt nach zwei Minuten und ich kann mich sogar setzen. An der Haltestelle Circo Massimo steigen wir, wie wir es geübt haben, aus und gehen zum Platz hinüber. Als wir die letzte Ampel überqueren, fängt Kimba fürchterlich an zu miauen. Ich schaue mich ängstlich um. Ist das eine Warnung? Nein, ist es nicht, ich verstehe meine Katze doch schon ein wenig. Sie will aus der Tasche, denn es verletzt ihr Ego so dermaßen, wenn Menschen oder Katzen die sie kennt, sie so sehen würden. So beschwert sie sich eben lautstark. Als sie aus der Tasche gesprungen ist, bemerke ich, dass in der Tasche eben nur meine Katze war. Ich habe weder ein Handtuch noch eine Flasche Wasser eingesteckt und die Temperaturen sind schon verhältnismäßig hoch. Geld habe ich auch keins, nur die Fahrkarte für Bus und Bahn. Jetzt hoffe ich, dass Anna meine Kurzsichtigkeit geahnt hat und wenigstens etwas zu trinken für mich hat.
Anna wartet bereits ungeduldig. Sie wärmt sich schon auf und will offensichtlich loslaufen.
Ich frage aber zunächst: »Hast du vielleicht ein Handtuch und für später etwas zu trinken für mich? Ich habe verschlafen und dann musste ich noch mit Kimba diskutieren, ob sie nun mitkommen darf oder nicht«
»Brav, meine Kimba, das hast du gut gemacht«, sagt Anna und streichelt Kimba den Kopf. »Du hast die erste Aufgabe direkt bestanden und ich habe die Wette gegen Mario gewonnen. Er hat gewettet, dass du sie zu Hause lässt, entweder aus Angst um sie

oder weil du sie nicht verstehst. Aber ich habe an dich geglaubt und dagegen gehalten. Kimba hat heute Dienst und wird neben der kleinen Elsa da drüben auf uns aufpassen«
»Haben wir sonst noch Bodyguards oder sind wir ansonsten unter uns«, will ich wissen.
»Auf der anderen Seite läuft Dana, du weißt, die Frau von Mario und …«, beginnt Anna.
Da winke ich auch schon stürmisch zu Dana hinüber.
»Tolle Tarnung, wenn du in den ersten dreißig Sekunden jeden unserer Bewacher auffliegen lässt. Ich sag dir jetzt gar nichts mehr, ist wohl sicherer für uns alle« sagt Anna böse, kann sich dann das Grinsen aber nicht verkneifen. »Also, dann mal los, wir fangen mit ein paar Aufwärmübungen an und ach, übrigens zu deiner ersten Frage. Wasser habe ich genug, bei dem Handtuch musst du dir dann wohl einen trockenen Zipfel an meinem Handtuch suchen, denn ich habe nur eins dabei, aber es wird schon gehen« erklärt Anna.
Nach zehn Minuten Aufwärmtraining bin ich eigentlich schon durch. Anna sieht mich etwas kritisch an und meint, dass fürs Erste zehn Runden um den Platz reichen werden, sonst würde ich wohl kollabieren.
Dankbarkeit empfinde ich in diesem Moment aber nicht. Der Platz sieht aus meiner derzeitigen Perspektive viel größer aus als am Tag zuvor, als wir ihn von der Straße betrachtet haben. Da ich aber gestern sehr anschaulich über die Notwendigkeit informiert worden bin, lege ich mutig los. Nach drei

Runden brauche ich die erste Pause, da ich Seitenstechen bekomme. Nach einer halben Flasche Wasser geht es mir wieder leidlich gut und ich laufe weiter. Ab der achten Runde kann ich nur noch gehen, beende aber mit hoch erhobenem Kopf die zwei noch ausstehenden Runden. Anna muss sich ihr Lachen wirklich verkneifen. Sie ist die ganze Zeit an meiner Seite geblieben und meint jetzt ganz cool: »Ich glaube, mein Handtuch brauche ich heute nicht, du kannst es also ganz allein für dich haben. Da es danach durchtränkt sein wird, darfst du es auch gerne mitnehmen und waschen.«
»Vielen Dank für dein Mitgefühl, wir werden demnächst mal ein Bild zusammen malen, dann schauen wir, ob ich nicht auch etwas zu lachen haben werde« entgegne ich ein wenig genervt. Schließlich hat mir keiner vorher gesagt, dass ich nur als Profisportler nach Italien einreisen darf. Anna entschuldigt sich dadurch bei mir, indem sie mir ihre Flasche Wasser gibt, die ich in einem Zug leer trinke, ohne zu fragen. »So, ich muss jetzt in mein Studio, ich habe in einer Stunde einen Kurs. Was machst du jetzt?« fragt Anna.
»Ich glaube, eine Dusche täte mir jetzt gut. Danach rufe ich Emilia an und sehe mal, was auf dem Programm steht. Hoffentlich schaffe ich es vorher noch zum Torre Argentina. Ich war schon so lange nicht mehr bei den Katzen. Weißt du, ob Antonio immer noch dort sitzt«
»Ich glaube schon. Der Torre ist einfach ein neuralgischer Ort, so viele Katzen« erklärt mir Anna.

»Aber ich muss jetzt los, entschuldige bitte, dass ich dich hier so stehen lasse.« Sie gibt mir zwei Küsse auf die Wangen und ruft mir beim Weggehen noch zu: »Denke dran, morgen um die gleiche Zeit, ich bin gespannt.«
Ich werfe ihr die Wasserflasche hinterher, die natürlich aus Plastik ist, nehme meine Katze, meine Tasche und wir machen uns auf den Weg zu meiner Dusche. Natürlich hebe ich die Wasserflasche wieder auf und stecke sie in meine Tasche.

Auf der Fahrt bin ich bereits wieder so getrocknet, dass ich beschließe, direkt zum Torre zu gehen. Ich begrüße zunächst Antonio und sage laut und deutlich, dass ich heute leider kein Geld dabei habe, ihm aber morgen wieder Brote mitbringen würde. Er raunt mir zu, dass ich ihm doch jetzt nichts mehr mitbringen müsste, er könnte für sich selber sorgen.
»Aber deine Tarnung darf doch nicht auffliegen«, flüstere ich fast. Er lächelt mich an. »Alles klar.«
Und irgendwie komme ich mir wieder mal ein wenig verarscht vor. Einmal so und einmal so. Würde ich es irgendwann mal richtig machen?
Aber egal, jetzt erst mal zu meinen Katzen. Kimba ist längst aus meiner Tasche gesprungen und hat ein paar andere Katzen begrüßt, die sich nach der Fütterung wohlig in der Sonne rekeln. Kimba setzt sich brav neben mich auf die Bank, um einer anderen Katze den besseren Platz auf meinem Schoß zu überlassen. Und tatsächlich liegen dort keine zehn Sekunden später direkt zwei von ihnen. Eine

halbe Stunde gönne ich mir hier in der Sonne, immer mit einem Blick auf Kimba und Antonio, falls etwas nicht normal sein sollte.
Aber alle lassen mich in Frieden. Ich genieße es. Dann gehen wir durch die Altstadt zurück. Hier muss Kimba nicht wieder in die Tasche hüpfen.

Als das Wasser der Dusche auf mich niederprasselt, entspanne ich mich völlig. Im Nachhinein hat mir meine kleine sportliche Einlage richtig gut getan. Wenn meine Kondition nicht so peinlich wäre, würde ich mich glatt auf den nächsten Tag freuen. So mache ich zum Frühstück einen Kaffee mit viel Milchschaum und ein
Brot mit Schinken.
Danach rufe ich Emilia an, erreiche sie aber nicht. Auch bei Giuseppe ist das Gleiche. Das bedeutet für mich wohl einen freien Vormittag. Als Erstes rufe ich Tim an, der morgen bei mir eintreffen soll. Ich habe die Flugdaten vollkommen vergessen und will jetzt nochmal nachfragen. Er ist sofort am Telefon und seiner Stimme ist die Vorfreude anzumerken. Er wird gegen 20.00 Uhr am nächsten Tag landen. Ich soll ihn nicht abholen, er nimmt ein Taxi. Ich könnte uns aber einen Tisch entweder im Cul du Sac oder in einem der kleinen Restaurants in den Altstadtgassen reservieren. Um neun müsste er es schaffen, er würde nur Handgepäck mitnehmen.
Ich verspreche, etwas Nettes rauszusuchen und wir legen nach einigen Minuten auf.

Jetzt werde ich ein wenig malen. Mein Geldvorrat ist durch die vielen Einkäufe in den letzten Tagen arg geschrumpft und ich darf nicht vergessen, dass ich ja trotz aller Widrigkeiten meinen Lebensunterhalt verdienen muss. Ich entscheide mich, zu Hause zu malen. Ich weiß nicht, ob ich irgendjemanden informieren muss, wenn ich mal eben so in die Villa Borghese fahren will. Also würde ich das bald klären, bevor ich jetzt so einen Alleingang veranstalte und heute lieber hier bleiben. Mir fällt die Geschichte über Danas und Marios Hochzeit ein. Sie haben den Ort so anschaulich beschrieben, die Treppe mit den Wasserläufen, rechts und links und dem vielen Moos, weil das Wasser so selten angestellt wird, es dort aber trotzdem immer feucht ist. Ich habe das Bild fest in meinem Kopf, blättere aber dennoch sicherheitshalber in einem meiner Reiseführer, damit ich nicht völlig danebenliege. Als ich die Fotos finde und sie betrachte, merke ich, dass meine Vorstellung schöner war als die Realität, aber doch so nah dran, dass ich die schönere Variante aus meinem Kopf wähle. Das Motiv gefällt mir so gut, dass ich es mit kleinen Änderungen zweimal male. Da kommt mir plötzlich in den Sinn, ich könnte es auch noch ein drittes Mal malen, diesmal die reine Vorstellung aufgrund der Erzählungen und ich würde zwei Personen einfügen, natürlich Mario und Dana. Das wäre ein schönes nachträgliches Hochzeitsgeschenk, wo sie mir doch auch noch so exakt ihr Kleid beschrieben hatte. Ich freue mich

schon darauf, es ihnen zu geben, bevor es überhaupt fertig ist.
Ich bin fast fertig, als mich das Telefon stört. Am anderen Ende ist eine aufgeregte Emilia. »Bleibe bitte zu Hause und geh auf keinen Fall raus. Es hat einen Angriff gegeben. Drei unserer Mitstreiter sind verletzt worden. Wir können im Moment nicht für deine Sicherheit sorgen, also bleib bitte, wo du bist. Ich erkläre dir alles später, ich muss jetzt auflegen« Und schon ist die Leitung stumm.
Sie hat einfach aufgelegt. Ich bin ratlos, wen hatte es getroffen, jemanden, den ich kenne? Im selben Moment empfinde ich meine Gedanken als ungerecht. Alle kämpfen doch mit dem gleichen Einsatz für dieselbe Sache. Also darf ich es doch nicht davon abhängig machen, ob ich jemanden kenne oder nicht.
Trotzdem erwische ich mich dabei, wie ich alle einzeln durchgehe. Wen habe ich lieber, wen will ich auf gar keinen Fall verlieren? Ich muss damit aufhören. Ich erzähle erst mal alles Kimba. Sie ist natürlich schon nervös und spürt, wie unruhig ich bin.
An Malen ist jetzt nicht mehr zu denken, meine Konzentration ist selbsterklärend nicht mehr vorhanden. Ich renne wie ein Tiger im Käfig durch meine Wohnung. Vorsichtshalber verschließe ich die Balkontür und verkrümele mich auf mein Sofa in der Ecke des Raums. Kimba kommt sofort zu mir, um mich zu beruhigen. Es gelingt ihr ein wenig, aber nicht vollständig.

Zwei Stunden später klingelt das Telefon erneut. Es ist Giuseppe. Er klingt erschöpft. »Zwei von den Dreien haben es nicht geschafft. Giancarlo konnte sie nicht mehr retten. Die Dritte kämpft noch um ihr Leben«

»Wer sind die Drei?«, hauche ich angsterfüllt in den Hörer.

»Zwei kanntest du nicht, die Dritte ist Dana, die Frau von Mario, du kennst sie vom ...«, antwortet er, ehe ich ihn unterbreche.

»Ich weiß, heute Morgen hat sie noch beim Lauftraining auf mich aufgepasst. Ich habe ihr gewunken und Anna war böse, weil ich unsere Deckung dadurch verraten habe. Bin ich es schuld, hat man sie danach verfolgt?« frage ich resigniert nach.

»Nein, hab keine Sorge, es war eine ganz andere Situation. Die Drei und ein paar andere haben sich getroffen, um weitere Einsatzpläne zu koordinieren. Wir machen immer noch Fehler, wir wählen für unsere Zusammenkünfte noch zu oft die gleichen Orte. Uns ist wohl immer noch nicht bewusst, wie die andere Seite funktioniert. Wir müssen schneller lernen, bevor es noch mehr Opfer zu beklagen geben wird. Gerade jetzt brauchen wir jeden. Wir hoffen nun auch darauf, dass sich durch dich etwas grundlegend ändert und wir endlich die Chance zum Gegenschlag haben. Sie wollen uns einschüchtern. Egal, ob sie wissen, dass du wieder da bist oder nicht. Sie spüren, dass sich etwas verändert hat, dass sich die Gewichtung verlagert, also schlagen sie zu, um uns zu schwächen. Aber genug jetzt, ich muss hier weiter machen, wollte dich nur informieren. Bleib bitte weiter zu Haus« erläutert er mir.

»Nein, das tue ich auf keinen Fall. Ihr könnt mich hier nicht einfach abstellen und sagen, warte mal schön, bis wir dich wieder brauchen. Ich will dabei sein, auch in den traurigen Momenten. Weißt du noch, ich gehöre jetzt zur Familie, ich bin die verlorene Tochter. Also lass dir etwas einfallen« fordere ich.

»Ich kann hier niemanden wegschicken. Wir brauchen alle, die da sind. Die Restlichen sind in der Stadt unterwegs, um die Gebiete zu sichern. Ich habe keinen übrig. Verzeih mir bitte«

Nein, so leicht will ich es ihm machen. Ich muss mir hier und jetzt etwas einfallen lassen. Er hat ja recht, aber ich will hier trotzdem nicht warten, nur um informiert zu werden. Da fällt es mir ein. »Was ist mit Flora, arbeitet sie, kann sie mich nicht begleiten?«, frage ich nach. Giuseppe zögert. Ich merke, wie er die Hand auf das Telefon legt und mit jemandem im Hintergrund spricht, wahrscheinlich Emilia. Nach einer gespürten Ewigkeit spricht er wieder mit mir. »Das könnte gehen. Ich rufe Flora an, wenn sie die richtige Ausrede findet und gehen kann, wird sie dich in den nächsten Minuten anrufen. Wir sind bei Giancarlo. Ihr nehmt auf jeden Fall ein Taxi, aber ein Offizielles. Lasst es unbedingt bis vor die Tür kommen. Flora kennt die Nummer, vielleicht müsst ihr ein wenig warten. Wir haben da

so ein paar Fahrer unseres Vertrauens. Wenn es möglich ist, nehmen wir lieber einen Bekannten, bevor jemand anders die Anschriften ausplaudert. Halte dich streng an Floras Anweisungen. Nur keine Eskapaden und bringe Kimba mit, aber das brauche ich wohl nicht extra zu sagen. Pack sie in die Tasche, und im Moment kein Aufsehen erregen«
Ich unterbreche ihn erneut. »Alles klar, Giuseppe, rege dich nicht noch mehr auf. Ich werde auf Flora ohne Wenn und Aber hören. Ich will doch nicht, dass ihr euch noch mehr Sorgen machen müsst. Bis später«
Keine fünf Minuten später ruft Flora an. »Ich muss noch eben auf meine Ablösung warten, sie wird so in zwanzig Minuten da sein. Dann komme ich zu dir und wir rufen dann das Taxi an. Bis gleich.« Und schon hat sie aufgelegt.
Mir bleibt also noch genug Zeit, mich ein wenig aufzufrischen. Ich habe immer noch meine Malklamotten an und tausche diese schnell gegen Jeans und ein frisches T-Shirt. Für Haare stylen ist nicht der richtige Zeitpunkt, also muss mal wieder der Pferdeschwanz herhalten. Ich bin froh, dass die Haare wieder so weit gewachsen sind, dass es wieder geht. Beim Blick in den Spiegel fällt mir auf, dass ich die Haare unbedingt nachblondieren muss, sonst würde ich bei einer Polizeikontrolle vielleicht Schwierigkeiten bekommen. Gelockt und nicht mehr ganz blond ist einfach zu viel des Guten.
Ich bin bereits nach fünf Minuten fertig und nutze die verbleibende Zeit, um Kimba einzutrichtern,

dass es diesmal keinen Kopf gibt, der unterwegs aus der Tasche guckt und auch, um uns noch eine Kleinigkeit zu essen zu machen. Für mich ein weiteres Brot und für Kimba Futter. Wir haben beide keinen Hunger, aber wer weiß schon, was in den nächsten Stunden passieren wird. Essen machen wird in dieser schlimmen Zeit bestimmt niemand und wir brauchen doch eventuell alle unsere Kräfte.
Endlich klingelt es an der Tür. Flora stürmt die Treppen hinauf, umarmt mich kurz und nimmt dann direkt ihr Handy und ruft bei einem ihr bekannten Taxifahrer an. Der Fahrer verspricht, je nach Verkehr spätestens in einer halben Stunde da zu sein. Noch mal warten! Mir scheint die Vorstellung unerträglich. Aber wir nutzen die Zeit, uns erst mal ein wenig kennenzulernen. Ich muss ihr natürlich alles erzählen, was ich über den Vorfall weiß. Giuseppe hat ihr in der Kürze der Zeit nur gesagt, dass es überhaupt einen Überfall gegeben hatte. Mit den Namen der Opfer kann ich ihr nicht dienen, die hatten Emilia und Giuseppe nicht erwähnt. Als ich ihr von Dana berichte, bricht Flora in Tränen aus. »Sie darf nicht sterben. Mario und Dana haben sich doch gerade erst gefunden. Sie lieben sich so sehr, das würde ihm das Herz brechen. Oh, der arme Mario.« Dann schluchzt sie nur noch. Ich nehme sie in den Arm und versuche sie ein wenig zu trösten. »Wir müssen ihm jetzt beistehen. Ich hoffe so sehr, dass Giancarlo ihr helfen kann. Sie wird es sicher schaffen.«

Sie beruhigt sich ein wenig und trocknet sich die letzten Tränen, als der Taxifahrer an der Tür klingelt. Flora vergewissert sich über die Gegensprechanlage, dass auch der Richtige vor der Haustür steht. Dann packen wir Kimba in die Tasche. Vorsorglich habe ich mir noch Wechselklamotten in die Tasche gelegt, denn wer weiß, wie lange ich bleiben werde.
Der Taxifahrer begrüßt uns freundlich und fährt direkt los. Er weiß bereits, wohin es gehen soll.
Als er Floras verweintes Gesicht sieht, erschreckt er ein wenig und fragt nach, was denn passiert sei.
Ich bin erstaunt, dass Flora alles in wenigen Sätzen erzählt und denke mir, wieder einer aus der Familie, den ich noch nicht kenne. Flora fängt erneut an zu weinen, als sie dem Fahrer alles erzählt. Als wir ankommen, bittet der Taxifahrer uns, Mario zu grüßen und ihm zu sagen, dass er für Dana beten wird.
Wir steigen beklommen in die vierte Etage hoch. Emilia steht in der Tür und begrüßt uns still und ernst.
»Wie geht es Dana? Geht es ihr besser?« frage ich direkt nach.
Emilia schüttelt nur mit dem Kopf und bittet uns mit einer traurigen Geste hereinzukommen.
Wir betreten das Schlafzimmer und erschrecken sehr. Dana liegt verkrampft im Bett und scheint geschrumpft zu sein, wie jemand, der schon sehr lange an einer schweren Krankheit leidet, ausgemergelt und abgemagert, die Haare stumpf.

Und das in so kurzer Zeit, was machen diese Angriffe nur?
Ich gehe zu Mario, der auf der einen Seite des Bettes sitzt und Danas Hand hält. Ich drücke ihm mit der Hand auf die Schulter und raune ihm zu. »Es tut mir so leid.« Mehr kann und will ich nicht sagen, mehr gibt es jetzt im Moment auch nicht zu sagen. Flora fängt wieder an zu schluchzen und Giuseppe bittet sie mit einem Blick, das Zimmer zu verlassen. Weinen kann man dann, wenn es einen Grund gibt, jetzt geht es um die Rettung, scheint sein Blick zu sagen. Also reiße auch ich mich zusammen. Ich nehme etwas Abstand. Ich bin noch zu neu bei ihnen. Ich will nicht in der ersten Reihe stehen, das scheint mir noch nicht angemessen.
Ich beobachte Giancarlo, wie er versucht ihr zu helfen. Es geht eine ungeheure Macht von ihm aus, der ganze Raum ist voll davon, aber gleichzeitig merke ich auch, dass er mit seiner Macht Dana nicht erreicht. Sie prallt an ihr ab. Ich kann es sehen. Sehen? Wie geht das denn? Es ist wie ein Nebelstreifen oder eine Lichtreflexion der Sonne. Ich kann es sehen. Ich finde das wichtig, ich muss mit jemandem darüber reden. Also stoße ich Emilia sanft an und bedeute ihr, mit mir nach nebenan zu kommen. Sie will nicht, sie will hier bei den anderen bleiben, aber ich kann ihr deutlich machen, dass es wichtig ist.
Wir verlassen schweigend den Raum und gehen in die Küche, wo Flora immer noch weinend auf der Küchenbank sitzt.

»Bitte Flora, ich weiß, es ist hart, aber ehrlich gesagt überfordert es mich, dich trösten zu müssen. Reiß dich bitte etwas zusammen und koche bitte allen einen Kaffee. Alle sind sehr müde und fertig, vielleicht hilft das ein bisschen« ermahnt Emilia Flora.

Ich finde es ein wenig hart, aber Flora steht auf, hört auf zu weinen und macht Kaffee. Sie braucht wirklich eine Beschäftigung, um sich abzulenken.

Emilia sieht mich fragend und ungeduldig an. Es ist klar, sie will so schnell wie möglich wieder zu den anderen. Ich berichte ihr also so kurz wie möglich von meiner Beobachtung.

Ihre Reaktion ist einfach. »Warte hier.« Und schon verschwindet sie im Schlafzimmer. Kurze Zeit später erscheint sie mit Giuseppe und Giancarlo und sagt: »Erzähl es noch einmal.«

Ich erzähle es also auch den beiden. Flora hat inzwischen aufgehört Kaffee zu kochen und hört auch erstaunt zu

»Also, was meint ihr?«, frage ich nach Beendigung meiner Ausführungen.

»Giancarlo?« wendet sich Giuseppe an Giancarlo.

»Ich weiß nicht. Ich habe noch nie von so etwas gehört. Nicht von den Dunklen und nicht von uns. Aber ja, es könnte gehen. Ich kann Dana nicht mehr helfen, ich mache ehrlicherweise nur noch weiter, weil ich nicht weiß, wie ich es Mario sagen soll, dass Dana sterben wird. Es gibt keine Hilfe mehr für sie. Ich habe alles gegeben, habe meine gesamte Macht heraufbeschworen, aber letztendlich bin ich

machtlos. Wir haben die nächste Stufe erreicht. Es scheint mir fast so, als wenn sich Il Maligno jetzt persönlich einmischt. Solche Verletzungen habe ich vorher noch nie gesehen« führt Giancarlo betroffen aus. »Also Marta probiere es aus. Ehrlich gesagt kannst du nichts mehr falsch machen, du kannst sie nur noch retten. Verlass dich auf deinen Instinkt. Sei kreativ und höre auf deine Seele.«
»Aber was ist, wenn sie trotzdem stirbt. Mario wird mir das nie verzeihen. Er kennt mich doch gar nicht und das Erste, was ich tue, ist seine Frau umzubringen. Das geht doch nicht. Sie ist doch kein Versuchskaninchen« protestiere ich.
Meine Idee von vorhin scheint mir mittlerweile absolut abwegig. Wie soll ich das schaffen, was Giancarlo nicht kann?
Emilia versucht es jetzt noch einmal. »Hör doch, du kannst sie nur retten, sie stirbt sonst auf jeden Fall. Es gibt keine andere Rettung mehr für sie. Tu es für Mario, er wird es verstehen, auch wenn du es nicht schaffst. Aber du darfst nicht an dir zweifeln, denn dann kannst du nicht auf dich hören, auf deine Instinkte« ermahnt sie mich. »Es gilt jetzt, keine Zeit mehr zu verlieren. Sie verfällt jede Minute mehr. Fang an.«
Wir gehen zusammen ins Schlafzimmer. Ich setze mich vorsichtig auf die Bettkante, dorthin, wo Giancarlo gerade noch gesessen hat. Mario ist unsicher und nimmt seine Hand weg, aber ich bedeute ihm sofort, sie wieder dorthin zu legen. Ich habe gespürt, dass noch mehr Kraft Danas Körper

verlässt, sobald Mario die Hand wegnimmt. »Leg deine zweite Hand auf ihre Stirn oder ihren Kopf und streichle sie ein wenig. Sie muss merken, dass du da bist, nur für sie« fordere ich ihn auf, selbst erstaunt, woher ich das so sicher weiß. Als Mario meinen Anweisungen folgt und vorsichtig über ihr Haar streicht, verstärkt sich direkt der zarte Lebensfaden, der Dana mit dem Hier und Jetzt verbindet. Ich bin ratlos, was ich tun soll, also schließe ich die Augen und bitte meine Seele Anima um Hilfe. Gleichzeitig bitte ich Kimba auf meinen Schoß, um mich ein wenig zu beruhigen. So kann ich besser in mich hinein hören. Es herrscht absolute Stille im Zimmer und alle scheinen die Luft anzuhalten.

Ich bekomme, wie sollte es auch anders sein, keine Antwort von meiner Seele. Aber plötzlich merke ich, wie sich mein Körper strafft und mich eine Macht durchfließt, dass ich ein wenig Angst vor mir selber bekomme. Ich zittere leicht und muss mich erst mal wieder beruhigen. Dann kann ich mit der Kraft, die sich ihren Weg durch meinen Körper sucht, umgehen. Ich lege nicht die Hände über ihren Körper, sondern meine rechte Hand wandert direkt zu ihrem Herzen, die linke lege ich an eine bestimmte Stelle an ihrem Hinterkopf. Mario will seine Hand schon wegziehen, weil wir uns ein wenig ins Gehege kommen aber ich sehe ihn an und er merkt sofort, bloß nicht den Kontakt mit seiner Frau aufgeben. Dann wäre alles umsonst. Also lässt er seine Hand dort, wo sie war.

So sitze ich jetzt da und lasse alles was ich habe durch meine Hände in ihren Körper fließen, alle Kraft, Macht und Liebe.
Sie soll es in sich aufsaugen, es soll ihr Herz stärken und die Angriffe in ihrem Kopf heilen. Ich sacke wohl immer mehr in mich zusammen, denn mich verlässt die Kraft immer mehr. Mario sieht ängstlich zu mir herüber, denn seine Dana hat sich immer noch nicht gerührt.
Da kommt mir Giancarlo zur Hilfe. Er nimmt mich von hinten fest in die Arme und lässt seine Kraft in mich fließen, um mich zu stärken. Und es funktioniert. Ich kann mich wieder aufrecht hinsetzen und verdoppele nun meinen Einsatz. Nichts geschieht. Ich bitte Anima erneut um Hilfe. Er kann mir doch bestimmt sagen, was ich noch tun muss. Ich habe nur diesen einen Wunsch. Dana soll leben, ich habe ihnen doch noch gar nicht mein Hochzeitsbild geschenkt. Sie würde es nie sehen und Mario würde es nur traurig machen. Mir rinnen die Tränen die Wangen herunter. Die anderen deuten es wohl so, dass ich auch nicht helfen kann, und fangen auch an zu weinen. Aber Mario und mich durchfährt etwas, sozusagen eine Sicherheit, hier alles richtig zu machen und wir verbinden unsere Anstrengungen. Mario legt seine Hand, die bisher auf Danas Hand geruht hatte auf meine, die das Herz stärkt und wir spüren beide einen Schlag, wie einen tausendmal verstärkten Herzschlag. Wir halten die Luft an. Giancarlo hat es auch bemerkt und verstärkt noch mal mit letzter Kraft seine Unterstützung.

Dana schlägt die Augen auf.
Wir haben es geschafft.

Die Seele

Wir sind ihm ebenbürtig.
Sie ist so stark.
Sie macht es instinktiv richtig.
So kann alles gelingen.

Kapitel 10

Als ich aufwache, weiß ich nicht, wo ich bin. Ich fühle mich gut aber so, als hätte ich drei Tage durchgefeiert.
Neben mir höre ich Geräusche, aber ich muss mich erst an die Dunkelheit im Zimmer gewöhnen, um etwas zu erkennen.
Neben mir liegt Dana, angeschlossen an einen Tropf und atmet ganz ruhig und gleichmäßig. Sie sieht, wenigstens in diesem diffusen Licht nicht mehr so ausgemergelt wie vorher aus.
Ich versuche aufzustehen, merke aber, dass mir sehr schwindelig wird, also verharre ich einige Minuten auf der Bettkante, bis der Schwindel vergeht.
Ich tapse im Dunkeln in die Diele. Jetzt erst bemerke ich, dass es Nacht ist. Ich dachte, die Vorhänge seien nur zugezogen. Ich schleiche voran in der Diele und stolpere natürlich prompt über ein paar Schuhe, die neben der Eingangstür stehen. Ich hoffe, ich habe niemanden geweckt und gehe weiter Richtung Küche.
Hier finde ich nach einigem Herumtasten den Schalter und mache das Licht an und schließe schnell die Tür hinter mir. Freudig blickt mich Kimba an, die auf der Bank geschlafen hatte, springt von der Bank und streift um meine Beine.
»Ja, meine Kleine, mir geht es gut. Ich muss, glaube ich, nur ein paar Jahre Schlaf nachholen.«

Ich sehe auf die Wanduhr. Es ist Viertel nach vier. Bald wird es hell werden, vielleicht kann man ja hier den Sonnenaufgang sehen.

Zunächst hole ich uns beiden etwas Milch aus dem Kühlschrank und ich setze mich mit angezogenen Beinen auf die Bank und denke über die vergangenen Stunden nach.

Es hat geklappt. Dana hat überlebt und es scheint ihr recht gut zu gehen. Wie ich es gemacht habe, weiß ich eigentlich nicht, aber mit meiner Hilfe und der Unterstützung und dem vollen Einsatz von allen hat es funktioniert. Also bin ich vielleicht doch eine Heilerin? Der Gedanke gefällt mir viel besser als das Zeug mit der Jägerin. Aber eine Heilerin, so wichtig sie auch ist, ist wohl nicht das, was im Augenblick gefragt ist. Dana hat dadurch zwar überlebt, aber den Krieg kann man so nicht gewinnen, nur die Opfer minimieren. Da man am Ende so aber nicht den Kampf gewinnen kann, kommt unterm Strich auch die gleiche Anzahl von Opfern heraus.

Die Tür öffnet sich leise und Giancarlo kommt herein.

»Hattest du nicht neulich mein Schlafshirt mitgenommen, warum trägst du es nicht mehr?«, frage ich ihn grinsend, als er mit einem langärmeligen T-Shirt und einer kurzen Hose vor mir steht.

»Das hebe ich mir für besondere Anlässe auf, und dass dies einer sein könnte, hatte ich nicht geahnt, denn mein Bett ist von zwei schönen Frauen belegt worden und ich wurde nach Anfrage beim Ehemann auf die Couch verbannt. Ehrlich, ich hatte das Shirt schon in der Hand, als Mario mich gerade noch davon abhalten konnte, mich in die Bettmitte zu legen« frotzelt er.

Er setzt sich nun neben mich und legt den Arm um meine Schulter. So sitzen wir beide da und irgendwie ist uns gar nicht mehr zum Lachen zumute.

»Danke, dass du Dana gerettet hast. Du hast, glaube ich, Marios Reaktion nicht mehr gesehen, bevor du völlig entkräftet in Ohnmacht gefallen bist, oder?« fragt er mich.

»Was hat er getan?«, will ich wissen.

»Erst saß er nur so da, aber seine Augen haben geleuchtet, wie ein kleines Kind, so als ob das Weihnachtsfest zehnmal oder nein tausendmal an einem Tag stattfindet. Dann ist er ums Bett gegangen, hat dich ganz vorsichtig hochgehoben und dich neben Dana ins Bett gelegt. Er hat dich auf die Wange geküsst. Wenn ich das nachmachen könnte, würde ich jede Frau in Rom erobern können.« Soll ich ihm sagen, dass das auch jetzt schon ohne so einen Kuss funktionieren würde? Nein, lieber nicht. So fährt er fort. »Dann ging er wieder ums Bett zu seiner Frau, die immer wieder die Augen aufschlug, aber sie nicht lange geöffnet halten konnte und sagte zu ihr, vollkommen laut und wütend, dass sie sich nicht noch einmal in so eine prekäre Lage bringen sollte und ihn damit so hilflos dieser Situation ausliefern solle. Dann nahm er sie in den Arm und heulte los wie der berühmte Schlosshund. Alles kam

aus ihm heraus. Er hatte sich vorher so zusammengerissen, dass jetzt alle Dämme brachen. Wir mussten ihn von Dana wegzerren, da sie noch viel zu schwach für solche Gefühlswallungen ihres Mannes war. Dann haben wir ihn mit Emilia und Giuseppe nach Hause geschickt und die anderen sind auch alle gegangen.
Ich habe Dana noch an den Tropf angeschlossen, während du schon lange selig geschlafen hast.«
»Wie hat das alles funktioniert? Ich weiß, ich habe automatisch gehandelt. Ich wusste, was ich zu tun hatte. Aber es hat erst geklappt, als du, nehme ich an, meine Kraft verstärkt hast oder ich habe deine Kraft verstärkt, was ich für wahrscheinlicher halte,« frage ich Giancarlo.
»Ich gehe davon aus, dass ich deine Kraft verstärkt habe. Ich hatte ja schon vorher aufgegeben. Ich merkte eigentlich recht schnell, dass ich sie nur noch eine Weile am Leben halten kann. Ich glaube fest, dass es ein Angriff von Il Maligno höchstpersönlich war. Und das heißt auch, er hat sich das erste Mal selbst eingemischt, denn es gab wenige Ereignisse, wo die Angriffe direkt tödlich waren. Meistens habe ich die wenigen Todesfälle nicht mehr heilen können aber jetzt war es irgendwie anders. Wir haben sie oftmals einfach zu spät gefunden und ich konnte deswegen nicht mehr helfen. Ich gehe also davon aus, wir sind sozusagen in die zweite Phase eingetreten. Sie planen eine Offensive, oder wie ich das sonst nennen soll« erklärt er mir.

»Was passiert eigentlich, wenn Tote sterben, was macht ihr mit den Leichen? Es ist doch immer so, dass sie offiziell keine Identität haben oder wie geht es?« frage ich nach.

»Pietro einer der beiden Toten ist gestorben, ohne dass es jemand bemerkt hat, bevor eine Seele in ihn gefahren ist. Er konnte also ganz normal oder so ähnlich weiterleben für sein Umfeld. Bei Michele, dem anderen war es so wie bei dir, leider müssen wir hier den Leichnam verschwinden lassen. Wir werden ihn anonym beerdigen lassen, das wird am Sonntag geschehen. Es wäre schön, wenn du auch kommen könntest, obwohl du ihn nicht kanntest. Es ist es ein gutes Zeichen für die anderen. Viele haben Angst, aber keiner außer den Menschen in erster Generation kann unsere Gemeinschaft aus den bekannten Gründen verlassen, wenn die Angst zu groß wird. Ich glaube auch nicht, dass es auch nur einer wirklich will, aber es ist heftig im Moment.« erläutert er.

»Ich komme natürlich, aber Tim wird heute Abend kommen. Was mache ich mit ihm?« will ich wissen.

»Bring ihn mit, er gehört doch schon halb dazu. Er weiß alles über dich und hat bewiesen, dass du ihm vertrauen kannst, also tun wir das auch. Ich kann nur nicht beurteilen, ob du ihn damit überforderst. Das musst du entscheiden« legt er mir nahe.

Der Situation nicht angemessen aber für mich äußerst wichtig, schießt mir direkt durch den Kopf, dass ich nicht weiß, ob ich gut finde, dass diese beiden Männer sich treffen. Was will ich von

Giancarlo, mal ganz abgesehen davon, was er will? Tim ist für mich erst ein ernstes Thema geworden, als ich gestorben bin. Er kann Krisen wirklich meistern und dafür sollte ich ihm dankbar sein. Aber das kann nicht alles sein. Vielleicht fühle ich mich aber vom schönen Giancarlo ja auch nur geblendet und wir stecken beide in derselben irrealen Situation. Das verbindet natürlich sehr. Aber ich freue mich auch auf Tim, vielleicht muss er einfach nur hier sein, in meinem neuen Leben, dann wäre es wieder gut. Eine Fernbeziehung ist halt schwierig, bei so süßen Bonbons, die einem fast auf der Zunge liegen.

Giancarlo schaut mich an. »Was ist, habe ich etwas Falsches gesagt, du siehst so nachdenklich aus.«

»Nein, ich habe nur wirklich über deine Worte nachgedacht. Ich dachte darüber nach, ob ich Tim bei uns einführen soll oder es lieber getrennt halte, Überforderung hin oder her. Ach, ich weiß auch nicht, ich glaube, ich muss das spontan entscheiden. Manchmal denke ich, es wäre auch schön ein Leben ohne die Toten und die Bedrohung zu haben. Auch wenn es nur für ein paar Tage ist« gebe ich meine Gedanken etwas anders dargestellt wieder. Aber es ist etwas dran. Ich habe das Gefühl, die letzten Tage hätte ich mit ständig angehaltenem Atem verbracht und müsste jetzt mal einige Tage tief durchatmen.

»Das kann ich verstehen, ich habe hier in Rom auch einen Freundeskreis, der nichts mit Guten und Bösen zu tun hat. Da kann ich mich regelmäßig erholen.

Wenn du willst, nehme ich dich mal mit, wenn Tim wieder weg ist« bestätigt Giancarlo meine Meinung. »Lass uns zu einem passenden Zeitpunkt nochmal drüber reden. Es hört sich verlockend an, doch dann würdest du auch wieder deine zwei Leben vermischen. Also denk mal drüber nach. Frag mich wieder, wenn deine Meinung so bleibt. Ich habe aber auch großes Verständnis, wenn du nicht wieder fragst. Ich fühle mich auf jeden Fall geehrt. Danke dir« antworte ich.
Es ist inzwischen hell geworden und ich habe ganz verpasst, darauf zu achten, ob man von hier den Sonnenaufgang sehen kann. Aber auf meine Nachfrage, verneint Giancarlo dies, verspricht mir aber, wenn ich mal früh genug wach wäre, mit mir zum Gianicolo hochzugehen, dort könnte man einen herrlichen Sonnenaufgang beobachten.
Ich frage ihn noch, ob er nicht ein schönes Lokal kennt, wo ich heute mit Tim essen gehen kann. Er nennt mir eines in den Altstadtgassen und beschreibt mir den Weg. Er verspricht mir, den Tisch zu bestellen, doch dann hat er eine andere Idee. »Was hältst du davon, wenn ich Luigi, den Eigentümer des Restaurants anrufe und ihn bitte, ausnahmsweise den Lieferservice zu übernehmen. Dann setzt du dich mit Tim auf deinen Balkon und ihr seid ganz für euch alleine.«
Ich bin erleichtert und auch ein wenig traurig. Giancarlo interessiert sich wirklich nicht für mich. Wenn er hier schon meine romantischen Dates so perfekt arrangiert.

»Das ist eine tolle Idee. Ich bin noch ein wenig kaputt und Tim wird es nicht anders ergehen. Er hat den ganzen Tag gearbeitet und fährt dann sofort mit gepackter Tasche zum Flughafen. Was soll ich denn zu essen bestellen?« erkundige ich mich bei ihm.
»Lass mich nur machen, ich beratschlage mich mit Luigi und er stellt euch ein schönes 3-Gänge-Menu zusammen, inklusive des Weines. Er ist mir noch etwas schuldig« schlägt er mir vor.
Ich sehe auf die Uhr und stelle fest, dass ich jetzt langsam nach Hause muss, um mich umzuziehen und zum Circo Massimo zu fahren, um mir meine Trainingseinheit einzuverleiben. Das wird ganz schön anstrengend werden. Aber Giancarlo scheint meinen Gesichtsausdruck richtig zu deuten und meint »Dein Fitnesstraining solltest du heute ausfallen lassen, das ist zu viel für dich. Du hattest dein Training gestern, das war mehr wert und hat mehr Kraft gekostet, als ein paar Runden zu laufen. Ruh dich ein wenig aus und mache etwas, was dir gut tut.«
»Ja, da hast du sicher recht, ich rufe Anna gleich an und sage ab. Sie wird wahrscheinlich schon gehört haben, was passiert ist, so wie ich euch kenne und wird nicht überrascht sein. Dann mache ich mich jetzt auf den Weg nach Hause und werde mich einem kleinen Beautyprogramm unterziehen.«
»Einfach so gehen ist im Moment wohl nicht angesagt. Ich rufe Mario an, dass er kommt. Er sitzt sicher schon ungeduldig zu Hause und wartet auf meinen Anruf. Wenn er da ist, bringe ich dich zu

deiner Wohnung. So viel Sicherheit muss sein« grinst er.
Nach achteinhalb Minuten klingelt es an der Tür und Mario stürmt herein. Er nimmt mich etwas hektisch in den Arm und bedankt sich wiederholt bei mir, dann stürmt er weiter ins Schlafzimmer, was Dana direkt aus ihrem Erholungsschlaf reißt. Sie freut sich aber sehr ihren Mann zu sehen und sie fallen sich in die Arme, soweit das mit dem Tropf möglich ist.
Giancarlo und ich waren Mario ins Schlafzimmer gefolgt, verlassen es jetzt aber sofort wieder, um ihnen etwas Privatsphäre zu gönnen.
Ich packe meine Sachen und meine Katze in die Tasche und wir gehen hinaus. Es ist ein schöner frischer Morgen und wir beschließen, zu Fuß zu mir zu gehen auch, um damit die morgendlich überfüllten Busse zu meiden. Wir gehen Richtung Engelsburg und überqueren den Tiber auf der Engelsbrücke. Ich drehe mich um und betrachte einige Momente die Engelsburg. Ein schöner Blick ist das von hier und zu dieser Stunde ist der Blick noch frei von Touristen. Dann schlendern wir weiter durch kleine Gassen in der Altstadt und kommen dann von hinten auf den Piazza Navona. Wir können auch direkt zu meiner Wohnung gehen aber ich will eigentlich immer zuletzt über den Platz gehen. Wir entschließen uns noch einen Kaffee zu nehmen und setzen uns einen Augenblick hin. Der Platz ist immer noch leer, es laufen nur einige Römer an uns vorüber, um irgendwo einen Bus zu bekommen oder direkt zu ihrer Arbeitsstelle zu gelangen. Ich fühle

mich hier zu Hause. Hier bin ich auch viel mehr in eine Gemeinschaft eingebunden, als ich es in Düsseldorf jemals war. Komisch ist nur, dass mir das in Düsseldorf niemals gefehlt hat. Hier, wiederum, kann ich mir mein ehemaliges Einsiedlerdasein überhaupt nicht mehr vorstellen.
Nach ein paar Minuten verlassen wir den Platz und gehen zu meiner Wohnung.
Wir begrüßen Flora im Vorbeigehen und sie sendet Giancarlo hinter seinem Rücken schmachtende Blicke zu. Wir grinsen uns an.
Vor der Tür gibt mir Giancarlo zwei Küsse auf die Wangen und flüstert mir ins Ohr. »Vergiss nicht, ruf an, wenn er weg ist und übrigens in deiner Wohnung können wir dich besser bewachen. Das hat gar nichts mit Romantik zu tun.« Mit diesen Worten lässt er mich wort- und ratlos stehen.

Die Seele

Zu viele Gefühle.
Das ist mir so bekannt und ich kann es so gut verstehen.
Mich hat es zu viel gekostet.
Ich bin nicht mehr bereit für Gefühle zu viel zu opfern.
Bei mir waren es 70 Jahre.

Kapitel 11

Es ist mittlerweile halb neun. Ich habe mich etwas aufgehübscht und warte. Warte, dass Tim endlich kommt. Ich tigere durch meine Wohnung. Kimba sieht mir verwundert nach, wenn ich mal wieder an ihr vorbei laufe. Ich bin so nervös wie noch nie. Das Bild im Schlafzimmer, mein erster Eindruck von Giancarlo, habe ich abgehangen und gut in der Schublade mit meiner Unterwäsche verstaut. Ganz unten natürlich. Trotzdem ist es da und schaut mich strafend an. Ich sollte es einfach hängen lassen und Tim die kleine Anekdote erzählen oder vielleicht doch nicht. Ich habe Tim noch nie eifersüchtig erlebt, würde er es in diesem Moment sein? Hat er es verdient, zu erfahren, dass ich mir einen Giancarlo über das Bett hänge? Ich habe schließlich auch ein Foto von ihm, das könnte auch dort hängen. Beide nebeneinander. Bei dem Gedanken kichere ich etwas nervös. Nein, alles bleibt jetzt so, wie es ist. Giancarlo tief in meiner Schublade vergraben und Tim gleich in meinen Armen. Schluss jetzt mit diesen Gedankenspielen. Ich freue mich auf Tim. Er ist mein Anker. Er wusste als Erster, dass ich tot war. Für die anderen ist es viel leichter, es zu akzeptieren, sie sind schließlich auch tot. Aber Tim, er hat es auch als Mensch der ersten Generation angenommen. Für ihn muss es ungleich schwerer sein.
Da klingelt es an der Tür. Ich renne hin und drücke auf. Jemand rennt förmlich die Treppen hoch und

schon steht er vor mir und ich umarme ihn stürmisch. Was habe ich mir nur für Gedanken gemacht. Hier ist mein Tim und alles ist gut. Wir küssen uns, lange, zärtlich und wild. Es soll einfach nicht enden. Dann aber merken wir, dass wir noch immer in der offenen Tür stehen, weil mein Nachbar von über mir gerade vorbeigeht und nicht recht weiß, wo er hinschauen soll. Ich begrüße ihn freundlich, Tim murmelt auch irgendetwas. Wir ziehen es vor, die Tür dann doch von innen zu schließen. Zunächst stelle ich ihm Kimba vor. Sie schnurrt ihn direkt an und die beiden sind somit Freunde.

»Wo gehen wir hin, tut mir leid, aber ich muss erst mal an so etwas Profanes wie essen denken. Heute Mittag hatte ich keine Pause und im Flieger gab es nur ein nettes Pappbrötchen, was mich weder glücklich noch satt gemacht hat.«

»Lass dich überraschen, wir müssen nur noch ein paar Minuten warten, es ist nicht weit von hier«, antworte ich.

Ich gieße uns zwei Gläser Prosecco ein und gebe eins davon Tim. »Willst mich wohl betrunken machen, so auf fast nüchternen Magen«, bemerkt er.

»Nein, absolut nicht, ich habe noch etwas mit dir vor« grinse ich ihn mehrdeutig, nein eindeutig an.

Schon klingelt es an der Tür.

»Du bekommst nicht noch Besuch, oder? Heute will ich dich ganz für mich allein« fragt Tim nach.

»Keine Sorge, es gibt nur jemand etwas für mich ab, dann können wir los. Ich habe nur darauf gewartet« antworte ich. Ich will ja noch nichts verraten.
Er bleibt in der Küche, während ich zur Tür gehe. Der Mann an der Tür stellt sich als Luigi vor. Er bestellt mir Grüße von Giancarlo und sagt, er hofft, sie haben das Richtige für heute Abend ausgesucht. Giancarlo hätte nur von einem besonderen Anlass gesprochen. Er ist beladen mit Schachteln und einem Beutel, aus dem das Geräusch aneinander schlagender Flaschen kommt.
»Wo soll ich es abstellen?«, fragt mich Luigi.
Da ich ihm den Stapel auf keinen Fall abnehmen kann, ohne dass irgendetwas davon zu Boden fällt, bitte ich ihn in die Küche. Dort begrüßt er Tim und stellt alles auf der Arbeitsplatte ab. Er erklärt mir, welche Gänge sich in welchen Paketen befinden und verschwindet sofort wieder. Tim ist überrascht und so erkläre ich ihm mit liebevollem Augenaufschlag:
»Ich wollte mit dir allein sein und finde die Idee recht nett mit dir auf dem wunderschönen Balkon zu sitzen und trotzdem ein Essen aus einem Restaurant zu genießen.«
Irgendwie vergesse ich zu erwähnen, dass die Idee gar nicht von mir, sondern von Giancarlo war. Er pfuscht mir immer wieder dazwischen, gedanklich meine ich. Wir machen uns zusammen über die Schachteln her und Tim ist begeistert. Im ersten Karton ist ein wunderbarer Salat mit Nüssen und Kräutern. Wir setzen uns auf den Balkon, an den Tisch, den ich schön gedeckt hatte. Ich zünde die

Kerzen an und wir suchen noch schnell den passenden Wein raus. Luigi hatte netterweise an die Flaschen kleine Schildchen geklebt. Salat und Vorspeise an den Weißwein, Hauptgericht an den Rotwein und Nachtisch an eine halbe Flasche Dessertwein. Wir lassen es uns schmecken, einfach köstlich.
Als Vorspeise gibt es Misto, von Salami, Schinken zu köstlich zubereitetem Gemüse. Der Hauptgang ist in drei Thermotöpfen verpackt und noch schön heiß, als wir ihn auspacken. Ossobuco in einer köstlichen Rotweinsoße, dazu gebratenem Fenchelgemüse mit viel Knoblauch und geröstete Kartoffeln. Wir sind so satt, dass wir den Nachtisch leider ausfallen lassen müssen, trinken aber unter klarem Sternenhimmel den Dessertwein und sind dann nicht nur satt, sondern auch leicht bis mittelschwer angetrunken. Tim nimmt mich an die Hand und führt mich ins Schlafzimmer. »Wie wäre es jetzt mit Nachtisch?«, fragt er mich lächelnd.
»Aber gern, ich gehe nur noch ins Bad und putze mir die Zähne.« Vielleicht ein wenig unromantisch, aber nicht zu ändern. Ich muss den Knoblauchgeschmack einfach loswerden.
Als ich aus dem Bad komme, liegt Tim auf dem Bett und schaut mir nun genüsslich beim Ausziehen zu. Ich klettere zu ihm unter die Decke und wir schmiegen uns aneinander. »Du hast mir so gefehlt, ich war viel zu lange von dir fort«, raunt er mir ins Ohr. Und dann ist es still. Er sagt nichts mehr. Ich sehe ihn an und, und er ist eingeschlafen.

Das ist jetzt mal nicht so mein Plan gewesen. Dafür die neue Unterwäsche, na ja, die hatte er ja noch gesehen aber ich bezweifle, dass er sich morgen noch daran erinnern kann. Das spart Geld, so kann ich sie ihm an einem anderen Tag noch mal vorführen. Ich bin jetzt aber putzmunter und habe irgendwie keine Lust hier liegen zu bleiben und an die Decke zu starren. Also stehe ich wieder auf, ziehe mir Hose und T-Shirt an und gehe in die Küche. Ich meine, Kimba sieht mich etwas erstaunt an, aber was weiß sie schon von meinem zumindest heute nicht vorhandenen Sexualleben.
Ich schaue in die Packung mit dem Nachtisch und esse meine Portion Tiramisu mal eben so auf. Der nicht stattgefundene Sex hat mich anscheinend hungrig gemacht. Kimba liegt wie immer auf meinem Schoß, so bekommt sie wenigstens ein paar Streicheleinheiten.
Ich weiß nicht so recht etwas mit mir anzufangen. Für ein Buch bin ich zu aufgewühlt. Die Küche aufzuräumen ist nicht so die traumhafte Vorstellung, aber es wäre auch zu laut. Ich will Tim nicht wecken. Wenn er in dieser Situation einschläft, hat er den Schlaf sicher nötig.
Ich könnte ein wenig üben, für den Kampf. Ich konzentriere mich ganz auf mich und meine kleine Kimba auf meinem Schoß. Jetzt brauche ich einen Gegner. Ich stelle mir vor, dass Il Maligno vor mir steht und uns angreift. Kraft steigt in mir auf, nein man kann es nicht Kraft nennen, sondern Macht. So wie ich sie am Anfang bei Emilia und Giancarlo

gespürt hatte. Ich versuche sie zu speichern, und immer weiter auszubauen. Kimba spürt die Veränderung und unterstützt mich automatisch. Sie bleibt auf meinem Schoß, ist jetzt aber sehr aufmerksam. Ihre Ohren zucken, als wolle sie den Gegner orten. Ich meine die Luft würde irgendwie etwas dicker werden, geschwängert von der Macht, die sich um mich herum bildet.

Ich versuche, diese zu bewegen. Wenn sie nur um uns herum wäre, kann sie nur der Abwehr dienen aber ich muss doch angreifen, also heißt es, die Macht bei mir zum Schutz zu lassen, aber einen Großteil davon zu bewegen, um einen Gegner auszuschalten. Das schaffe ich dann auch. Leider merke ich es erst, als der Fernseher mir gegenüber explodiert. Tim kommt fast unmittelbar angelaufen, sieht, was passiert ist, jedenfalls den sichtbaren Schaden, rennt ins Bad und kommt mit dem kleinen Feuerlöscher wieder und erstickt die Flammen in dem Schaum des Feuerlöschers. Danach kommt er zu mir und fragt, noch völlig außer Atem. »Was ist passiert, gibt es einen Angreifer?« Er schaut sich suchend um, findet aber nur mich, erschrocken und gleichzeitig grinsend auf dem Sofa vor.

»Ich sollte demnächst im Freien üben. Tut mir leid, dass ich dich geweckt habe. Aber ich wusste einfach nicht, was ich für Kräfte in mir habe. Das haben Kimba und ich ganz allein geschafft« erkläre ich stolz.

Tim schüttelt den Kopf und geht wieder ins Schlafzimmer zurück. Aber mein wohliges

Bauchgefühl und ein leichtes Kribbeln in meinem Kopf sagen mir, dass wenigstens Anima stolz auf mich ist. Ich genieße es einen kleinen Moment.
Dann steht wieder Tim in der Tür und grinst mich an.
»Ich finde, kleine Kinder sollten für ihre Straftaten gerecht bestraft werden. Mich zu wecken ist eine Todsünde, also komm jetzt ins Bett und zeige mir noch mal deine sündige Unterwäsche. Und mach es gut, denn wenn ich wieder einschlafe, gebe ich dir die Schuld dafür. Also streng dich an.«
Ich lege Kimba sanft neben mich auf das Sofa und bedanke mich bei ihr für ihre Hilfe und stolzierte an Tim vorbei ins Schlafzimmer. Dabei ziehe ich mir das T-Shirt aus, was ich über meine sündige Unterwäsche gestreift hatte und lasse Tim für einen Moment sprachlos stehen, ehe er mir mit großen Schritten folgt und mich im Schlafzimmer aufs Bett wirft und mich stürmisch küsst und mir viel zu schnell die teure Unterwäsche auszieht. Dann bekomme ich, was ich eine Stunde zuvor so vermisst hatte und würde in dieser Nacht wohl keine Möbelstücke mehr zertrümmern.

Es klingelt Sturm an der Tür. Ich öffne verschlafen die Augen und muss erst mal darüber nachdenken, wo ich bin. Da es aber immer weiter klingelt, bin ich verhältnismäßig schnell wach und geh zur Tür, damit Tim, der sich kaum regt, noch ein wenig schlafen kann.

Es ist Emilia, die über die Gegensprechanlage beklagt, dass sie so lange warten muss und ich soll sie doch endlich mal rein lassen.

Wir begrüßen uns und ich bugsiere sie schnell in die Küche. Sie sieht etwas verwundert auf die Reste meines Fernsehers und den Tümpel aus Löschschaum, der sich darunter gebildet hatte.

»Also ist letzte Nacht doch etwas passiert. Ich wusste es, aber es war so schnell vorbei, dass ich dich und Tim nicht stören wollte. Ich wusste, es war falsch, dir nicht zur Seite zu stehen. Also, was ist geschehen?« fragt sie mich etwas hektisch und atemlos.

»Und darum dachtest du, morgens um, wie viel Uhr ist es eigentlich, kannst du uns dann doch stören oder wie?« Sie sollte jetzt ruhig ein wenig leiden, bevor ich ihr die gute Nachricht überbringe.

»Es ist schon halb sieben« verteidigt sich Emilia. »Und ich kann dich doch hier nicht liegen lassen, wenn es einen Angriff gegeben hätte. Was ist denn nun passiert?«quengelt sie inzwischen etwas verzweifelt.

Also gut, ich würde sie dann doch wohl erlösen müssen. »Ich habe nur ein wenig geübt. Ihr sagt doch immer, ich muss mir alles allein erarbeiten. Gestern Abend hatte ich etwas Muße, also dachte ich, es wäre jetzt an der Zeit, sich nicht nur zu verteidigen, sondern auch mal anzugreifen. Mit der verstärkenden Kraft von Kimba haben wir mal so eben den Fernseher zerstört. O. K! Er hat sich nicht gewehrt und hat auch nicht aktiv angegriffen aber immerhin, Totalschaden auf der ganzen Linie« grinse ich sie siegessicher an.

Sie umarmt mich prompt, wie immer, wenn etwas gut gelaufen ist. »Ich bin stolz auf dich. Ich wusste, du würdest es schaffen. Lass uns schnell zu den anderen gehen, wir müssen das ausnutzen und weiter üben. Schnell, schnell, zieh dich an, wir müssen los.«

»Nichts da. Ich weiß, ich stehe sozusagen in euren Diensten, aber gestern ist Tim angekommen und heute ist unser Tag. Kein Lauftraining, es wird nichts zerstört und entschuldige, heute will ich keinen mehr von euch sehen. Ich will als Tourist durch Rom streifen, mich heute Abend gepflegt in einem Hinterhoflokal betrinken und mal alles für vierundzwanzig Stunden vergessen. Ihr könnt mich gern überwachen, das macht ihr ja eh, aber macht es bitte so gut, dass ich wenigstens das Gefühl habe, mit Tim ganz allein zu sein. Danach könnt ihr bedingt wieder über mich verfügen. Aber solange Tim hier ist, muss ich mit seiner Hilfe mal wieder zeitweise normal leben. Danach kann der Wahnsinn weiter gehen« beende ich meine Rede.

»Entschuldige bitte, aber wir haben so lange gewartet, dass ich immer etwas ungeduldig bin. Verzeih mir bitte. Aber es ist so aufregend zu sehen, dass wir weiter kommen, dass wir vielleicht doch eine Chance gegen das Böse haben. So vergesse ich oft den Rest einfach und schaue dann auch manchmal nicht auf die Bedürfnisse der anderen. Du musst mich, wenn nötig immer wieder daran erinnern, wenn ich dich überfordere.« Emilia ist ganz geknickt und so nehme ich sie in den Arm, drücke sie und sage. »Entschuldige bitte. Ich vergesse auch immer, wie wichtig das alles ist. Ich bin erst so kurz bei euch und habe geschworen alles zu tun, was in meiner Macht steht. Trotzdem brauche ich schon jetzt etwas Zeit um mich zu regenerieren. Das ist alles so neu für mich, dass ich mich ständig überfordert fühle und deswegen ein wenig Normalität brauche. Ich bin bald wieder ganz für euch da und arbeite dann doppelt so hart um die verlorene aber für mich so wichtige Zeit wieder aufzuholen« verspreche ich ihr.

Sie gibt mir einen Kuss auf die Wange und geht zur Wohnungstür. »Jetzt trommele ich erst mal die anderen zusammen und erzähle, was du heute Nacht angestellt hast. Wir überlegen dann schon mal weiter, bis du wieder da bist. Übrigens, ich glaube, es wäre besser, wenn du morgen nicht mit zur Beerdigung kommen würdest. Die anderen könnten etwas versuchen und es wäre nicht gut, wenn du so im Fokus landen würdest. Genieß die Zeit mit Tim. Du kanntest die beiden ja nicht und musst dich nicht auch noch damit belasten.« Sie küsst meine andere Wange und will gerade verschwinden, als mir noch etwas einfällt.

»Emilia, eine Frage habe ich noch. Bei meinem erfolgreichen Angriff auf den Fernseher hatte ich irgendwie das Gefühl, ich müsste etwas Körperliches tun, also nicht nur mit dem Geist angreifen, sondern den Gegner treten oder schlagen

oder beides zusammen. Also körperlichen Kontakt herbeiführen. Vielleicht war es auch nur meine künstlich angestaute Wut, der ich auf eine andere Weise Luft machen wollte. Ihr könnt ja mal darüber nachdenken und es besprechen.«
Man sieht Emilia förmlich an, dass sie bereits nachdenkt. Sie speist mich mit einem »Schönen Tag noch« ab und geht wortlos. Ich bin gespannt, was sie alle dazu sagen würden. Wenn ich damit recht habe, würde es für mich allerdings nicht einfacher werden. Bisher habe ich alles aus der Distanz gesehen. Auf Entfernung angreifen, wenn es nicht klappt, gibt es immer noch die Möglichkeit wegzulaufen. Was natürlich Quatsch ist, aber man redet es sich gern mal schön.
Ich atme tief durch und schüttele mein zweites Leben ab und gehe zu Tim ins Schlafzimmer um mich an ihn zu kuscheln. Er schnurrt leise, nimmt mich in den Arm und ist schon wieder eingeschlafen. Tut das gut, ich kuschele mich noch etwas näher und falle sofort in einen tiefen und traumlosen Schlaf.
Um zehn wache ich auf. Tim liegt nicht neben mir, anstelle von ihm liegt aber Kimba in meinem Arm und schnurrt leise vor sich hin. Sie kann es besser als Tim, eindeutig. Ich genieße den Augenblick noch ein wenig, bevor ich aufstehe und nach Tim suche. Ich finde ihn auf dem Balkon mit einem Becher Kaffee in der Hand.
»Es ist so friedlich und ruhig hier, obwohl wir mitten in Rom sind« begrüßt er mich. »Wer hat denn heute schon so früh geklingelt? Ich musste erst mal

darüber nachdenken, ob es wirklich geklingelt hat oder ich es geträumt habe.«
»Es war Emilia. Sie hatten natürlich über irgendwelche ihrer Kräfte von meinem Angriff auf den Fernseher erfahren, sich aber nicht getraut uns zu stören, deshalb dachte sie, um halb sieben wäre es ein wesentlich besserer Zeitpunkt,« beklage ich mich lachend.
»Und war sie stolz auf dich und besorgt sie dir auch einen neuen Fernseher?«
»Stolz, ja, Fernseher, nein. Wäre ja auch nicht so schlimm, da ich ja eigentlich nie fernsehen schaue, wenn es meiner wäre. Aber so muss ich wohl für Ersatz sorgen und der sah noch nicht mal so alt aus. Ich werde wohl ein paar Bilder verkaufen müssen« überlege ich laut.
»Was hältst du davon, wenn wir beide in die Villa Borghese gehen und uns auf dem Weg dorthin ein leckeres Panino holen. Du malst ein wenig und ich lege mich neben dich auf eine Decke und mache einfach gar nichts. Du kannst mir dann ab und zu noch ein paar Trauben reichen. Das hört sich doch nach einem perfekten Tag an. Heute, am späten Nachmittag gehen wir dann zusammen auf die Piazza Navona und du verkaufst deine Bilder. Dann können wir am Montag einen neuen Fernseher kaufen« schlägt Tim vor.
»Bis auf die Trauben ist der Plan gut. Ich gehe rasch duschen. Machst du mir in der Zeit einen Kaffee, sonst gehe ich nicht vor die Tür?«

Nach einer halben Stunde sind wir bereits auf dem Weg. Es ist wieder brütend heiß, obwohl es noch nicht mal Mittag ist. Im Bus stöhne ich leise vor mich hin. Warum habe ich bloß kein Wasser mitgenommen. Bei diesen Temperaturen verlasse ich nie ohne eine Flasche Wasser im Rucksack die Wohnung. Als wir aussteigen, renne ich förmlich ins nächste Lokal und bitte um ein eiskaltes Wasser. Ich merke, wie mir die ersten Schweißperlen vom Nacken, den Rücken runter laufen, und fühle mich nur noch unwohl. Am liebsten möchte ich ein Glas Milch trinken, aber es ist mir zu peinlich, es zu bestellen. Nachdem ich das Glas direkt im Stehen geleert habe, bezahle ich und wir gehen weiter die Via Veneto zur Villa Borghese hoch. Tim nimmt mir den Rucksack mit den Malutensilien ab, da ich wohl noch immer etwas fertig aussehe. Die Staffelei trägt er sowieso schon und sieht jetzt aus wie mein kleiner Packesel, aber ich fühle mich zu kraftlos, um auch nur einen Pinsel zu tragen.

»Ich glaube, dass mich mein selbstgemachter Angriff etwas geschlaucht hat. Das muss ich das nächste Mal berücksichtigen. Ich habe ja schon so lange geschlafen, was für mich total unüblich ist und jetzt fühle ich mich immer noch schlapp und das warme Wetter gibt mir den Rest. Schau mal, da ist ein kleiner Laden, in dem wir bestimmt kalte Getränke bekommen. Wir holen am besten direkt eine Wagenladung voll davon.« Mein Schritt wird sofort schneller. Ich gehe hinein und hole zwei große Flaschen Wasser, die ich dem armen Tim auch noch

in den Rucksack stopfe. Ich kann sie einfach nicht tragen. Es geht nicht. Aber Tim lässt alles tapfer über sich ergehen. Im Park suchen wir uns einen schönen schattigen Platz. Bevor ich male, will ich mich zunächst ein wenig erholen.
Zwei Stunden später weckt Tim mich, indem er mir den Hals küsst. Ich weiß gar nicht, wo ich bin und brauche einige Minuten um mich zu orientieren. Mir tut alles weh. Ich bin wohl schon zu alt, um so lange auf einer Wiese zu schlafen. Ansonsten fühle ich mich aber nicht mehr so erschöpft. Der Schlaf hat mir gut getan.
Tim hält mir eine der Wasserflaschen hin. Ja, das würde jetzt gut tun, ein Kaffee wäre mir zwar lieber, aber der ist hier wohl nicht zu bekommen.
»Was hältst du davon, dass du erst mal wach wirst und ich uns einen Kaffee besorge. Dort hinten ist doch ein Café, vielleicht hat es ja auf und sie haben Coffee to go« überrascht mich Tim.
Ja, wir verstehen uns wortlos. Ich umarme ihn und küsse ihn. Er versteht das jetzt, glaube ich, nicht richtig aber er küsst mich leidenschaftlich zurück, so dass mir fast die Luft wegbleibt und ich darüber nachdenken muss, ob es hier nicht ein verschwiegenes Plätzchen gibt, um … Mein Gott, mein zweites Leben macht mich ganz schön hemmungslos. Diesen Gedankengang kann Tim wohl wieder nachvollziehen. Mit heiserer Stimme sagt er. »Ich gehe jetzt wohl mal nach dem Kaffee suchen, bevor das hier aus dem Ruder läuft.« Steht auf, schüttelt den Kopf lachend und verschwindet.

Ich suche in der Zeit meine Malutensilien zusammen.

Zuerst stelle ich die Staffelei auf. Ich sehe mich um, ob ich ein gelungenes Motiv finde und da tatsächlich, eine interessante Baumgruppierung mit einem speziellen Lichteinfall.

Ich suche den Rest und bin gerade dabei, einige Grüntöne zu mischen, als Tim mit dem Kaffee zurückkommt. Schon mache ich die erste Pause. Tim stopft sich den Rucksack unter den Kopf und zieht die Beine an, so dass ich mich an seine Schienbeine lehnen kann, in Richtung der Baumgruppe, so kann ich mir schon mal überlegen, wie ich es auf die Leinwand bringen werde.

Als ich den Kaffee halb getrunken habe, fängt es an mir in den Fingern zu jucken. Also stehe ich auf, und beginne zu malen. Tim legt sich auf die Seite, stemmt seinen Kopf in seine rechte Hand und sieht mir lächelnd zu. »Ich mag es, dir beim Malen zuzusehen. Du bist dann ganz konzentriert und trotzdem völlig tiefenentspannt. Du bist dann ganz bei dir und die Welt um dich herum könnte zusammenbrechen.«

»Ja, so ist es auch. Ich glaube, das ist ein Aspekt, weswegen ich das Malen nie aufgegeben habe. Einen anderen Beruf zu ergreifen, hätte mich meiner Ruhe beraubt. Ich hätte nie wieder zu mir selbst zurückfinden können und es gibt immer Situationen, wo es nötig ist, seinen inneren Ruhepol wieder zu finden, damit man sich nicht verliert.«Versuche ich ihm zu erklären.

»Ja, das verstehe ich gut. Ich habe auch meinen Ruhepol. Das bist du. Immer wenn ich mit dir zusammen bin, auch vorher schon, ruhe ich plötzlich in mir selbst« offenbart mir Tim.

»Ach, du findest mich also langweilig« reize ich ihn, auch weil ich mit der Situation nicht recht umgehen kann.

»Marta« setzt er entnervt an.«Kannst du mich bitte ernst nehmen. Mit dir ist keine Minute langweilig. War es auch nicht, bevor du gestorben bist. Jetzt ist es definitiv etwas zu viel für mich. Aber als ich Angst hatte, dass du tatsächlich für immer und ewig nicht mehr da sein würdest, hat sich meine ganze Welt verändert. Die Farben sind verblasst, nichts hatte mehr Wert. Bisher hatte ich immer nur den oberflächlichen Weiberheld gespielt. Zum einen, weil ich Angst vor einer endgültigen Zurückweisung von dir hatte und zum anderen, weil es mir wirklich Angst machte, ich könnte die Frau fürs Leben gefunden haben, mich aber nicht binden wollen. Als ich den Zeitungsartikel gelesen habe, war alle Angst und Unsicherheit weg. Es war klar, du bist schon immer die Frau meines Lebens gewesen und egal was aus uns wird, du wirst es immer sein.« Er beendet seine wunderschöne Liebeserklärung atemlos.

Ich bin verwirrt. Das Gefühl ist so vollkommen richtig, der Zeitpunkt in meinem Leben aber so vollkommen falsch. Wo sollen meine Prioritäten noch überall sein? Wie soll ich das alles schaffen?

Aber Blödsinn, wenn es sich doch richtig anfühlt, dann nimmt es einem nicht die Kraft, die man für andere Dinge braucht. Es gibt einem die Kraft, es überhaupt zu schaffen. Ich knie mich zu ihm runter, in einer Hand meine Palette, in der anderen ein mit grüner Farbe getränkter Pinsel und gebe ihm zärtlich einen Kuss. »Ich fühle mich auch mit dir sehr wohl, es fühlt sich für mich richtig an. Trotzdem bin ich tot und ich weiß nicht, was wird. Ich weiß nicht, in was ich dich da eventuell reinziehe. Ich weiß nicht, ob ich alles so schaffen werde, aber glaube mir, ich werde es versuchen. Und was ich auf jeden Fall tun werde, ich werde es genießen« verspreche ich ihm, auch ein wenig atemlos.

»Gut«, sagt er sehr zufrieden, »dann kannst du jetzt weiter malen, bevor mein T-Shirt noch mehr grüne Flecken bekommt. Du musst schließlich den Fernseher verdienen. Ich als dein Vermieter ...«

In diesem Moment male ich ihm mit dem Pinsel ein großes, grünes Herz auf sein T-Shirt, auch eine Art zu streiten. Aber ich gewinne diesen Streit damit wortlos. Tim fängt an zu lachen, so hatte ich ihn noch nie lachen hören, vollkommen losgelöst, wie ein kleiner Junge, wie ein kleiner, verliebter Junge. Ich muss mit einstimmen. Bevor ich wieder aufstehe, hält er mich kurz am Ellenbogen fest und raunt mir zu. »Ich werde mich elendig rächen, vielleicht an deiner so geliebten, wie auch manchmal etwas überflüssigen Reizwäsche, warte es nur ab«, droht er mir lachend.

Ich stehe lachend auf und fange an mein Bild zu malen. Es wird sehr schön, meine Seele lag wahrscheinlich blank nach dieser ach so schönen Offenbarung von Tim.
Wir unterhalten uns fast die ganze Zeit über ganz alltägliche Dinge. Über seine Arbeit, über die kleine Zampina, die jetzt langsam ins Flegelalter kommt und über mein normales Leben hier, über meine Freunde, meine neue Familie und über meine Mutter. Das macht mich sehr traurig, denn ich habe immer noch keinen Weg gefunden, wie ich ihr von meinem zweiten Leben erzählen kann. Tim hatte inzwischen mehrmals mit ihr telefoniert und es ging ihr gar nicht gut. Bei ihrem Mann findet sie wenig Verständnis, wir hatten uns schließlich zerstritten.
Schließlich schläft Tim im Schatten der Bäume ein, während ich meine Bilder fertig male.
Spontan überlege ich, ich bräuchte dringend ein neues Bild für mein Schlafzimmer und male als Nächstes den schlafenden Tim. Es wird ein sehr schönes Bild und ich denke frech darüber nach, wie es wohl aussehen würde, diese beiden schönen Männer über mein Bett zu hängen.
Tim wacht auf, als ich das Bild gerade fertig stelle. Verschlafen rauft er sich die Haare und sieht mit dem verwuschelten Haar total süß aus. Das baue ich noch in mein Bild ein und zeige es ihm dann.
»Jetzt willst du mich auch noch verkaufen. Was meinst du wohl, was du für mich bekommst?« will er wissen.

»Du bist natürlich unbezahlbar und bleibst bei mir. Für mich ist ein gemaltes Bild mehr wert und zeigt mehr Seele als ein reines Abbild einer Digitalkamera« erkläre ich ihm dann doch ganz ernsthaft.

Tim nimmt meinen Kopf in seine beiden Hände und gibt mir einen Kuss. »So ernsthaft, meine Süße? Und übrigens ernsthaft gemeint. Ich habe nach meinem erholsamen Schlaf ganz ernsthaft Hunger, und zwar nach zwei Dingen. Kann mich nur noch nicht entscheiden auf was ich mehr Appetit habe, aber für beides müssen wir erst nach Hause, da ich diese Liebeserklärung von T-Shirt ausziehen muss.«

»Mein geschätzter Herr, heute Morgen noch wollten wir uns doch um meinen Lebensunterhalt kümmern?«, frage ich nach.

»Also bezahlen will ich eigentlich nur fürs Essen« setzt er eindeutig nach und ich gebe auf. Heute werde ich wohl keine Bilder mehr verkaufen, da auch mein Appetit geweckt ist. Ich muss allerdings nicht wählen, ich weiß, was ich will.

Die Seele

So viel Geduld ist nötig.
Sie ist schon umwerfend gut.
Viel schneller als Giaccomo.
Wir kommunizieren noch so wenig und doch versteht sie schon so viel.
Trotzdem kann ich meine Ungeduld nicht zügeln.
Aber sie braucht ihren Abstand, um weiter zu kommen, also werde ich mich in Geduld üben, damit sie sich dann im Kampf üben kann.
Ich muss einen Weg finden, um mit Emilia zu sprechen, damit ich Marta besser schützen kann.
Sie machen wieder die gleichen Fehler, wie vor
70 Jahren und sie wissen es nicht.
Sie sind noch immer so unwissend.

Kapitel 12

Am nächsten Morgen wache ich früh auf. Gott sei Dank, denn ich habe mal wieder vergessen, den Wecker zu stellen und ich habe doch mit Anna mein Lauftraining.
Schnell stehe ich auf und gehe unter die Dusche, zwar blödsinnig, denn gleich bin ich wieder ganz verschwitzt aber ich muss wenigstens wach werden.
Tim stöhnt leise vor sich hin, wo ich denn hin will, es wäre doch noch so früh und ich soll mich wenigstens noch ein paar Minuten zu ihm ins Bett legen. Sehr verlockend aber unmöglich, ich bin schon spät dran. Ich gebe ihm einen Kuss und sage ihm, er soll weiter schlafen und sich was Schönes ausdenken, ich bin schließlich nicht lange weg. Sofort erscheint ein Lächeln auf seinem Gesicht, dann ist er auch schon wieder eingeschlafen.
Kimba erwartet mich schon an der Tür. Demnächst hat sie noch eine Uhr an der Pfote und würde mit der anderen Pfote darauf zeigen mit den Worten. »Meine Liebe, es ist spät, lass uns endlich losgehen.«
Ich nehme sie zärtlich hoch und gebe ihr einen Kuss auf den Kopf, den sie sofort unwillig zurückzieht. Sie lässt sich dann aber anstandslos in die Tasche heben, wo sich schon ein Handtuch und eine Flasche Wasser befinden.
Bus und U-Bahn kommen pünktlich und beide Male bekomme ich sogar einen Sitzplatz, so dass ich in Ruhe und mit Freude den letzten Abend an mir vorbei laufen lassen kann. Die Frau gegenüber

lächelt mich an, da ich wohl auch die ganze Zeit gelächelt habe. Am Circo Massimo verabschiede ich mich von ihr und gehe zum Platz hinüber. Anna und ich umarmen uns kurz und dann geht es auch schon los. Nach den Aufwärmübungen bin ich genauso fertig, wie beim letzten Mal aber diesmal bekomme ich erst eine Runde später das Seitenstechen, muss aber die letzten beiden Runden wieder gehen.
»Na, Fortschritte nenne ich das jetzt mal nicht. Du musst etwas ernsthafter an die Sache rangehen« tadelt sie mich.
»Ich weiß, aber es ist doch erst die zweite Einheit« verteidige ich mich.
»Aber ich sehe doch, dass du schon völlig fertig hier ankommst. Du musst halt mal etwas früher ins Bett gehen« macht sie weiter.
Ich muss kichern. »Also daran lag es wirklich nicht« Da muss auch Anna kichern. »Ach ja dein Freund ist da. Erzähl mal, ich bin neugierig.«
Und da erzähle ich ihr alles, wie einer alten Freundin. Wir setzen uns auf eine Treppe und trinken unser Wasser. Ich erzähle von der Liebeserklärung im Park und von der berauschenden Liebesnacht. Es ist so schön, dass sie offensichtlich eine gute Freundin von mir werden könnte, obwohl ich sie erst so kurze Zeit kenne.
Nach meinen Ausführungen fragt sie mich. »Und ich dachte zwischen dir und Giancarlo würde was laufen. So habe ich ihn noch nie erlebt und du schienst auch so angetan von ihm. Na ja kein

Wunder. Der Mann sieht einfach atemberaubend aus.«
Ich merke, wie mir die Röte ins Gesicht steigt. Wahrscheinlich bin ich jetzt wieder meinen Pumps sehr ähnlich. »Na ja, insofern hast du Recht, ich glaube, man kann es flirten nennen, aber er weiß, dass ich einen Freund habe. Aber es ist wirklich so, wenn Tim nicht da ist, fühle ich mich von ihm sehr angezogen und seine anzüglichen Bemerkungen sind echt heiß. Aber dann ist Tim da und alles ist vergessen. Ich muss das für mich aber echt klarkriegen. Das ist nicht fair Tim gegenüber, aber du glaubst nicht, wie gut das tut. Ich hatte schon seit Ewigkeiten keinen Freund mehr und wurde immer mehr zur Einsiedlerin und jetzt gibt es gleich zwei Bewerber und noch eine ganze Familie dazu und vielleicht noch eine vertraute Freundin«, sehe ich sie hoffnungsvoll an.
»Da kannst du sicher sein. Ich mag dich sehr und trotz der ganzen Familie hat man wenige Freunde im normalen Leben. Zudem spüre ich, dass wir uns sehr ähnlich sind und dass wir uns deswegen so gut verstehen« antwortet mir Anna.
»Aber was ist denn bei dir und den Männern so los? Wäre Giancarlo nicht dein Typ? « hake ich nach.
»Das war einmal. Ganz am Anfang hatten wir mal einen One-Night-Stand. Wir waren uns aber sofort einig, dass er sich nicht wiederholen wird. Ich kann dir eigentlich gar nicht sagen, wieso, aber es war uns beiden klar. Obwohl ich manchmal denke, wenigstens den One-Night-Stand könnten wir

wiederholen, denn der war unbeschreiblich gut. Vielleicht sollte ich das nochmal in Erwägung ziehen, wenn du nichts dagegen hast« fragt sie nach.
Ich ziehe die Luft ein. Doch, ich habe etwas dagegen, aber ich habe kein Recht, etwas dagegen zu haben.
Anna lacht. »Keine Sorge, ich rühr ihn nicht an, das ist echt vorbei. Ich wollte nur mal deine Reaktion sehen. Sehr interessant. Vielleicht sollte ich mich mal mit Giancarlo darüber unterhalten.«
»Untersteh dich, du Petze« feixe ich. Dann aber ernsthaft. »Anna sage mir, was das ist. Ich mache doch nur mich und die beiden fertig, wenn ich mich nicht entscheiden kann. Vor allem mit Tim will ich mal gar nicht spielen.«
»Ich habe das schon Mal am Rande mitbekommen, du solltest dich mal mit Emilia unterhalten. Ich weiß, sie hatte eine ähnliche Situation. Als ihre Seele in sie fuhr, gab es plötzlich auch zwei Männer in ihrem Leben, obwohl auch ihre Seele ursprünglich männlich ist. Wenn die Seele weiblich wäre, könnte ich es ja noch verstehen. Die Seele sucht sich halt den einen Mann, der Körper einen anderen aus. Vielleicht sind Seelen ja geschlechtslos und es ist wirklich so« erklärt Anna mir.
»Ja, da könnte etwas dran sein. Ich werde mich mal mit Emilia unterhalten, aber erst wenn Tim wieder weg ist. So jetzt haben wir aber genug über meine Männer gesprochen. Wie wäre es, wenn wir mal abends ausgehen, wenn Tim wieder zu Hause ist, dann suchen wir dir mal was Nettes aus. Wenn man

hier in Rom nichts Ansehnliches findet, wo denn dann auf der Welt« schlage ich ihr vor.
»Ja, das wäre schön, lass uns nächste Woche einen Termin machen. Dann zeige ich dir das Nachtleben in Rom« ereifert sich Anna.
Wir stehen auf. Ich verstaue meine süße Kimba in der Tasche und frage Anna noch. »Wer hat heute eigentlich auf mich aufgepasst? «
»Schau, da hinten stehen Giancarlo und die kleine Elsa« grinst Anna mich an. »Soll ich fragen, ob er dich nach Hause begleitet? «
»Untersteh dich« ist meine knappe Antwort.
Wir umarmen uns und gehen dann in unterschiedliche Richtungen zur U-Bahn und zum Bus.
Plötzlich höre ich Laufschritte hinter mir und drehe mich um. Giancarlo kommt hinter mir angerannt. Atemlos bleibt er vor mir stehen. »Ich dachte, du fährst mit Anna zurück. Da dem nicht so ist, werde ich dich begleiten. Es liegt wieder etwas in der Luft. Allein ist also nicht« begrüßt er mich, nimmt mich in die Arme und gibt mir einen Kuss auf die Wange.
Mir bleibt schon wieder die Luft weg, was ich so gut wie möglich kaschiere, aber Giancarlo grinst mich schon wieder so an, als wenn er genau weiß, welche Wirkung er auf mich hat.
»Komm schon, nicht so langsam, sonst fahren uns die ganzen U-Bahnen davon«, sagt er und packt mich an der Hand.
Ich lasse mich erst mal hinterher ziehen. »Wo ist die kleine Elsa, nimmst du sie nicht mit?«

»Nein, sie findet den Weg alleine. Sie mag nicht in Taschen gepackt werden und bei Fuß laufen, findet sie auch doof. Also geht sie allein zum Torre, wo wir sie dann wieder abrufen können.«

»Aber wie kommt sie denn alleine über die Straßen und wohnen alle Katzen am Torre Argentina?« hake ich mit leichtem Entsetzen in der Stimme nach.

»Das mit den Straßen haben sie alle drauf. Ich glaube, die Katzen haben weniger Unfälle als die Menschen. Und ja, fast alle Katzen wohnen am Torre. Deine Kimba ja nun nicht mehr und Rossi ist letztes Jahr zu Emilia gezogen. Beide haben sich gesucht und gefunden. Außerdem macht Rossi so viele Nachtschichten, dass er tagsüber echt mal ausruhen muss und das wird am Torre immer schwieriger. Drinnen sind immer Touristen, was natürlich gut für die Spenden aber schlecht für die Ruhe ist. Zudem werden die Katzen immer mehr und nicht alle sind friedlich drauf und zum Letzten finden draußen wieder Ausgrabungen statt und wir hatten gerade eine riesige Baustelle, wegen der Ausweitung der Bahntrasse, also auch dort keine Ruhe mehr. Und wie mir Emilia berichtet, findet Rossi es so toll in einem Bett zu schlafen, dass sie ihn abends manchmal raus jagen muss« Wir reden so viel, dass ich fast meine Haltestelle verpasse. Im letzten Moment springe ich auf und durch die Tür aus dem Bus, Giancarlo noch gerade hinter mir her.

»Komm, lass uns die paar Haltestellen zu Fuß laufen. Der Bus ist immer furchtbar voll, und wenn

wir durch die kleinen Gassen gehen, ist es nicht so weit« schlägt Giancarlo mir vor.
»Also gut, meine Beine sind zwar vom Laufen etwas lahm, aber die kurze Strecke schaffe ich auch noch. Außerdem ist es so schön, weil es noch nicht so heiß ist« stimme ich ihm zu.
Wir schlendern wortlos durch die Gassen. Hier bin ich noch nie gewesen. Nach kurzer Zeit habe ich die Orientierung vollkommen verloren. Gefühlt würde ich jetzt links abbiegen aber Giancarlo nimmt mich bei der Hand und wir biegen rechts ab. Danach lässt er meine Hand nicht mehr los und marschiert weiter. Mir ist es irgendwie unangenehm und ich möchte mich aus dem Griff lösen, doch Giancarlo hält meine Hand weiter fest. Jetzt scheint der Zeitpunkt gekommen zu sein, dass ich etwas sagen muss.
»Giancarlo, wir müssen da mal was klären. Tim ist hier in Rom und ich … ich weiß nicht, irgendwie ist das hier nicht richtig« stottere ich los.
»Marta bleibe mal locker. Du verhältst dich doch nicht so, wenn er nicht da ist. Ich weiß, du hast einen Freund, aber merkwürdig ist schon, dass du alles dransetzt, dass wir uns nicht begegnen. Gestern habe ich euch gesehen, ich hatte Dienst. Du scheinst verliebt zu sein. Aber ich merke genauso, dass es zwischen uns immer knistert, wenn wir uns sehen. Diese Funken kann ich bei euch beiden nicht sehen. Vielleicht liege ich ja falsch, aber bleib locker. Ich werde mich euch nicht nähern, ich werde mich nicht vorstellen, aber wenn ich dich schon mal ein paar Minuten für mich alleine habe, muss ich es einfach

ausnutzen. Da kannst du machen, was du willst. Außerdem kannst du froh sein, dass ich Gentleman genug bin, um dich hier nicht in den Arm zu nehmen und dich leidenschaftlich zu küssen. Dein Körper muss noch eine Weile darauf verzichten« haucht er mir die letzten Sätze heiser ins Ohr.
Mir wird heiß und kalt. Stimmt, so eine Wirkung hat Tim nicht auf mich. Verdammt, wie kriege ich das nur in den Griff. Giancarlo lächelt mich etwas überheblich an. Er weiß es genau, er kennt seine Wirkung. Spielt er immer so oder ist das nur bei mir so? Ach egal, ich muss das regeln. Er sollte damit nichts zu tun haben. Ich liebe Tim und basta.
Ich entziehe ihm meine Hand und laufe weiter, diesmal mit schnellen Schritten. Aber Giancarlo ist stehen geblieben und ruft mir hinterher. »Meine Schöne, leider müssen wir hier links abbiegen, sonst kommst du nie bei deinem Tim an« grinst er süffisant.
Ich stampfe an ihm vorbei, biege ab und renne fast weiter. Ich habe Tränen der Wut in den Augen. Was macht er hier mit mir? Er soll mich in Ruhe lassen. Ich habe auch ohne ihn genug Probleme, so was brauche ich jetzt echt nicht. An der nächsten Kreuzung frage ich ihn immer noch wütend, wo wir lang müssen, denn er bleibt immer ein paar Schritte hinter mir. Er holt auf und deutet geradeaus und läuft dann neben mir weiter. Einen Häuserblock später erkenne ich den Corso, so dass ich weiß, ich brauche gleich nur noch rechts abzubiegen, dann bin ich zu Hause.

»Ich kenne den Weg jetzt, du brauchst mich nicht weiter zu begleiten. Danke dir.« Meine Stimme bebt ein wenig. Ich habe mich immer noch nicht beruhigt.
»Ich bringe dich nach Hause, das ist mein Job«, stellt Giancarlo trocken fest.
Ich drehe mich zu ihm um, meine Augen glühen vor Wut. Ich bin nicht wütend auf ihn, sondern auf mich aber ich muss es irgendwo los werden, sonst platze ich und da passiert es. Ich feuere einen unsichtbaren Blitz auf Giancarlo ab. Ich bin so wütend und so überfordert, dass ich es nicht verhindern kann.
Giancarlo bricht mitten auf dem Bürgersteig zusammen. Rechts von uns ist ein Brunnen. Ich versuche ihn, hochzuziehen. Er hilft mir ein klein wenig und so schleife ich ihn zu dem Brunnen und setze ihn auf der untersten Stufe ab.
»Giancarlo, es tut mir so leid, bitte mach die Augen auf und sag mir, dass es dir gut geht, bitte«, flehe ich ihn an aber er sackt in meinen Armen immer mehr zusammen. Erste Passanten werden auf uns aufmerksam und einer fragt auch tatsächlich, ob er einen Krankenwagen rufen soll. Ich winke ab und sage, ich hätte schon Hilfe gerufen. Das sollte ich jetzt mal wirklich machen. Giancarlo steht hier nicht wieder auf. Ich rufe Emilia an, die mir am Telefon sagt, sie wüsste es schon und Mario und Antonio wären unterwegs und müssten in zwei Minuten da sein. Sie fragt nach, wer uns angegriffen hat und ich muss ihr beichten, dass ich es war, dass ich so wütend gewesen bin.

Tim schicke ich eine SMS, dass ich später komme, er soll sich keine Sorgen machen. Für ihn muss ich mir noch etwas überlegen, aber das hat Zeit bis später. Da kommt auch schon Antonio angerannt. Mario käme gleich mit dem Auto. Auch er ist sofort da. Wir laden gemeinsam Giancarlo in den Wagen und fahren sofort zu Emilia. In der Wohnung angekommen bringen wir ihn ins Bett. Ich bin am Boden zerstört und kann nichts machen, außer zu schluchzen. Emilia nimmt mich in den Arm und tröstet mich ein wenig. Dann sagt sie leise zu mir.
»Du musst ihn jetzt retten. Dein Angriff war nicht gerade von schlechten Eltern und er hatte wahrscheinlich keinerlei Schutzschild hochgezogen, also hat es ihn voll getroffen. Hilf ihm, es ist sonst niemand hier.«
»Aber ich kann nicht, ich greife Freunde an, ich bin untröstlich. Was bin ich nur für ein Mensch. Er ist so gut« stottere ich unter Tränen.
»Marta, es ist jetzt gut. Er hat dich wahrscheinlich auf die Palme gebracht. Kein Grund, ihn anzugreifen aber du hast deine Macht noch nicht im Griff, also ist es halt passiert. Jetzt reiß dich zusammen, was nützt es alles, wenn du ihm jetzt nicht hilfst. Also los, wisch deine Tränen ab und mach deinen Job« befiehlt mir Emilia streng.
Das hat gesessen. Natürlich, erst greife ich ihn an und dann helfe ich ihm nicht. Also los, Schultern gestrafft und auf. Ich setze mich vorsichtig zu Giancarlo ans Bett. Mein Gott ist dieser Mann schön. Sanft streiche ich ihm eine Strähne aus der

Stirn und lege meine Hände über seine Brust. Ich schließe die Augen und konzentriere mich. Macht strömt durch meinen ganzen Körper und sammelt sich in meinen Händen. Ich kann es spüren, es ist wie bei dem Angriff aber jetzt ist es nicht böse, sondern es sind die heilenden Kräfte, der Unterschied ist extrem. Ich lasse die Macht aus meinen Händen entweichen. Fast ist es mir, als sei ein Licht zu sehen aber das habe ich mir bestimmt nur eingebildet. Ich schließe erneut die Augen und lasse die Kraft über den ganzen Körper von Giancarlo fließen. Ich schicke noch ein wenig Liebe und auch Scham mit und entschuldige mich leise bei ihm.

Er kommt wieder zu Bewusstsein und sieht mich blinzelnd an. »Da hast du ja ganze Arbeit geleistet. Erst haust du mich um und dann holst du mich wieder zurück. Das mit uns kann ja spannend werden, auf jeden Fall nie langweilig« spricht er leise mit noch belegter Stimme.

Er kann es einfach nicht lassen. Aber ich bin überglücklich, dass er wieder bei mir ist. Bei mir? Na ja, ich lasse es jetzt einfach mal so stehen. Vielleicht muss ich ja damit leben.

»Lass mich jetzt am besten ein wenig schlafen und geh zu deinem Tim. Ich habe es verstanden, glaub mir. Aber ich kann nicht von dir lassen. Aber ich werde dich nicht sehen, solange Tim da ist. Danach können wir uns in Ruhe unterhalten. Genieß die Tage mit Tim. Ich wünsche dir das wirklich von

ganzem Herzen, das musst du mir glauben« versichert er mir.
»Giancarlo, es tut mir so leid. Glaube mir bitte, das wollte ich nicht. Du machst mich verrückt. Die ganze Situation überfordert mich und früher hätte ich dann ein paar unflätige Bemerkungen losgelassen und heute kann ich so was anrichten, das macht mir Angst. Lass uns reden, wenn Tim wieder zu Hause ist. Gute Besserung« entschuldige ich mich bei ihm. Ich gebe ihm einen Kuss auf die Wange und er nutzt die Gelegenheit und zieht mich in seine Arme.
»Giancarlo«, sage ich streng aber er lächelt mich an und sagt.»Ich kann einfach nicht anders, meine süße Kätzin« und ich schmelze sofort dahin.
Ich verabschiede mich von den anderen und bitte darum, dass mich jemand anruft, sollte es Giancarlo nicht schnell besser gehen und gehe langsam nach Hause.
Soviel ist in der kurzen Zeit passiert und gleich bin ich wieder bei Tim und kann nicht mit ihm darüber sprechen. Wie soll ich bloß die Zeit mit ihm genießen, wenn so etwas zwischen uns steht. Aber ich bin fest entschlossen, ihm gegenüber nichts davon verlauten zu lassen. Das geht einfach nicht. Er ist mein Anker und ich brauche diese Normalität so nötig. Brauche ich auch ihn, wenn ich nicht in so einer prekären Lage stecken würde? Ja, es wäre sicher nicht anders. Ich stand schon früher auf ihn, nur nicht auf seine Oberflächlichkeit und es hat sich ja herausgestellt, dass er so gar nicht ist. Wir wären

schon viel früher zusammengekommen, hätte er mir sein wahres Gesicht gezeigt. Ich schüttele mich im wahrsten Sinne des Wortes und streife damit die vergangenen Stunden von mir ab. Ich sehe jetzt nach vorne und freue mich auf den Tag mit Tim.
Er gegrüßt mich schon nervös an der Tür und fragt, was passiert sei. Ich erkläre ihm, dass wir einen Vorfall hatten und Emilia meine Hilfe brauchte. Jetzt sei alles geregelt und wir könnten unseren Tag genießen.
»Aber du hast geweint, also was war los?« lässt er sich nicht mit meiner Erklärung abspeisen.
»Es hat einen Angriff gegeben und es hat unseren Heiler getroffen, und da ansonsten nur noch ich starke heilende Kräfte habe, haben sie mich gebraucht. Aber jetzt ist wirklich alles in Ordnung, glaub mir. Aber ich bin an dieses neue Leben noch nicht gewöhnt und es haut mich immer wieder um, wenn etwas passiert. Es ist meine neue Familie und sie liegen mir am Herzen« antworte ich immer noch vage.
Tim nimmt mich in die Arme und fragt. »Wann lerne ich denn deine neue Familie kennen? Ich finde, morgen Abend wäre ein guter Zeitpunkt. Ich habe Morgen eine Überraschung für dich, das würde gut zusammenpassen.«
Meine Familie kennenlernen, oh Gott. Gerade das Blaue vom Himmel gelogen und Morgen alle kennenlernen, die Bescheid wissen. Wie war noch dieser Spruch? Lügen haben kurze Beine, oder so? Aber ach was, das würde ich auch noch geregelt

kriegen. Es wäre schön, wenn er alle treffen würde, alle bis auf Giancarlo natürlich, das könnte problematisch werden. Aber Giancarlo hatte mir ja versprochen, er würde sich zurückziehen, solange Tim da ist. Was sollte also passieren? »Ja, ich werde sie später anrufen und fragen. Was für eine Überraschung?« quengele ich ihn an.

»Wenn ich es dir sage, ist es wohl keine mehr. Du musst dich wohl oder übel bis morgen Nachmittag in Geduld üben. Ich weiß, das ist nicht deine Stärke, aber meine Lippen sind versiegelt, aus mir bekommst du nichts raus.« stachelt er meine Neugier noch mehr an.

Ich schmiege mich an ihn und quengele weiter. Ich küsse ihn, sagen wir mal auf eine sehr herausfordernde Art aber alles hilft nichts, er will nichts verraten. Also gebe ich fürs Erste auf und wir planen den Rest des Tages. Mittlerweile ist es fast zwölf Uhr.

»Was hältst du davon, wenn wir uns dieses Museum ansehen. Dieses Maxxi, es soll schon architektonisch ein Hit sein. Und es wird auf jeden Fall klimatisiert sein« schlage ich Tim vor.

»Das ist eine gute Idee, mal ein wenig in Kultur zu machen aber danach solltest du ein wenig Geld verdienen gehen. Ich kann dich ja schließlich nicht ewig aushalten« scherzt er. Aber das geht voll nach hinten los. Ich habe sofort ein schlechtes Gewissen, doppelt sozusagen. Das sieht er mir natürlich sofort an und rudert zurück. »Entschuldige bitte, so war es nicht gemeint. Es sollte wirklich ein Scherz sein. Es

macht mir nichts aus, nein es freut mich, dass ich dir helfen kann. Ich gebe dir nichts, was ich mir nicht leisten könnte. Bitte, lass uns nicht weiter darüber reden und lieber den Tag genießen« fleht er mich an.
»Aber es ist trotzdem nicht richtig. Ich muss mir wirklich etwas einfallen lassen, wie ich das alleine auf die Reihe bekomme. Von den Bilderverkäufen kann ich einfach nicht leben. Leben vielleicht noch, aber ich mag mir gar nicht ausmalen, was die Miete hier kostet und den Gewerbeschein kann ich mir überhaupt nicht leisten und dann verdiene ich gar nichts mehr, nicht auszudenken.« Da ist wieder einer meiner Panikattacken.
»Du bist doch die Meisterin des auf den nächsten Tag Verschiebens. Also mach das jetzt. Wir sehen uns das heute Abend mal auf der Piazza Navona an. Du bist die Künstlerin und ich dein Manager. Vielleicht fällt mir ja etwas ein, was du dort noch machen kannst. Also los, komm schon, setz dein schönstes Lächeln für mich auf und lass uns gehen« fordert er mich auf.
»So kann ich unmöglich gehen, ich muss noch kurz duschen, bin aber gleich fertig. Es ist warm, da können meine Haare draußen trocknen.« Und schon bin ich auf dem Weg ins Bad. Nach einer Viertelstunde bin ich tatsächlich fertig und wir machen uns auf.
Da wir noch nicht zusammen am Trevi waren, gehen wir zuerst dort hin. Wir werfen vorsichtshalber schon mal eine Münze in den Brunnen und lassen uns dabei vollkommen touristisch von einem

Fotografen für viel Geld fotografieren. Dann setzen wir uns einen Moment mit einem Eis auf die Stufen und genießen den Rummel, der hier herrscht. Danach geht es zum Piazza Barberini, wo die U-Bahn fährt, die uns ganz in die Nähe des Museums bringt. Nach ein paar Minuten sind wir schon im Museum. Kühles Weiß besticht das Gebäude und es ist auch angenehm kühl hier. Über Kunst lässt sich nicht streiten, wir tun es aber trotzdem bei dem einen oder anderen Ausstellungsstück, welches dann doch für mich oder für Tim gar keine Kunst darstellt. Insgesamt haben wir viel Spaß, da wir uns bei einigen Stücken direkt einig sind und gemeinsam und wahrscheinlich ohne jeden Kunstverstand aufregen, dass manches so viel wert ist. Wir beschließen sofort, dass ich doch demnächst solche Objekte herstelle, da damit ja ein Schweinegeld zu verdienen ist und ich somit schon bald keine Geldprobleme mehr haben sollte. Was für ein schöner Nachmittag.

Um halb fünf sind wir wieder zurück in der Wohnung und machen uns sofort wieder auf, um meine Bilder zu verkaufen. Schade, ich hätte mir etwas Schöneres vorstellen können. Aber später ist ja auch noch Zeit.

Ich verkaufe an diesem Tag vier Bilder, das ist ein guter Schnitt. Wenn das jeden Tag so laufen würde, könnte es klappen. Aber aufgrund meines Nebenjobs kann ich wohl nicht jeden Tag hier sein und ich schaffe es auch ohne Nebenjob nicht, jeden Tag vier Bilder zu malen. Ein Teufelskreis aber heute bin ich

erst mal gut drauf und lade Tim ins Cul du Sac ein, wo wir sogar unerwartet ohne Vorbestellung einen Tisch auf der Terrasse bekommen. Meine Bilder und den Klapptisch klemmen wir neben unserem Tisch ein. Was sich als wahres Glück erweist, denn tatsächlich fragen noch ein paar deutsche Touristen nach, was ich denn so male und ich verkaufe noch drei Bilder an die drei Paare. Jetzt kann ich mir wieder wirtschaftliche Sicherheit vorstellen und bestelle uns noch eine Flasche sizilianischen Weißweins.
Tim schleppt mich mehr oder weniger nach Hause.
In der Wohnung angekommen schlüpfe ich ins Bett ohne meine Zähne zu putzen und schwebe in einen erholsamen Schlaf hinüber.
Dieser erweist sich am nächsten Morgen dann doch nicht als allzu erholsam, denn ich habe einen dicken Kater, was natürlich selbstverständlich ist, denn ich habe neben dem Zähneputzen auch meine Milch vergessen. Schnell stehe ich auf und trinke hastig direkt zwei Gläser. Oh, das ist besser als jede Kopfschmerztablette. Dann gehe ich ins Bad und putze mir die Zähne um diesen furchtbaren Katergeschmack aus meinem Mund zu waschen. Als ich wieder ins Schlafzimmer komme, grinst mich Tim verschlafen an. »Willst du schon aufstehen, du bist doch bestimmt noch müde, nachdem du mir gestern fast den ganzen Wein weggetrunken hast, oder?«, fordert er mich auf und hebt das Deckbett an. Ich schlüpfe darunter und schmiege mich an ihn, was ihn sofort reagieren lässt, auf mich. Oh, wie

fühle ich mich wohl mit ihm. Er lässt mich alles vergessen. Wir bleiben dann doch noch zwei Stunden im Bett und tun so das ein und das andere. Dann springt er plötzlich auf und sagt. »Los, wir müssen raus, du musst unbedingt malen und ich muss nachher nochmal weg, um mich um deine Überraschung zu kümmern. Hast du die anderen gestern eigentlich noch angerufen, kommen alle?«fragt er nach. »Marta, hallo, bist du auf diesem Planeten?«, fragt er nun etwas lauter nach.

»Was hast du gesagt? Entschuldige, ich war etwas abgelenkt« und lächle ihn dabei an. Wie kann er sich auch einfach so vor das Bett stellen. Vollkommen nackt, um tiefschürfende Gespräche mit mir führen zu wollen. Er ist wirklich nicht zu verachten, und obwohl ich ihn die letzten Stunden überall an mir gespürt habe, ist der Anblick noch mal was anderes. Gerade das richtige Maß an Muskeln und auch sonst, so Schluss jetzt.

»Soll ich mich nochmal für dich umdrehen, damit du alles in Ruhe zu Ende begutachten kannst?« lacht er mich an.

»Ja, bitte«, hauche ich zurück.

Das macht er natürlich auch und zeigt mir seinen knackigen Po, um dann aber sofort im Bad zu verschwinden und mich mit meinen Gedanken allein zu lassen.

Nach einigen Minuten kommt er frisch geduscht wieder raus, diesmal mit einem Handtuch um die Hüften.

»So, damit wir hier mal ein vernünftiges Gespräch führen können, muss ich mich verhüllen. Also hast du die anderen gefragt, ob wir heute Abend zusammen essen gehen?« fragt er noch einmal.
»Mist, das habe ich total vergessen. Ich rufe gleich Emilia an. Wo sollen wir hingehen?« erwidere ich.
»Das kleine Straßenlokal in der Altstadt finde ich gut, ich weiß nicht wie es heißt aber das, wo die zwei Lokale gegenüber sind und zusammengehören,« versucht er zu erklären.
»Ach das, wo ich am ersten Abend bestellt habe, wo Luigi uns alles gebracht hat?«, erkläre ich nun meinerseits.
»Ja, genau das. Es war lecker und wir könnten fragen, ob wir die Tische zu einer langen Tafel zusammenstellen können« schlägt Tim vor.
»Alles klar, ich frage zunächst Emilia. Ich müsste hier noch irgendwo die Karte rumfliegen haben. Dann haben wir auch die Telefonnummer und die Öffnungszeiten« stelle ich fest.
Emilia erreiche ich glücklicherweise sofort und erzähle ihr von der Überraschung und dem Wunsch von Tim alle kennenzulernen. Sie ist sofort begeistert auch von dem Lokal. Ich bitte sie, Giuseppe, Antonio, Mario und Dana zu informieren. Ich würde Flora und Anna fragen.
Sie fragt nach.»Was ist mit Giancarlo? «
»Ich weiß nicht«, antworte ich vage, denn Tim ist in der Nähe.
»Oh, verstehe, Tim ist bei dir und, na ja, das ist eine andere Geschichte, die sollten wir mal alleine

besprechen. Ich teile ihn zur Aufsicht ein. Er wird es verstehen, nehme ich an?«
»Ja, er versteht es, nehme ich auch an«, antworte ich immer noch wortkarg. »Dann reserviere ich den Tisch um acht Uhr. Ich hoffe, es klappt noch so kurzfristig.«
»Wenn nicht, ruf mich an. Ich kenne Luigi oder besser, bestell ihm direkt schöne Grüße von mir, dann geht nichts schief. Und vergesse bitte nicht, für Maria einen Platz zu reservieren. Wir bringen sie auf jeden Fall mit« sagt Emilia.
»Ich hatte sie fest auf dem Plan«, erwidere ich und damit beenden wir das Gespräch und legen auf.
Jetzt ist es noch zu früh, den Tisch zu bestellen. Ich darf es später aber auf gar keinen Fall vergessen. Ich gehe erst mal duschen. Wir frühstücken schnell, dann gehe ich auf den Balkon und sortiere meine Malsachen. Ich muss einige Bilder malen, da ich ja gestern sieben verkauft habe. Tim setzt sich in die einzige noch freie Ecke mit einem Kaffee und sieht mir beim Malen zu. So verbringen wir einen friedlichen Vormittag, an dem ich zwei neue Bilder male, mit denen ich sehr zufrieden bin. Ich muss bald neue Farben und unbedingt Leinwände kaufen. Mein Vorrat ist fast aufgebraucht.
Mittags essen wir am Campo di fiori ein Stück Pizza, dann sagt Tim, er müsse jetzt fahren, wegen der Überraschung. Dann fragt er noch, ob ich wieder in die Wohnung gehen würde oder wo er mich in etwa zwei bis drei Stunden antreffen kann.

»Ja, ich mache es mir mit Kimba auf dem Sofa ein wenig gemütlich, dann male ich noch ein bisschen, sonst habe ich gar nichts zu verkaufen. Sag mir doch bitte, was es ist. Ich bin so neugierig. Aber bitte nichts Teures, du hast schon so viel Geld für mich ausgegeben« flehe ich ihn an.
»Keine Sorge, es kostet nicht viel, aber es wird dich so etwas von glücklich machen. Du kannst machen, was du willst, ich verrate nichts. Du sollst die letzten Stunden noch schmoren, dann ist die Freude umso größer« neckt er mich und verschwindet.
Ich nutze die Zeit und bestelle zunächst den Tisch für heute Abend. Erst sagt mir Luigi, den ich direkt am Telefon habe, dass er keinen Tisch für so viele Gäste mehr frei hat. Als ich ihm aber die Grüße von Emilia bestelle, sagt er sofort zu. Dann müsse er halt noch einen oder zwei Tische und einige Stühle dazu stellen, das würde schon gehen. Für Emilia geht so was immer, sagt er und beendet das Gespräch, indem er einfach auflegt.
So geht das also. Als Nächstes rufe ich Anna im Studio an. Sie hat heute Abend um sieben noch einen Kurs, könnte aber um halb neun da sein. Sie freut sich. Danach gehe ich runter, ins Mimi e Coco und frage Flora, ob sie heute auch Zeit hat. Ja, sie kommt gern. Es wäre im Moment nicht viel los im Café. Sie fragt mich, ob ich noch einen Kaffee mit ihr trinken möchte.
So setze ich mich noch eine halbe Stunde mit ihr in die Sonne und wir quatschen ein wenig. Sie ist wirklich sehr nett. Dann wird es langsam voll, so

dass ich mich von ihr verabschiede und wir beschließen, dass das nicht der letzte Kaffeeklatsch gewesen sein soll.

Dann kommt endlich Kimba zu ihrem Recht und wir machen es uns auf der Couch bequem. Ich döse ein und träume von Katzen und deren Seelen und meiner Seele und was sie mit mir macht. Gott sei Dank ist es ein netter Traum und nicht wieder so bedrohlich.

Plötzlich klingelt es an der Tür. Ich bin noch ganz benommen. Verdammt, ich wollte doch malen und nicht die ganze Zeit verschlafen. Jetzt ist es, nach einem Blick auf meine Uhr, schon halb vier, Mist. Schon wieder klingelt es. Kimba steht schon davor und schaut mich böse an, weil ich so langsam bin.

Ich melde mich an der Gegensprechanlage. »Wer ist da? «

»Ich, Tim selbstverständlich, mach endlich auf, deine Überraschung ist da«, fordert er mich erwartungsvoll auf.

Ich drücke auf den Türöffner und gehe mir noch mal rasch durch die Haare und ziehe meine Bluse, die im Schlaf etwas gelitten hat, gerade. Ich bin so gespannt. Da merke ich, ich habe gar keine Hose an, oh Gott. Ich renne schnell in die Küche und streife mir meine Jeans über und renne zur Tür zurück.

Da steht meine Überraschung, meine Mutter und gibt mir eine schallende Ohrfeige.

Die Seele

Nichts bewegt sich mehr. Meine Geduld ist erschöpft.
Als wenn wir keine Feinde hätten.
Als wenn sie sich auch nicht bewegen würden.
Als wenn sie die Gefahr, die sie bedroht nicht spüren würde.
Als wenn sie uns nicht vernichten könnten.
Als wenn sie es nicht wüssten.

Kapitel 13

Meine Wange brennt. Ich muss weinen und lachen. Ich bin ein wenig hysterisch. Tim schaut mich panisch an, so hatte er sich seine Überraschung bestimmt nicht vorgestellt.

Im nächsten Moment schließt mich meine Mutter in ihre Arme und fängt ebenfalls an zu weinen. Sie kann nicht mehr aufhören und in kürzester Zeit ist meine Bluse vollkommen durchnässt.

Sie hat nicht gewusst, was oder wen sie hier antrifft, es war auch für sie eine Überraschung, stelle ich fest. Ich schaue Tim über die Schulter meiner Mutter fragend an, aber er grinst nur, sichtlich erleichtert, dass es nicht zu einer Prügelei gekommen ist.

Vorsichtig schiebt er uns zwei dann in die Wohnung, bevor mein Nachbar wieder kommt und ein wenig ratlos ist, was vor meiner Wohnungstür so alles passiert.

Ich löse mich aus der Umarmung meiner Mutter und wir gehen ins Wohnzimmer und setzen uns auf die Couch, nachdem ich Kimba sanft verscheucht habe.

Sie springt aber sofort wieder auf meinen Schoß, als ich sitze. Wahrscheinlich denkt sie, sie müsse mich trösten, weil ich weine. Ich streichele sie, während ich auf meine Mutter schaue und mit der freien Hand ihre Hand festdrücke.

Sie schluchzt noch zwei bis dreimal, dann setzt sie zu einer Schimpftirade an.

»Weißt du, was es heißt Mutter zu sein, die Polizei kommt und nachdem der Mann schon gestorben ist, sagen sie einem, jetzt ist auch noch die Tochter, gerade mal 33 Jahre alt, gestorben. Weißt du, wie das ist, man verliert den Boden unter den Füßen, nichts zählt mehr. Und du, du sitzt hier und lässt es dir in der Sonne Italiens gut gehen. Ach schade, hast nur leider vergesse, deiner eigenen Mutter zu sagen: ›Sorry, aber ich lebe noch.‹ Wie kann man das vergessen?« brüllt sie mich an.

»Mama bitte, es war eins der schlimmsten Sachen an dieser so unheilvollen Geschichte, dass ich es dir nicht sagen konnte. Bitte hör mir zu, ich will es dir ja erklären« setze ich an.

Aber weiter komme ich nicht, sie schimpft weiter auf mich ein. Ich schaue hilflos zu Tim, aber der kann mir auch nicht helfen. Er geht aber zum Küchenschrank hinüber und holt drei Schnapsgläser und eine Flasche Grappa raus. Seit wann gibt es bei mir Schnaps? Wahrscheinlich hat er die Flasche vorsorglich besorgt. Daran hat er gedacht, nur hatte er leider vergessen, ihr die Überraschung vorher zu erklären. Nein, das war jetzt ungerecht, alles auf ihn zu schieben. Das ist jetzt wirklich meine Aufgabe. Irgendwann wird meine Mutter erschöpft aufgeben und mich zu Wort kommen lassen.

Tim schüttet uns allen einen Grappa ein. Die Gläser sind ziemlich voll. Meine Mutter schüttet ihn hinunter und macht einfach weiter. Tim nimmt ihr Glas und füllt es erneut. Und erneut trinkt meine Mutter es in einem Zug leer. Meine Mutter trinkt keinen Schnaps, normalerweise. Aber was ist an dieser Situation schon normal.

Tim greift wieder zu dem Glas, aber ich gebe ihm ein Zeichen, dass es reicht. Ich will hier keine Schnapsleiche, außerdem braucht sie vielleicht später noch mal einen Seelentröster, wenn ich endlich mit meiner Erklärung dran komme.
Nach etwa zehn Minuten kann sie nicht mehr und sieht mich nur noch hilflos an.
Ich nehme sie in den Arm und sage: »Jetzt lass mich bitte erklären«, und dann erzähle ich ihr alles. Und Tim hilft mir ein wenig. Die Geschichte mit der Polizei übernimmt er und er stimmt mir zwischendurch immer zu. Damit will er meiner Mutter, glaube ich, eine Hilfestellung geben, damit sie es auch glauben kann. Sie schaut mich während meiner Ausführungen immer ungläubiger an und dann unterbricht sie mich »Willst du mich verarschen!?«
Verarschen! So etwas sagt meine Mutter? Sie, die früher bei jedem Schimpfwort eingeschritten ist, bis wir, mein Vater und ich, es aufgaben, dieses Wort zuhause noch zu benutzen.
»Nein, ich will dich nicht verarschen. Du kennst die Berichte der Polizei. Ich bin tot! Daran ist einfach nichts zu ändern. Meinst du, ich finde es lustig, hier unterzutauchen und mein bisheriges Leben aufzugeben. Wenn Tim nicht gewesen wäre, säße ich jetzt wahrscheinlich in der Irrenanstalt und würde als Versuchskaninchen missbraucht werden, als Frau, die wieder auferstanden ist. Sehr lustig. Entweder du kannst es akzeptieren, oder? Ja, was eigentlich?

Bitte glaub mir doch. Ich bin so froh, dich wieder zu sehen. Es hat mir so weh getan, als ich die ganzen Zeitungsberichte gelesen habe und daran gedacht habe, wie du dich damit fühlen würdest, erst Papa und dann auch noch ich« flehe ich sie an.
Wir sehen uns still an. Es gibt jetzt nichts mehr zu sagen.
Entweder hält mich meine Mutter für verrückt oder sie glaubt mir und akzeptiert es. Aber wie sollte sie das eigentlich glauben? Wer hat schon mal von so etwas gehört? Aber Tim hat es ja auch geschafft. Aber er denkt rationaler als meine Mutter.
Plötzlich nimmt meine Mutter mich in den Arm.
»Meine Kleine. Ich weiß nicht, wie ich das alles glauben soll. Aber ich werde versuchen es einfach so hinzunehmen. Schließlich sitzt du vor mir, das alleine zählt. Ich hab dich wieder. Aber das ist so verrückt, dass ich, ich …?
Ach ich weiß auch nicht. Es ist halt verrückt. Die Polizei hat mir auch immer wieder versichert, dass du wirklich tot bist, denn auch das wollte ich nicht glauben, da du ja nicht mehr da warst. Ich habe immer wieder gedacht, dass du noch leben musst, denn wer stiehlt schon eine Leiche. Ich bin so froh, dass du wieder da bist. Dann bist du halt tot. Oh mein Gott, wie kann ich so etwas nur sagen. Ich bin durcheinander« stammelt sie am Ende.
»Möchtest du dich vielleicht etwas hinlegen oder sollen wir dir noch ein wenig die Stadt zeigen? «, frage ich sie.

»Ich war noch nie hier, also würde ich gern ein bisschen was sehen. Ich bin zwar nicht sehr gläubig, aber irgendwie steht mir der Sinn danach, den Petersdom zu besuchen. Ich hätte da ein paar Kerzen anzuzünden. Weißt du, dass ich im Stillen geschworen habe, wenn ich dich jemals wieder bekomme, nach Rom zu fahren und eine Kerze anzuzünden. Das passt ja jetzt ganz gut, würde ich sagen« antwortet mir meine Mutter.
»Na gut, dann also zum Petersdom. Ach und heute Abend sind wir zum Essen verabredet. Dann lernst du die ganze Sippe kennen. Die meisten haben wie ich das zweite Leben begonnen. Du wirst sie mögen und vielleicht hilft es dir zu verstehen« erkläre ich ihr.

Wir entschließen uns, zum Petersdom durch die Altstadtgassen und über die Engelsbrücke zu laufen. So sieht meine Mutter direkt die Piazza Navona, wo wir kurz bei Mario halten, um ihn zu begrüßen und ihm meine Mutter vorstellen, die er herzlich umarmt und sie willkommen heißt. Danach geht es an der imposanten Engelsburg vorbei, mit Blick auf den in Mauern eingepferchten Tiber. Danach auf die Via delle Conciliazione mit direktem Blick auf den Petersdom. Hier verweilen wir einen Augenblick auf dem Platz, um den Dom und die Säulengänge zu betrachten. Meine Mutter ist sichtlich beeindruckt. Sie war vorher noch nie in Rom gewesen, denn ich war als Kind fast immer alleine bei meinen Großeltern zu Besuch. Für uns drei war der Flug zu

teuer und die Fahrt mit dem Auto einfach zu beschwerlich. Mein Vater hatte mich zwei- oder dreimal begleitet. Er wollte schließlich ab und zu mal seine Eltern sehen. Später war er dann öfter da, als meine Großeltern nacheinander krank wurden. Meine Mutter war nie in Rom mit meinem Vater oder mit mir gewesen. Ich glaube, sie haben sich nur einmal bei der Hochzeit meiner Eltern gesehen, danach nie wieder. Ich muss meine Mutter mal fragen, das war mir nie so bewusst.
Wir müssen an den Sicherheitsschleusen in einer Schlange warten. Dort werden die Gepäckstücke durchleuchtet. Dann können wir endlich in den Petersdom gehen. Er ist wie immer beeindruckend. Doch mich stört, auch wie immer, dass er nicht bestuhlt ist. Für mich ist eine Kirche ein Platz, wo Messen stattfinden. Es gehört dazu, dass überall alte Kirchenbänke stehen und man sich überall hinsetzen kann, um den Raum zu betrachten oder um nachzudenken oder auch zu beten. Ich zeige meiner Mutter den Petrus mit dem abgenutzten Fuß, weil alle Gläubigen mit einem Finger darüber streifen und dann natürlich die Pieta von Michelangelo. In den Seitenschiffen werden Messen gelesen. Meine Mutter sucht dort nach einem ruhigen Platz und bittet uns, sie einen Moment alleine zu lassen. Wir lassen ihr die Zeit und sehen uns noch ein wenig um. Nach rund einer halben Stunde stößt meine Mutter wieder zu uns. »Und, alles mit Gott geklärt?«, frage ich und es soll durchaus nicht despektierlich klingen.

»Ja, ich habe ihm für dieses Wunder gedankt, dass er mir meine Tochter wieder zurückgegeben hat«, sagt sie mit Tränen in den Augen.
Wir umarmen uns still. Sie hat es angenommen. Gott sei Dank.
Nach einem ausgedehnten Rundgang durch den Dom stellen wir fest, wir müssen auch schon los, um noch gemütlich durch die Altstadt zu unserem Restaurant zu kommen. Wir gehen wieder von hinten über die Piazza Navona und biegen dann rechts ab in die Altstadtgassen, nur noch einmal links und dann wieder rechts. Schon sind wir da. An der Ecke sitzt die kleine Elsa auf Beobachtungsposten. Ich hocke mich zu ihr hin, um sie zu streicheln und um ihr zu versprechen, dass sie heute noch Sardinen bekommt. Sie stößt mit ihrem Kopf vor meine Hand, wie um sich schon mal bei mir zu bedanken. Da fällt mir ein, meine Kimba ist schon lange allein zu Hause. Ich bitte Tim sie zu holen, was er gern für mich übernimmt. Er ist etwas nervös und so kann er das Treffen noch etwas hinauszögern. Emilia und Giuseppe sind schon da. Ich stelle ihnen kurz Tim vor, der dann nach Hause geht und danach etwas ausführlicher meine Mutter. Die Drei hocken sich sofort zusammen und quatschen. Ein Glück, dass meine Mutter zwar nie in Rom war, aber von meinem Vater wenigstens leidlich italienisch beigebracht bekommen hat, so dass sie sich jetzt zwar sehr konzentrieren muss, sich aber durchaus gut mit den beiden unterhalten kann. Da kommt ganz unvermittelt Giancarlo um die Ecke,

direkt auf mich zu und begrüßt mich, indem er mir einen Kuss auf die Wange gibt, aber so einen, dass meine Mutter ihre Unterhaltung unterbricht und uns beide anstarrt.
Ich zische Giancarlo leise zu »Was machst du hier? Entschuldige bitte aber du bist heute nicht eingeladen.«
Er zischt zurück, aber mit einem Grinsen im Gesicht »Ich weiß und ich weiß auch, dass es dich total durcheinanderbringt, wenn ich hier auftauche und dich mit einem Kuss verwirre. Aber traue mir insoweit, dass ich nur hier bin, weil Tim gerade nicht da ist. Ich passe heute Abend auf dich auf. Du bist sicher bei mir.« Mit einem Winken zu Emilia und Giuseppe und zu meiner Mutter verschwindet er um die Ecke.
Ich setze mich neben meine Mutter und wir warten auf die anderen. Meine Mutter flüstert mir zu »Wer war dieser atemberaubende junge Mann?« »Er gehört auch zur Truppe«, antworte ich kurz, da ich befürchte, dass Tim jeden Augenblick wieder um die Ecke kommen kann. »Läuft da was?«, fragt meine Mutter, die nie sagt: Läuft da was? Genauso wie: Verarsch mich nicht!
»Nein da läuft nichts, aber ich möchte Tim nicht unnötig verunsichern, deshalb wäre es gut, wenn …, ja wenn du ihn nicht erwähnen würdest«, bitte ich sie.
»O.k.«, antwortet sie.«Aber nur, wenn du mir auch den Rest der Geschichte erzählst «setzt sie nach.

Und da gerade Tim mit Kimba um die Ecke kommt, fügt sie hinzu: »Später«
Meine Mutter ist so anders. Als wenn sie vollkommen losgelöst ist. Vielleicht ist das so, wenn man verlorene Menschen wiederfindet, vielleicht sieht man den Rest dann nicht mehr so eng.
Es wird ein wunderbarer Abend. Nach und nach trudeln alle ein. Giuseppe bestellt mal wieder mit einem Augenzwinkern sizilianischen Weißwein. Als auch Anna bei uns ist, bestellen wir das Essen. Ich bestelle wieder eine Extraportion gegrillte Sardinen mit Knoblauch und meine Mutter staunt nicht schlecht, als ich diese an Rossi und Elsa verfüttere. Meine Kimba rümpft nur die Nase, als sie den Knoblauch riecht, also frage ich den Kellner, ob er mir ein paar rohe Sardinen bringen kann. Dafür ist mir Kimba sehr dankbar und verbringt den Rest des Abends schlafend auf meinem Schoß, was ich genieße, das Essen aber etwas beschwerlicher macht. Tim und meine Mutter werden von allen herzlich aufgenommen, so dass auch sie sich sehr wohl fühlen. Emilia fragt meine Mutter: »Katharina, wie lange bleibst du in Rom?« Oh, sie sind schon beim ›du‹, denke ich, das ging ja schnell. Ich freue mich.
»Ich fliege morgen leider schon wieder. Ich wusste ja nicht, was mich hier erwartet. Tim hat mich vollkommen im Dunkeln gelassen. Hat mir einfach nur gesagt, ich müsste dringend kommen, er bräuchte hier meine Hilfe. Da er die Flüge schon gebucht hatte, konnte ich einfach nicht nein sagen,

obwohl ich ehrlich gesagt gedacht hatte, dass er spinnt« lacht meine Mutter. So hatte ich sie schon lange nicht mehr lachen gehört.
»Was haltet ihr davon, wenn wir Morgen dann noch mal zusammen frühstücken?«, fragt Emilia nach.
Hier mische ich mich jetzt ein. »Emilia, das ist total lieb von dir, aber ich würde gern etwas Zeit mit meiner Mutter alleine haben. Ich glaube, wir haben noch einiges zu besprechen. Aber ich verspreche euch, ich werde sie anflehen, bald wieder zu kommen, dann gebe ich euch mehr Zeit ab. «
Die anderen lachen. »Meine liebe Marta« setzt Emilia an und ich denke schon darüber nach, was ich falsch gemacht habe, da fährt Emilia fort »Das verstehe ich gut. Was hältst du dann davon, wenn wir dir Tim für ein paar Stunden abnehmen und ihn mit einem herrlichen Frühstück beköstigen?« lacht Emilia.
»Da habe ich ja wohl auch noch ein Wörtchen mitzureden«, beschwert sich Tim und setzt nach: »Wann soll ich kommen? «
Wie schön, mein Tim macht mit. Ich gebe ihm einen liebevollen Kuss und er küsst mich eher etwas draufgängerisch zurück.
Um eins sind wir alle erledigt und verabschieden uns lauthals, nachdem wir alle zusammengelegt und die Rechnung beglichen haben. Emilia, Giuseppe und wir drei gehen noch ein Stück gemeinsam und verabschieden uns dann vor unserer Tür.

Giuseppe nimmt mich in den Arm und raunt mir zu »Schön, dass du bei uns bist,« und gibt mir zwei Küsse auf die Wangen.

Oben angekommen frage ich meine Mutter, ob es in Ordnung sei, wenn sie auf der Couch schläft, denn Tim ist dafür definitiv zu groß. Das sei überhaupt kein Problem. Also richte ich es ihr schnell her und wir sitzen dann noch einen Moment in der Küche und lassen den Abend noch mal an uns vorbei laufen. Meine Mutter ist sichtlich erleichtert, da die Menschen um mich herum alle so nett sind. In einem Nebensatz erwähnt sie, obwohl sie alle tot sind.

Kurz vor dem Schlafengehen trinke ich noch zwei Gläser Milch, was ich dann noch meiner verwunderten Mutter erklären muss, denn als meine Mutter weiß sie schließlich, dass ich Milch noch nie mochte.

Sie muss noch viel lernen, was mit ihrer neugeborenen Tochter so los ist. So weiß sie auch noch nichts von den Kämpfen mit der dunklen Macht, aber dies werde ich ihr bei ihrem ersten Besuch auch nicht erzählen. Der Rest reicht schon, um sie vollkommen zu überfordern.

Tim und ich gehen dann auch ins Bett. Erst noch kurz die Zähne putzen. Tim streichelt mich zärtlich und zieht mir dann das T-Shirt über den Kopf oder versucht es wenigstens. Aber ich werde panisch und deute mit der Hand auf meine Mutter in der Küche und schüttele heftig mit dem Kopf als deutliches nein. Aber er führt unbeirrt fort mit dem, was er angefangen hat. Ich ergebe mich und wir lieben uns eben leise.

Am nächsten Morgen trinken wir drei noch einen Kaffee zusammen, dann macht Tim sich auf den Weg zu Emilia. Meine Mutter bedankt sich bei Tim, für alles und dafür, dass er uns zweien ein bisschen Zeit alleine gibt. Danach decken wir den Frühstückstisch auf dem Balkon und ich frage sie zuerst nach ihrem Mann, der für mich wirklich in keinster Weise ein Stiefvater oder Ähnliches ist. Sie wird ein wenig traurig »Ich glaube, ehrlich gesagt, dass das damals schon ein Schnellschuss oder reine Verzweiflung war. Ich wollte einfach nicht alleine sein. Ich hatte keine Ahnung, wie ich das schaffen sollte. Ich habe deinen Vater so geliebt, dass ich mich so hilflos fühlte und als Karl dann so unvermittelt auf der Bildfläche erschien und mir alles abnahm, fühlte ich mich sicher. Damit hier kein falscher Eindruck entsteht, ich fühle mich auch heute noch bei ihm sicher, aber der Rest fehlt halt und das lässt mich deinen Vater noch mehr vermissen, jeden Tag.« Jetzt rollen ihr ein paar Tränen über die Wangen und ich wische sie mit meinen Fingern weg. »Und dann habe ich dich dafür auch noch verurteilt, was es bestimmt für dich nicht leichter gemacht hat« stelle ich fest.

»Ja, das hat es wirklich nicht leichter gemacht, aber ich kann auch dich verstehen, es ging alles so schnell. Und im Nachhinein frage ich mich oft, ob du nicht recht hattest. Aber du warst ja nicht mehr klein. Stell dir vor, du hättest dich die ganze Zeit um

mich kümmern müssen, weil ich mein Leben nicht auf die Reihe bekomme. Wir hätten uns nur gestritten.
Wir standen uns nie nah genug, du warst immer deinem Vater so ähnlich« offenbart sie mir.
»Wir sollten unsere Offenheit für die Zukunft nutzen. Ich glaube fest daran, dass wir es jetzt schaffen. Wir lassen den anderen so, wie er ist, dann kommen wir gut zurecht« schlage ich ihr vor.
»Ja, das wollen wir versuchen oder nein, so werden wir es machen. Ich will dich nie wieder verlieren. Du weißt nicht, was das für ein Gefühl war« eröffnet mir meine Mutter.
»Aber jetzt erzähl von deinem jungen römischen Gott«, fragt sie neugierig nach.
Ich erzähle ihr alles. So offen, wie Anna vor ein paar Tagen am Circo Massimo. Das ist ein ungewohntes Gefühl, denn so rückhaltlos und ehrlich hatte ich zuvor noch nie mit meiner Mutter gesprochen.
Nach den Ausführungen sagt sie: »Du musst dein Herz sprechen lassen. Lass dich nicht leiten, dass Tim dir in der schwersten Zeit deines Lebens so wunderbar geholfen hat und auch nicht, dass Giancarlo so scharf ist, wie du es ausdrückst. In der Liebe solltest du keine pro und contra Liste machen.«
»Das ist nicht das Problem, nicht dass ich jetzt sagen könnte, für wen ich mich entscheiden würde. Das Problem ist, ich will mich nicht entscheiden, ich will sie beide. Aber mein Gewissen sagt, dass genau das

nicht geht« erkläre ich ihr und das erste Mal auch mir selbst.

»Oh«, erwidert meine Mutter nur. »Mein Kind damit habe ich jetzt mal so gar keine Erfahrungen. Ich glaube, da kann ich dir nicht helfen.«

Dann erzähle ich ihr noch von dem Hinweis von Anna, dass die Seele einen Wunsch hat und der Körper einen Zweiten und dass Emilia das wohl auch schon erlebt hat.

»Dann geh zu Emilia. Sie scheint ein netter Mensch zu sein, mit sehr viel Lebenserfahrung. Sie wird dir sicher einen guten Rat geben. Aber denk dran, die Entscheidung musst du ganz alleine treffen. Das ist wichtig, denn du musst mit der Entscheidung leben, egal ob sie gut oder schlecht ist« rät mir meine Mutter.

Nach etwa zwei Stunden kommt Tim zurück. »Ich will euch nicht drängen, aber deine Mutter muss noch die Tasche packen und wir wollen doch noch zum Trevibrunnen. Sie wollen doch schließlich noch mal wieder kommen, oder?«

»Erst mal solltest du mich Katharina nennen, das ist in modernen Familien so, hab ich mir sagen lassen. Dann mal los zum Trevi, da wollte ich immer schon mal hin. Auch wenn ich nicht drin baden darf wie Anita Ekberg in Dolce Vita, so wird meine Münze von Herzen kommen« erzählt meine Mutter und drückt meine Hand.

Es ist heiß heute, so dass wir uns auf dem Weg drei Flaschen Wasser kaufen. Es ist immer wieder atemberaubend. Von allen Seiten kommt man durch

verhältnismäßig schmale Gassen zum Brunnen. Vorher kann man schon das Rauschen hören, aber man kann den Brunnen nicht sehen. Erst wenn man schon fast da ist, sieht man den haushohen Brunnen und Hunderte von Menschen drum herum. Meine Mutter ist sprachlos, auch weil er gerade mal wieder gereinigt wurde und sich jetzt wieder strahlend weiß mit grünem Wasser zeigt. Die Sonne steht so, dass das Wasser funkelt, wir haben wirklich die beste Zeit erwischt. Da es so heiß ist, holen wir uns erst ein Eis und setzen uns dann auf die Stufen, wo wir gerade noch eine Lücke für uns drei finden. Sprachlos sitzen wir dort bestimmt eine halbe Stunde, dann lehnt sich meine Mutter zu Tim herüber und flüstert ihm zu: »Du weißt gar nicht, wie dankbar ich dir bin, dass du mich hier hin zu meiner Tochter geschleppt hast, aber fast genauso dankbar bin ich dafür, dass du sie vorher nach Rom gebracht hast und ich das hier mit euch erleben darf. Danke«
Und mein Tim sagt ganz locker: »Gern geschehen.«
Bevor wir wieder gehen müssen, werfen wir eine Münze über unser Herz ins Wasser und lassen uns dabei fotografieren und zwei Abzüge geben. »Sei bitte vorsichtig mit dem Foto. Karl darf es nicht sehen« bitte ich sie.
»Keine Sorge, das ist ganz allein meins. Ich weiß zwar noch nicht, was ich ihm erzähle, aber mir wird während des Fluges schon etwas einfallen. Es muss schließlich so gut sein, dass ich bald wiederkommen kann.« sagt meine Mutter mit einem Zwinkern in

den Augen. Ich habe sie zuletzt mit meinem Vater so unbeschwert gesehen. Das tut mir gut.
Dann gehen wir zur Wohnung zurück, laden die Tasche meiner Mutter ein und fahren gemeinsam zum Flughafen. Auf der Fahrt sind wir schweigsam. Es ist so viel passiert in den zwei Tagen. Am Flughafen verabschieden wir uns unter Tränen und versprechen, uns bald wieder zu sehen und bald zu telefonieren. Dann ist sie auch schon weg. Tim nimmt meine Hand und wir gehen zum Auto zurück. Er weiß, ich will jetzt nicht sprechen, da ich so traurig bin, dass sie wieder weg ist. Aber eigentlich bin ich eher froh, weil ich sie überhaupt wieder habe als ein Teil der Familie meines ersten Lebens.
Tim und mir bleiben jetzt noch zwei Tage, dann ist auch er wieder weg.
Wir genießen die Zeit zu zweit. Wir gehen nur vor die Tür, um ein paar Leinwände und Farben zu kaufen. Dann verkaufen wir gemeinsam an einem Abend noch fünf Bilder auf der Piazza Navona. Mein Fitnesstraining mit Anna habe ich abgesagt, weil ich jede Minute mit Tim verbringen möchte. Den Rest der Zeit reden, lachen und kochen wir zusammen und wir lieben uns. Ein bisschen verzweifelt, weil wir uns wieder trennen müssen und uns im Moment nicht vorstellen können, uns eine Zeit lang nicht mehr zu sehen.
So frage ich ihn an dem Samstagmorgen, an dem er fliegt: »Wann kommst du endlich wieder?«, und beiße ihm dabei ins Ohrläppchen, so dass er aufschreit.

»Wenn ich gefoltert werde, komme ich gar nicht mehr« protestiert er. Da ich ihn jetzt aber den Hals runter küsse und ihn zu mir rüber ziehe, hört der Protest ziemlich schnell auf und er antwortet mir: »So schnell wie möglich. Ich lasse dich nur ungern mit den römischen Männern allein, vor allem weil ich merkwürdigerweise euren Heiler nicht kennengelernt habe und nicht weiß warum.«
Oh je, müssen wir jetzt noch eine Grundsatzdiskussion führen. Ich will das nicht am letzten Tag, ich will ihm nie wehtun. Ich liebe ihn doch. Aber Tim führt weiter aus. »Keine Panik, ich weiß, du liebst mich. Auch wenn es mich ein wenig beruhigen würde, wenn du es mir ab und zu mal sagen würdest und ich das Gefühl haben könnte, es auch glauben zu können.
Ich meinerseits habe dich schon immer geliebt und werde es immer tun. Und ich werde immer um dich kämpfen, auch wenn du so weit weg von mir bist« beendet er die bereits zweite Liebeserklärung. Mann, das kann er wirklich gut. Bei mir stellen sich alle Härchen am Körper auf.
»Ich liebe dich, ich liebe dich, ich liebe dich. So das meine ich ernst und ich hoffe, das merkst du auch und jetzt liebe mich bitte, sonst werde ich noch verrückt« flehe ich ihn an und er erfüllt mir gern meine Wünsche.

Die Seele

Wann sollen wir nur das Ziel erreichen?
Ich spüre mehr Ausgeglichenheit, das ist gut.
Aber es kann zur Unbesonnenheit führen.
Auf jeden Fall führt es dazu, dass sie nicht auf mich hört.
Ihr Weg führt ins Nichts.
Es wäre mir lieber, sie würde es jetzt schon spüren.
Die Schmerzen werden später immer unerträglicher.
Aber ihr fehlt die Erfahrung, das kann ich ihr nicht vorwerfen.
Aber es wird uns früher oder später zurückwerfen.
Wenn es uns nicht vernichtet.

Kapitel 14

Am nächsten Morgen habe ich kaum Zeit zu trauern, dass Tim weg ist.
Ich muss ganz früh aufstehen und zu meinem Lauftraining. Anna wird sauer sein, dass ich jetzt so viele Tage nicht mehr trainiert habe. Ich nehme wohl direkt mal eine große Flasche Wasser mit. Sie wird mich triezen. Aber sie hat ja recht, ich muss fit werden für die Dinge, die mir noch bevorstehen.
Während der Fahrt denke ich noch mal an gestern. Es war so schön und auch so traurig als Tim gegangen ist. Ich durfte ihn noch nicht mal zum Flughafen bringen. Er müsse noch den Leihwagen zurückbringen und überhaupt. Überhaupt war wohl, dass er keine Abschiedsszene am Flughafen wollte. Mich hat schon ein wenig geärgert, dass ich dabei nicht gefragt worden bin. Ich wollte eine Abschiedsszene am Flughafen mit allem Drum und Dran. So saß ich dann alleine in der Wohnung und habe seinen Abschied beweint. In drei Wochen wird er wieder kommen, für ein langes Wochenende. Die Zeit will ich jetzt nutzen, um mich fit zu machen. Man muss sich eben Ziele setzen.
An der Bushaltestelle wartet Giancarlo auf mich. Ich bin überrascht und es passt jetzt eigentlich nicht. Ich bin noch zu sehr mit Tim beschäftigt. Aber Giancarlo betrachtet mich ruhig und fragt: »Traurig?« Ich antworte: »Ja.« Damit scheint das erledigt zu sein. Weder eine anzügliche Bemerkung noch überhaupt eine Bemerkung. Ich bin ihm sehr

dankbar dafür, dass er so einfühlsam scheint. Wir steigen in die U-Bahn und ich wage mich zu fragen »Warum holst du mich ab? Ist etwas passiert? « Ich frage absichtlich nicht, ob er mich sehen wollte.
»Die Späher haben etwas bemerkt. Wir fürchten, es droht ein Angriff, aber wir wissen noch nichts Genaues. Deshalb erst mal Alarmstufe Gelb« erklärt er mir.
»Was bedeutet Alarmstufe Gelb? «, frage ich nach.
»Gelb bedeutet Emilia, Marta und Giuseppe gehen nicht mehr allein auf die Straße. Und ich habe mich freiwillig für den gefährlichsten Job gemeldet« antwortet er jetzt doch weniger ernsthaft.
»Gefährlich für wen? «, frage ich deshalb etwas provokativ.
»Für mich« kommt die direkte Antwort.
Oh. Gott sei Dank müssen wir hier aussteigen, so dass mir eine Antwort erspart bleibt.
Am Circo Massimo angekommen, befreie ich erst mal Kimba aus der Tasche, die ich bei Giancarlos Anblick fast vergessen hätte. Sie faucht mich auch ein bisschen wütend an. Wahrscheinlich habe ich sie in der Bahn ein wenig zu fest gedrückt, anstatt sie aus der Tasche rausgucken zu lassen.
Anna begrüßt mich mit einem etwas bösartigen Lächeln und mir schwant Böses. Wir beginnen mit dem Aufwärmtraining.
Als ich mit dem Laufen beginnen will, hält Anna mich zurück. »Da du ja so viel trainiert hast, denke ich wir schieben eine kleine Einheit Liegestützen

ein. Zwanzig Stück für den Anfang dürften reichen, aber richtig, bitte« lautet ihr Befehl.
Diskutieren scheint hier zwecklos, also gehe ich zu Boden und fange an. Die beiden da über mir scheinen sich einig zu sein, denn das Grinsen verschwindet gar nicht mehr von ihren Gesichtern.
Es läuft gar nicht schlecht, so bis zur Vierzehnten, da breche ich das erste Mal auf dem Boden zusammen und weiß nicht mehr, wie ich wieder hochkommen soll. Die beiden feuern mich an, was sich aber eher wie Drohungen anhört.
Ich verschnaufe kurz, schaffe es dann aber doch noch, die Letzten sechs Liegestützen hinzubekommen.
Völlig entkräftet stehe ich auf und greife zur Wasserflasche, als Anna mich schon weiter auf die Laufbahn treibt. »Nur einen kleinen Schluck, sonst gibt es gleich wieder Seitenstechen.«
Diesmal läuft nicht sie mit mir, sondern Giancarlo. Sie muss doch wissen, dass das für mich nicht angenehm ist. Aber da verstehe ich: Gerade deswegen macht sie es. Sie muss echt sauer sein, aber ich bin es jetzt auch. So geht sie also mit meinem Vertrauen um. Wütend laufe ich tatsächlich besser. Bei Runde drei bleibt das Seitenstechen aus und ich kann ein ganz annehmbares Tempo halten. Mit Ach und Krach schaffe ich es auch, die letzten beiden Runden nicht gehen zu müssen, komme aber vollkommen erschlagen am Ziel an.
»Na, das war ja ganz annehmbar«, beglückwünscht mich Anna immer noch streng.

»Auch wenn ich nicht laufen war, war mein Training in den letzten Tagen nicht schlecht« kontere ich zugegebenermaßen etwas unter der Gürtellinie.
Giancarlo habe ich zum Schweigen gebracht und auch Anna sieht etwas schuldbewusst aus, hat sie doch wissentlich mit meinem Vertrauen gespielt. Sofort tut es mir leid. Aber ich sage jetzt mal nichts Versöhnliches, wie sonst bei mir üblich, sondern schaffe es weiter zu schweigen.
Das Schweigen dehnt sich aus, als Anna es endlich bricht. »O.K., wir wollen jetzt noch mit dir ins Fitnessstudio um noch ein paar Übungen machen. Wir müssen ein wenig Zeit aufholen« sagt sie jetzt schon wesentlich freundlicher. Na geht doch.
Wir sammeln Kimba ein und machen uns zu viert auf den Weg. Endlich sehe ich mal das Studio von Anna. Mit einer besseren Stimmung hätte ich es noch mehr genossen.
Als wir dort ankommen, bin ich sehr beeindruckt. Da ich ja so eine Sportskanone bin, habe ich noch nicht sehr viele Fitnessstudios von innen gesehen, aber das hier ist schon von außen toll. Ein quadratischer, zweistöckiger Kasten mit einem riesigen Parkplatz außen rum. Aber das Tollste ist, der Kasten ist knallrot und eine große Leuchtschrift prangt über dem Eingang ›da Anna‹, wie beim besten Restaurant der Stadt.
»Ist das schön!« sind dann auch meine ersten Worte. Und damit ist Anna auch schon versöhnt. Sie ist sichtlich stolz auf das, was sie hier geschaffen hat und ich habe es soeben angemessen gewürdigt.

Drinnen führt sie mich zunächst an die Bar und bestellt mir einen Fitmacherdrink, den ich auch dringend nötig habe, wenn ich hier gleich weiter machen soll.
Aber Anna ist milde gestimmt und zeigt mir dann doch nur das Studio und erklärt mir, an welchen Geräten ich in den nächsten Tagen welche Übungen machen muss. Das wird die reinste Folter. Jetzt bin ich froh, dass unser Schlagabtausch die Luft gereinigt hat. Giancarlo dagegen ist sehr still und beschäftigt sich mit Kimba, während wir durch das Studio ziehen.
Als wir fertig sind, verabschieden wir uns. Anna bleibt im Studio und Giancarlo bringt Kimba und mich nach Hause.
Wir sind schweigsam. Bin ich eben zu weit gegangen? Aber egal. Er macht es ja nicht anders. Kaum war Tim mal ein paar Minuten weg, hat er dazwischen gefunkt und mich immer wieder vollständig aus dem Konzept gebracht.
»Warum hast du das eben gesagt?« bricht er dann plötzlich die Stille und nimmt gleichzeitig meine Hand.
»Warum habe ich was gesagt?« versuche ich meine Antwort hinauszuzögern, weil ich gar keine habe.
»Das weißt du genau. Ich versuche die ganze Zeit, dir deinen Freiraum zu lassen. Meinst du, ich genieße es, Tim und dir zuzuschauen? Meinst du das wirklich?« fragt er mich direkt.
»Ich weiß, ehrlich gesagt, nicht, was du genießt und was nicht. Du machst mich die ganze Zeit an, als

wenn es ein Spiel wäre und ja, ich muss zugeben, dass ich es auch genieße. Aber eben seid ihr so gemein zu mir gewesen, da musste ich irgendwie zurückschlagen. Entschuldige, dass du den Hieb voll abbekommen hast. Aber das alles verwirrt mich sehr« versuche ich ihm etwas durcheinander zu erklären.

»O.K. Entschuldigung angenommen« lacht er mich wieder von einer Sekunde zur anderen völlig verändert an.

Oh mein Gott, was soll ich nur mit diesem Kindskopf machen. Ich gebe auf und lasse ihm meine Hand. Mehr wird es heute aber nicht geben, denke ich gerade, als er meine Hand loslässt und den Arm um mich legt. Tolle Vorsätze, aber es fühlt sich so gut an. Wenn ich schon ausflippe, wenn er den Arm um mich legt, könnten andere Dinge für mich lebensgefährlich werden.

Als wir bei mir angekommen sind, sagt er »Heute ist nicht der richtige Tag zu reden. Was hältst du morgen von einem Date mit mir?«

Ein richtiges Date. Mir wird jetzt schon ganz heiß. Kann ich das machen? Sollte ich nicht erst mit Emilia reden. Was sagt mein Gewissen. Ach egal. Dann habe ich halt ein Date und warte, was auf mich zu kommt.

»O.K., ich weiß zwar nicht, ob ich es wirklich tun sollte, aber ja, ich möchte ein Date mit dir«, antworte ich ihm.

Er grinst mich an und fragt: »Verkaufst du morgen wieder deine Bilder?«

»Ja, das sollte ich tun« entgegne ich.
»Dann hole ich dich um neun ab. Wir können deine Sachen zu dir bringen und ziehen dann weiter. Ich suche ein Restaurant aus« schlägt er vor.
Ich nicke nur. Er gibt mir einen Kuss auf die Wange.
»Bis morgen meine Kätzin, ich freu mich.« Und dann geht er einfach.
Ich halte mich mal wieder atemlos an der Hauswand fest, als er sich noch mal umschaut und mich wissend angrinst.
Flora lacht vom Café rüber »Na, brauchst du ein Glas Wein?«
»Wie spät ist es? «, frage ich zurück.
»Halb eins« kommt die Antwort.
»Dann ja und schütte das Glas voll«, bitte ich sie.
Da es immer noch leer bei ihr im Café ist, setzt sie sich einen Augenblick zu mir. »Der macht dich ja echt fertig.«
»Das ist gar kein Ausdruck. Meine Beine zittern immer noch. Kanntest du schon mal jemanden, der so eine Wirkung auf dich hatte, so körperlich«, frage ich sie immer noch atemlos.
»Ja, ihn«, antwortet mir Flora schlicht. Oh, die Nächste, die er schon mal abgeschleppt hat. »War er mit jeder aus unserem Kreis zusammen? «
Da merkt Flora, was sie mit ihrer Antwort angerichtet hat.
»Nein, ich war nie mit ihm zusammen, aber die Wirkung hatte er trotzdem auf mich, teilweise heute noch. Ich weiß nicht, wie er es macht. Ja, sicher, er ist wirklich schön aber, glaub mir, hier in Rom gibt

es ähnlich schöne Männer, einige davon habe ich auch kennengelernt. Ich arbeite schließlich in einem Café in der Altstadt. Aber keiner hatte nur annähernd diese Wirkung. Ich kann mir nur vorstellen, es hat etwas mit seinem zweiten Leben zu tun, wobei ich mich dann immer etwas ärgere, warum habe ich so was nicht auch mitbekommen, so als Starterpack ins neue Leben« lacht sie. »Aber die Wirkung, die er auf dich hat, ist wirklich extrem« setzt sie nach.
»Ja, das ist auch für mich unerklärlich. Eben noch war ich sauer auf ihn, aber auch das schmälert dieses Gefühl in keinster Weise. Er kann mit mir machen, was er will, er muss mich nur anfassen. Manchmal reicht es sogar schon, wenn er mit mir redet «erkläre ich hilflos.
»Rede mal mit Emilia, vielleicht kann sie dir helfen«, schlägt mir Flora vor.
»Ja, das werde ich direkt machen« stelle ich fest und befreie erst mal Kimba aus ihrem Gefängnis in der Sporttasche. Schon wieder habe ich sie vergessen.
Ich trinke mein Glas aus, bezahle und verabschiede mich von Flora.
Gemeinsam gehen Kimba und ich durch die Altstadt zu Emilia und ziehen wieder viele Blicke auf uns. Ich grübele den ganzen Weg und merke es kaum.
Als ich bei Emilia die Treppen hochgehe, kommt mir Giancarlo entgegen. Er sieht ernst aus. »Was machst du hier?«, frage ich ihn neugierig.«Ich hatte etwas mit Emilia zu klären, wegen dir. Aber ich muss mir erst Gedanken darüber machen, bevor ich mit dir darüber reden kann. Also bis morgen«

entgegnet er ein wenig geistesabwesend und geht weiter die Treppe runter.
Emilia begrüßt mich herzlich und nimmt mich in die Arme. Sie drückt mich etwas länger als nötig, als wenn ich Trost benötige. Nein, ich brauche einen Rat.
Als sie meine Alkoholfahne riecht, meint sie: »Du brauchst ein großes Glas Wasser.« Mit dem Glas bewaffnet setzen wir uns auf ihre Couch.
»Na, hier ist ja heute was los. Ihr beide, so kurz hintereinander. Da bin ich ja mal gespannt, was du von mir möchtest« lächelt sie mir auffordernd zu.
»Ich weiß gar nicht so recht, wo ich anfangen soll. Was wollte denn Giancarlo von dir?« frage ich neugierig.
»Liebe Marta. Das geht dich jetzt mal gar nichts an. Wenn du es wissen willst, frag ihn selbst. Da ihr ja morgen ein Date habt, kannst du das ja dann machen« ärgert sie mich.
»Das ist es, wie findest du das? Gestern ist Tim abgereist und morgen habe ich ein Date mit Giancarlo. Ich fühle mich so schäbig. Sowohl Tim als auch Giancarlo gegenüber. Ich weiß nicht, was ich von Giancarlo halten soll, einerseits kommt er mir vollkommen ehrlich vor und dann denke ich wieder, hey das ist seine Masche um die Frauen ins Bett zu bekommen. Ich bin verwirrt und so wie ich handele, kenne ich mich gar nicht.«Mir kommen fast die Tränen vor Verzweiflung. Wenn ich es so erzähle, kommt mir das Ganze noch schlimmer vor.

»Meine Liebe« fängt Emilia erneut an »zunächst kann ich dir dieses Gefühl nicht nehmen. Das musst du selbst mit dir klar machen. Ich erteile grundsätzlich keine Absolutionen. Aber vielleicht erzähle ich dir von mir. Es könnte dir eventuell helfen. Ich erhielt mein zweites Leben zu einer Zeit, in der Frauen nicht unbedingt einen hohen Stellenwert hatten. Ihr Platz im sozialen Umfeld war vorbestimmt. Mein Vater war ein angesehener Kaufmann in Genua und so wurde mir ein Ehemann ausgesucht, der ein wichtiger Geschäftspartner meines Vaters war. Er war alt, hässlich und sehr dominant. Eines Tages wurde ich im Hafen überfallen, als ich meinem Mann das Mittagessen bringen wollte oder musste. Ich wurde für dieses Essen abgestochen von einem Mitarbeiter meines Mannes. Er bezahlte so schlecht, dass alle an Hunger litten. Der Mann schleifte mich in eine Ecke einer Halle am Hafen, und während ich die letzten Atemzüge tat, vertilgte er neben mir das für meinen Mann bestimmte Essen. Dann ließ er mich achtlos liegen. Ich hatte das Glück, dass meine neue Seele schon auf mich wartete und sofort in mich fuhr. Und ich hatte das Pech, das ich dieses Leben weiterführen musste. Aber in meinem zweiten Leben war ich, wie ich sehr schnell bemerkte, nicht mehr hilflos. Ich hatte plötzlich sehr viel Macht und die nutzte ich. Ich rief übernatürliche Kräfte hervor und brachte meinen Mann dadurch dazu, sich anders zu verhalten. Man muss dazu sagen, dass alle Menschen damals sehr abergläubisch waren. So fiel es mir leicht, ihn alles tun zu lassen. Aber mir gegenüber veränderte sich sein Verhalten gar nicht. Während er seinen Mitarbeitern mittlerweile so viel Lohn zahlte, dass sie halbwegs gut überleben konnten, wurde sein Verhalten mir gegenüber immer aggressiver. Er schlug mich, er nahm ein verächtliches Verhalten ein, wenn andere dabei waren und er entzog mir immer mehr das Essen, weil er mich zu fett fand, wie er sagte. Es lief alles auf Folter heraus.

So brachte ich ihn eines Tages um. Ich traf ihn mit einem Blitz direkt ins Gehirn, wie du neulich Giancarlo, nur ich wollte töten und tat es. Nur leider hat mich sein Sohn aus erster Ehe dabei beobachtet, wie er mich eigentlich immer beobachtete. Nun befürchtete ich das Schlimmste. Ich würde für meine Taten büßen, ich würde sterben. Ich war nie gläubig gewesen, deswegen fand ich meine Tat eigentlich nur gerecht, aber andere würden es nicht so sehen.

Aber er überraschte mich. Er gestand mir seine Liebe und ich merkte, er war ein guter Mensch. Er hatte seinen Vater genauso gehasst wie ich. Wir verkauften das Geschäft seines Vaters und zogen nach Mailand. Ohne allzu große Sprünge zu machen, konnten wir unser Leben lang von diesem Geld leben. Und er konnte mit meiner Macht umgehen. Ich erzählte ihm alles, das mit meinem Tod und den Kräften. Er konnte es akzeptieren.

Aber in Mailand war die dunkle Macht schon etabliert. Nach kurzer Zeit schon wurden sie auf mich aufmerksam und mein Mann konnte mich nicht schützen. Ich war stark und so konnte ich sie mir eine Weile vom Leib halten. Die helle Macht erkannte in mir das zweite Leben und so lernte ich damals Giorgio kennen. Er traf mein Herz sofort. Ich konnte nicht von ihm lassen, obwohl ich meinen Mann sehr verehrte und liebte. Und auch ich wollte mich nicht, obwohl so etwas damals gar nicht möglich war, von meinem Mann trennen. Ich wollte beide. Irgendwann erzählte ich meinem Mann von Giorgio. Er war sehr getroffen, wollte mich aber freigeben. Ich konnte ihm erklären, dass dies nicht mein Ziel war, ich gern bei ihm bleiben würde, aber auch Giorgio nicht gehen lassen konnte. Auch dies akzeptierte er zu meiner Überraschung. Und so kann ich die Geschichte schließen, lebten wir glücklich bis ans Ende der Tage von meinem Mann« beendet Emilia ihre Lebensgeschichte sichtlich gerührt.

»Aber was ist aus Giorgio geworden?«, frage ich nach.

»Er ist hier in Rom in einer Schlacht mit Il Maligno getötet worden, als er mir das Leben rettete, weil er sich zwischen uns geworfen hatte. Er war der Heiler, der einzige, den wir hatten und so konnte ihm keiner mit den begrenzten Mitteln, die uns zur Verfügung standen, retten. Er starb nach drei Tagen« sagt Emilia unter Tränen.

»Seitdem ist so viel Zeit vergangen und wir haben Il Maligno immer noch nicht stellen können. Du weißt jetzt also, wie viel mir daran liegt, seine Seele zu töten. Es ist der einzige Wunsch, den ich diesem Leben noch habe. Es treibt mich an, weiter zu machen und es treibt mich an, dieses lange Leben überhaupt noch leben zu wollen.«

»Und wie ist dein Mann gestorben?«, frage ich nach.

»Er ist mit 69 Jahren an Altersschwäche gestorben.«

Ich traue mich nicht zu fragen, tue es dann aber doch.

»Du bist keine junge Frau mehr, warst es aber, als du dein zweites Leben bekommen hast. Wie lange dauert das zweite Leben?« flüstere ich fast.

»Lange, ich glaube viel zu lange. Du bist sozusagen unsterblich. Ein Angriff der dunklen Macht kann dich töten, ein Autounfall nicht. Ein Angriff, der dich nicht tötet, macht dich älter, je nach Stärke bis zu mehreren Jahren, aber sonst lässt dich nichts älter werden« erklärt mir Emilia. »Oh mein Gott«, hauche ich.

Das muss ich wohl noch verdauen. Ich hatte vorher schon verstanden, dass Emilia und Giuseppe sehr alt sind, aber so alt und das dies auch für mich zutreffen würde, daran hatte ich gar nicht gedacht.

»Weißt du, wieso du zwei Männer haben wolltest?« stelle ich die letzte Frage.

»Nein, aber ich glaube, dass meine Seele sehr stark ist und sie wollte von Anfang an einen Mann an meiner Seite, der mich ein Leben lang begleiten sollte, der mich beschützen konnte und bei dem ich nicht nach einer normalen Lebenszeit trauern muss. Sie hat nur leider nicht mit eingerechnet, dass auch mein Unsterblicher sterben könnte, sie hat mich nicht darauf vorbereitet und so war es viel schlimmer als bei meinem Mann. Wir dachten, wir hätten ewig Zeit« erklärt Emilia mit einem leisen Schluchzen in der Stimme.

»Und du glaubst, mit Giancarlo ist es ähnlich?« stelle ich doch noch eine Frage.

»Ich weiß es nicht, meine Liebe, ich meine nur, du solltest mehr über dein Leben erfahren, indem ich dir von meinem erzähle. Du solltest nur wissen, dass du vielleicht nicht ewig Zeit hast oder vielleicht doch, aber wer weiß das schon. Du wirst dein Leben lang die Gejagte sein und eventuell brauchst du ein wenig Normalität um dich rum, eventuell auch Schutz. Auf jeden Fall brauchst du Liebe und du solltest dein Leben immer dann genießen, wenn es geht. Mehr kann ich nicht sagen. Es sind deine Entscheidungen, die dein Leben prägen werden« beendet Emilia ihren Rat.

Ich muss nachdenken. Ich verabschiede mich von Emilia und danke ihr für ihre Offenheit und mache mich mit meiner kleinen Kimba auf den Weg nach Hause.

Ich habe Lust zu malen. Beim Malen habe ich den Kopf frei. Ich will zwar über alles nachdenken, aber im Moment bin ich mal wieder überfordert. Ich male ein wunderschönes Bild von der Engelsburg mit der Engelsbrücke im Abendrot. Danach bin ich erschöpft und lege mich mit Kimba ein wenig aufs Sofa und schlafe sofort ein. Ich träume von Tim und von Giancarlo, aber es ist kein schöner Traum, wie ich gehofft hatte. Statt mich zu umwerben, prügeln sie sich und keiner gewinnt. Beide verlieren und verlassen mich danach und ich bleibe allein und schutzlos zurück als Il Maligno mich findet und mich angreift.

In diesem Moment schrecke ich aus dem Schlaf hoch. Ich bin nass geschwitzt und denke darüber nach, was mir dieser Traum sagen wollte, finde aber keine Erklärung. Ich habe gerade mal eine dreiviertel Stunde geschlafen und fühle mich nun richtig kraftlos. Ich stehe auf und trinke ein Glas kalte Milch und gebe Kimba auch ein Schälchen, verdünnt mit Wasser. Es ist bereits sechs Uhr. Eigentlich etwas spät für die Piazza Navona. Aber die Vorstellung, den ganzen Abend hier alleine zu verbringen macht mir regelrecht Angst. Also mache ich mich ein wenig frisch und suche meine Sachen zusammen. Viele Bilder habe ich nicht mehr, aber sie sind alle sehr schön.

Mario ist schon seit Stunden da und hat mir neben sich einen Platz freigehalten. Wir begrüßen uns herzlich, aber er fragt direkt, was mich bedrückt, denn ich sähe so nachdenklich aus.

Ich erwidere nur, dass ich eben ein Nachmittagsschläfchen gehalten und dabei schlecht geträumt hätte. Woraufhin er mir antwortet, er hätte gedacht, es läge an der Abreise von Tim, der übrigens ein netter Kerl sei. Ja, das ist er, denke ich, denn gerade das macht es ja alles so schwer.

Der Abend läuft gut. Nachdem ich meine Traurigkeit und Ratlosigkeit auf den nächsten Tag geschoben hatte, haben Mario und ich uns richtig gut unterhalten und beide richtig gut verkauft, obwohl es

Sonntagabend ist und die Wochenendtouristen dann schon immer weg sind.

Zufrieden packen wir beide unsere Sachen um zehn Uhr zusammen und beschließen im Mimi e Coco noch etwas trinken zu gehen. Ich frage Mario, ob er meine Überwachung bei Stufe gelb ist, aber er verneint. »Giancarlo ist für deine Überwachung eingeteilt.« Schon wieder! Ich sage ja: Er funkt mir immer dazwischen, sogar jetzt, wo ich gerade nicht an ihn gedacht hatte. Sofort schaue ich mich überall um, kann ihn aber nicht entdecken.

»Er sitzt drinnen an der Theke«, sagt mir Mario, so als ob er meine Gedanken lesen kann. »Warum macht er dich so nervös?«

»Ich weiß nicht, es ist einfach so«, kann ich ihm nur antworten. »Aber ich will ihn heute nicht sehen. Ich habe heute mit Emilia auch über ihn gesprochen und muss mir jetzt zunächst Gedanken darüber machen. Mario hast du je Zweifel darüber gehabt, dass Dana die Einzige für dich ist, für immer?« frage ich ihn.

»Nein, wir haben uns gesehen und wussten es beide sofort. Es ist die berühmte Liebe auf den ersten Blick« antwortet er mit diesem liebevollen Lächeln im Gesicht.

»Habt ihr euch erst im zweiten Leben getroffen? «, will ich von ihm wissen.

»Ja, wieso«? Fragt er nun seinerseits.

»Weil das zweite Leben, glaube ich sehr viel verändert«, sinniere ich mehr vor mich hin.

»Ja, da hast du wohl recht. Aber ich finde es für dich auch schön, dass du noch einen Teil deines ersten

Lebens bei dir hast. Ich hatte nie mehr die Möglichkeit, meine Eltern und meine Geschwister zu sehen. Das macht mich nach so vielen Jahren immer noch traurig. Wenn ich dich jetzt so mit Tim und deiner Mutter sehe, frage ich mich, ob ich es nicht auch hätte versuchen sollen, aber jetzt sind alle tot« sagt er mit viel Wehmut in der Stimme.
»Wieso hast du es nie getan?«
»Es ist verboten, es bringt zu viel durcheinander. Das ist der Grund, warum du aus Deutschland hier hergekommen bist, oder?«führt er aus.
»Warum darf ich dann Tim und meine Mutter sehen?«
»Zum einen hast du nicht gefragt, was ganz klug war, glaube ich und zum anderen hat man einfach mehr Freiheiten, weil du Anima beherbergst. Es wäre, glaube ich, schlimmer, wenn du gehen würdest, weil du die Nase voll hast. Auch wenn deine Seele das nicht wollte, hast du den Körper, um wegzugehen.«
Wir trinken noch zwei Gläser Wein, dann verabschieden wir uns. »Danke, dass du mir heute Gesellschaft geleistet hast. Die hatte ich bitter nötig. Ich hoffe, es war nicht so schlimm für dich auf Dana zu verzichten« bedanke ich mich bei Mario.
»Keine Spur. Es hat mir Spaß gemacht, mit dir zu reden. Ich denke gerne daran zurück, wie ich Dana getroffen habe und wie lange ich auf sie gewartet hatte. Viel zu lange.Und da ist doch noch etwas. Hast du die Liebe meines Lebens nicht gerettet? Ja, richtig. Aber das hat nichts damit zu tun, dass ich

den Abend gern mit dir verbracht habe« sagt Mario und nimmt mich in den Arm, um sich von mir zu verabschieden. Er geht nach links davon und verabschiedet sich winkend von Giancarlo.
Ich hatte ihn fast vergessen, aber ich will ihn jetzt nicht sehen, nicht mit ihm sprechen. Er würde nur alles wieder durcheinanderbringen.
Also flüchte ich fast zu meiner Haustür und gehe nach oben in meine Wohnung. Wird er die Nacht heute auf der Straße verbringen oder werde ich, wenn ich zu Hause bin, nicht überwacht? Ich weiß es nicht, aber ich möchte auch nicht darüber nachdenken, sonst bitte ich ihn noch nach oben und das will ich heute so gar nicht.
Jetzt hätte ich gern einen Fernseher, aber ich habe immer noch keinen neuen gekauft. Also mache ich das Radio an und lese ein wenig, stelle aber fest, dass ich mich nicht darauf konzentrieren kann. Ich will aber nicht weiter nachdenken. Also gehe ich ins Bett und nehme Kimba mit, um mich zu beruhigen. Dazu noch meine Kopfhörer und mache ziemlich laut die Musik in meinem I-POD an um die Gedanken beiseitezuschieben. Das gelingt mir auch gut und ich schlafe nach einigen Minuten ein. Aber die Träume ereilen mich auch diese Nacht. Ich träume von Giancarlo, der mich überwacht. Allerdings ist es eine kalte Nacht und er steht unten auf der Straße, während Tim mal wieder zu Besuch ist. Da höre ich bis oben in die Wohnung einen lauten, langgezogenen Schrei, der mir bis ins Mark geht und ich erkenne sofort, dass es Giancarlo ist,

und spüre in meinem Traum, dass er tot ist und ich ihn für immer verloren habe.
Schweißgebadet wache ich auf. Es ist bereits sechs Uhr morgens. Jetzt greifen sie doch nicht mehr an. Es ist doch schon lange hell draußen. Aber der Traum war so realistisch, dass ich mir schnell eine Hose und ein T-Shirt überwerfe und in Flip-Flops die Treppe runter renne. Ich stehe atemlos vor der Tür und suche die Straße ab. Schließlich sehe ich Flora drüben im noch geschlossenen Café sitzen. Sie deutet auf ihre Uhr und macht eine fragende Geste und deutet an sich herunter, wie um zu sagen: »So gehst du auf die Straße?«
Ich gehe hinüber und sie schließt mir auf. »Komm rein, du siehst aus, als hättest du ein Gespenst gesehen. Willst du einen Kaffee?« fragt sie nach. »Ja und ja. Erstens: Ja ich habe schlecht geträumt, das war das Gespenst und zweitens: Ja, ich will unbedingt einen Kaffee« antworte ich. Dann erzähle ich ihr meinen Traum und beruhige mich dabei wieder etwas.
»Kimba hätte sich entsprechend bemerkbar gemacht, wenn hier etwas auf der Straße passiert wäre und die Nachtschicht ist immer so um vier Uhr durch. Dann fängt die nächste Schicht an, in diesem Fall ich, da ich schön unauffällig die Zeit im Café verbringen kann. Der Typ macht dich ganz schön wuschig, oder sehe ich das falsch?« beendet sie ihre Aufzählung.
»Es ist einfach so für den Moment. Er macht mich eben wuschig und ohne ihn scheint es nicht zu gehen.«

Die Seele

Wir sind auf dem richtigen Weg.
Emilia hat mich verstanden und hat Marta ihre Lebensgeschichte erzählt.
Martas Moralvorstellungen sind einfach zu klar, um meinen Wünschen zu entsprechen.
Aber er wird es schaffen, uns den nötigen Schutz zu geben.
Er wird mit Hilfe von Marta seine Gaben schon noch entdecken, denn er liebt sie so sehr und hat so lange gewartet.

Kapitel 15

Nach dem Kaffee mit Flora gehe ich wieder in meine Wohnung. Ich habe mich wieder weitestgehend im Griff.

Jetzt steigt aber langsam die Nervosität wegen der bevorstehenden Verabredung in mir hoch. Ich muss mich heute sehr gut ablenken, sonst bin ich bis neun Uhr ein Wrack.

Ich gehe endlich mal wieder zum Torre Argentina und warte, bis die Katzen gefüttert sind. Kurz bevor sie aus dem Areal hochkommen gesellt sich Emilia zu mir.«Du kommst ja auch mal wieder endlich her« begrüßt sie mich freudig und ebenfalls Kimba, die geduldig zu meinen Füßen sitzt.

»Ja, ich fahre gleich zum Training, wollte aber endlich mal die anderen Katzen wieder sehen, da schau mal hier kommt Elsa. Jetzt erkenne ich sie als eine der Katzen, die immer auf deinem Schoß liegt«, stelle ich erstaunt fest.

»Ja, morgens nimmt sie das gern Mal als Belohnung, bevor sie sich ein ruhiges Eckchen sucht und wartet, bis sie einen Einsatz hat«, sagt Emilia und krault die Kleine bereits hinter dem Ohr, nachdem diese es sich nach mehrmaligem Drehen auf Emilias Schoß bequem gemacht hat.

Weitere Katzen legen sich auf unsere Schöße und neben uns, so dass wir alle Hände voll zu tun haben.

»Und bist du schon aufgeregt wegen heute Abend?«, fragt Emilia nach.

»Woher weißt du das denn schon wieder?«, frage ich.

»Ich hatte dir doch gesagt, dass er es mir erzählt hat, als er bei mir war. Soviel kann ich ja sagen, er hat mich gefragt, ob ich es moralisch bedenklich finde, wenn er dich zu einem Date einlädt. Er wollte dich nicht überfordern, aber für ihn ist es offensichtlich sehr wichtig «erklärt sie mir.

»Für mich ist es auch sehr wichtig. Ich freue mich sehr, fühle mich aber trotzdem nicht wohl dabei wegen Tim. Auf der anderen Seite bin ich aufgeregt wie ein Teenager mit 15. Kannst du mir nicht ein bisschen erzählen, was er gesagt hat? « frage ich neugierig nach.

»Nein, auf keinen Fall erzähle ich noch ein Sterbenswörtchen. Das eben war schon zu viel. Ich wollte dir nur so viel Sicherheit geben, dass er nicht so ein Weiberheld ist« stillt Emilia meine Neugier leider nicht weiter.

»Oh, es ist schon ziemlich spät. Ich möchte Anna nicht warten lassen.«Mit diesen Worten verscheuche ich die Kätzchen auf meinem Schoß und verabschiede mich mit zwei Wangenküssen von Emilia.

Am Ende des Platzes steht Antonio und begrüßt mich. »Hallo Marta, ich werde dich heute begleiten, schön dich mal wieder zu sehen.«

»Ja, ich freue mich auch dich zu sehen, sollen wir zum Bus gehen? «

»Ja komm schnell, er muss jeden Moment kommen«, sagt er und zieht mich mit sich.

Wir steigen ein und unterhalten uns als Erstes über das Wetter. Wir haben uns länger nicht alleine gesehen und unterhalten, so müssen wir uns wieder annähern. Das geht aber ganz schnell. Als wir in die U-Bahn umgestiegen sind, ist das Wetter passé und wir reden über ihn. Er erzählt mir noch mal etwas ausführlicher von seinem Studium, und dass er natürlich nicht nur am Torre sitzt und aufpasst, sondern eine halbe Stelle an der Universität hat und ihm die Vorlesungen dort sehr viel Spaß machen.
Dann sind wir auch schon da und begrüßen Anna. Antonio geht zum anderen Ende des Platzes. Anna und ich laufen los, nachdem wir Kimba aus der Sporttasche befreit haben.
Ich merke, Gott sei Dank, endlich, dass sich das Training etwas auszahlt. Die Runden schaffe ich mittlerweile besser. Zwar nicht rasend schnell, aber ich halte durch, so dass Anna mir heute zwei Runden mehr aufdrückt. Diese zusätzlichen Runden sind dann aber der Horror und mein Selbstbewusstsein hinsichtlich meiner Kondition schwindet schnell wieder. Aber Anna ist so nett, dass sie mich lobt und dann fragt: »Du bist heute Abend also mit Giancarlo verabredet? Wie fühlst du dich? Bist du aufgeregt? Was ziehst du an? Wie machst du dir die Haare? Gehst du noch zum Friseur?«
»Halt, Stopp. Eins nach dem anderen. Wie meinst du das mit dem Friseur? Meinst du, so kann ich nicht gehen?« frage ich mit leicht erhöhter Stimmlage.
»Na man sieht halt den dunklen Ansatz, du könntest sie mal nachfärben, oder? Aber ich wollte dich nicht

verunsichern, so schlimm ist es nicht« will sie mich beruhigen.
»Oh Gott, du hast Recht, so kann ich nicht gehen. Aber ich habe hier gar keinen Friseur. Ich bekomme doch jetzt keinen Termin mehr, oder? Oder bei irgendeinem Typen und nachher sind meine Haare orange.« Ich hyperventiliere gleich.
»Marta komme wieder runter.« Gleichzeitig zieht sie ihr Handy aus der Tasche ihrer Trainingshose und sucht nach einer Telefonnummer. Als sie diese gefunden hat, ruft sie irgendwo an.
»Hallo Gianni, ich bin´s, Anna. Tu mir doch bitte einen Gefallen. Darf ich dir gleich eine gute Freundin schicken, sie hat ein Date mit Giancarlo und muss noch schnell die Haare blondiert haben, sonst traut sie sich mit ihm nicht auf die Straße.« Pause. »Ja, ich würde sie dir gern sofort schicken. Aber sie kommt in Trainingssachen und bezahlt erst morgen, weil wir beide kein Geld dabei haben. Ist das o.k.?« Pause. „Ich danke dir vielmals. Hast demnächst ein persönliches Training bei mir frei, danke.« Sie legt auf.
»Alles klar, da wo du immer umsteigst, am Barberini, direkt am Anfang der Via Veneto ist der Laden von Gianni. Er heißt ›lusso‹, er ist nicht zu verfehlen. Mach dich auf den Weg, er wartet schon auf dich. Und übrigens, viel Spaß heute Abend. Auch wenn Giancarlo nichts für mich ist, beneide ich dich. Ich möchte auch mal wieder so aufgeregt sein.« Anna nimmt mich in die Arme und drückt mich fest.

Ich schnappe mir Kimba und wir gehen zur U-Bahn. Ich muss nicht lange warten. Nur ein paar Haltestellen und schon stehe ich vor dem Salon. Als ich aussteige, merke ich, dass Antonio gar nicht bei mir ist. Den habe ich ganz vergessen. Ich bin so schnell los, dass ich ihn wahrscheinlich einfach abgehangen habe. Der Arme, er macht sich bestimmt Sorgen, aber jetzt ist es eh zu spät, ich werde mich das nächste Mal bei ihm entschuldigen.

Es sieht edel hier aus, eigentlich viel zu edel für mich und ich bin froh, dass Anna mich bereits in Trainingsklamotten angekündigt hat, sonst würde ich mich nicht rein trauen.

Am Empfang frage ich vorsichtig nach Gianni, der sofort um die Ecke schießt und mich stürmisch mit einer Umarmung begrüßt, als würden wir uns schon seit Jahren kennen.

Ich fühle mich direkt wohl, zumindest zunächst, denn Gianni unterzieht mich direkt einer scharfen Prüfung und stellt fest, was an mir alles suboptimal ist. Wobei ich bei jeder Äußerung nicht die Notwendigkeit prüfe, sondern grob zusammenrechne, was mich das kosten könnte. Am Ende beschließe ich ehrlich zu sein und erkläre ihm »Gianni, das ist alles sicherlich absolut notwendig, aber erstens kann ich nicht den ganzen Tag hier verbringen und zweitens kann ich mir das sicher nicht leisten. Dein Geschäft ist so nobel, dass ich wahrscheinlich schon für das Färben zwei oder drei Bilder verkaufen muss«.

»Jetzt beruhige dich erst mal. Sandra hole meiner lieben Marta doch mal ein Gläschen Prosecco, wir wollen hier schließlich unseren Spaß haben. Danke dir. Und jetzt zu dir, ich mache dir da einen ganz speziellen Preis. Giancarlo ist mir schon einiges wert.« Oh ho, denke ich, Friseur, was will er wohl von Giancarlo, ich werde nicht teilen.«Aber Anna« fährt Gianni fort: »Für Anna würde ich fast alles tun. Und da gerade nur zwei andere Kundinnen auf mich warten, verschönere ich dich natürlich umsonst. Aber ich verstehe, das ganze Programm wird nicht klappen und außerdem, da würde dich Giancarlo heute Abend ja gar nicht mehr wieder erkennen« scherzt er auf meine Kosten.
»Also, welche Farbe haben deine Schuhe heute Abend und welche Farbe hat dein Kleid? «
»Oh, ich weiß gar nicht, also die Schuhe werden rot sein und mein Kleid, ja welches … ich glaube, es ist ein geblümtes Sommerkleid mit Rot, Orange, Pink und ein wenig Weiß und Grün. Ja, das wird es sein. « Dabei fällt mir auf, schon wieder ein Problem weniger heute Abend.
»Also gut, dann wird dir Andrea jetzt erst mal die Finger- und Fußnägel lackieren, während ich dir die Haare färbe, dabei werden wir so Kleinigkeiten wie Augenbrauen zupfen und Wimpern färben erledigen. Und zum Schluss werden wir deinen Haarschnitt mal wieder zu einem Haarschnitt machen. Wo warst du nur? Vertrau dich nur einem Fachmann an, meine Liebe « beruhigt er mich.

Ja, Tim hat mir in diesem heillosen Chaos die Haare geschnitten und gebleicht. Klar, dass es nicht fachmännisch war. Sofort werde ich noch nervöser als vorher. Jetzt kommt Tim auch noch dazwischen.
»Sandra, wir brauchen hier noch ein Gläschen Prosecco, die Dame ist noch recht nervös», fordert Gianni seine Mitarbeiterin auf und mir lächelt er im Spiegel beruhigend zu.
Ich sitze sage und schreibe drei Stunden bei Gianni auf dem Stuhl. Am Ende bin ich auch noch fertig geschminkt und habe ein weiteres Glas Prosecco und drei Café Latte getrunken. Ich bin müde vom Sitzen und vom Training vorher, aufgeregt vom Kaffee und etwas angetrunken vom Prosecco. Und über alles glücklich, denn Gianni hat mich richtig toll hin bekommen. Ich sehe toll aus, wenn man mal von meinem Trainingsanzug absieht.
Gianni bewundert sein Werk. Wir verabschieden uns herzlich voneinander und ich verspreche ihm, ein gutes Wort bei Anna einzulegen. Denn er ist gar nicht schwul, wie ich am Anfang dachte. Es sei nur so eine Masche, denn von einem guten Friseur würde man das einfach erwarten.
Gianni ist wirklich nett und ich überlege, ob zumindest Anna weiß, dass er nicht schwul ist.
Mittlerweile ist es zwei Uhr und ich beeile mich, nach Hause zu kommen. Erstens, weil Kimba langsam durchdreht nach drei Stunden im Friseursalon und ich mich in meinem Trainingsanzug mit dem Styling komplett daneben fühle.

Zu Hause atmen Kimba und ich dann auch wirklich durch. Ich probiere mein Kleid und meine Schuhe aus und schaue mich im Spiegel an. Wow, bin ich das noch? Hoffentlich gefalle ich Giancarlo so noch. Ich ziehe mich wieder um. Jeans, T-Shirt und Flip-Flops. Ich habe noch ein wenig Zeit, bis ich zur Piazza Navona muss, und fange an zu malen, um mich ein wenig zu beruhigen. Ich male auf dem Balkon und lege Kimba ein Kissen auf den einzig freien Stuhl, den ich in eine sonnige Ecke stelle, damit sich Kimba in der Sonne etwas von den Strapazen des Schönheitssalons erholen kann. Aus dem Gedächtnis male ich ein Stück der Via Veneto mit dem Café Paris und einem alten 5-Sterne-Hotel.
Danach rufe ich Anna im Studio an und bedanke mich für die Vermittlung. Natürlich erzähle ich ihr, dass meine Verschönerung kostenlos war und Anna gerät ein wenig ins Schwärmen, bedauert aber, dass so tolle Männer wie Gianni ja immer schwul seien. Ich lache ein wenig im Stillen, teile laut ihr Bedauern und wir verabschieden uns kurz darauf.
Das ist mir zwar sehr schwer gefallen, aber ich habe andere Pläne, als ihr am Telefon zu sagen, dass der liebe Gianni auf sie steht und damit eindeutig heterosexuell ist.
Ich muss das unbedingt mit Giancarlo besprechen.
Da ist er wieder in meinen Gedanken und sofort bekomme ich feuchte Hände. An Malen ist jetzt sowieso nicht mehr zu denken.
Also mache ich mich fertig und packe meine Bilder zusammen. Viele sind es tatsächlich nicht mehr, aber

an einem Montag rechne ich auch nicht damit, viele Bilder zu verkaufen. Heute ist es für mich eher ein Ablenkungsmanöver, weil ich durcheinander bin.
Auf dem Weg hole ich mir in der Bäckerei noch ein köstlich belegtes Panino und ein wenig dolce für später.
Mario ist heute leider nicht oder noch nicht da. Schade, so wird es wohl ein wenig langweilig. Ich esse mein Panino, denn ich habe festgestellt, dass ich heute noch nichts gegessen habe. Na ja, das macht ja nichts, denn ich hatte schließlich genug flüssige Nahrung. Den Kuchen esse ich auch direkt auf, denn ich brauche noch ein wenig Nervennahrung.
Es ist mittlerweile halb sieben und Mario scheint heute wohl wirklich nicht mehr zu kommen. »Du kannst dir wohl nicht vorstellen, dass ich dich in ein gutes Restaurant ausführen werde, sonst müsstest du dich wohl nicht vorher schon satt essen«, spricht mich Giancarlo plötzlich an. Ich sehe hoch und verschlucke mich so an dem letzten Bissen Kuchen, dass Giancarlo mir auf den Rücken klopfen muss, so dass sich das Stück wieder löst. Danach sage ich ziemlich platt.
»Du hast mich erschreckt.« Ich bin mal wieder sprachlos, nur weil er vor mir steht. »Hübsch siehst du aus, irgendwie verändert, ja du warst beim Friseur, schöne Frisur », bemerkt er anerkennend.
»Ja, ich war bei Gianni«, antworte ich.
»Oh du Arme, dann war der Tag ja gelaufen. Wenn man einmal bei ihm ist, kommt man nicht mehr aus

seinen Fängen frei« lacht er. »Rück mal ein wenig, ich möchte mit auf deinem Stuhl sitzen, die Nacht war lang und ich bin noch ein wenig müde. Die ganze Nacht auf der Straße stehen ist anstrengend. Dabei hätte es viel gemütlicher sein können« zieht er mich auf.
»Entschuldige bitte, aber gestern …« fange ich an.
»Mal ruhig, ich wollte dich nur ein wenig necken. Du kannst ja nicht jeden Mann in deine Wohnung lassen« macht er weiter, aber ich falle jetzt nicht mehr darauf rein.
»Ja, stimmt. Ich hatte Männerbesuch und der musste schließlich bis nach vier bleiben, bis du weg warst. Ich wollte nicht, dass ihr euch trefft« sage ich ganz ernst.«Du, eh, Mann, woher weißt du, dass ich bis vier Uhr…« hier bricht, er sprachlos ab. Oh, ich war wohl mal wieder etwas zu weit gegangen, also flüstere ich ihm ins Ohr. »Bleib cool, ich habe natürlich nur von dir geträumt. Flora hat mir heute Morgen erzählt, dass du bis vier da warst« kläre ich ihn auf.
Er atmet hörbar die angehaltene Luft aus. Das ist ja mal interessant. Mein cooler Giancarlo ist gar nicht so cool.
Dann legt er mir seine Hand ganz lässig in den Nacken und krabbelt mit seinen Fingern an meinem Haaransatz. Mir läuft es eiskalt über den Rücken und schon fängt er wieder an zu grinsen, als wenn nichts wäre.
»Wie viele Bilder hast du heute schon verkauft? «, fragt er mich unvermittelt.

»Keins. Der Montag ist schlecht dafür«, antworte ich ihm.
»Na, dann wollen wir es jetzt mal anders versuchen. Wie viel willst du für deine Bilder?« will er wissen.
»Für jedes mindestens 40 Euro, und für das Bild mit der Engelsburg müssen es wenigstens 50 Euro sein«, erkläre ich ihm.
»Dann geh jetzt mal Kaffee trinken«, fordert er mich auf.
Dies lasse ich mir nicht zweimal sagen. Ich setze mich genau gegenüber in das Café und bestelle ein Glas Prosecco. Als ich es bekomme, hebe ich das Glas in Richtung Giancarlo und wünsche ihm ohne Worte viel Glück.
Er stellt sich direkt zu den Bildern und muss nur ein paar Minuten warten. Eine Frau bleibt stehen und schaut sich mehr Giancarlo an, als meine Bilder. Ich bin empört, aber er spielt mit seinem Charme und keine zwei Minuten später hat er der Frau ein Bild verkauft. Sie gibt ihm neben dem Geld auch noch, meine ich, ihre Visitenkarte, die er sofort, nachdem sie schwelgend weiter geht, zerreißt und zu dem Müll meines Mittagessens schmeißt. Er grinst mich an und hebt den Daumen, während ich immer noch empört tue, ihm dann aber einen Handkuss zuwerfe, den er erwidert. Dies kostet uns aber die nächste potentielle Kundin, da ihr Blick seinem Handkuss folgt und dann enttäuscht weiter geht.
Um Viertel vor neun hat Giancarlo mein letztes Bild, die Engelsburg, für 60 Euro an eine hübsche Amerikanerin verkauft, die direkt ein Date mit ihm

machen möchte. Giancarlo lehnt dies aber, nachdem Geld und Bild ausgetauscht sind, mit einem Wink auf mich ab. Die Amerikanerin zieht mit einem missbilligenden Blick auf mich weiter.
Ich bezahle meine beiden Prosecco und gehe zu Giancarlo rüber. »Da habe ich mir doch wohl einen Kuss verdient« begrüßt mich Giancarlo.
Da kann ich nicht nein sagen, denn den hat er sich tatsächlich verdient und so gebe ich ihm einen Kuss auf die Wange.
Er ist sichtlich enttäuscht, was mich zum Lachen bringt. Und so packen wir beide lachend meinen Stuhl und Tisch zusammen. »Gehen wir zu dir und bringen die Sachen weg?«, fragt er mich.«Ja, das wäre gut, vor allem, weil ich mich noch schnell umziehen möchte« erkläre ich.
Bei mir stellen wir den Stuhl und den Tisch auf den Balkon. Wir schauen in den Garten, der in der Abendsonne sehr schön aussieht. Da überkommt es mich und ich gebe ihm den vorhin verlangten Kuss. Er wird lang und zärtlich und Giancarlo hält mich dabei ganz fest in seinen Armen, als wenn er mich nicht mehr loslassen möchte. Danach sind wir beide etwas atemlos und ein wenig verlegen. Bisher war es immer Spaß zwischen uns, immer mit einem Rettungsanker neben uns, damit keiner dem anderen etwas eingestehen musste. Das hier ist aber ernst und es ist so schön. Ich bin etwas wackelig auf den Beinen, so dass Giancarlo mich noch weiter festhalten muss. Und so stehen wir auf dem Balkon, halten uns fest in den Armen und verlieren uns in

den Augen des anderen. Die Welt um mich herum verschwindet und wir stehen so bestimmt zehn Minuten auf meinem Balkon, sprechen kein Wort und genießen den Anderen, so nah. Dann küsst mich Giancarlo erneut und es wird ein leidenschaftlicher und stürmischer Kuss. Ein befreiter Kuss, so als wolle er sagen: »Seht her, sie gehört mir, mir ganz allein. Meine Angst, ich würde sie nie bekommen ist weg. Sie ist bei mir.«
Und so bin auch ich vollkommen befreit und erwidere seinen Kuss genauso leidenschaftlich. Unter mir tut sich der Boden auf und ich falle in einen Rausch, der vollkommen aus dem Duft und dem Geschmack von Giancarlo besteht. Völlig atemlos stehen wir uns dann gegenüber und können uns nur anlächeln. Worte finden wir beide nicht für das eben Geschehene. So etwas haben wir beide offensichtlich noch nicht erlebt. Als es langsam dunkel wird, merken wir, dass wir schon eine Ewigkeit dort stehen. Langsam kommen wir wieder in das Hier und Jetzt zurück. »Unseren Tisch haben sie inzwischen bestimmt nicht mehr freigehalten«, stellt Giancarlo ganz profan fest.
»Aber ich habe einen Bärenhunger, ich muss dringend etwas essen, obwohl ich eben erst das Panino und das Stück Kuchen gegessen habe«, erwidere ich nicht weniger gewöhnlich.
»Dann lass uns sehen, ob wir etwas für dich zu essen bekommen«, schlägt er vor.
Wir verlassen die Wohnung, nachdem ich noch kurz der ebenso hungrigen Kimba etwas zum Fressen

hingestellt und mich umgezogen habe. Als Giancarlo mich in meinem Outfit sieht, pfeift er leise durch die Zähne. Ich lächle und wir machen uns auf die Suche nach einem netten Lokal.
»Ich hatte alles so schön geplant. Ich muss kurz telefonieren und sagen, dass wir nicht mehr kommen. Das ist jetzt zu weit, da verhungerst du mir noch« sagt Giancarlo.
Er telefoniert kurz und erklärt, dass wir nicht mehr kommen. Am anderen Ende spricht jemand etwas länger, woraufhin sich Giancarlo noch mal entschuldigt, dann aber schnell auflegt.«Was hattest du denn so Besonderes vor?«, frage ich nach.
»Das erzähle ich dir natürlich nicht, denn das können wir immer noch an einem anderen Tag tun. Ich nehme an, wir verlieren uns nicht jeden Abend auf deinem Balkon, oder?«verweigert er die Antwort.
»Ich fand das Verlieren gar nicht so schlecht« merke ich an. »Nein, das war gar nicht schlecht, möchte ich behaupten« stimmt mir Giancarlo zu.
Ich frage vorsichtig nach: »Hast du so etwas schon mal erlebt?«
»Nein, so einen Sturm um mich oder wahrscheinlich um uns herum habe ich noch nicht erlebt« verbindet er seine Antwort mit einer vorsichtigen Rückfrage.
Aber ich sinniere vor mich hin. »Ja, es war ein Orkan.« Dann wache ich wie aus Trance auf und lächele ihn verschämt an, woraufhin er mir einen Kuss gibt und mich ein wenig näher an sich ran zieht. Was in mir schon wieder eine erneute Woge

des Glücks auslöst. Mein Gott, dieser Mann macht mich fertig. »Mein Gott, du machst mich echt fertig«, sagt Giancarlo in der gleichen Sekunde.
Wir lächeln uns erneut an. Hoffentlich beobachtet uns niemand, jeder würde uns für vollkommen verrückt halten.
Mein Hunger ist immer noch nicht gestillt, aber plötzlich habe ich kein Interesse mehr daran, mich nett in ein Restaurant zu setzen, ewig auf das Essen zu warten, womöglich noch zwei oder drei Gänge zu mir zu nehmen und anschließend noch einen Grappa und Kaffee. Es ist in diesem Moment eher eine schreckliche Vorstellung. Wir kommen gerade an einer Pizzeria vorbei, wo man einzelne Stücke zum Mitnehmen kaufen kann. Ich sehe ihn an und er sieht wohl das Verlangen in meinem Blick. Sowohl nach etwas zu essen, als auch nach ihm und ich bezweifele, dass er noch ein Stück Pizza dazwischen schieben will.
Dennoch gehen wir in die Pizzeria und bestellen uns je ein Stück. »Möchtest du etwas trinken?«, fragt Giancarlo mit belegter Stimme. Mein Gott, hoffentlich wird er nicht gleich hier über mich herfallen. Er kann sich kaum noch zurückhalten. Na, die Vorstellung ist gar nicht so erschreckend. Er sieht mich immer noch auf eine Antwort wartend an, woraufhin ich nur den Kopf schüttele. Das ist hier mal echt eine abgefahrene Situation. Mein Hunger auf Pizza geht mir fast verloren, als sich mein Magen knurrend meldet. Also doch erst Pizza. Die Verkäuferin schiebt uns nach kurzer Zeit unsere

aufgewärmten Pizzastücke über den Tresen und sieht Giancarlo etwas schmachtend an. Aber nicht mit mir, ich gewähre ihr den bösesten Blick, den ich habe. Das ist aber gar nicht nötig, denn Giancarlo beachtet sie gar nicht, sondern starrt nur mich an. Und er hat so einen schmachtenden Blick, dass die Verkäuferin sich ganz schnell zurückzieht.
Wir essen die Pizza schweigend auf. Die Luft um uns herum vibriert förmlich.
Dann klingelt Giancarlos Handy. Er nimmt es aus der Hosentasche, sieht auf das Display und drückt das Gespräch weg. »Wer war es?«, frage ich, wieder etwas in der Realität angekommen. »Nur Emilia, ich habe jetzt aber keine Lust und keine Zeit zu telefonieren«, antwortet er, immer noch mit dieser belegten Stimme.
Ein paar Sekunden später klingelt mein Handy.
»Wehe!«, warnt mich Giancarlo todernst.
»Giancarlo«, flehe ich ihn an. »Es könnte etwas passiert sein. Wenn nicht, lege ich sofort wieder auf.«
Als ich das Gespräch gerade annehme, kommt die kleine Elsa durch die offene Tür herein gesprintet. Ich ahne Schlimmes.
Ich höre Emilia zu und lege nach einigen Sekunden auf.
»Angriff auf der Straße hinter dem Campo di Fiori. Giuseppe steht unter Beschuss. Die anderen sind auf dem Weg.«Und schon rennen wir los. Mein Training machte sich bezahlt, trotzdem zieht mich Giancarlo

immer noch hinter sich her, da ich mit Stöckelschuhen nicht wirklich schnell bin.
Wir finden uns in einer kleinen Straße wieder. Kein Mensch ist dort, nur Il Maligno und ein paar dunkle Gestalten. Dana, Mario, zwei Männer, die ich nicht kenne und, zu meiner großen Verwunderung, die kleine Maria sind in den Kampf verwickelt. Giuseppe liegt regungslos auf dem Boden. Il Maligno nimmt sofort zur Kenntnis, dass ich gekommen bin, und fixiert mich als neues Ziel an. Ich sehe, dass Maria ihn angreift, ihr Angriff bei ihm aber nur ein Zucken verursacht.
Dann kommt der Blitz auf mich zu. Ich kann ihn sehen, ich ziehe, mittlerweile geübt, sofort meine Schutzschilde hoch, aber ich kann den Einschlag nicht ganz verhindern. Ich fühle einen starken Schmerz an meiner rechten Schläfe und bin verwundert, dass mir Blut das Gesicht runter läuft.
Dann sehe ich in das erschreckte Gesicht von Giancarlo und versuche meine Schutzschilde weiter hochzuhalten. Das funktioniert aber nicht mehr. Il Maligno ist einfach zu stark und ich zu ungeübt. »Giancarlo, meine Schutzschilde …«, lalle ich ein wenig. Giancarlo wird panisch und da kommt auch schon der nächste Angriff.
Da entsteht plötzlich eine Blase um mich und Giancarlo herum. Auch diese ist für mich sichtbar. Die Blase absorbiert den Blitz und wandelt sich sozusagen um. Meine Wunde hört sofort auf zu bluten und ich trage einen Speer mit der Kraft von Il Maligno in meiner Hand. Ich feuere ihn ab und ziele

dabei auf Il Maligno. Er wird dadurch von seiner eigenen Kraft getroffen und sackt verwundert zusammen. Das bösartige Lächeln verschwindet von einer Sekunde zur anderen von seinem Gesicht. Seine Mitstreiter erschrecken, werfen noch einige harmlose Blitze in unsere Richtung als Ablenkung, bevor sie sich ihren Anführer schnappen und verschwinden. Zwei mir unbekannte Männer, die gerade erst dazugekommen sind, jagen ihnen unverzüglich nach und verschwinden ebenfalls, während wir uns sofort Giuseppe zuwenden.
Giuseppe scheint vollkommen leblos, aber wir können seine schwache Atmung fühlen. Giancarlo ist so erschöpft, dass er Mario bittet, Giuseppe zu Emilia zu tragen. In dem Moment kommt auch Antonio, der sein Entsetzen nicht verbergen kann und Mario hilft. Giancarlo nimmt meine Hand und legt seinen linken Arm um Dana. Ich gebe meine rechte Hand Maria und so trösten wir uns gegenseitig ein wenig. In wenigen Minuten sind wir bei Emilia angekommen, die uns schon die Tür aufhält. Mario und Antonio legen Giuseppe in Emilias Bett und Emilia bittet uns, Giuseppe zu heilen. Giancarlo und ich setzen uns ans Bett und versuchen unsere Macht herauf zu beschwören, doch wir beide haben im Kampf alle Kraft verloren und sitzen nun hilflos da und sehen zu, wie Giuseppes Leben immer weniger wird. Emilia kommt zu uns und sagt, wir sollen uns nebenan aufs Sofa legen und uns ein wenig ausruhen, sie will versuchen, Giuseppe mit ihren begrenzten Mitteln am Leben zu

erhalten, bis wir wieder Kräfte gesammelt hätten. Ich fange an zu weinen. »Ich kann ihn doch hier nicht liegen und sterben lassen.«

»Du kannst ihm im Moment nicht helfen, du musst dich ausruhen, das ist seine einzige Chance«, antwortet mir Emilia mit fester Stimme resolut.

»Versuch es bitte mit Maria, in ihr steckt bereits schon sehr viel Macht, mehr als ich dachte.« schlage ich ihr vor.

»Ja, wir werden es versuchen« beruhigt mich Emilia. Giancarlo und ich schlurfen zum Sofa und legen uns aneinander geschmiegt hin. Wir schlafen sofort ein, so erschöpft sind wir. Nach gefühlten 5 Minuten weckt uns Emilia. »Ihr müsst es jetzt versuchen, er entgleitet uns. Wir können ihn nicht länger am Leben halten« bittet sie uns eindringlich.

»Wie spät ist es?«, frage ich, um ein Gefühl zu bekommen, wie viel Kraft wir durch den Schlaf sammeln konnten.

»Ihr habt über drei Stunden geschlafen«, antwortet Emilia.

Das müsste reichen, so hoffe ich zumindest. Giancarlo und ich überlegen kurz, wie wir unsere Kraft am besten zusammenfügen können, als ich eine Idee habe. »Giancarlo, setze dich bitte. Ich setze mich jetzt auf deinen Schoß und du versuchst, diese Schutzglocke um uns herum aufzubauen. Ich habe auf der Straße gespürt, dass meine Kraft dadurch deutlich stärker geworden ist. Lass es uns versuchen.« Zu Maria gewandt frage ich sie:

»Hast du eben helfen können, konntest du heilende Kräfte herauf beschwören?«

»Ja, schon, aber es hat nicht gereicht, es reichte nur eine Weile, um ihn am Leben zu halten«, antwortet Maria traurig.

»Dann komm bitte her, Antonio und ihr alle, stellt euch bitte hinter uns und fasst uns irgendwie an. Ich weiß nicht, ob ihr die Schutzglocke sehen könnt, also gebe ich euch ein Zeichen, dann versucht bitte mit allen Mitteln unsere Macht zu stärken« fordere ich alle auf. Schnell kommen alle zu uns und fassen Giancarlo und mich an den Schultern und am Rücken an.

Giancarlo lässt die Kraft durch seinen Körper strömen und so sehe ich die Glocke entstehen und spüre dies auch. »Jetzt«, fordere ich alle auf und meine Macht verstärkt sich noch einmal zusehends. Jetzt lege ich meine Hände über Giuseppe und lasse alle Macht für ihn aus meinem Körper und aus meinem Geist entweichen. Ich lasse die Hände am längsten über seinem Kopf, bis ich kein Fünkchen Kraft mehr in mir habe und vor seinem Bett zusammenbreche. Die Schutzglocke löst sich auf und starke Arme tragen mich zurück aufs Sofa. Eine Hand streicht mir die Haarsträhnen aus der Stirn und ich werde bewusstlos.

Ich wache auf, als mir Sonnenstrahlen ins Gesicht scheinen. Es ist mitten am Tag. Giancarlo sitzt auf dem äußersten Rand des Sofas und schaut besorgt

auf mich hinunter. »Hallo meine Schöne, hast du endlich ausgeschlafen?«, fragt er mich lächelnd.
»Was ist mit Giuseppe? Mach nicht solche Witze. Was ist mit ihm?« frage ich nervös.
»Er wird es schaffen, er ist zwar noch ohne Bewusstsein, aber stabil. Du hast es geschafft, er bleibt am Leben.« sagt er.
»Wir haben es geschafft, alleine hätte ich keine Chance gehabt. Was ist das eigentlich mit der Schutzglocke?« will ich jetzt unbedingt wissen.
»Ich habe keine Ahnung, aber ich nehme an, da Il Maligno dich bedroht hat, werden in mir Kräfte frei, um dich zu schützen, die ich vorher nicht kannte. Praktisch, nicht wahr?« antwortet er stolz.
»Ja, sehr praktisch, du hast mir das Leben gerettet. Nach dem ersten Angriff fielen meine Schutzschilde. Ich hätte dem zweiten Angriff nichts mehr entgegensetzen können. Da hättest du auch nichts mehr zu heilen gehabt, glaub mir.« erkläre ich.
»Mein Gott, das habe ich nicht gewusst. Klar, die Situation war ernst, das konnte man sehen. Aber dass deine Schutzschilde gefallen sind, hätte ich nie gedacht.« Er ist sichtlich schockiert, wie knapp es gewesen ist.
»Können wir Giuseppe jetzt alleine lassen. Ich möchte schlafen, und zwar in meinem Bett«wünsche ich mir. »Ja, ich glaube schon. Wenn es sich verschlimmert, werden wir sofort gerufen. Komm, ich bringe dich nach Hause« sagt Giancarlo und zieht mich vom Sofa hoch.

Wir verabschieden uns bei Emilia und Maria. Die Kleine ist immer noch wach und wir gehen langsam nach Hause. Meine roten Pumps sind jetzt ganz schön unpraktisch.

Wir begrüßen Flora kurz und erzählen ihr, dass es Giuseppe soweit ganz gut geht, und wechseln dann die Straßenseite zu meinem Hauseingang. Ich schließe auf und halte Giancarlo die Tür auf aber er zögert. »Ich sollte jetzt nicht mit rauf kommen.«

»Wieso nicht?«, frage ich kurz und knapp.

»Für das Sofa bin ich zu erschöpft und für das Bett, nun so möchte ich es nicht. Es sollte etwas Besonderes sein« gibt er zu.

»Du Idiot.« lache ich ihn an.«Meinst du erstens, ich schiebe dich nach dieser Nacht aufs Sofa ab und zweitens, meinst du, da läuft irgendetwas im Bett?"

»Warum lachst du über mich?«, will er wissen.

»Mein Mimöschen, ich lache nicht über dich. Aber du schaffst es kaum von Emilia zu mir zu laufen, und du meinst doch nicht, du würdest es irgendwie schaffen, mit mir zu schlafen« lache ich weiter.

Wir gehen zu mir nach oben. Er ist immer noch ein wenig betroffen.

Ich putze mir rasch die Zähne und biete Giancarlo auch eine neue Zahnbürste an, die er dankbar annimmt.

Dann gebe ich ihm wieder mein viel zu kleines Schlafshirt, kann ihn darin aber diesmal völlig schamlos ansehen, was ihn dann doch wieder zum Lachen bringt. »Und gefällt dir, was du siehst?« lacht er weiter.

»Ja, sehr« und das stimmt, weiß Gott.
Wir legen uns ins Bett und kuscheln uns aneinander. Er rutscht mit der Hand unter mein T-Shirt, so dass ich schon befürchte, ich müsste einschreiten. Ich bin wirklich viel zu müde. Aber seine Hand bleibt auf meinem Bauch liegen, was so schön ist, dass ich mir fast wünsche, er würde weiter machen. Aber als ich den Gedanken zu Ende gedacht habe, bin ich auch schon eingeschlafen.

Die Seele

Alle haben es jetzt verstanden.
Giancarlo und Marta gehören zusammen.
Die beiden und unsere Seelen werden in der Lage sein,
Il Maligno zu vernichten.
Aber wir müssen vorsichtig sein.
Er weiß jetzt, dass ich zurück bin.
Und dass ich gefährlicher bin, als ich es je war.

Kapitel 16

Ich wache auf und neben mir liegt meine Marta. Ich bin noch ganz benommen und muss erst mal die Ereignisse des letzten Abends und der letzten Nacht an mir vorüberziehen lassen. Ich lächele. Trotz des schlimmen Angriffs muss ich tatsächlich lächeln. Ich habe meine Marta erobert, endlich. Und wir haben es geschafft, Giuseppe zu retten, hoffentlich wenigstens. Wir sind ein Team, ein gutes Team.

Sie rührt sich neben mir und wird auch langsam wach. Ich gebe ihr einen Kuss und sie küsst mich leidenschaftlich zurück. Oh mein Gott, ich will es vorsichtig angehen lassen, aber wenn sie mich so bestürmt, weiß ich nicht, wie ich mich länger zurückhalten kann.

Trotzdem erwidere ich ihren Kuss, ich kann nicht anders. Ich habe so lange auf sie gewartet. Immer wieder haben mich Frauen angemacht. Aber Frauen im ersten Leben haben mich nie interessiert. So war es auch mit Anna. Sie fand ich wirklich nett und sie ist unserem Kreis so nah, dass ich dachte, sie könnte es sein. Aber es war einfach nicht so. Ich war nur froh, dass sie es auch so gesehen hatte. Ich hätte ungern unsere Freundschaft aufs Spiel gesetzt. Dann war da diese Frau, Julia. Sie war eine von uns und sie war wirklich schön, was alleine natürlich nicht zählt. Aber es ließ mich genauer hinschauen, ich muss es zugeben. Aber sie konnte mein Feuer nicht entfachen, wie auch keine andere. So habe ich es vor einer Ewigkeit aufgegeben. Bis Marta kam. Ich habe

es sofort gespürt. Sie ist die Eine. Meine. Wir scheinen füreinander bestimmt. Obwohl Tim ihr Freund ist oder war, ich weiß es nicht, es ist mir aber auch egal. Sie würde ich sogar mit ihm teilen, um sie nicht zu verlieren. Ich finde das zwar ein wenig krank, aber es ist einfach so. Ich habe das Gefühl, sie braucht Tim, um am Boden zu bleiben, um nicht an ihrem neuen Leben zu verzweifeln. Wenn dem so ist, kann ich es verstehen, dann muss es so sein. Es wird mir weh tun, aber für sie würde ich jeden Schmerz ertragen, für sie würde ich sterben.
Ich merke, dass sie mich die ganze Zeit ansieht.
»Was ist mit dir, du scheinst so nachdenklich? «, fragt sie mich.
»Ich denke über dich nach, über unser erstes Date. Und stell dir vor, wir sind direkt am ersten Abend im Bett gelandet. Das geht doch nicht. Ist die Vorschrift nicht, mindestens drei Dates? « frage ich sie grinsend.
»Eben noch so nachdenklich und jetzt schon wieder zu Scherzen aufgelegt, mein Liebster« lächelt sie mich an.
Wie sie mein Liebster sagt, als wenn sie aus meiner Zeit kommt. Das gefällt mir. Sie ist eher etwas altmodisch, wenn man mal davon absieht, dass sie gleichzeitig mit zwei Männern unterwegs ist, aber daran bin ich ja nicht ganz unschuldig.
»Ich scherze gern mit dir, auch wenn es die äußeren Umstände nicht immer zulassen. Möchtest du gern noch etwas im Bett bleiben oder sollen wir etwas unternehmen? « fragt sie mich.

»Erst mal möchte ich, dass wir bei Emilia anrufen und uns nach Giuseppes Zustand erkundigen. Dann können wir danach entscheiden, wo wir was unternehmen«
Ich greife zum Handy und rufe bei Emilia an. Sie ist direkt am Apparat und antwortet auf meine Nachfrage, dass es Giuseppe ziemlich gut geht. Er sei zwischendurch bei Bewusstsein gewesen und hätte auch schon etwas getrunken. Es sei schön, wenn wir am Nachmittag mal vorbei kämen, um ihm noch eine Kur zukommen zu lassen.
Ich verabschiede mich und lege auf. Dann erzähle ich Marta kurz, was ich erfahren habe.
»Dann haben wir ja noch ein paar Stunden Zeit«, sagt sie und stürzt sich auf mich. Mir bleibt die Luft weg, aber ich reagiere sofort auf sie. Da kann ich ja die besten Vorsätze haben, ich kann ihr nicht widerstehen. Ich reiße ihr förmlich das T-Shirt vom Leib und küsse sie am ganzen Körper. Ich muss sie erst kennenlernen. Oh, sie riecht so gut und sie ist so atemberaubend schön. Sie zerrt auch an meinem T-Shirt und zieht es mir über den Kopf. Wir spüren uns gegenseitig. Es ist so schön, dass ich verzweifeln möchte.
Sie zieht mir den Slip aus, mein Gott, geht das schnell. Aber es gibt jetzt nichts mehr hinauszuzögern. Ich kann nicht mehr warten. Wir schlafen miteinander, wild, vielleicht die Ereignisse der letzten Nacht noch vor Augen. Ich hätte sie fast verloren, bevor ich sie richtig gefunden hatte.

Sie ist mir so vertraut, nicht ihr Körper, den entdecke ich gerade erst. Es ist, als sei sie schon ihr ganzes Leben bei mir, in meiner Nähe, ganz bei mir, ein Teil von mir.

Viel zu schnell ist es vorbei. Aber wir sind noch so erschöpft und so gierig aufeinander, dass wir es beide nicht hinauszögern können. Das letzte Mal ist wirklich lange her. Ich fühle mich so unglaublich wohl mit ihr. Sie sieht glücklich aus. Habe ich alles richtig gemacht? Ja, mit ihr kann ich gar nichts falsch machen. Ich streichele ihr über den Rücken und sie zuckt, noch übervoll von ihren Empfindungen immer wieder zusammen. Sie muss lachen und bettelt, dass ich aufhören möge, und gibt mir einen Kuss um mich abzulenken.

Ich bin noch so müde von gestern, dass ich in ihren Armen wieder einschlummere. Ich bin am Ziel meiner Träume und jetzt geht das Leben für uns erst los, denn erst jetzt hat die Suche für mich ein Ende.

Kapitel 17

Er streichelt mir den Rücken und meine Haut ist noch so überempfindlich, dass ich nur so zusammenzucken muss.
Ich bettle ihn an, er möge aufhören, doch er hat kein Erbarmen mit mir. Er sieht gelöst aus. Mein Gott, was war das eben, ich weiß gar nicht, wie ich es nennen soll, es war übernatürlich. Ich bin förmlich explodiert. Solche Empfindungen habe ich noch nicht erlebt und ich kann förmlich schon erahnen, dass wenn wir uns besser kennen, es noch besser wird, obwohl das eigentlich nicht möglich ist. Er macht mich von sich abhängig. Im Moment kann ich mir nicht vorstellen, dass er mich auch nur eine Minute alleine lässt.
Ich wäre am Boden zerstört, verzweifelt.
Ich kuschele mich noch ein wenig an ihn, doch mir ist klar, wir müssen gleich aufstehen. Doch er schlummert in meinen Armen ein und so kann ich es bis zur letzten Sekunde hinauszögern. Doch dann wacht Giancarlo wieder auf und sagt erwartungsgemäß »Meine Liebe, wir müssen aufstehen! Giuseppe wartet auf unsere Hilfe.«
»Ich weiß, aber es ist so schön. Ich bin so egoistisch, dass ich am liebsten den Rest des Lebens hier mit dir verbringen möchte« raune ich ihm verführerisch ins Ohr.
»Glaub mir, wenn du immer schön vorsichtig bist, nie wieder von meiner Seite weichst, haben wir noch sehr viel Zeit« grinst er mich an und gibt mir einen

Kuss, der mich alle guten Vorsätze vergessen lässt. Ich will eine Superegoistin sein und hierbleiben. Ich erwidere seinen Kuss, so dass er mich nach einigen Momenten mit aller Kraft von sich weg hält. Atemlos sagt er: »Wenn du nicht sofort aufhörst ...«
»Was wirst du dann machen, wie wirst du mich bestrafen?«, fordere ich ihn heraus.
»Ich werde dich mit Liebesentzug bestrafen«, sagt er streng. »Wirst du das etwa schaffen?«, frage ich ihn gespielt entsetzt.
»Niemals« ist seine lachende Antwort.
Doch er steht sofort auf, bevor ich einen neuen Angriff starten kann und verschwindet im Bad. Wenn ich ihm jetzt hinterher gehe, ist er verloren und ich auch.
Aber die Vernunft setzt sich jetzt doch bei mir durch. Wir müssen Giuseppe helfen, das muss jetzt einfach Vorrang vor meiner Begierde haben.
Um halb eins sind wir endlich fertig und machen uns mit Kimba auf den Weg zu Emilia.
An der Wohnungstür begrüßt uns Rossi, der sich von seiner Nachtschicht wieder erholt hat.
Wir gehen direkt ins Schlafzimmer. Giuseppe hat ein paar Kissen im Rücken, so dass er nicht mehr ganz flach im Bett liegt. Er sieht sehr blass, krank und älter als gewöhnlich aus.
Er hat die Augen geschlossen. Als er uns hört, öffnet er die Augen und zieht die Mundwinkel zu einem angedeuteten Lächeln nach oben. Mehr schafft er nicht, bevor ihm die Augen wieder zufallen. In diesem Moment kommt Emilia herein und begrüßt

uns leise. »Schön, dass ihr da seid. Könnt ihr direkt anfangen? Er ist so kraftlos. Ich glaube, der Angriff hat ihn mindestens 2 Jahre auf einen Schlag gekostet. Das muss der Körper erst verkraften. So habe ich ihn nach einem Angriff noch nie gesehen und er hat wirklich schon einiges hinter sich gebracht.«
Wir setzen uns ans Bett, jeder auf eine Seite und beginnen die Kraft in uns aufzubauen. »Muss ich etwas Bestimmtes beachten, bisher waren es immer so plötzliche Aktionen und ich habe immer einfach gehandelt, ohne näher darüber nachzudenken. Kann man die Macht auch in eine bestimmte Richtung lenken, sie dosieren oder nur besondere heilende Dinge tun?« frage ich Giancarlo.
»Ja, das geht natürlich. Wir probieren es aber am besten Mal aus, wenn ich Kopfschmerzen habe. Jetzt muss Giuseppe die volle Dosis haben. Er ist fast noch in einem Zustand, wie direkt nach einem normalen Angriff. Entweder waren wir gestern zu schwach oder wir haben das zweite Mal nach dem Angriff auf Dana die volle Kraft von Il Maligno gesehen. Lass uns sofort anfangen. Ich gebe dir ein Zeichen, wenn wir aufhören sollten« gibt mir Giancarlo zu verstehen.
Wir fangen an und schnell sieht und fühlt man die Macht, die von uns beiden ausgeht. Hinter uns zieht Emilia die Luft ein. Wir halten die Hände so über dem Kopf von Giuseppe, dass unsere beiden Kraftquellen sich in der Mitte treffen und so gemeinsam den Weg in seinen Kopf finden.

Plötzlich atmet Giuseppe schwer ein, wie jemand, den man kurz vor dem Ertrinken aus dem Wasser zieht, um dann die Augen aufzureißen. Wir bekommen es mit der Angst, etwas falsch gemacht zu haben. Aber dann atmet Giuseppe regelmäßig und schlägt die Augen auf. »Mein Gott. Wollt ihr mich umbringen? Die Dosierung ist definitiv zu hoch.« Aber dann lächelt er. »Danke, ihr habt mich zurückgeholt. Der Angriff hat mich mindestens fünf Jahre Alterung gekostet und das auf einmal. Aber ich glaube, mit eurer Kraft habe ich ein paar Jahre zurück bekommen, das habe ich auch noch nicht erlebt« freut sich Giuseppe. Er ist aber immer noch sehr schwach. Emilia eilt in die Küche und holt ihm etwas warme Milch, die er langsam trinkt. »Lasst mich bitte noch ein wenig allein. Ich bin noch sehr müde und muss einfach schlafen «bittet uns Giuseppe. »Und danke, ohne euch wäre ich verloren gewesen« setzt er noch nach. In mir kommt ein Gefühl von schlechtem Gewissen hoch, da ich aufgrund meiner Begierde fast den Zeitpunkt verpasst hätte, um Giuseppe zu retten. Das darf mir nie mehr passieren, trotz meiner Gefühle zu Giancarlo. Ich muss so stark wie er sein und dem Wohl unserer Gemeinschaft alles unterordnen.
»Gern geschehen«, antworte ich noch abwesend und wir verlassen ohne weitere Worte den Raum.
Wir setzen uns in die Küche, wo auch noch Maria und Antonio sind. Emilia kocht uns Kaffee und holt ein paar Plätzchen aus dem Schrank.

Ich frage die anderen »Was hat Giuseppe eigentlich alleine dort gemacht, mitten in der Nacht oder war er gar nicht allein?«

»Er muss allein gewesen sein«, antwortet Emilia und fährt fort: »Wir haben alle gefragt, aber keiner war bei ihm. Also entweder hat er sich mit jemand außerhalb unseres Kreises getroffen oder er war allein unterwegs. Wir wissen es nicht. Wir können uns auch nicht vorstellen, warum er die Stufe Gelb einfach missachtet hat. Bisher war er immer derjenige, der die Regeln für alle festgelegt hat und er war immer derjenige, der sich als Erstes, ohne Ausnahme daran gehalten hat. Heute wollte ich ihn noch nicht fragen. Er ist noch so schwach, aber morgen werden wir reden müssen, um zu erfahren, was vorgefallen ist und weshalb er sich so verhalten hat« rätselt Emilia.

»Giancarlo! Wolltet ihr zwei nicht trainieren, so wie wir es besprochen hatten oder seid ihr zu fertig?« wendet sich Emilia an Giancarlo, während ich verblüfft danebensitze und mal wieder von nichts weiß.

»Ja, wir ziehen gleich weiter. Ich habe die Trainingssachen eingepackt und Anna nimmt uns auf dem Weg gleich mit. Sie ist mit dem Auto in der Stadt« antwortet Giancarlo, während ich langsam sauer werde.

Das merkt jetzt auch endlich Giancarlo. »Emilia hat mich neulich auf deine These mit dem Einsatz von körperlicher Gewalt gegen die dunkle Macht angesprochen. Das könnte durchaus interessant sein,

obwohl wir gestern gesehen haben, dass ich dich auch allein beschützen kann« sagt er stolz. »Aber ich könnte ja mal nicht da sein und so werden wir das ausprobieren und werden bei Anna im Studio ein wenig Kickboxen üben. « Ich bin sprachlos, ich soll mit Giancarlo
kickboxen? O.K., wenn es sein muss. Das wird sicher interessant. In dem Moment klingelt es auch schon. Anna bittet uns über die Sprechanlage runter zu kommen, weil sie keinen Parkplatz findet.
Wir verabschieden uns auf die Schnelle und gehen zügig zu Annas Auto und steigen ein. Sie braust sofort los, denn hinter ihr gibt es schon ein Hubkonzert. »Und freust du dich schon auf die neue Trainingseinheit? «, fragt mich Anna.
»Eigentlich schon, wenn ich es eben nicht nur rein zufällig mitbekommen hätte«, antworte ich und werfe Giancarlo einen wirklich bösen Blick zu.
Annas Antwort ist schlicht: »Männer! «
Die Straßen sind für römische Verhältnisse recht leer und so sind wir schon nach zwanzig Minuten im Studio von Anna.
Sie zeigt mir noch rasch die Umkleideräume, dann verschwindet sie zu ihrem Kurs.
Ich ziehe mich um und warte dann im Eingangsbereich auf Giancarlo, da ich nicht weiß, in welchem Raum wir trainieren. Nach kurzer Zeit erscheint er in einem recht netten Outfit, was aber auch egal wäre. Mit der Figur kann er hier auch in Schlabberhose stehen. Aber ich gebe zu, dass eine Schlabberhose seinen Po nicht so zur Geltung bringt,

wie die eng anliegende kurze Sporthose. »Na,« fängt er grinsend an.
»Ja, es gefällt mir, was ich sehe«, beende ich den Satz und komme mir etwas blöd in meiner alten Trainingshose und dem ausgeleierten T-Shirt vor.
»Du siehst sexy aus«, sagt er zu mir. »Ja klar, du kommst hier total overdressed rein und mir packst du die ältesten Klamotten ein, die du im Schrank finden konntest«, beklage ich mich.
»Es soll dir halt nicht jeder hinterher schauen«, antwortet er vollkommen ernst. Jetzt kann ich mein Lachen nicht zurückhalten. «Aber dir darf jede hinterher schauen, oder wie ist das? « pruste ich los.
»Ich ziehe mich doch nur für dich so an. Die Sachen habe ich noch nie vorher getragen. Ich schwöre« verteidigt er sich immer noch ernst.
Wie zur Bestätigung geht eine Gruppe von sechs Leuten, vier Frauen und zwei Männern an uns vorbei. Den Frauen hängt fast die Zunge aus dem Hals heraus als sie Giancarlo ansehen, während die Männer etwas missbilligend auf mein Outfit schauen.
»Oh, ich verstehe. « Dann setzt er aber hinterher »Aber ich finde es gut so« und grinst mich an. Er nimmt mich in den Arm und wir gehen ein Stockwerk tiefer. Hier ist alles dunkel und Giancarlo sucht zunächst die Lichtschalter.
Wir sind tatsächlich im Keller. Hier ist nichts mehr gestylt. Hier gehen nur sechs Türen ab. Giancarlo schließt die hinterste Tür vor Kopf auf und tastet rechts auch hier nach dem Lichtschalter. Dann wird

es hell. Hier ist ein riesiger Raum. In einer Ecke stehen wie in der Schule alle möglichen Turnutensilien und Geräte. Ein Barren, eine Hochsprunganlage, ein Stapel Matten und ganz viele Fitnessgeräte, die auch oben zu finden sind. In der anderen Ecke ist ein Boxring und mehrere Sandsäcke hängen von der Decke und noch ein paar Geräte an der Wand, die ich nicht kenne, die aber auch etwas mit Boxen zu tun haben. Daneben ist noch ein Bereich mit jeder Menge Gewichten in allen Gewichtsklassen.

»Komm, wir wärmen uns erst ein wenig auf. Mach mir die Übungen einfach nach.« Ich schaue mir dann einfach mal an, wie er sich dehnt und streckt und auf der Stelle läuft. Dann merkt er es leider und ermahnt mich mitzumachen. Als wir fertig sind, gibt er mir eine Schutzweste und einen Gummihelm, bei denen es jetzt komplett egal ist, was ich drunter anhabe, denn es sieht jetzt einfach bescheuert aus. Er lächelt mich höflich an und ich frage ihn nur ironisch: »Und du? Machst du dich auch noch hübsch?«

»Ich glaube, in deiner ersten Stunde ist das noch nicht nötig.« Etwas zu sehr von sich überzeugt, der Herr. Das motiviert mich ein wenig.

»Es gibt ganz viele Regeln beim Kickboxen. Da wir es aber machen wollen, um uns die Dunklen vom Hals zu halten, mach du einfach, wie du es für richtig hältst und ich erkläre dir dabei, wie du deine Technik verbessern kannst.« Dann gibt er mir noch ein paar Handschuhe, nicht wie beim Boxen,

sondern viel dünner, denn sie sollen nur die Haut meiner Hände schützen.
Und los geht es. Wir umkreisen uns erst ein wenig. Dabei ist er sehr aufmerksam und ich verliere die Übersicht recht schnell, weil er dabei noch atemberaubender aussieht. »Marta konzentriere dich, bitte«, ermahnt er mich auch sofort.
Na gut, wenn es sein muss. Ich bewege mich auf ihn zu und versuche ihn mit einer schnellen Bewegung zu treten aber er pariert sofort und ich muss mich bemühen, das Gleichgewicht zu halten, damit ich nicht der Länge nach hinfalle.
Mehrere Versuche von mir ihn zu treffen, schlagen völlig fehl. Bei einem verkorksten Schlag drehe ich mich und falle dann doch wie ein Klotz hin. Ich muss das einfach geschickter machen. Beim nächsten Mal täusche ich wieder einen Tritt an, benutze mein Bein dann aber wie eine Sense in Schienbeinhöhe um ihn von den Beinen zu holen und, und es gelingt mir! Giancarlo fällt wie eine Bahnschranke der Länge nach hin. Ich veranstalte direkt einen Freudentanz wie ein Indianer, aber nur bis er mich überwältigt hat und sich rittlings auf mich setzt und ich die Schlacht dann doch verloren habe. »Du musst deine Kämpfe schon zu Ende bringen, meine Liebe« ermuntert er mich lachend, während ich versuche, mich unter ihm weg zu winden. »Nein, ich lasse dich nicht mehr frei.« Er beugt sich runter zu mir und küsst mich. Oh, ich muss durchatmen, aber da mein Kampf noch läuft, stemme ich mich überraschend gegen ihn und werfe

ihn auf den Rücken und sitze nun oben auf und stimme mein Kriegsgeheul wieder an. Diesmal ohne Tanz, denn diesen Platz will ich nicht aufgeben. Plötzlich spüre ich deutlich, dass Giancarlo sich gern geschlagen gibt und sich als Kriegsbeute opfern will. Also nehme ich das Opfer gern an und versuche ihm die Trainingsklamotten auszuziehen, während er an dieser dämlichen Weste rummacht, um sie und mein T-Shirt gleich mit endlich abzustreifen. »Was ist mir der Tür? «, schaffe ich gerade noch zu fragen. Woraufhin er entgegnet »Abgeschlossen. «Und wir können uns ungestört unserem Liebestaumel hingeben.

Danach liegen wir vollkommen erledigt und noch verschwitzter als vorher auf der Matte und Giancarlo, immer noch schwer atmend sagt »So würdest du auch jeden Gegner niederstrecken, aber ich würde dich dennoch bitten, es zu unterlassen, es würde mich doch zu eifersüchtig machen. Es ist so schön mit dir, so zufriedenstellend. «

»Zufriedenstellend? Ist das alles, was du dazu zu sagen hast. Dann findest du ja bestimmt noch jemand anders, der dich zufriedenstellt« erzürne ich mich.

»Sehr erregend und in höchstem Maße zufriedenstellend« stellt er richtig, jetzt mit einer Stimmlage, die meinen Körper schon wieder vibrieren lässt.

Wie soll ich nur jemals mit diesem Mann ein normales Leben führen, geschweige denn nur einen normalen Tag verbringen, ohne mich lüstern in irgendeine Ecke zu werfen und ihn anzuflehen, sich auf mich zu stürzen.

Nach einigen Minuten Atemholen sagt Giancarlo.

»Du bist ja ganz schön link. Der Beinwegzieher war trotzdem wirklich gut, aber ich verstehe noch nicht, wie man das in irgendeiner Weise mit einem mentalen Angriff kombinieren kann.«

»Ich auch noch nicht, es war so ein Gefühl und ich hatte gehofft, mir käme der zündende Gedanke, wenn wir es ausprobieren. Aber ich wollte auch keine Beine wegtreten, sondern mir kam es eher richtig vor, so einen vollen Tritt zu landen oder auch einen Fausthieb und diesen dann zu kombinieren, also körperliche mit geistiger Kraft vereinen.

Aber wenn ich den Angriff von letzter Nacht sehe, weiß ich sowieso nicht, wie man nah an einen der Gegner rankommen soll. Das wäre eher Selbstmord. Es wäre meines Erachtens nur für eine zufällige Gelegenheit geeignet «führe ich aus.

»Lass uns mal was probieren. Komm mit.« Wir gehen rüber zu einem der Sandsäcke. »Wenn ich jetzt gegen den Sandsack trete und du gleichzeitig deine Macht heraufbeschwörst, können wir doch mal sehen, was passiert. Es wäre nur schön, wenn du mich nicht dabei triffst. Dann mach lieber einen Fehlversuch« schlägt er vor.

Wir bringen uns in Stellung. Als Giancarlo den Sandsack mit dem Fuß trifft, konzentriere ich mich voll und treffe ihn fast gleichzeitig mit meinen Gedanken. Der Sandsack löst sich vor unseren Augen in Nichts auf, er verpufft sozusagen. Es gibt keinen Brand, keine Reste, nur die Kette baumelt noch von der Decke.

»So sehen Angriffe eindeutig nicht aus. Sie bringen etwas zum Brennen, sie reißen Löcher und lassen auch schon mal ein Gehirn schmelzen, aber das hier ist ganze Arbeit. Da müssten wir noch nicht mal hinter uns aufräumen« bestätigt Giancarlo meine Vermutungen.

In dem Moment klopft es an der Tür, nachdem jemand vorher die Klinke gedrückt hatte. Ich gehe zur Tür und schließe auf. Anna steht davor und kommt mit mir in den Raum zurück. »Na, auch trainiert?«, fragt sie ziemlich eindeutig. »Ja, auch«, antworte ich grinsend.

»Schön.« Dann sieht sie die Kette. »Wo ist mein Sandsack geblieben. Wollt ihr klauen? Ich besorge euch einen, ganz günstig.«

Aber Giancarlo antwortet stolz »Wir haben ihn besiegt, auf der ganzen Linie. «

Anna schluckt »Echt, er ist weg, oder? Wie habt ihr das gemacht? «

Wir erzählen ihr kurz unsere Annahme und den anschließenden praktischen Versuch.

»Könnt ihr demnächst woanders üben, denn das wird mir hier zu teuer, wenn ihr öfter kommt« lacht Anna.

Erschrocken antwortet Giancarlo »Den ersetzen wir natürlich.«

»Schätzchen, das war ein Werbegeschenk. Da hinten steht noch ein anderer in der Ecke. Wenn du so lieb

bist, hängst du ihn auf, ja?« sagt Anna und klimpert mit den Wimpern.
Woraufhin Giancarlo sofort den Sandsack holt und versucht, ihn an die bestehende Kette zu hängen.
Anna nimmt mich derweil in den Arm und flüstert mir zu »Ihr seid ein schönes Paar, genieß es.«
Und ich ganz leise zurück »Da kannst du sicher sein. Ich will ihn mit Haut und Haar und er bekommt mich mit Haut und Haar. Aber ich habe eventuell auch noch eine Überraschung für dich. Hast du am Samstag Zeit? Ich weiß aber wirklich noch nicht, ob es klappt. Aber ich verrate nichts und bei Giancarlo brauchst du es erst gar nichts versuchen. Ich erzähle ihm doch keine Geheimnisse« mache ich sie neugierig.
»Ja, ich habe Zeit, habe nur wieder bis sieben Uhr einen Kurs und würde gern danach duschen, wenn es irgendetwas mit nett weggehen zu tun hat«, fragt sie nach.
»Wenn es klappt, sage ich dir in etwa, was wir machen, damit du dir das richtige Outfit aussuchen kannst«, verspreche ich ihr.

Die Seele

Wir werden immer stärker.
Meine Mitstreiter begreifen, worum es geht und wie es geht.
Aber sie müssen aufpassen, dass ihre Körper sich nicht zu sehr verlieren.
Sie lassen sich ablenken.
Ich hoffe, der erste Hunger ist gestillt, wenn wir dem nächsten Angriff trotzen müssen.
Nie war meine Hoffnung so groß, sie darf nicht enttäuscht werden.

Kapitel 18

Ab Mittwoch geht es richtig los. Man hat mir Giancarlo genommen. Emilia hat ihn nach Mailand geschickt. Mir sagt sie augenzwinkernd, dass dies meinem Training nur gut tun würde. Aber mein Herz sagt etwas anderes. Ohne Giancarlo fühle ich mich zwar nicht hilflos aber ein wenig schutzlos. Trotzdem mag sie recht haben, denn ich muss mich voll auf das Training konzentrieren. So besteht ein ganzer Tag nun aus Training, malen und auf der Piazza Navona Geld verdienen. Wenigstens kann ich jetzt mal wieder Tim anrufen. Das erste Telefonat ist aber etwas steif. Er fragt mich immer wieder, was mit mir los sei. Aber die Wahrheit kann ich ihm einfach nicht sagen, also erwidere ich immer wieder, dass ich einfach nur kaputt sei, da das Training so anstrengend ist. Auch auf seine Gefühlsausbrüche, wie sehr ich ihm doch fehle, finde ich kaum ein nettes Wort. Wir verabschieden uns ziemlich schnell und mich plagt das schlechte Gewissen.
Vor dem nächsten Anruf bereite ich mich vor. Ich sage mir immer wieder, dass ich einfach beide Männer bräuchte. Ich bin mir sicher, dass ich Tim auf keinen Fall verlieren darf, aber dass es jetzt nicht der richtige Zeitpunkt ist, ihm am Telefon meinen Betrug zu beichten. Ich würde irgendwann eine Lösung finden, also verschiebe ich mein Problem auf einen Termin in ferner Zukunft.
Das nächste Telefonat läuft direkt besser. Erst erzähle ich ihm munter, was ich alles gemacht habe

und beschreibe ihm, dass ich mittlerweile richtig Muskeln an Armen und Beinen aufgebaut hätte und dass sich auch an meinem Bauch die ersten Muskeln abzeichnen würden. Worauf er erwidert, dass er sich schon jetzt freue, dies alles in gut zwei Wochen zu bewundern. Ich habe prompt wieder einen Kloß im Hals, den ich aber einfach hinunterschlucke und meinerseits meine Sehnsucht zu ihm klarstelle. Ich bin verwundert, wie leicht mir dies fällt, merke aber auch gleichzeitig, dass ich dies auch so meine. Ich sehne mich wirklich nach ihm, den Fels in der Brandung meines normalen Lebens.
Mit Anna gehe ich weiterhin morgens laufen. Als ich immer mehr Luft bekomme, um ihr ständig mein Leid zu klagen, wie schlecht es mir doch ohne Giancarlo geht, erhöht sie die Rundenzahl schnell um zwei Runden, und als ich dann immer noch keine Ruhe gebe, um zwei weitere. Damit bringt sie mich zum Schweigen. Jetzt kann sie mich löchern, was denn mit Samstag sei. Aber erstens schnaufe ich nur noch, ohne ein Wort sprechen zu können und zweitens würde ich den Teufel tun, ihr irgendetwas zu verraten. Drittens habe ich das Subjekt der Begierde noch gar nicht erreicht, weiß also nicht, ob es überhaupt klappen würde, meinen Plan in die Tat umzusetzen. Ich schreibe es in Gedanken ganz oben auf meine to do Liste. Nach dem Lauftraining fahren wir jetzt immer zusammen ins Fitnessstudio. Dort geht es um reines Krafttraining. Wehmütig denke ich an das Kickboxen, was mir jetzt in zweierlei Hinsicht tausendmal besser gefallen würde. Hier ist

meine liebste Anna unerbittlich, aber es wirkt wirklich. Nur am folgenden Tag beim Laufen fühle ich mich jedes Mal schwerfälliger. Wenn ich danach noch Muße habe, male ich ein wenig auf meinem Balkon oder in der Villa Borghese, die mir immer noch am meisten Inspiration bietet. Abends verkaufe ich dann meine Bilder, die mir mittlerweile fast aus den Händen gerissen werden. Ich brauche einfach mehr Zeit zum Malen.

Heute aber muss ich unbedingt zunächst Gianni anrufen. Glücklicherweise bekomme ich ihn endlich ans andere Ende der Leitung. Er ist überrascht mich zu hören und fragt deshalb erst mal, ob denn meine Frisur bei meinem Date gut angekommen sei, was ich sofort bejahe. »Aber du hast ja noch etwas bei mir gut« hake ich ein.

»Nein, nein«, antwortet er, »du hast keine Schulden bei mir, ich sagte doch, dass mache ich gern für Giancarlo und für Anna.«

»Eben drum, da du so nett warst habe ich mir gedacht, wir gehen am Samstag zusammen weg. Anna hat Zeit. Ich sagte ihr, ich hätte eine Überraschung für sie. Du entscheidest jetzt, ob ich ihr im Vorfeld von der Überraschung erzählen soll oder nicht. Aber Vorsicht ist geboten, ich glaube, ich verrate nicht zu viel, wenn ich dir sage, dass sie dich total süß findet, es aber sehr bedauert, dass du schwul bist. Könnte also spannend werden« verrate ich Annas Geheimnisse.

»Oh, ich dachte, wenigstens sie hätte mich durchschaut. Ich spiele meine Rolle wohl doch

schon etwas zu lang. Lass mich kurz überlegen. Ich glaube, ich will es spannend haben. Lass sie mich umwerben, mal sehen, wann sie es herausfindet. Sag ihr nichts«, entscheidet sich Gianni.
Ich sage ihm noch, dass wir uns um neun im Mimi e Coco treffen, um einen Aperitif einzunehmen und dann in einen Club weiterziehen und verabschiede mich dann von ihm.
Ich bin glücklich. Ich würde mich so freuen, wenn Anna einen netten Freund hätte und der hier ist nun wirklich nicht die schlechteste Wahl.
Ich ziehe meine Malerklamotten aus und sammele mein Zeug für die Piazza zusammen. Ich habe nur noch fünf Bilder. Ich überlege, ob ich lieber zu Hause bleiben sollte, entscheide mich aber dagegen. Am nächsten Tag werde ich nur ins Studio gehen, da Anna keine Zeit hat. Also habe ich mehr Zeit, um zu malen. Nach einer Stunde habe ich alle Bilder verkauft. Mario schaut etwas neidisch zu mir herüber. Für ihn läuft es heute Abend nicht so gut. Er will schon zusammenpacken, um mich nach Hause zu begleiten. Aber ich winke ab. »Für die Gefahrenzone gelb wurde doch Entwarnung gegeben. Du kannst ruhig hier bleiben. Ich gehe auch direkt brav nach Hause. Bin todmüde und will morgen früh raus, um zu malen, sonst habe ich nichts mehr zu verkaufen. Und du musst, glaube ich, noch ein wenig Geld verdienen. «
»Also gut, aber bitte geh wirklich direkt nach Hause. Ich traue der Ruhe nicht. Heute ist eine merkwürdige

Atmosphäre in der Stadt« warnt er mich, bevor ich mich auf den Weg mache.

Ich gehe auf direktem Weg über den Platz. Ich weiß, nicht ob es an Marios Worten liegt, aber mir legt sich ein Kribbeln über den Nacken, wie ein leichtes Sommertuch, welches durch den Wind bewegt wird. Es ist aber windstill und ich habe kein Tuch umgelegt. Meine Härchen an den Armen stellen sich auf, weil ich einen Luftzug spüre, als wenn jemand sanft mit der Hand über den Arm streicht. Ich bin aber ganz allein. Also nicht ganz allein, aber andere Menschen haben wenigstens einen Abstand von zwei Metern. Ich biege rechts am Ende des Platzes ab. Hier auf dem kurzen Stück bis zum Cul du Sac ist wirklich keine Menschenseele. Ich gehe etwas schneller, als mich plötzlich etwas packt. Da ist aber niemand, aber es schnürt mir den Hals zu, als wenn mich zwei starke Männerhände würgen. Ich versuche zu schreien, aber ich bekomme keinen Ton heraus. Kimba merkt erst jetzt, dass etwas nicht stimmt. Als sie mich ansieht, weiß sie, sie muss handeln. Sie schreit so laut, dass man es in ganz Rom hören muss und rennt von mir weg. Wieso rennt sie weg? Sie soll sich auf den Angreifer stürzen, aber da ist niemand. Natürlich, sie holt Hilfe. Aber ob ich das noch erleben würde. Mir schwinden langsam die Sinne. Ich gehe in die Knie, ohne jegliche Kraft in den Beinen und langsam sinke ich in eine alles erlösende Ohnmacht. Ich habe den Kampf verloren. Giancarlo würde ich nie wieder sehen, wir haben uns gerade erst gefunden und er hat noch so ein langes Leben vor sich, ohne mich. Giancarlo, komm zu mir und sei bei mir, wenn ich gehe, wünsche ich mir aus tiefster Seele. Ich muss an Emilia denken, die schon so lange alleine ist. Dann schwebe ich durch Nebel. Ich bin in einer Blase, um mich herum lauter kleine Wattebäuschen. Ich weiß sofort, es sind die Seelen. Bin ich nun hier oder ist mein Körper jetzt mit meiner Seele Anima verschmolzen? Anima, jetzt muss er schon wieder so lange warten, bis er einen neuen Versuch starten kann. Ich muss eine Enttäuschung für ihn sein. Jemand brüllt ganz laut: »Nein!« Wer ist das? Dann merke ich, dass ich so laut schreie. Ich kann nicht einfach aufgeben, zu viel hängt davon ab, dass ich weiter lebe. Ich habe im Unterbewusstsein meine ganze geistige Kraft gesammelt und stoße sie nun zu allen Seiten meines Körpers aus mir heraus. Ich habe das Gefühl, ein Leuchten umgibt mich aus reiner Energie. Sofort hört der Druck um meinen Hals auf. Ich sehe mich blitzschnell um, aber ich sehe immer noch niemanden. Jetzt kommt Mario schnaufend um die Ecke gelaufen. Ich gebe ihm ein Zeichen, er solle stehen bleiben. Langsam raffe ich mich vom Boden auf, bis in die Zehenspitzen angespannt. Der Feind muss hier sein. Wer ist es? Ist es Il Maligno persönlich, der das jetzt hier zu einem Ende bringen will? Über welche Entfernung kann er seine Kraft wohl ausüben? Muss er mich nicht sehen können? Natürlich, ich wende meinen Blick gen Himmel. Triumphierend lacht er auf mich herunter, es ist wirklich Il Maligno. Er steht auf dem Dach des Hauses neben mir und setzt wieder an, mich anzugreifen. Jetzt hätte ich gern Giancarlo neben mir, der eine Glocke aus Schutz um uns herum aufbaut, aber ich muss hier allein zurechtkommen. Mario hat nicht genug Kräfte, um mir bei Il Maligno zu helfen.

Ich ziehe meine Schutzschilde hoch, auch wenn ich ihnen nicht mehr recht vertraue. Leise flüstere ich »Anima, hilf mir, alleine schaffe ich es nicht.« Und plötzlich flüstert etwas zu mir zurück. »Geh in die Hocke, versammle alle Kraft um dich und lass dich treffen. Deine Schutzschilde werden halten. Er ist noch geschwächt von deinem Angriff. Nach seinem Schlag stehst du auf und schleuderst ihm all deine Kraft entgegen. Vertrau mir, du bist stark genug.«

Automatisch tue ich, was er mir aufgetragen hatte. Und der Schlag lässt nicht lange auf sich warten. Ich weiß nicht, ob ich schon bereit bin. Er trifft mich auf den Schultern. Es tut höllisch weh, aber ich breche nicht zusammen. Sofort springe ich auf und schleudere auf ihn, was ich in mir habe und ich treffe. Er ist so von sich selbst überzeugt, dass er an Abwehr gar nicht dachte und stürzt vom Haus herunter.

Wieder meldet sich die Stimme in mir »Lauf, lauf so schnell du kannst, nimm Mario mit und lauf in eine Kirche, schnell, er ist nicht tot. Er wird sich schnell erholt haben und dann fehlen dir die Kräfte, schnell.«

Ich renne zu Mario und schnell mit meiner kleinen Kimba auf die Piazza Navona. Dort ist die Kirche Sant'Agnese in Agone. Sie hat auch immer noch spät abends auf, das weiß ich. Hoffentlich auch heute. Auf halbem Weg hören wir hinter uns lautes Wutschnauben und schwere Schritte. Er ist wieder aufgestanden und hinter uns her. Er kommt näher.
Ich sporne Mario an, schneller zu laufen und gebe Kimba ein Zeichen, sie solle vorlaufen, sie ist schneller, sie soll sich in Sicherheit bringen. Überrascht springen Leute zur Seite, die wir fast umrennen. Und noch überraschter sind sie über den Mann hinter uns. Ich drehe mich im Laufen um. Ich muss wissen, wie nah er uns schon gekommen ist. Ich sehe die verängstigten Gesichter der Menschen und die schaurige Wut von Il Maligno. Das reine Böse. Ich stolpere fast und konzentriere mich wieder auf den Weg vor mir.
Kurz vor der Kirche lasse ich Mario vor mir laufen und richte so gut es geht meine Schutzschilde auf. Ich weiß, ich habe nur noch ein Minimum meiner Kraft. Es muss einfach reichen, jedenfalls um Mario zu beschützen. Ich hoffe einfach, er ist so geschwächt, dass auch mein geringer Schutz ausreichen könnte. Und zwei, drei Meter vor der Treppe trifft er mich, er weiß, sowie wir in der Kirche wären, kann er uns nicht mehr erreichen. Er ist stärker als ich dachte und ich gehe sofort in die Knie. Der Schlag nimmt mir den Atem und ich kann mich nicht mehr wehren, zu viel Kraft hatte ich heute schon verbraucht. Die zehn Sekunden, die ich

brauchen würde, mich wieder aufzurappeln, habe ich nicht mehr. Doch der zweite Schlag, der alles Vernichtende bleibt aus. Doch was für ein Schreck, was für eine Katastrophe. Er bleibt aus, weil Kimba sich auf den Bösen stürzt. Sie springt an ihm hoch und kratzt an seinen Augen. Doch Il Maligno wirft sie mit aller Kraft von sich und sie prallt mit voller Wucht gegen die Hauswand der Kirche. Sie miaut qualvoll, als sie auf den Boden aufkommt und dann ist Stille.
Jetzt zerrt Mario an mir und zieht mich Richtung Kirche. Doch ich will nicht dorthin, ich will zu meiner Kimba. Ich kann sie doch nicht dort liegen lassen. Ich muss ihr helfen. Doch Mario schreit mich an »Du kannst ihr nicht mehr helfen, du musst dich selbst retten. Komm schon, hier kannst du nichts mehr tun.«Schnell erreichen wir das rettende Kirchenportal. Doch was ist es für eine Rettung, wenn meine Kimba nicht mehr bei mir ist. Sie hat sich für uns geopfert. Heulkrämpfe schütteln mich. Alle sehen sich schon nach mir um, doch es ist mir egal. Ich habe ein Stück meines Lebens verloren und merke es erst jetzt, als sie nicht mehr da ist.
Gefühlte Stunden später treffen nach und nach alle meine Mitstreiter in der Kirche ein. Emilia, Dana, Maria und viele andere, die ich nicht kenne. Mir laufen immer noch die Tränen die Wangen herunter. Ich bin untröstlich über den schweren Verlust. Ich wimmere leise: »Bringt mir meine Kimba, ich will sie in den Armen halten.« Jetzt erst erfahren die anderen von Mario, was passiert war. Emilia nimmt

mich in den Arm um mich zu trösten und befiehlt einem jungen Mann, den ich nicht kenne, Kimba zu holen.

Kurze Zeit später kommt er mit einem blutenden Fellknäuel wieder herein. Ich schluchze erneut auf, als ich sie sehe.

»Sie lebt noch«, sagt der Mann und legt sie sanft in meine Arme.

»Ich habe keine Kraft mehr, wie soll ich sie retten. Giancarlo komme zu mir, um meine kleine Kimba zu retten. Das ist das Einzige, was ich will. Komm zu mir« flehe ich Giancarlo erneut leise an. Doch er kommt nicht. Er ist nicht in Rom, kann mir nicht helfen. Meine Kimba macht die Augen auf und sieht mich friedlich an. »Oh mein Gott, ist dies der letzte Blick, den du mir schenkst?«, flüstere ich ihr zu. Ich lege sie nun vorsichtig aber entschlossen neben mir auf die Kirchenbank.

»Du wirst nicht von mir gehen, ohne dass ich nicht alles getan habe, was ich vermag«, verspreche ich ihr und neue Energie überkommt mich. Il Maligno soll mich nicht so treffen können. Wenn er mich besiegt, kann ich es nicht ändern, aber solange ich einen Atemzug tun kann, würde ich meine Lieben damit beschützen.

Ich sammle alle Kraft und bitte Maria schnell zu mir. Ich hatte gesehen und gespürt, dass in ihr etwas ganz Besonderes steckt. »Maria, hilf mir, rette mit mir meine kleine Kimba. Bitte leg alle Kraft, die du hast und alle Liebe in deine Hände und hilf mir « Maria laufen mittlerweile die Tränen über die

Wangen, aber durch den Schleier hindurch härtet sich ihr Blick und wird zu wilder Entschlossenheit. Zusammen halten wir unsere Hände über Kimba und lassen unsere Kraft in sie strömen. Sie bäumt sich auf, wir haben zu viel auf sie niederprasseln lassen. Unsere Kraft reicht oft nicht bei den Menschen, aber eine Katze ist um so viel kleiner, das haben wir nicht bedacht. Ihr Atem geht jetzt stoßweise und der kleine Bauch senkt und hebt sich in immer schneller werdendem Tempo. »Wir müssen ganz vorsichtig die Kraft dosieren. Lass nur die heilenden Kräfte durch. Kannst du es spüren, wie man es macht? Denn ich kann es nicht erklären, man muss es fühlen« gebe ich Anweisungen an Maria.
»Ja, ich weiß, was du meinst. Das war bei Giuseppe auch so. Ich denke, ich weiß, wie es geht« antwortet mir Maria.
Und schon setzen wir wieder an. Es ist der Moment, wo wir sie verlieren oder sie es schafft. Es sind nur ein paar Sekunden, die jetzt über Leben und Tod entscheiden werden.
Hätte ich daran gedacht, dass sie eine Katze ist, und hätte ich gewusst, dass sie ihre sprichwörtlichen sieben Leben noch nicht verbraucht hatte, wäre ich zuversichtlicher gewesen. So habe ich einfach nur pure Angst.
Aber schon wieder höre ich eine Stimme in mir: »Sei nicht so nervös. Die Kleine hat ihre Aufgabe, nämlich dich zu beschützen in ihrem Leben noch nicht erfüllt. Sie will und wird leben, aber nur wenn

du ruhiger wirst und dich auf das konzentrierst, was du tust.«

Und im selben Moment fällt die Panik von mir ab. Ich werde ruhig und konzentriere mich nur auf das Leben meiner Katze. Der Atem wird schnell ruhiger. Nach einigen Minuten schlägt sie bereits die Augen auf.

Und schon wieder laufen mir die Tränen über das Gesicht, diesmal vor Glück. Wir haben es geschafft. Ich umarme Maria und bedanke mich bei ihr und lobe sie, wie gut sie war.

Mittlerweile sind alle Späher unterwegs und melden nach kurzer Zeit, dass wir die Kirche verlassen können. Schnell nehme ich Kimba auf den Arm und wir gehen alle zu mir nach Hause.

Bei mir angekommen lege ich Kimba ins Bett und befehle ihr, liegen zu bleiben und sich zu erholen.

Ich verbinde ihr notdürftig den Körper. Als sie an die Wand geschleudert wurde, ist die Haut an der Schulter aufgeplatzt. Gott sei Dank ist es keine schlimme Wunde, sie wird verheilen.

In der Wohnküche reden alle aufgeregt durcheinander.

»Ab sofort gilt Alarmstufe Rot«, sagt Emilia.

»Was bedeutet das?«, frage ich nach.

»Jeder der Schlüsselpersonen geht nur noch mit zwei Wachen vor die Tür, die anderen jeweils auch nur zu zweit. Jede Gruppe hat immer eine Katze bei sich, die die Umgebung absichert« erklärt Emilia.

»Und ihr nehmt mir nie wieder Giancarlo weg. Mit ihm wäre das nicht passiert« mahne ich die anderen.

Die Seele

Wir konnten Leben retten, weil wir kommunizieren.
So bedrohlich die Situation auch war, wir werden in Zukunft unschlagbar sein.
Ich habe ihr noch so viel mitzuteilen, was ihr helfen wird.
Leider können wir bisher nur miteinander reden, wenn Gefahr droht.
Aber wir werden üben und wir werden gewinnen.
Jetzt ist alles möglich.

Kapitel 19

Am nächsten Morgen wache ich erschöpft auf. Kimba hat die ganze Nacht bei mir im Arm geschlafen. Sie reckt sich träge, schläft aber sofort wieder ein. Ich streichele sie sanft und lege sie vorsichtig neben mich, um aufzustehen. Sie würde wohl noch den ganzen Tag und die nächste Nacht schlafen, um wieder zu Kräften zu kommen. Ich gehe leise in die Wohnküche, um zu sehen, wer diese Nacht auf mich aufgepasst hat. Ich will denjenigen nicht wecken, denn es ist noch früh und ich bin erst um vier Uhr ins Bett gegangen. Da waren die anderen noch da. Ich war sofort eingeschlafen, so dass ich nicht mehr mitbekommen habe, wann die anderen gegangen sind.
Ein Mann sitzt vornüber gebeugt am Küchentisch und schläft. Ein leises Schnarchen ist zu hören, welches ich sofort erkenne. Ich laufe los und stürze mich auf Giancarlo, der endlich wieder da ist.
Er schlägt noch etwas benommen die Augen auf, ist dann aber sofort hellwach und zieht mich zu sich auf den Schoß und umarmt mich zärtlich.
»Ich werde dich nie wieder allein lassen, das verspreche ich dir«, raunt er mir ins Ohr.
»Und ich will nie wieder, dass du mich verlässt. Warum hast du dich nicht zu mir ins Bett gelegt. Das hätte uns beide getröstet und die Träume abgehalten« frage ich ihn »Ich wollte Kimba deine alleinige Nähe gönnen. Sie hat so viel mitgemacht, da dachte ich, deine heilenden Kräfte könnten ihr

auch im Schlaf helfen. Bist du glücklich, dass sie es überstanden hat? «
»Was für eine Frage. Du kannst dir nicht vorstellen, wie ich mich gefühlt habe. Ich war so verzweifelt, als ich dachte, ich könnte ihr nicht mehr helfen und du warst auch nicht da. Ich war am Boden zerstört vor Angst, meine geliebte Kimba zu verlieren« erkläre ich das Selbstverständliche.
»Erzähl mir bitte alles noch mal. Es ist für mich wichtig, um alles zu begreifen. Gestern Nacht haben alle wirr und durcheinandergeredet, so dass ich nur die Hälfte verstanden habe. Außerdem war ich entsetzlich müde und konnte mich aus Angst um dich nur schwer konzentrieren. Da kein Flug mehr ging, als ich deine Nachricht erhielt, habe ich mir ein schnelles Auto gemietet. Trotzdem habe ich es nicht geschafft. Die Angriffe kommen und gehen so schnell, dass man aus der Entfernung einfach nichts tun kann «entschuldigt er sich.
»Meine Nachricht, ich habe und konnte dir keine Nachricht zukommen lassen. Was meinst du damit?« frage ich nach, vollkommen verwirrt.
»Du hast mich gebeten dir zu helfen, weißt du das nicht mehr?« sieht er mich fast ein wenig ungläubig an.
»Ja, das habe ich tatsächlich, aber es war doch nur ein Flehen nach etwas Unmöglichem, etwas was nicht passieren kann und einem aufzeigt, dass die eigene Situation noch viel schlimmer ist«, sage ich ratlos.

»Ja« grinst er mich an »so selbstverständlich, wie ich es jetzt sage, ist es ja auch nicht. Gestern habe ich dich das erste Mal wahrgenommen. Deine Gedanken oder was du vielleicht ausgesprochen hast, habe ich deutlich vernommen. Ich weiß nicht wieso: Auf jeden Fall konnte ich deine Not auch bei mir körperlich spüren. Es hat mich fast verzweifeln lassen. Du warst so weit weg. Ich habe Emilia angerufen und ihr gesagt, dass du in einer Notsituation bist, aber beide wussten wir nicht, wo du genau bist. Deshalb hat es auch keiner geschafft, rechtzeitig bei dir zu sein. Es ging wohl alles auch sehr schnell «erklärt er mir mit Tränen in den Augen, denn durch das Erzählen kommt das Erlebte wieder hoch. Ja wirklich: Giancarlo weint um mich. Er muss mich unglaublich lieben.

Zunächst bin ich sprachlos vor Glück aber auch vor Mitgefühl für seine Ängste. »Ich habe es erst gedacht, als ich der Ohnmacht nahe war und dann habe ich dich laut um Hilfe angefleht, meine Kimba zu retten«, flüstere ich.

»Ich habe deine Gedanken gehört, nicht deine Worte«, sagt er knapp und nachdenklich. »Welches Band hält uns zusammen?«

So sitzen wir eine Weile zusammen und jeder hängt seinen eigenen Vermutungen nach, da wir es beide einfach nicht wissen und es auch nicht verstehen. Wir scheinen auf eine besondere Weise miteinander verbunden zu sein.

»Wir müssen mit Emilia sprechen«, beende ich schließlich unser Schweigen. «Ich habe da auch

noch eine andere Neuigkeit, die wohl alle erfreuen wird, trotz dieser schrecklichen Nacht.« Da merke ich, dass ich ihm ja eigentlich alles genau erzählen wollte. »Lass mich es dir bei Emilia erzählen, dann muss ich nicht alles zweimal erklären.«
Wir flößen meiner geliebten Kimba im Halbschlaf noch etwas Futter ein, damit sie wieder zu Kräften kommt. Ungern lasse ich sie hier alleine zurück, doch sie ist noch zu schwach um sie mitzunehmen. Das kann ich ihr noch weniger zumuten. Ich wasche mich schnell und ziehe mir ein leichtes Sommerkleid über, denn heute wird es sehr warm werden.
Auf dem Weg fällt mir noch etwas ein: »Übrigens, heute Abend sind wir mit Anna und Gianni verabredet. Meinst du, wir müssen es absagen?«
»Nein das sollten wir nicht. Das ist doch eine von dir angezettelte wilde Kuppelei, oder? Spürt Anna nun endlich, dass Gianni nicht schwul ist und furchtbar auf sie steht?«grinst er mich an.
»Nein, das weiß sie noch immer nicht, und gerade das macht es ein wenig pikant, für uns aber vielleicht ganz amüsant. Ich komme mir ein wenig gemein vor. Aber ich habe Gianni gefragt und er möchte nicht, dass ich es vorher erzähle« erkläre ich ihm.
»Wir sollten auf jeden Fall gehen. Anna verdient es, endlich mal glücklich zu sein. Seit Jahren schuftet sie hart, um ihren Fitnessclub ans Laufen zu kriegen. Jetzt hat sie sich mal etwas Entspannung an einer starken Schulter verdient. Ich frage einen von den Jungs, ob er mitgeht, damit wir ein wenig mehr

Schutz haben. Dana und Mario werde ich fragen, ob sie den heutigen Abend in deiner Wohnung verbringen können, um ein wenig nach Kimba zu sehen. Wir nehmen die Handys ja sowieso mit, wenn etwas passieren sollte. Wo und wann treffen wir uns, damit ich alles arrangieren kann?«

Bevor ich antworte, drücke ich ihn ganz fest. Alle meine Sorgen hat er mit zwei Sätzen geregelt.

»Wir treffen uns um neun im Mimi e Coco und danach dachte ich, gehen wir in den supper Club. Der ist in der Nähe vom Pantheon auf der Via de Nari. Hört sich im Internet ganz gut an. Ist wohl im Moment total angesagt. Warst du da schon mal? « frage ich ihn.

»Nein, mit Clubs kenne ich mich so aus. Ich war lange schon nicht mehr auf der Pirsch«sagt er mit einem Lächeln.

Da sind wir auch schon bei Emilia angekommen. Sie ist Gott sei Dank da, aber noch etwas verschlafen. Wir haben sie geweckt.

Wir kochen erst mal Kaffee, während sie im Bad verschwindet. Während ich noch ein kleines Frühstück für Emilia vorbereite, ruft Giancarlo bei Dana an, die direkt zusagt, heute Abend den Catsitter zu spielen. Auch einer der Jungs, wie Giancarlo sie nennt, erklärt sich sofort bereit, mit in den Club zu gehen. Er wäre schon mal da gewesen, sei ganz nett dort. Giancarlo ermahnt ihn nett aber bestimmt, dass heute Abend Arbeit angesagt sei, da er weiß, dass der Freund Single ist. Als er das Telefonat beendet, kommt Emilia gerade aus dem

Bad und nimmt sich sofort eine Tasse Kaffee. »Gebt mir zwei Minuten. Ohne Kaffee geht bei mir gar nichts« bittet sie.

So sitzen wir einige Minuten stumm in der Küche und warten darauf, dass Emilia ansprechbar ist.

Als die erste Tasse leer ist, schenke ich ihr sofort nach. Sie bedankt sich und fragt: »Wie geht es Kimba?« Als wir ihr mitteilen, dass es ihr gut geht, sie aber noch ein wenig schwach sei, klärt sich ihr Gesicht zu einem Lächeln und sie sagt »Dann mal los, weswegen seid ihr mitten in der Nacht hergekommen.«

Wir berichten ihr von unserem Gedankenaustausch, wenn es auch noch eine Einbahnstraße von mir zu Ginacarlo ist.

Sie ist entzückt, das merkt man an ihrer Begeisterung über meine Botschaft. »Ich habe schon mal davon gehört. Es war in Mailand, da gab es ein Pärchen. Die Frau wollte ihren Mann so sehr beschützen, dass sie bei Gefahr seine Gedanken hören konnte. Ihr seht, es ist kein Einzelfall, aber etwas ganz Besonderes und dabei überaus nützlich. Mir scheint nur, ihr könnt es nicht üben, denn es wird wahrscheinlich auch bei euch nur im Notfall funktionieren. Und ich wünsche mir von ganzem Herzen wirklich nicht, dass wir den allzu oft haben werden.«

Ich erkläre, dass ich Giancarlo noch nicht in allen Einzelheiten die Vorkommnisse des vorherigen Abends erzählt habe. Da es etwas gibt, was sie auch noch nicht weiß, wollte ich es deshalb gleich hier

erzählen, um mich nicht ständig wiederholen zu müssen.
»Ja, ich würde es auch gern noch mal in Ruhe hören. Gestern war so ein Durcheinander und die Sorge um Kimba hat doch alles andere in den Hintergrund verdrängt« erwidert Emilia.
So erzähle ich den beiden alles noch mal haarklein.
Als ich zu der Stelle mit meinem kleinen Gespräch mit Anima komme, ziehen beide deutlich hörbar die Luft ein. Als ich Ihnen davon erzähle, spüre ich, dass mir ein Hauch den Rücken herunterläuft, so als ob auch jetzt Anima mit im Raum ist.
»Was meint ihr?« stelle ich die für mich ungemein wichtige Frage.
Beide plappern aufgeregt durcheinander. Dem Kontext entnehme ich, dass beide hellauf begeistert sind.
»Jetzt kann uns nichts mehr stoppen. Wenn Anima dir alles mit auf den Weg geben kann, was er in all der Zeit an Wissen gesammelt hat, dann gehen wir endlich vorwärts und nicht immer wieder zurück« ruft Emilia aus.
Giancarlo drückt mir begeistert die Hand, so fest, dass ich bald ins Unfallkrankenhaus mit gebrochenen Fingern muss, wenn er nicht damit aufhört. Er entschuldigt sich sofort bei mir, als ich ihm die Hand im letzten Moment entreiße.
Sie erkundigen sich noch mal genau, wie es gewesen ist, und fragen immer noch ganz euphorisch, ob ich danach noch mal mit ihm gesprochen hätte. Auch

hier natürlich mit dem Wunsch, dass es hoffentlich nicht nur bei drohender Gefahr stattfindet.
»Wartet doch mal ab. Es ist so frisch. Ich weiß noch nicht, wie es funktioniert. Morgen werde ich mich mal ganz für mich alleine zurückziehen und es ausprobieren, ob es immer geht. Aber mir hat es wahrscheinlich jetzt schon das Leben gerettet, dass er mir erklärt hat, was ich tun soll «gehe ich zwischen die beiden Plappermäuler.
Danach verbiete ich ihnen den Mund. Ich will jetzt nicht mehr diskutieren. Um das Thema endgültig zu wechseln, frage ich Giancarlo und damit auch Emilia, was er in Mailand eigentlich gemacht hat. Giancarlo und Emilia sehen sich an und Emilia antwortet mir dann an Stelle von Giancarlo. »Das möchte ich dir jetzt noch nicht sagen. Ich habe Giancarlo einen Auftrag gegeben, aber wir haben uns noch nicht in Ruhe unterhalten können, so dass ich dich vorerst um etwas Geduld bitten möchte. Es ist etwas heikel, hat aber nichts mit dir oder Giancarlo direkt zu tun.«
Ich bin verwirrt, akzeptiere aber die Bitte von Emilia.
Nach einer halben Stunde machen wir uns wieder auf den Weg, direkt zu mir nach Hause. Ich möchte nach Kimba sehen und mich noch ein wenig ausruhen für heute Abend. Giancarlo sehe ich auch an, dass er kaum noch auf den Beinen stehen kann.
Also verziehen wir uns direkt in meine Wohnung. Kimba geht es gut, aber sie schläft immer noch. Wir lassen sie in der Bettmitte liegen und legen uns

rechts und links von ihr. Wir halten uns an den Händen und schlafen kurz danach sofort ein und versinken in einen tiefen Schlaf.

Um halb acht wachen wir erschrocken auf. Es ist viel zu spät. Giancarlo hat noch nicht mal irgendwelche Klamotten zum Wechseln bei mir. Er macht sich direkt auf den Weg. Da wir uns ja direkt vor meiner Haustür treffen, ist es nicht so schlimm, wenn er ein wenig zu spät kommt. Leider wollen Dana und Mario schon um acht da sein und eigentlich mit uns noch ein wenig erzählen. Das fällt jetzt wohl flach. Ich will mich wenigstens so schnell wie möglich fertigmachen, sonst ist es auch ein wenig unhöflich. Dank des tollen Haarschnitts von Gianni liegen die Haare trotz des Schnelldurchlaufes sehr schön. Ein wenig Schminke und schon bin ich im Bad fertig. Jetzt kommt das Problem. Ich habe mir noch nicht überlegt, was ich anziehen will. Ich bin eine Frau, das ist in fünf Minuten eigentlich nicht möglich. Mein buntes Lieblingskleid geht nicht schon wieder und hochhackige Schuhe, darauf habe ich heute auch keine Lust.

Also zuerst die Schuhe. Ich habe ein Paar wunderschöne türkisfarbene Sandalen, dazu einen weiten, weißen kurzen Rock und ein weißes Top. Ganz hinten im Schrank finde ich noch einen dünnen türkisfarbenen Schal. Er ist total verknittert, aber es könnte aussehen, dass es Absicht von mir ist. Heutzutage ja fast egal, wo man kaputte Jeans anziehen kann, oder? Mein Outfit sieht dagegen richtig gut aus. Fertig. Durch die Hektik steht mir der Schweiß auf der Stirn, aber ich habe immerhin noch zehn Minuten Zeit, bis die catsitter kommen. Ich setze mich zu Kimba aufs Bett und streichele sie. Sie schnurrt schon wieder ganz leise, was mich sehr beruhigt.

Pünktlich klingelt es an der Tür. Dana und Mario kommen bewaffnet mit Mc Donalds Tüten die Treppe hoch. Ich verziehe automatisch den Mund. Italien und Fastfood, außer Pizza, wenn man es dazu zählen möchte, geht für mich einfach gar nicht. Aber es ist vielleicht anders, wenn man sein ganzes Leben hier verbringt. Immer ein vier Gänge Menü ist auf Dauer auch zu teuer, oder? Wir begrüßen uns herzlich und sie fragen direkt, wo Giancarlo ist. Ich erzähle ihnen von unserem kleinen Malheur und sie bedauern, Giancarlo nicht zu sehen, weil wir uns meist nur im Vorübergehen treffen oder wenn es brennt. Aber da klingelt es schon wieder und Giancarlo kommt die Treppen herauf. Er hat eine schwarze Stoffhose und ein weißes Hemd an, dazu schwarze, auf Hochglanz polierte Lederschuhe. Schlicht und ergreifend, denke ich. Ich muss wahrscheinlich heute Abend auf ihn aufpassen oder vielmehr auf die Frauen um mich herum.
Wir setzen uns in die Küche. Ich öffne noch schnell eine Flasche Prosecco. Hamburger und Prosecco, das passt doch hervorragend. Giancarlo starrt Mario förmlich an und sein Magen beginnt laut zu knurren. Mario grinst und schiebt ihm einen Hamburger Royal rüber. »Meinst du, ich hätte dich vergessen.

Wollte dich nur ein wenig schmoren lassen. Ich weiß doch, wie du auf das Zeug stehst. « Mit einem Lachen beißt Mario erneut in seinen Burger.
Dana fragt mich sofort, ob ich auch etwas möchte. Sie hätten viel zu viel gekauft, was ihr sofort einen bösen Blick von Mario einbringt. Ich lehne dankend ab. Ich werde gleich im Mimi e Coco schon etwas Leckeres finden.
Dann müssen wir auch schon los. Wir wollen Anna und Gianni am Anfang nicht so lange alleine lassen. Ist ja schon schlimm genug, dass Anna die Einzige ist, die Giannis Geheimnis nicht kennt. Außerdem will ich auf keinen Fall das ›Coming-out‹ von Gianni ins heterogene Leben verpassen. Wir verabschieden uns von Dana und Mario, wobei wir uns tausendmal für ihre Hilfe bedanken.
Als wir aus der Haustür treten, treffen wir auch schon auf Anna, die uns etwas nervös begrüßt.
»Was habt ihr nur mit mir vor? Dass ich mich darauf einlasse. Ich muss schon ziemlich verzweifelt wirken, oder?« Ihr Ton ist ein wenig schriller als sonst.
Ich beruhige sie hoffentlich ein wenig. »Hab keine Sorge, er ist ein netter Kerl. Er gefällt dir, da bin ich mir sicher.«
Da kommt Gianni auch schon lässig die Straße entlang geschlendert. Beige Leinenhosen und ebenfalls ein weißes Hemd zu traumhaften braunen Wildlederschuhen, dazu ein weißer Seidenschal. Den konnte er sich wohl nicht verkneifen, um sein Image zu unterstreichen. Wie gemein von ihm.

Anna raunt mir zu »Netter Kerl ja, aber wohl eher nicht zu mir.«
»Was soll das Marta, du weißt doch, dass er heute Abend eher Giancarlo anmacht, oder nicht?«
»Lass dich doch einfach auf den heutigen Abend ein. Es wird bestimmt nett« antworte ich etwas geheimnisvoll, um nicht direkt alles zu verraten.
Wir begrüßen uns herzlich. Er bewundert noch mal meine Haare, also seinen Haarschnitt. Ein wenig eitel der Herr.
Anna nimmt er in den Arm und gibt ihr zwei Küsse auf die Wange, und wir gehen zum Mimi e Coco hinüber. Flora hat zwei Tische zusammengeschoben und uns den Tisch reserviert, was eine gute Entscheidung war, denn es ist nur noch ein kleiner Tisch frei. Wir entscheiden uns bei den warmen Temperaturen für eine Flasche Weißwein und natürlich eine Flasche Wasser. Ich frage Flora, was sie Nettes für mich zu essen hat. Sie empfiehlt mir den Antipastateller, da wären heute ganz tolle Leckerbissen drauf. Wir nehmen zweimal Antipasti und bitten um vier Teller und viermal Besteck.
Erst kommt der Wein und wir stoßen auf einen schönen Abend an. Nach kurzer Zeit kommt auch das Essen und ich mache mich darüber her, denn ich habe seit heute Morgen nur eine Scheibe Brot gegessen und merke jetzt, dass ich total ausgehungert bin. Es entsteht ein nettes Geplauder, nichts Anspruchsvolles aber genau das richtige für Anna und Gianni um sich zwanglos zu unterhalten. Er legt ihr im Gespräch immer wieder die Hand auf

die Schulter, so ganz selbstverständlich als würden sie zusammengehören. Zwischendurch sieht mich Anna immer wieder etwas ratlos an, so als wenn sie sagen wollte: »Ist er jetzt schwul oder was. Doch nicht etwa bi?« Ich werfe ihr immer wieder, so meine ich beruhigende Blicke zu. Aber ich habe bald das Gefühl, das sie gehen will. Das will ich nicht und ich fühle mich irgendwie unwohl, denn ich wollte doch nur das Beste für meine Freundin. Wie bringe ich das Gespräch nur in die richtige Richtung? Ich lehne mich ein wenig an Giancarlos Schulter und raune in sein Ohr

»Hilf Anna, denn ich glaube, sie geht gleich, wenn sie nicht endlich erfährt, dass Gianni ein kristallklarer Hetero ist.«

Giancarlo reagiert gar nicht. Ich hoffe nur, dass er überlegt, denn bald ist es kein Spaß mehr hier und ich möchte auf keinen Fall, dass alles verdorben ist, bevor es angefangen hat.

»Gianni, was macht eigentlich deine verrückte amerikanische Exfreundin, Caroline, so hieß sie doch, oder? Stalked sie immer noch hinter dir her oder wie bist du sie los geworden?«fragt Giancarlo ganz harmlos nach und zwinkert Gianni, von Anna unbemerkt, zu.

»Ach hör mir auf, das ging noch bis letzten Monat so. Neun Monate, nachdem ich mit Caroline Schluss gemacht habe, ist sie noch hinter mir hergelaufen. Dann musste sie dank einer göttlichen Fügung nach Amerika zurück. Sie war wirklich untröstlich, ich weniger« antwortet Gianni. Ich merke, dass er kaum

ernst bleiben kann, und frage mich, ob es diese Caroline wirklich gegeben hatte oder ob Gianni und Giancarlo hier nur ein Spielchen spielen. Egal, bei Anna sinken die angespannten Schultern nach unten. Gianni wendet sich jetzt ihr direkt zu und meint vollkommen ernsthaft: »Du kannst dir das wirklich nicht vorstellen, wie schlimm das war. Ich glaube, wenn ich so was mit mehreren meiner Freundinnen erlebt hätte, wäre ich glatt schwul geworden.«
Jetzt können Giancarlo und ich nicht mehr an uns halten und prusten los. Anna schaut erst etwas ratlos und Gianni fragt ganz unschuldig »Was habt ihr denn? « Die Gesichter bleiben nur wenige Sekunden so ernst, dann lachen auch Anna und Gianni los und Anna schlägt Gianni auf die Schulte »Du oder vielmehr ihr alle seid unmöglich, mich so hinters Licht zu führen. Marta, du weißt, ich werde mich rächen.«
»Wofür rächen, ich habe schließlich einen Abend mit einem wundervollen Mann für dich arrangiert. Wenn du es nicht willst, kannst du ja gehen. Wir finden hier bestimmt noch eine nette Begleitung für Gianni «hänsele ich sie. Doch Anna antwortet gar nicht mehr sondern lächelt nur mit leuchtenden Augen. Als Gianni zu mir gewandt dann noch meint. »Wag es dich bloß nicht mein Date zu vergraulen«, leuchten ihre Augen vor Glück noch ein wenig mehr.
Nach einer halben Stunde, leer gegessenen Tellern und leer getrunkenen Gläsern entscheiden wir noch ein wenig durch die Altstadt zu schlendern und dann

in den Club zu gehen. Im Moment ist es erst elf und damit noch etwas zu früh. Wir wollen aber nicht mehr sitzen bleiben. Gianni lädt uns großzügig ein und wir verabschieden uns alle von Flora. Als wir gerade losgegangen sind, meint Gianni »Eure Flora, das ist ja auch eine Nette.« Das bringt ihm direkt den nächsten Hieb von Anna ein. »Schon gut, ich schließe ab sofort meine Augen oder öffne sie nur für dich, um dich anzusehen« räumt er ein.
Die Altstadt ist übervoll mit Touristen und Römern, voller Leben alles. Ich genieße es sehr. Giancarlo hat mich in den Arm genommen und Gianni hat sich etwas unverbindlicher bei Anna untergehakt. Nach einer Weile schlendern wir Richtung Pantheon und somit zu dem Club. Er ist in einem wunderbaren Altbau untergebracht. Wir müssen an der Tür klingeln, man lässt uns aber sofort herein. Wahrscheinlich ist es noch ziemlich leer. Das junge Volk kommt bestimmt erst später. Aber weit gefehlt. Da es zwei Restaurants gibt, ist alles voll. In einem anderen Teil stehen ganz viele Sofas, die die Ausmaße von Betten haben und auch ein wenig so aussehen. Dort lümmeln sich ganz viele Gäste herum, die meisten haben die Schuhe ausgezogen und es sich gemütlich gemacht. Einen Mann sehe ich sogar schlafen. Wir finden noch ein freies Sofa und machen es uns dort bequem. Anna und Gianni wirken etwas steif, wegen der Intimität welche dieser Ort ausstrahlt, aber das gibt sich ziemlich schnell. Keiner scheint hier zu tanzen, aber es läuft

im Moment auch noch eine viel zu ruhige Musik dazu.
Wir bestellen uns alle Cocktails, die uns in ganz tollen farbigen Gläsern mit viel Obst gebracht werden.
»Ist einer deiner Jungs eigentlich hier? «, frage ich Giancarlo, denn ich habe noch gar nichts von ihm bemerkt.
»Natürlich, er hat mit uns schon im Mimi e Coco gesessen und jetzt ist er an der Bar und trinkt ein nettes Wasser. Er ist doch professioneller als ich befürchtet hatte« antwortet mir Giancarlo.
Ich schaue mich vorsichtig um und entdecke einen jungen Mann mit Jeans und rotem T-Shirt an der Bar, der Wasser trinkt. Das muss er sein. Ich habe ihn noch nie gesehen.
»Wie viele gibt es von uns eigentlich? Lerne ich sie alle irgendwann mal kennen?« frage ich nach.
»Eigentlich würdest du sie alle schon kennen. Wir treffen uns in kleinen Gruppen regelmäßig, dabei führen wir auch immer die Neuen ein. Aber dich halten wir etwas unter Verschluss. Wir wissen ja nie, ob wir nicht doch jemanden von der falschen Seite in unseren Reihen haben. Der sollte nie zu viel erfahren, jedenfalls nicht über die wichtigen Dinge« erläutert er mir. Er sieht dabei so grimmig aus, dass ich sofort etwas ahne. »Warst du deswegen in Mailand. Weil ihr einen Verdacht habt. Haben wir einen Maulwurf unter uns?«
»Marta! Emilia hat doch gesagt, dass du dich gedulden musst, den Grund zu erfahren. Versuch es

jetzt bitte nicht bei mir. Ich kann nichts sagen« ermahnt er mich.
»Entschuldige bitte, ich bin nur so neugierig. Und es kann ja auch sehr wichtig für unsere Sicherheit und somit für unser Leben sein« bitte ich ihn um Verständnis.
»Kein Problem, mir tut es ja auch leid, dass ich dir nichts sagen kann.«
»Was treibt ihr den hier für Trübsal. Sind wir nicht zum Feiern hier?«ragt Gianni nach.
»Genau« wirft Anna ein.«Ihr habt sicher noch gar nicht mitbekommen, dass sie jetzt andere Musik spielen. Wollen wir nicht ein bisschen tanzen gehen, bevor wir, wie der Kerl dahinten, einschlafen? «
Gesagt, getan. Wir schälen uns aus den Sofas und gehen tanzen. Es wird eine herrliche Nacht ohne Zwischenfälle.
Anna und Gianni sind sich nähergekommen, das lässt hoffen. Um halb vier trennen wir uns völlig erschöpft vor der Diskothek. Gianni bringt Anna nach Hause und Giancarlo kommt mit zu mir.
»Na, was da wohl noch passieren wird, heute Nacht«, überlege ich laut.
»Ich bin mir sicher, du wirst es Morgen zu einem Zeitpunkt erfahren, der dir nicht sehr lieb sein wird, da sie dich so sicher wie das Amen in der Kirche aus dem Bett schmeißen wird« unkt Giancarlo.
Kurze Zeit später sind wir zu Hause. Dana und Mario haben einen Zettel dagelassen. Sie waren bis ein Uhr da gewesen. Kimba war einmal aufgestanden, um etwas zu fressen und die

Katzentoilette zu benutzen. Das war schon anstrengend für sie gewesen, so dass sie sich sofort wieder hingelegt hatte. Es ginge ihr aber gut.
Sie liegt friedlich im Bett, will aber definitiv noch eine Schmuseeinheit, die sie natürlich trotz meiner zufallenden Augen noch bekommt. Giancarlo macht es sich bereits auf der anderen Seite des Bettes bequem. Ich schminke mich noch ab und putze mir die Zähne. Dann krabbele ich zu meinen Lieben ins Bett und schlafe selig und friedlich ein und habe ausnahmsweise auch mal herrliche Träume von Meer und blauem Himmel.

Die Seele

Den schönen Abend hat sie sich verdient.
Morgen müssen wir arbeiten.
Ich muss ihr noch einiges beibringen, aber sie ist so gelehrig, dass es eine Freude sein wird.
Mein Gott, ich bin immer noch überwältigt, welch perfekten Körper mit einem solchen Intellekt ich mir ausgesucht habe.
Jetzt muss sie nur noch etwas davon erfahren.
Ein wenig mehr Selbstvertrauen wird sie brauchen, um die Zeit, die vor uns liegt gut zu überstehen.
Aber wir werden es überstehen. Giancarlo wird eine große Hilfe sein. Sein Beschützerinstinkt wird sie in mancher Gefahrensituation retten.
Hoffentlich muss er sich nicht eines Tages opfern.

Kapitel 20

Obwohl es gestern so spät war, wache ich herrlich erfrischt auf. Es ist allerdings auch schon zehn Uhr. Giancarlo schläft noch selig, aber Kimba miaut leise in der Küche. Sie hat offensichtlich Hunger, was ich als ein gutes Zeichen werte. Ich mache ihr einen Napf mit Futter und mir einen großen Kaffee und wir beide setzen uns entspannt auf den Balkon. Es ist schon sehr warm aber noch gut auszuhalten in der Morgensonne.
Spontan überlege ich mir, Tim anzurufen. Wir haben jetzt schon drei Tage nichts mehr voneinander gehört. Er geht auch schon nach dem dritten Klingeln dran und freut sich sehr über meinen Anruf. Wir plaudern eine Weile miteinander. Ich erzähle ihm von der Disco gestern Nacht, natürlich lasse ich die männliche Beteiligung weg, sondern berichte nur von einem schönen Mädchenabend mit Anna.
Er erzählt mir von seinen beruflichen Erfolgen und Misserfolgen. Ich frage ihn nach Zampina, was ihn ein wenig traurig stimmt. Sie macht zwar gar keine Anstalten raus zu wollen, aber er sei geschäftlich im Moment so eingebunden, dass er einfach zu wenig Zeit für sie hätte und so käme sie ihm ein wenig traurig vor, wenn sie sich abends ganz nah an ihn kuscheln würde, so als solle er nie wieder weggehen. Nach zehn Minuten etwa beenden wir unser Gespräch mit der Vorfreude, uns in zwei Wochen

wiederzusehen. Als ich auflege, klingelt das Telefon direkt wieder. Es ist meine etwas aufgeregte Mutter. »Hoffentlich habe ich dich nicht aufgeweckt, aber ich muss es dir sofort erzählen. Ich konnte jetzt nicht länger warten. Ich habe mich von deinem Stiefvater getrennt. Ich hielt es einfach nicht mehr aus mit ihm. Er war vollkommen vor den Kopf gestoßen. Klar, er konnte es auch nicht kommen sehen. Jetzt sitze ich hier in einer Pension und mein Leben ist wieder mal völlig auf den Kopf gestellt. Ich habe jetzt kein Zuhause mehr. Es war ja sein Haus, in welches ich mit eingezogen bin. Was soll ich nur tun. Ich fürchte, es war ein riesiger Fehler.«
»Jetzt bleib mal ganz ruhig. So, wie du letztes Mal von ihm erzählt hast, war es richtig, wie du gehandelt hast. Du kannst doch nicht dein Leben lang nur bei ihm bleiben, um ein Dach über dem Kopf zu haben. Hast du denn noch Ersparnisse, dass du dich ein wenig über Wasser halten kannst?« frage ich nach.
»Ich habe noch die gesamte Lebensversicherung von deinem Vater. Ich brauchte die letzten Jahre keinen Cent davon auszugeben. Gott sei Dank« gibt meine Mutter zurück.
»Was hältst du davon, ein paar Tage zu mir zu kommen. Dann machen wir uns nach dem Schreck erst mal ein paar schöne Tage und können zusammen überlegen, wie es weiter geht. Wenn du jetzt in dem Zimmer in der Pension hocken bleibst, kommt nichts Gutes dabei raus, nehme ich an« schlage ich ihr vor, zwar etwas mit gemischten

Gefühlen, ob das gut gehen würde mit uns beiden. Aber eigentlich bin ich ganz zuversichtlich.

»Du bist die Erlösung für mich. Ja, jetzt ein bisschen sonniges Italien mit meiner Tochter, das wäre genau richtig. Aber geht das denn? Und wo soll ich mit meinen Sachen hin. Ich sitze hier mit vier Koffern und noch einigen Taschen. Traurig, mehr ist in meinem Leben, nach dem Umzug nach Bayern nicht übrig geblieben« sinniert meine Mutter über ihr Leben.

»Dann komm doch einfach mit dem Auto. Wenn dir die Strecke zu lang ist, übernachte zwischendurch. Hier im Hof gibt es einen Parkplatz. Du nimmst einen Koffer mit hoch, den Rest lässt du einfach im Auto. Mach dir einfach keine Gedanken. Die nächste Zeit wird schwer für dich, so mit einem neuen Leben, aber mach dir kein Kopfzerbrechen über Dinge, die es nicht wert sind« rate ich ihr.

»Ja, ich fahre direkt heute los, was soll ich hier weiter rum sitzen. Meine Freunde sind eigentlich alles seine Freunde, da habe ich jetzt auch nichts mehr zu suchen. Da ich heute so schlecht geschlafen habe, werde ich aber auf jeden Fall übernachten. Ich weiß nur nicht wo. « Schon wieder ist sie hilflos.

»Was hältst du von Siena. Das ist nicht so weit von der Autobahn entfernt. Hast du ein Navi?« will ich wissen.

»Natürlich, ohne bin ich doch hoffnungslos verloren« gibt sie zu.

»Gut, dann such ich dir von hier ein Hotel, ein zentral gelegenes. Ich simse dir die Adresse zu, und

wenn du Fragen hast, kannst du mich dann von einer Raststätte zurückrufen. Ich denke, du hast ein wenig Geld, also suche ich dir etwas Schönes raus, das kann ich auch für eine Nacht besser buchen. Dann schaust du dir morgen Siena an und fährst nachmittags dann Richtung Rom. Was meinst du? «erkundige ich mich bei ihr.
»Ich weiß nicht, so allein. Ach Quatsch, du hast Recht. Ich sollte mein neues Leben gebührend empfangen. Buche mir was Schönes. Ich muss jetzt auflegen. Ich muss packen und los fahren. Ich kann es kaum erwarten, Siena zu sehen. « Meine Mutter scheint enthusiastisch.
Ich lege auf und da steht Giancarlo verschlafen in der Küche. »Ich bin traurig. Traurig, weil ich dich mit Tim habe sprechen hören.«
»Oh, das tut mir leid. Ich dachte, du schläfst noch und hörst es nicht. Ich weiß auch nicht, ich hatte das Bedürfnis mit ihm zu sprechen. Ich kann es nicht anders erklären «entschuldige ich mich bei ihm. Was habe ich mir nur dabei gedacht, ihn in eine solche Situation zu bringen? Was soll er nur denken? Ist es nicht so schon schwer genug für ihn, mich teilen zu müssen? Muss ich noch auf ihm rumtrampeln?
»Was ist mit deiner Mutter? « wechselt er das Thema.
Ich erzähle ihm alles.
»Schön, dass deine Mutter kommt. Es wird ihr helfen, hier mit dir unter Menschen zu sein. Weiß sie von uns oder muss ich wieder gehen? «fragt er unsicher nach.

»Ja, sie weiß von uns, sie hat es vom ersten Moment an bemerkt und am nächsten Tag, als Tim nicht da war, habe ich ihr alles erzählt«, erkläre ich etwas erleichtert. Ja das muss jetzt nicht auch noch sein, dass ich ihn wieder ausschließen muss.
Ich gehe auf ihn zu und umarme ihn. Ich drücke meinen Kopf an seine Brust und fühle mich sofort geborgen.
»Kann ich mich irgendwie bei dir entschuldigen. Ich wollte dir das mit Tim nicht auch noch aufbürden. Ich hab einfach nicht nachgedacht« versuche ich noch einmal.
»Ich wüsste da schon was« grinst er mich an. »Aber du musst es natürlich ganz besonders gut machen, sonst ist es ja keine Entschuldigung. Aber erst mal muss ich duschen. Von gestern in der Disco fühle ich mich noch ganz verschwitzt« gibt er zurück.
Da habe ich eine Idee etwas ganz Besonderes zu machen und folge ihm wortlos in die Dusche. Giancarlo schaut erstaunt aber, als ich mein Schlafshirt über den Kopf ziehe und wortlos zu ihm in die Dusche steige, grinst er mich an.
»Wir können doch auch nacheinander duschen oder kannst du dir das Wasser nicht mehr leisten?« lautet sein Kommentar.
»Halt den Mund und lass dich verwöhnen« ist mein kurz angebundener Kommentar.
Ich fange an, ihn mit meinem teuren Duschgel, welches nach Rosen riecht, einzuseifen. Sein Atem geht dabei schon etwas schneller. Dann wasche ich ihm die Haare, was ihn wieder etwas normaler

atmen lässt. Also spüle ich jetzt das Shampoo und das Duschgel wieder ab und bedecke seinen ganzen Körper mit Küssen, was ihn wiederum keuchen lässt. Dann beginne ich mich einzuseifen und er schaut mir zu, wie ich mich dabei ein wenig rekel. Dann wende ich ihm den Rücken zu und bücke mich, um mir die Füße zu waschen. Da kann er nicht mehr an sich halten. Völlig erregt umarmt er mich, streichelt meinen Busen und drückt dann etwas fester zu. Er dreht mich um und drückt mich gegen die Wand der Dusche, dann hebt er mich hoch und ich schlinge die Beine um ihn. Dann lieben wir uns heftig und leidenschaftlich. Oh mein Gott, so etwas habe ich selbst mit ihm noch nicht erlebt. Meinen Körper durchzucken Blitze, ich tauche völlig in die Lust mit ihm ein.

Das Duschen dauert dieses Mal etwas länger als gewohnt. Nach einer Stunde kommen wir entspannt, fröhlich und etwas geschafft, mit einem Handtuch umwickelt wieder aus dem Bad und setzen uns mit einem Kaffee auf den Balkon. Giancarlo zwinkert mich an und meint: »Ab und zu genehmige ich dir, in meiner Anwesenheit mit Tim zu telefonieren. Und wenn du jetzt noch ein paar Cornetti vom Bäcker holst, ist deine Entschuldigung perfekt und angenommen.« Als ich aufstehe und ins Schlafzimmer gehe, schaut er mir verwundert nach. Zwei Minuten später stehe ich in Jeans und T-Shirt vor ihm und frage: »Willst du bestimmte oder nur Normale ohne Füllung?«

»Heute würde ich gern eins mit Nussfüllung und ein Normales haben« bestellt er bei mir.

Als ich beim Bäcker, nahe dem Campo di Fiori bin, nehme ich spontan noch ein paar andere Sachen für ein Picknick im Park mit. Ich könnte etwas malen und wir essen diese wunderbare Quiche und ein Stück kalte Pizza mit Gemüse, Tomaten und Käse. Zum Nachtisch ein paar wunderbare Gebäckstücke mit Pistazien und Cremefüllung. Dafür nehme ich jetzt nur ein einfaches Cornetto, um nicht der Völlerei beschuldigt zu werden.

Wieder zuhause mache ich Giancarlo den Vorschlag mit dem Picknick in der Villa Borghese und er ist sofort begeistert, denn so kann er den Tag faul zu Ende bringen.

Wir packen meine Malutensilien, die gekauften Leckereien, eine Decke und ein Kissen für meinen faulen Giancarlo ein. Er ruft noch kurz einen Freund an, um unsere Überwachung zu sicher, dann machen wir uns auch schon auf den Weg, wie immer über die Piazza Barberini mit dem herrlichen Brunnen über die Via Veneto zur Villa Borghese. Das Wetter ist wunderbar, fast wie im Frühling ist der Himmel azurblau mit weißen Wolken durchzogen. Es ist nicht ganz so heiß, wie die letzten Tage und die schnell ziehenden Wolken bringen immer wieder etwas Schatten zwischendurch. So suchen wir uns in der Nähe des Sees einen Platz in der Sonne. Diesen Himmel muss ich nutzen, so dass ich mal wieder Motive von der Villa Borghese male und das genau viermal. Danach sinke ich erschöpft auf die Decke zu Giancarlo, der mich mit ausgebreiteten Armen empfängt. Wir kuscheln eine Weile, bevor mein Magen anfängt mit mir oder vielmehr mit dem Picknickkorb zu reden. Wir setzen uns lachend hin und Giancarlo packt immer noch lachend die Sachen aus dem Korb aus. Er macht die Flasche Wein auf und wir stoßen auf einen gelungenen Tag an. Ich proste im Geiste meiner Mutter zu, bestaune ihren Mut und wünsche ihr Glück und viel Spaß mit ihrem neuen Leben.

Als ich gerade die Quiche in mich hinein stopfe, weil ich so einen Hunger habe, klingelt das Telefon von Giancarlo. Er hört aufmerksam zu, sagt dann am Ende:

»Ja bis nachher.« und legt auf. Dann bleibt er erst mal stumm. Ich lasse ihn in Ruhe. Nach zehn Minuten endlich bricht er das Schweigen. »Wir haben tatsächlich einen Maulwurf in unseren Reihen. Wir treffen uns nachher mit Emilia bei ihr in der Wohnung, um über alles zu sprechen. Wenn dich bis dahin irgendjemand aus der Gruppe anruft oder du noch jemanden triffst, sei unverbindlich und sage nichts. Du erfährst nachher alles. «Und dann isst er weiter. Aber ich platze vor Neugier. Ich will wissen, wer hier alles noch schlimmer für uns macht und was es letztendlich für uns bedeutet. »Du kannst mich doch jetzt hier nicht einfach sitzen lassen und nichts mehr erzählen. Das betrifft doch auch mich.« Aber er bleibt hart »Erstens: Ich will das hier nichts in der Öffentlichkeit erzählen. Zweitens: Ich muss mir selber noch Gedanken machen, was das für

Auswirkungen auf uns haben wird. Außerdem bin ich total geschockt. Das muss ich erst einmal verdauen.
Emilia muss es uns erzählen, ich kann es einfach nicht, verstehe es bitte.«
»Dann lass uns jetzt sofort zu Emilia gehen. Ich kann hier nicht sitzen bleiben und in Ruhe picknicken. Ich muss es wissen« sage ich resolut und immer noch sauer, dass er mich so hängenlässt mit meiner Unwissenheit.
»Also gut, lass uns aufbrechen. Sind deine Bilder schon trocken genug, um sie zu transportieren?« fragt er nach.
»Das zuletzt gemalte Bild behalte ich in der Hand, die anderen packe ich wie gewohnt in die Kiste« gebe ich zur Antwort.
Wir packen schweigend ein. Ich lasse Giancarlo die halbe Stunde, die wir für den Weg benötigen Zeit um das eben Gehörte zu verdauen. Ich sehe ihm an, wie schwer ihm das fällt.
Schweigend gehen wir bei Emilia in die Wohnung. Sie sieht verweint aus, ihre Augen sind rot und geschwollen und sie schnieft leise vor sich hin. Wir setzen uns wortlos an den Tisch. Emilia setzt sich zu Maria, die sofort ihre Hand nimmt. Sonst ist niemand da, so dass ich keine Rückschlüsse ziehen kann, wer der Verräter ist.
So sitzen wir einige Minuten still da, bis Emilia endlich das Wort ergreift. »Liebe Marta, alle hier wissen schon Bescheid. Jetzt will ich dir erzählen, was wir erfahren haben« schon muss sie wieder zu

einem Taschentusch greifen, um sich die Tränen zu trocknen und sich die Nase zu putzen, dann fährt sie fort. »Wir denken seit einiger Zeit, dass wir einen Maulwurf in unseren Reihen haben. Angriffe fanden statt, wo wir uns fragten, woher die dunkle Seite wusste, dass wir uns genau zu einem bestimmten Zeitpunkt an einem bestimmten Ort aufhielten? Es passte einfach nicht zusammen. Dann bekam Giancarlo einen Anruf aus Mailand. Deswegen musste er so überstürzt abreisen. Er musste sich einfach vergewissern, ob die Information, die er erhalten hatte, auch tatsächlich stimmte. Der Verräter in unseren Reihen hatte sich eine Wohnung in Mailand gemietet. Warum? Wir hatten im Laufe der Jahre immer mal einen, der des Kampfes überdrüssig wurde und ausgestiegen ist. In der Hoffnung dies alleine zu überleben. Aber dann hatte er oder sie uns stets informiert, damit wir im Notfall helfen konnten. Das waren aber eher unauffällige Freunde gewesen. Aber diese Person konnte sich nicht schutzlos ohne uns zu informieren an einen anderen Ort begeben, es sei denn, er wäre zum Feind übergelaufen. Diese Person ist einfach zu exponiert. Die Gegenpartei hätte ihn auf jeden Fall kriegen und unschädlich machen wollen. « Jetzt schweigt Emilia wieder einen Moment, um Kraft für ihre weiteren Worte zu finden. Mir schwant schon Böses, denn nach den Worten verdichtet sich mein Verdacht immer mehr, wer es sein könnte. Ich halte den Atem an, als Emilia weiter berichtet.

»Dann stellten wir ihm vorgestern eine Falle, indem wir ihm eine Nachricht zukommen ließen, er möge heute an einen bestimmten Ort kommen und diese Nachricht war so verfasst, dass sie nur von Il Maligno persönlich kommen konnte. Und er ist hineingetappt. Jetzt bin ich untröstlich und kann immer noch nicht begreifen, was es für Folgen haben wird, für uns und für ihn« endet Emilia. »Sag endlich, wer es ist. Ich denke, ich weiß es aber ich muss es hören« flehe ich sie an und schaue Hilfe suchend zu Giancarlo.

Er beantwortet mir dann auch auf meine Frage wie vorhergesehen. »Es ist Giuseppe« Er verstummt dann auch direkt wieder. Ich hatte es geahnt nach den Ausführungen, aber es scheint mir dennoch unmöglich. Der gütige Giuseppe, der immer ein offenes Ohr hat, wie ein Vater zu mir gewesen ist. Unglaublich. Jetzt schweige auch ich. Mir fehlen einfach die Worte, um dies zu kommentieren. Und wie muss es erst den anderen gehen, die ihn schon so viel länger kennen als ich.

Nach einiger Zeit rafft sich Emilia auf, geht zu ihrem Küchenschrank, holt drei Schnapsgläser und eine Flasche Grappa heraus. Sie schenkt uns Dreien ein und wir leeren die Gläser in einem Zug. Das wiederholen wir noch zweimal. Danach ändert sich die Situation zwar nicht, aber uns ist etwas leichter zumute.

»Gleich kommen die anderen aus dem engeren Kreis, dann müssen wir es ihnen erzählen und um acht kommt Giuseppe. Bis dahin müssen wir

entschieden haben, was wir tun« erläutert Emilia, wieder mit Tränen in den Augen.
Nach zehn Minuten Schweigen klingelt es an der Tür. Mario, Dana, Antonio, Flora und Anna kommen alle zusammen. Kurze Zeit später klingelt es noch einmal und es erscheint ein Mann, den ich nicht kenne. Er wird mir als Davide vorgestellt. Er kommt aus Mailand. Er hat Giuseppe bei der Wohnungsvermietung geholfen, ohne dass Giuseppe gewusst hatte, dass er einer von uns ist und ihn kennt.
Es fängt eine hitzige Diskussion an, als alle erfahren hatten, weswegen sie heute hier sind. Tiefste Enttäuschung ist allen anzumerken, aber es macht sich auch Hass breit. Jahrelang kämpften jetzt alle schon gegen das Böse und alle hatten im Kampf Freunde und langjährige Weggefährten verloren, die jetzt vielleicht noch leben würden, wenn Giuseppe nicht Informationen weitergegeben hätte. Die einen sagen, man solle ihn gehen lassen, die anderen wollen ihn umbringen, was mich sehr erschrocken macht. Zumal auch Dana und Mario dafür sind, die ich bisher als sehr gütig eingeschätzt habe. Aber ich kann auch nicht erahnen, wie viel Leid sie schon ertragen mussten.
Plötzlich verstummen alle, weil es an der Tür geklingelt hat. Es ist tatsächlich schon kurz nach acht. Wir haben keine Lösung gefunden und so sagt auch Emilia: »Jetzt müssen wir improvisieren.«
Sie öffnet die Tür, bleibt dort aber nicht stehen, sondern begibt sich direkt wieder zu uns in die

Küche. Sie sackt kraftlos in sich zusammen. Der Zeitpunkt der Wahrheit ist gekommen.
Giuseppe kommt ganz fröhlich rein. Als er ansetzt, uns freundlich zu grüßen, sieht er Davide und Entsetzen macht sich auf seinem Gesicht breit. Er fängt an zu stottern: »Ich, ich ...«, aber sofort schweigt er und sieht flehend zu Emilia hinüber.
»Setz dich bitte Giuseppe, du hast jetzt die einmalige Chance, dich zu erklären«, fordert Emilia ihn streng auf.
Giuseppe sinkt auf den zugewiesenen Stuhl, schweigt einen Moment um sich zu sammeln und fängt dann an. »Zuerst muss ich sagen, ich bin kein Dunkler und werde es auch nie werden. Ich merkte in letzter Zeit, dass ich immer kraftloser und mutloser wurde. Ich bin es einfach leid, immer gegen das Böse ankämpfen zu müssen. Selbst als Marta auftauchte und alle wieder Hoffnung schöpften, die dunkle Seite endlich besiegen zu können, blieb ich weiterhin ohne jeglichen Elan. Ich lebe nun schon so lange, dass ich einfach müde geworden bin. Durch einen Zufall bekam ich mit, das die dunkle Seite bei ihren Bemühungen uns zu besiegen, etwas entdeckt hatte, dass unsere Spezies ganz normal altern lässt, um dann wie ein normaler Mensch zu sterben. Dies schien mir so verlockend, dass ich mir einen Kontaktmann suchte. Einer, der vor einigen Jahren auf die dunkle Seite gewechselt war und den ich nie aus den Augen verloren hatte, damit ich ihn überwachen konnte, um an Informationen zu kommen. Ich vertraute mich ihm

an und er machte für mich einen Termin bei Il Maligno. Ich bat ihn, mir dieses Mittel zu geben, damit ich mich zurückziehen konnte und sie damit einen Feind weniger hätten. Aber so einfach wollte er es mir nicht machen. Er forderte laufende Informationen. Ich stimmte zu. Ich musste einfach. Ich sollte ihn ein halbes Jahr informieren, dann würde er mich entlassen. Und so fing es an. Zuerst erzählte ich viel, was ich als Seher wusste, also von unseren Anfängen und unserer Geschichte. Dann kamen wir langsam zur Gegenwart und er wollte Informationen hauptsächlich über Emilia, Giancarlo und Marta. Am Anfang erzählte ich viel, dann merkte ich, ich kam an meine Grenzen des Verrats. Eines Abends brach ich das Verhör ab und sagte, es sei jetzt genug, mehr würde ich nicht erzählen und verließ sofort die Wohnung aber man verfolgte mich, auch Il Maligno selbst. Er rief mir auf der Straße hinterher: Du weißt, was es bedeutet, sich mir zu widersetzen. Ich antwortete ihm, dass es mir egal sei, dass ich nicht so weitermachen könnte. Dann traf mich sein Schlag. Das war der Abend, als ihr mich gerettet habt und euch für mich in Gefahr gebracht habt und euer Leben riskiert hattet. Und ich wollte doch nur sterben. Ich sah keinen Ausweg, als das an diesem Ort zu Ende zu bringen. Aber es hat nicht funktioniert. Nach einer Woche machte ich weiter und erzählte Il Maligno alles, was er wissen wollte. Aber er wollte mich immer noch nicht freigeben. Er wollte, dass ich weiter bei euch bleibe und überwache und berichte, was aus Anima und

Marta wird, ihm die Fortschritte mitteile. Wir hätten schließlich ein halbes Jahr ausgemacht. Und nun bin ich hier und wollte weitermachen um endlich frei zu sein um mein Leben in Ruhe zu Ende leben zu können« beendet Giuseppe.
»Du weißt, wir können dich nicht einfach gehen lassen« wirft ihm Emilia an den Kopf. »Du hast uns verraten, schlimmer noch, du verrätst uns in diesem Moment und du hast wahrscheinlich in der Vergangenheit mitgeholfen Freunde zu töten.«
»Ich weiß, mein Leben ist in eurer Hand« entgegnet Giuseppe.
Alle fangen wieder an, durcheinander zu sprechen. Ich schaue mir alles an. Ich finde, ich habe noch kein Recht, mit zu diskutieren. Ich bin erst zu kurz dabei. Ich habe niemanden, den ich kannte verloren. Aber auch mir fällt ein, wie knapp es damals bei Dana gewesen war. Wir hatten sie gerade noch retten können. Und selbst in mir wallt die Wut hoch, doch ich will nicht richten. Dann bemerke ich, dass es ganz ruhig geworden ist, und schaue zu Mario, der sich zu konzentrieren scheint. Will er den tödlichen Schlag ausüben? Plötzlich höre ich eine Stimme in mir: »Sprich mir nach.« Und so erhebe ich die Stimme in die Stille hinein: »Wer seid ihr, dass hier und jetzt ein Urteil gefällt wird, welches genauso ist, als würdet ihr wie Dunkle handeln. Will einer von euch mit dieser Schuld weiter leben. Dann ist es nur ein ganz kleiner Schritt euch in Dunkle zu verwandeln. Wir bekämpfen das Böse und wollen nicht nur selbst überleben, sondern auch

Unschuldige retten. Was unterscheidet uns dann noch von ihnen? « beende ich meine vorgesprochene Rede. Merkwürdigerweise hatte ich eine ganz andere Stimme, viel tiefer und machtvoller. Das haben die anderen wohl auch bemerkt und so fragt Dana »Was sollen wir tun Anima? Er hat uns so viel Leid gebracht. Und woher sollen wir wissen, dass es beendet ist, wenn wir ihn gehen lassen?«
Und meine neue Stimme antwortet. »Ihr müsst einfach weiter daran glauben. Lasst ihn gehen und glaubt weiter daran, dass er noch immer gut ist. Unsere zukünftige Position ist schon geschwächt, wenn er uns verlässt. Aber wenn die Dunklen es schaffen, einen Keil zwischen uns zu treiben, wird es weitaus gewaltigere Folgen für uns haben.«
Alle sind still nach meiner Rede bis Emilia, sagt: »So soll es sein. Giuseppe, du verlässt noch heute Rom. Wenn du eines Tages wiederkommst oder wir davon hören, dass du in Mailand auf die dunkle Seite wechselst, werden wir dich jagen. Und glaube mir, wir werden dich finden. Geh. «befiehlt Emilia.
Giuseppe geht mit hängenden Schultern hinaus, ohne sich noch einmal umzudrehen.

Die Seele

Ein Rückschlag ohnegleichen.
Nur Emilia wäre noch schlimmer gewesen. Sie hat noch viel mehr Kräfte als Giuseppe und sie bildet Maria aus, die mal sehr bedeutend werden wird.
Gut, dass Giuseppe noch nicht all unsere Fähigkeiten erkennen und weitergeben konnte.
In wenigen Monaten hätte er mehr an Il Maligno berichten können, da bin ich mir sicher.
Sie hören auf mich, das ist gut zu wissen.
Aber sie müssen auch auf mich hören, denn ich spüre, der große Schlag steht kurz bevor.
Die Erde bebt schon.

Kapitel 21

Wir gehen kurz darauf schweigend nach Hause. Ich habe Giancarlo gebeten, mit zu mir zu kommen. Ich möchte nicht alleine sein und glaube, dass es auch für ihn besser ist, Gesellschaft zu haben.
Merkwürdigerweise habe ich großen Hunger, so dass wir auf dem Balkon noch den Picknickkorb auspacken, essen und Wein trinken.
Der Wein ist es dann auch, der uns in dieser Nacht trotz der Vorkommnisse gut schlafen lässt. Aber am nächsten Morgen wachen wir trotzdem wie gerädert auf und haben alles direkt wieder vor Augen. Es war kein Albtraum, es war schreckliche Realität.
Giancarlo sagt dann zu mir. »Ich bin dir so dankbar, dass ihr, also Anima und du, eingeschritten seid. Es hätte uns, glaube ich, vollständig entzweit, hätten wir ihn umgebracht.«
»Apropos Anima. Könntest du mich nachher mal für ein paar Stunden alleine lassen. Ich möchte ausprobieren, mit Anima zu kommunizieren. Ich habe das Gefühl, dass das gestern nur der Anfang war und wir uns kurzfristig darauf einstellen müssen, dass etwas passiert. Vielleicht nutzt die andere Seite ihr jetziges Wissen, um uns treffen zu können. Seit gestern ist mir ganz komisch zumute, wie ein Gewitter, das aufzieht. Es wird etwas passieren. Könntest du bitte Emilia fragen, ob sie auch etwas spürt. Vielleicht müssen wir Vorsorge treffen, um uns zu verteidigen.

Aber Schluss jetzt mit den Gespenstern sehen. Was hältst du davon, wenn wir heute Mittag in einer kleinen Gasse irgendwo zu Mittag essen und ich berichte dir, ob es mit Anima geklappt hat?«schlage ich Giancarlo vor.

»Gern. Ich gehe gleich zu Emilia. Vielleicht braucht sie auch ein wenig Trost. Gegen ein Uhr bin ich wieder bei dir und ich lasse mir etwas einfallen, wo wir essen« antwortet Giancarlo. »Oder hast du eine bessere Idee?«

»Ach, noch was. Hast du übrigens schon deine Mutter angerufen, ob ihr das Hotel gefällt?« fragt er nach.

»Oh mein Gott, das habe ich ganz vergessen. Ich glaube, sie ist das erste Mal so völlig allein. Und ich lasse sie jetzt auch noch im Stich. Ich rufe sofort an« rufe ich entsetzt aus.

»Dann werde ich mich jetzt direkt auf den Weg machen.

Ich ziehe mich nur schnell an, dann verschwinde ich. Und vergiss in deiner ganzen Panik nicht, Kimba etwas zu fressen zu geben. Sie schaut dich schon ganz vorwurfsvoll an« zieht er mich auf. Ich küsse ihn, um dann direkt meiner Kleinen ihr Futter fertigzumachen und danach zum Telefon zu greifen, um meine Mutter anzurufen.

Aber ich hätte mir gar keine Sorgen machen müssen. Meine Mutter ist fröhlich. Sie ist gestern Nachmittag angekommen und war begeistert vom Hotel. Direkt im Ortskern mit einer herrlichen Küche. Gestern war sie durch Siena geschlendert, hatte den Dom besichtigt und war begeistert vom Campo, auf dem immer das Pferderennen stattfindet. Sie hatte auf der Piazza einen Aperol Sprizz getrunken und sei danach ins Hotel gegangen, um ihr Abendessen einzunehmen. Am Nachbartisch hatte eine Frau in ihrem Alter gesessen, die grundsätzlich ohne Begleitung durch Italien reist. Sie waren schnell ins Gespräch gekommen und hatten sich dann zum Essen an einen Tisch gesetzt. Heute wollten sie zusammen shoppen gehen und sie wollte ihr noch die übrigen Sehenswürdigkeiten von Siena zeigen. Wenn ich nichts dagegen hätte, würde sie vielleicht noch eine Nacht bleiben, denn ihre neue Freundin würde morgen nach Perugia weiterziehen und sie hätten schon überlegt, dass sie den Abend auch noch gemeinsam verbringen könnten.

Ich stimme ihr zu, dass sich das sehr gut anhören würde und sie das unbedingt machen soll, wir hätten bestimmt noch genug Zeit, da sie ja hier keinen festen Abreisetermin hätte.

Mich freut es für meine Mutter, dass ihr neues Leben so toll anfängt.

Giancarlo ist mittlerweile gegangen, so dass ich es mir auf meinem Sofa bequem mache, Kimba auf meinen Schoß nehme und mich konzentriere. Erst einmal muss ich mich noch immer beruhigen, was die gestrigen Ereignisse betrifft. Also muss ich versuchen, diese zunächst komplett ausblenden. Ich habe mal autogenes Training gemacht. Es hat bei mir zwar nicht wirklich geholfen, aber ich habe zumindest gelernt Aufregung auszublenden, das ist wahrscheinlich, meine ›auf den nächsten Tag verschieben Taktik‹.

Ich merke, wie ich langsam runter fahre und meine Kimba hilft mir nicht unmerklich dabei mit ihrem Schnurren.

Ich konzentriere mich auf mein Innerstes. Das ist zwar nicht leicht zu orten, doch in mir ist eine fremde Seele, die muss doch wohl, auch mit deren Unterstützung, zu finden sein. Und tatsächlich, in meinem Kopf stoße ich auf eine Barriere, wie eine Schranke mit dem Schild ›Durchfahrt Verboten‹. Inständig und mit der vollen Konzentration meines Geistes bitte ich Anima mit geschlossenen Augen um Einlass. Mein Kopf dröhnt und in dem Moment, wo ich das Gefühl habe, dass mein Kopf zu platzen droht, öffnet sich eine Schranke und gibt den Blick frei auf einen Bereich in meinem Gehirn, den ich bisher nie wahrgenommen habe und der mir völlig unwirklich vorkommt. Ich erkenne Gedanken und Erinnerungen, die nicht von mir sein können und die mir dadurch völlig fremd sind. Manche zeigen eine lange vergessene Welt, eine Stadt, die eindeutig Rom ist, aber mit Pferdekutschen, Damen in langen, ausladenden Kleidern und Herren in Sakkos, allerdings eher in einer Art von Smoking und edlen Hosen gekleidet. Kinder, die sittsam neben ihnen herlaufen und dabei ebenso schön angezogen sind wie die Erwachsenen. Überall laufen Katzen umher, nicht in Massen aber sie sind überall zu sehen. Unter ihnen erkenne ich auch Anima, den stolzen Kater aus meinem Traum. Mit erhobenem Schwanz geht er den nicht befestigten Bürgersteig entlang und die Menschen um ihn herum achten darauf, ihn nicht zu treten.

Dann wechsele ich in einen anderen Raum meiner Seele und finde eher ein kriegerisches Bild vor. Katzen, die sich erheben, um gegeneinander zu kämpfen. Überall fahren Autos und die Katzen müssen sich gleichzeitig vor den anderen Katzen, den Autos und den Menschen in Sicherheit bringen, die jetzt nicht mehr auf sie zu achten scheinen.

Und dann kann ich die Szene sehen, in der Anima, der stolze Kater von Il Maligno, damals auch noch in Katzengestalt, umgebracht wurde. Die Zeit bleibt stehen und ich sehe das Seelenreich, in welches Anima nach seinem Tod geschickt wurde und die ungeduldige Zeit des Wartens, bis er es endlich schaffte, aus dem Seelenreich zu entfliehen und in den Körper von Giaccomo zu fahren.

Puh, ich schnappe erst mal nach Luft. Alles ist wie im Zeitraffer an mir vorbei gesaust. Es ist so traurig gewesen, den schönen Kater sterben zu sehen. Aber es spornt mich an, eine Lösung zu finden und es scheint mir nicht mehr so schlimm, diese eine böse Seele zu vernichten.

Ich versuche, mit Anima zu kommunizieren. Zunächst begrüße ich ihn in Gedanken: »Anima, hilf mir mit dir zu sprechen« Ich weiß nicht, wie ich es richtig anstellen soll. »Anima, bitte höre mich. «
Nichts, keine Antwort.

Was soll ich nur tun? Ich weiß es einfach nicht. Ich kann ja nun schlecht eine gefährliche Situation heraufbeschwören, nur damit er mit mir redet.
Ich versuche, jetzt laut mit ihm zu sprechen. Ich ertappe mich dabei, dass ich ihn mit einer weinerlichen Stimme versuche, zu erreichen. Vielleicht sollte ich mit dem Krieger in mir nicht so ein Geplänkel veranstalten. Die Sache ist ja auch wirklich zu ernst. Ich beschließe, entschiedener aufzutreten.
»Anima, du musst mit mir sprechen. Ich fühle, es wird etwas passieren und ich bin gar nicht darauf vorbereitet. Ich weiß nicht, was meine Aufgabe ist, weiß gar nicht, wie ich es anfangen soll. Und es scheint mir, ich spiele die Hauptrolle in einem Film, der nicht meinem Geschmack entspricht, in dem ich aber bis zum Ende mitspielen muss. Anima! Ohne deine Hilfe geht es nicht. Sprich mit mir!«
Ich spüre plötzlich Unruhe in mir aufsteigen. Und dann bekomme ich eine Antwort, sozusagen ohne Worte.
»Ich weiß, du bist schlecht vorbereitet. Außer deinen Körper etwas fitter zu machen und ein paar praktische Übungen haben wir noch nicht viel geschafft. Trotzdem wirst du, wenn es so weit ist, den Kampf bestehen. Ich bin mir sicher, denn du hast den Instinkt, das Richtige zu tun und ich bin ja auch noch da, um zu helfen« erklärt mir Anima.
»Aber ich muss doch vorher wissen, was ich machen muss. Ich habe das Gefühl, ich muss die anderen beschützen und nicht noch eine zusätzliche Gefahr

für sie sein. Und es geht doch darum, nicht nur zu überleben, sondern die Seele von Il Maligno zu zerstören. Oder etwa nicht?« frage ich nach.
»Ich glaube, das ist ein zu großes Ziel. So weit bist du noch nicht. Es wäre von Vorteil, seine Seele so zu schwächen, dass wir eine Zeitlang Ruhe vor ihm haben. Aber bedenke, ich hatte damals keinen Weg gefunden, so dass wir es weiter ausprobieren müssen. Aber deine Idee, ihn mit körperlicher und geistiger Kraft anzugreifen, die finde ich sehr gut. Das hatte ich noch nicht versucht. Und mit der Schutzglocke von Giancarlo könnte es sogar funktionieren. Die Schwierigkeit wird sein, so nah an ihn ranzukommen. Du wirst schwer allein an ihn rankommen. Die anderen können dir und deinen Schutzschilden meines Erachtens zwar nicht gefährlich werden, aber Il Maligno wird ja auch nicht einfach darauf warten, dass du plötzlich vor ihm stehst. Er wird dich vorher angreifen und da frage ich mich, wie lange du deine Schutzschilde und Giancarlo den Schutzschild gegen ihn aufrechterhalten können.«
»Aber du meinst, das ist meine einzige Chance. Schlägst du mir noch etwas anderes vor?« hake ich nach.
»Alles andere haben wir schon ausprobiert. Und du weißt, wohin es geführt hat. Er hat mich getroffen und mich zweimal vernichtet. Aber du bist wesentlich stärker als ich als Katze und auch als es Giaccomo je war. Und du hast den Instinkt zu jagen. Das größte Problem, was ich sehe, ist, dass du nicht

den Instinkt zu töten hast und wenn du nur eine Sekunde zögerst, kannst du alles verlieren. Kein Gedanke darf dich von deinem Weg ablenken. Du darfst das nie vergessen und das wird dir vielleicht helfen. Wenn du zögerst, gefährdest du auch das Leben der anderen, der Guten.
Denke über meine Worte nach. Beobachte stets aufmerksam deine Umgebung. Ich kann es auch spüren: Der Zeitpunkt der Zusammenkunft zwischen Il Maligno und dir kommt näher.«
Und damit ist die Verbindung unterbrochen. Es wird also passieren und ich stehe dabei im Mittelpunkt. Ich will nicht zum zweiten Mal sterben. Ich liebe meine neue Familie so sehr und bin auch meiner Mutter noch nie so nah gewesen. Das will ich unter keinen Umständen wieder verlieren. Wenn ich die anderen beschützen und mein Leben nicht verlieren wollte, würde ich aber alles verlieren können. Mir wird immer klarer: Ich muss alles aufgeben, mich von allen verabschieden, nur dann habe ich eine Chance. Niemanden mehr zu haben, zu dem man zurückkehren will, würde es einfacher machen. Aber wie soll ich mich selbst so belügen, denn das würde ich mir niemals wünschen. Aber wenn ich versagen sollte, würde nicht nur ich sterben, sondern auch alle, die ich liebe. Und da wird es mir plötzlich klar. Ich kann sie nur retten, wenn ich mich selbst aufgebe. Für sie werde ich alles tun und alles opfern, auch mein Leben.

Jetzt bin ich entspannt. Und das spüre ich wirklich zweifach, einmal für mich und dann für meine Seele. Ich merke, dass Anima froh ist über den Weg, den ich für mich oder vielmehr für uns zwei gefunden habe. Wir sind bereit unser Dasein zu opfern für den höheren Zweck.
Ich streichele Kimba an ihrer Lieblingsstelle, hinter den Ohren und erzähle ihr alles ganz leise. Dass wir uns vielleicht trennen müssen, damit die anderen überleben. Mir laufen jetzt doch einige Tränen über die Wangen. Ich fühle mich so wohl hier in Rom. Aber es ist keine Frage, ich werde es tun. Ich bitte meine kleine Kimba im Fall der Fälle, gut auf Giancarlo aufzupassen. Er wird Trost und Zuspruch brauchen. Ich muss nur alles tun, ihn nicht mit mir zu nehmen. Ich brauche seinen Schutz für den letzten Angriff und darf ihn aber auf keinen Fall mit mir ziehen. Er muss leben. Als ich wieder in Verzweiflung zu versinken drohe, raunt mir da meine lautlose Seele zu:
»Ich werde auf euch aufpassen!«
Ich muss mich anziehen. Giancarlo wird in einer halben Stunde da sein. Ich ziehe mein Lieblingskleid mit den bunten Blumen und meine roten Pumps an und mache mir meine Haare zurecht. Dann klingelt es auch schon. Als Giancarlo an der Tür ist, werfe ich mich ihm in die Arme. »Was ist los mit dir? Hat es funktioniert? Hat Anima mit dir geredet?« fragt er mich neugierig, während er mich fest im Arm hält.
»Ja es hat geklappt, wir haben geredet, sozusagen. Wir werden einen Weg finden, da sind wir uns

einig.« Ich vergrabe meinen Kopf an seiner Schulter, damit er die Tränen nicht sehen kann, die mir über die Wangen rinnen. So klar der Weg auch ist, ich kann mir nicht vorstellen, wie der eine ohne den anderen leben kann.

»Komm, ich habe mir etwas Besonderes einfallen lassen, aber dazu müssen wir jetzt los«, fordert er mich mit einem Lächeln auf. »Können wir Kimba mitnehmen?«, frage ich ihn. »Natürlich, wir werden draußen essen.«

Wir laufen Richtung Tiber durch das jüdische Viertel. Dann müssen wir nur noch ein kleines Stück links gehen, um über die Brücke auf die Tiberinsel zu kommen. »Ich dachte, wir wollten etwas essen. Ich habe wirklich Hunger. Auf der Insel ist doch nur das Krankenhaus oder?« frage ich Giancarlo.

»Ja, hier ist nur das Krankenhaus, aber warte es doch ab, sei nicht immer so ungeduldig.«

Wir gehen zu der Spitze der Insel, die Richtung Vatikan zeigt. Ganz am Ende steht ein Tisch, prachtvoll mit weißer Tischdecke, weißen Stoffservietten und edlem Porzellan und Gläsern gedeckt. Daneben steht ein Kellner mit Livree und zieht meinen Stuhl ein Stück vom Tisch weg und bittet mich Platz zu nehmen. Die umstehenden Menschen sehen uns ungläubig an aber Giancarlo fordert sie auf weiter zu gehen, dies hier wäre privat. Die Leute zögern, überlegen wohl, ob wir Promis sind, einige machen vorsorglich ein Foto, gehen dann aber doch weiter, als sie Giancarlos bösen Blick sehen.

Der Kellner nimmt aus einer Kiste zwei Teller mit herrlichem, gegrilltem Gemüse heraus und schenkt uns dann eisgekühlten Weißwein ein. Dann zieht er sich etwas zurück und Giancarlo prostet mir zu.
»Lass es dir schmecken. Dieses Essen sollte eigentlich an dem einen Abend stattfinden, an dem wir aus bekannten Gründen dann doch nicht mehr essen wollten.«
Ja diesen Abend werde ich so schnell nicht vergessen. Aber Giancarlo ist mit seiner Rede noch nicht fertig.
»Ich weiß nicht, ob ich dich damit überfordere, aber ich will es nicht ungesagt lassen. Ich liebe dich. Ich liebe dich von ganzem Herzen. Du bestimmst mein Sein. Ich will nie wieder ohne dich sein.«
Und ich antworte ihm ganz selbstverständlich: »Ich liebe dich auch und mein Herz tut mir schon weh, wenn ich nur daran denke, nicht bei dir zu sein. «
Danach essen wir das köstliche Essen. Der zweite Gang ist Petersfisch mit Rosmarinkartoffeln und Fenchelgemüse. Unglaublich, wie heiß das Essen noch ist und so köstlich.
Und Kimba, die ein Stück Fisch von mir abbekommt, ist auch ganz begeistert.
Dann gibt es eine Mousse aus weißer und dunkler Schokolade und immer den passenden Wein dazu.
»Was wollen wir gleich noch machen?«, fragt mich Giancarlo mit einem leicht anzüglichen Blick, so dass es mir heiß den Rücken runter läuft. Doch ich habe einen Plan, der lässt solchen Luxus jetzt leider nicht zu. »Ich möchte gern, so leid es mir auch tut,

zu Anna ins Studio. Ich muss dringend noch einen Boxsack zerstören. Was hat eigentlich Emilia über das drohende Gewitter gesagt, dass ich in den Knochen spüre?« fällt mir gerade ein.
»Sie spürt es auch. Sie meint, es kommt bald, hat natürlich keine Ahnung wann, was sie unheimlich nervös macht. Jetzt schwebt es irgendwie über ihr, sagt sie.«
»Ich habe es gewusst, deshalb will ich auch zu Anna. Anima meint, es sei die Lösung, Il Maligno direkt anzugreifen. Und wir haben das nur einmal geübt. Es wird sowieso alles anders werden, aber jetzt wissen wir, dass du mich beschützen kannst und wir vielleicht nah an ihn ran kommen müssen, um zu siegen. Unter dieser Voraussetzung müssen wir das noch unbedingt nochmal üben und uns eine Situation ausdenken, wie wir es angehen können« erkläre ich ihm.
Giancarlo nimmt meine Hand und führt sie zu seinen Lippen und küsst sie. »Ich gebe mich geschlagen, leider. Aber du hast recht, deine Sicherheit steht über allem. « Und ich antworte ihm leise. »Nein, deine.«
Wir gönnen uns ein Taxi, nachdem wir uns vom Kellner verabschiedet haben, damit wir nicht so lange unterwegs sind.
Anna freut sich, als sie uns sieht und umarmt uns stürmisch. Als wir ihr sagen, dass wir mal wieder einen ihrer Sandsäcke zerstören wollen, umwölkt sich ihr Gesicht kurz aber dann meint sie. »Es dient halt einer guten Sache. Also was soll ich dagegen

haben? Los mit euch in den Keller und dass ihr mir ja anständig bleibt. Wollt ihr Trainingsklamotten haben?«

»Nein danke Anna, wir wollen möglichst im Echtbetrieb arbeiten«, antworte ich ihr, worauf ihr Gesicht wieder etwas finsterer wird. »Wird es bald losgehen? Ich spüre schon seit einigen Tagen so eine Unruhe, als wenn etwas passieren wird. «

»Wir wissen es nicht, aber mach dir keine Sorgen, so schnell wird es bestimmt nicht losgehen« beruhigt sie Giancarlo, aber ihr Gesichtsausdruck zeigt, dass sie es nicht so recht glauben will.

Wir machen uns danach unverzüglich auf in den Keller.

Wir hängen einen Sandsack in die Mitte des Raums und überlegen gemeinsam, wie wir es angehen wollen. Das erste Problem ist natürlich schon, dass Giancarlo seine Schutzglocke nicht aktivieren kann, wenn nicht eine echte Gefahr droht. Wir wissen auch nicht, wie weit sie reicht oder ob Giancarlo sie im Ernstfall auch vergrößern kann, um die anderen zum Beispiel mit aufzunehmen. Das wäre schon sehr wichtig, sonst könnte Il Maligno die anderen angreifen, um uns zu schwächen oder uns abzulenken.

Aber hier müssen wir uns überraschen lassen und improvisieren. Wir gehen also davon aus, dass die anderen irgendwie in Sicherheit sind und wir uns aufgrund der Schutzglocke von Giancarlo Il Maligno nähern könnten. Es sind so viele Unbekannte dabei, dass wir unsere Übung schon fast beenden wollen,

als Giancarlo mich bittet, einen Augenblick zur Seite zu gehen und ihn alleine zu lassen. Das mache ich natürlich und warte nun auf einer Turnmatte Minute um Minute, dass irgendetwas passiert. Ich werde immer ungeduldiger und will das alles hier schon unterbrechen, denn ich wollte ja schließlich den Sandsack fertigmachen, als die Luft um Giancarlo zu flimmern beginnt.
Ich weiß sofort, das ist sein Schutzschild.
»Werfe irgendeinen Gegenstand gegen das Schild«, befiehlt mir Giancarlo mit gepresster Stimme. Ich nehme sofort eine kleine Hantel und werfe sie sozusagen auf ihn. Die Hantel prallt in großem Bogen von dem Schild ab und ich muss in Deckung gehen.
»Jetzt komm her und versuche, durch das Schutzschild zu mir zu kommen.« lautet sein nächster Befehl. Ich habe ein wenig Sorge, dass auch ich abpralle und durch den Raum geschleudert würde, aber wir müssen es einfach wissen. Also gehe ich entschlossen auf ihn zu und das Schild nimmt mich auf. Ich will wieder aus dem Schutzschild heraustreten aber das Schild verfolgt mich etwa fünf Meter, bis es dünn wird und ich es verlassen kann.
Giancarlo schaut immer angestrengter und seine Stimme ist ganz leise. »Hol Anna, wir müssen versuchen, ob auch sie durch das Schutzschild eintreten kann.«
Ich renne aus dem Raum nach oben und suche Anna. Sie ist gerade in einem Einzeltraining. Ich werfe

mich dazwischen, und bitte sie eindringlich sofort mit mir zukommen. Sie entschuldigt sich bei dem Mann und erteilt ihm noch einige Aufträge, während sie mit mir in den Keller eilt.
Auch sie bemerkt sofort das Flimmern, als Giancarlo schon leise ruft, wir mögen uns beeilen, lange könne er das Schild nicht mehr aufrecht halten. Ich erkläre Anna kurz, was sie machen soll, auch mit dem Hinweis, dass das Schild sie abprallen lassen könnte. Zaghaft aber zügigen Schrittes geht sie auf Giancarlo zu. Ich stelle mich etwas abseits. Als Anna auf das Schild trifft, schleudert sie sofort quer durch den Raum aber mich umschließt es im selben Moment wie von selbst.
Mit erstickter Stimme sagt Giancarlo: »Nochmal Anna, schnell, ich habe keine Kraft mehr«..
Anna hat sich gerade erst hochgerappelt, tritt aber schon wieder zügigen Schrittes auf den Schutzschild zu. Diesmal wird sie wie ich aufgenommen und mich empfängt es nicht automatisch.
In dem Augenblick erlischt das Flimmern und Giancarlo sinkt zu Boden. Ich blicke zu Anna, ob es ihr nach ihrem ersten Versuch wirklich gut geht, aber sie winkt ab. »Kümmere dich lieber um Giancarlo, der ist ziemlich fertig. Ist ja irre, was ihr da geschafft habt und mein Sandsack ist sogar noch heil.«
Auf dem Weg zu Giancarlo trete ich mit einem Sprung und voller Wucht gegen den Sandsack und er löst sich in nichts auf. Ich grinse Anna an und

knie mich zu Giancarlo, der vollkommen erschöpft ist, mich aber glücklich anlächelt.
»Ich werde dich retten, ob du willst oder nicht. Ich werde stark genug sein.«
»Ich weiß das«, antworte ich ihm, obwohl mir schon wieder das Herz schwer wird, weil ich nicht wirklich daran glauben kann, trotz dieser starken Vorführung von ihm soeben.
Anna muss wieder zum Training und wir erholen uns langsam wieder. Ich helfe Giancarlo aufzustehen und wir setzen uns nun beide auf die Turnmatte. Giancarlo lässt sich nach hinten fallen und nimmt die Arme über den Kopf. Ich lege mich neben ihn, um ihn zu küssen.
»Ich weiß nicht, ob ich das jetzt noch schaffe« grinst er mich an.
»Keine Sorge, ich will nur ganz nah bei dir sein« lächle ich zurück. Nach einer halben Stunde stehen wir auf und gehen nach oben. Auf dem Weg frage ich ihn, warum bei der Heilung alle den Schutzschild nutzen konnten und jetzt kann er es variieren. »Ich glaube, bei einem richtigen Angriff schützt es nur dich, um sicherzugehen, dass kein Unbefugter eintreten kann. Bei einer Heilung haben wir keine Gefahrensituation und ich kann es für die Heilung optimal nutzen. Mein Kopf gibt mir für den Ernstfall wahrscheinlich automatisch die Situation vor. Mir war es nur wichtig, ob ich auch die anderen aufnehmen kann, wenn ich mich genug konzentriere. Aber ich weiß natürlich nicht, inwieweit ich das steuern kann, wenn Il Maligno vor uns steht.«

An der Bar angekommen, bestelle ich Giancarlo einen Energiedrink, weil er immer noch ganz schief und zusammengesunken auf seinem Barhocker sitzt. So gönnen wir uns auch zurück wieder ein Taxi und ich verfrachte ihn direkt ins Bett. Danach rufe ich Emilia an und erzähle die guten Nachrichten. Sie ist aber trotzdem besorgt, weil sie nicht weiß, wann und ob es losgehen wird. Die Ungewissheit lähmt uns alle.
»Ach wir haben für jeden von uns so Hightechgerät angeschafft. Wenn man es drückt, bekommen alle anderen den Standort des Notrufs. Wir können nur hoffen, dass die anderen im Ernstfall nah genug sind. Im Moment darf niemand den Stadtkern verlassen, so dass wir vielleicht eine kleine Chance haben. Ihr holt morgen die Pieper bei mir ab, ja?« bittet Emilia uns.
»Klar, wir kommen morgen vorbei, rufen vorher aber an.«
Wir verbringen einen ruhigen Abend. Aus Giancarlos Versprechungen wird nichts mehr, er ist von seiner Aktion noch völlig fertig und muss erst wieder Kraft tanken. So gehen wir früh ins Bett und schlafen eng aneinander geschmiegt zwölf Stunden am Stück. Kimba hat sich an uns gekuschelt und lässt uns, vollkommen entgegen ihrer Gewohnheit, bis zehn Uhr schlafen.
Giancarlo hat es gut getan, völlig entspannt wacht er auf und fährt fast direkt mit seiner rechten Hand unter mein Schlafshirt und liebkost meine Brüste. Ich drücke mein Kreuz durch und lehne mich ihm

entgegen, denn ich reagiere sofort auf ihn. Ich habe seine Hände und seinen Körper in den letzten Tagen vermisst und ich brauche ihn und seine Nähe doch so sehr. Er erkundet nun mit seiner Hand meinen ganzen Körper und ich kann es kaum noch aushalten. Ich ziehe ihm sein T-Shirt über den Kopf und versuche angestrengt ihm seine Boxershorts auszuziehen, schaffe es aber erst, als er mir ein wenig hilft. Völlig erregt liegt er nun vor mir und ich kann kaum schnell genug sein, mich meiner Kleidung zu entledigen. Wir stürzen uns aufeinander und schlafen fast verzweifelt miteinander. Wir fühlen wohl beide, dass unsere Welt vielleicht sehr bald aus den Angeln gehoben werden könnte. Gibt es noch eine Zukunft für unsere Liebe oder zerstört das Dunkle unser Glück?

Als wir völlig erschöpft und verschwitzt in das Bett zurück sinken, fällt mir wieder ein, dass meine Mutter heute kommen wird und schon ist dieser herrliche Moment vorbei. Wir müssen aufstehen und können uns nicht mehr gegenseitig genießen. Ich rufe meine Mutter an, doch sie geht nicht ans Telefon, also ist sie sicher schon unterwegs.
Wir duschen, machen Kimba etwas zu fressen und trinken im Stehen auf dem sonnigen Balkon einen Kaffee. Eigentlich müsste ich mal wieder malen und die Bilder verkaufen, doch wer weiß schon, ob das überhaupt noch nötig ist. Was mir dabei aber fehlt, ist die innere Ruhe, die das Malen mir bisher immer gebracht hat.

Erst mal müssen wir jetzt zu Emilia, unsere Pieper abholen.
So gehen wir mal wieder zu dritt durch die Altstadt und sind mal wieder die Sensation der Touristen, die sich schon am Vormittag durch die Gassen drängen und in die Schuhgeschäfte einfallen. Kimba genießt das Aufsehen und stolziert mit hoch erhobenem Schwanz durch die Menschenmenge.
Emilia macht uns noch immer mit rot geränderten Augen die Tür auf. »Schön, dass ihr da seid. Kommt rein, ich habe schon Kaffee gekocht. Seid ihr auch noch so bestürzt über Giuseppe? Wisst ihr, was ich am schlimmsten finde? Ich vermisse ihn so schrecklich, obwohl er so furchtbare Dinge getan hat, vermisse ich ihn. Er war so viele Jahre mein bester Freund, mein Vertrauter, dass ein Loch in meinem Herzen zurückgeblieben ist. « Ein leises Schluchzen entfährt ihr, doch dann hat sie sich wieder im Griff. »Es wird bald passieren, was auch immer es sein wird, es passiert und es passiert hier in der Altstadt. Es wird sich um dich, liebe Marta oder um mich drehen, aber ich fürchte, es wirst du sein, der der Angriff gelten wird. Aber ich vermute, es werden nicht die Schergen von Il Maligno sein, die kommen werden, es wird Il Maligno selbst sein, der dich angreifen wird, um dich zu vernichten. So leid es mir tut, aber so spüre ich es und mein Gespür hat mich in dieser Hinsicht selten betrogen. Wir müssen bereit sein. Ich habe alle in der Altstadt zusammengezogen, ob Mensch oder Katze. Alle halten sich in einem nahen Umkreis zu dir, liebe

Marta, auf. Ich glaube fest daran, dass wir eine Chance haben, um zu siegen. Wir sind gut vorbereitet. Selten hatten wir bessere Chancen. Ich mache mir nur um Maria etwas Sorgen, sie ist noch so jung. Ich will nicht, dass ihr etwas passiert. Doch in letzter Zeit habe ich beobachtet, dass sie immer stärker wird und sie will unbedingt dabei sein, also werde ich es zulassen. Sie könnte ein Trumpf in unserem Ärmel sein. Er wird ihr nicht viel zutrauen.« Emilia redet inzwischen mehr mit sich selbst, wohl um sich zu versichern, dass ihrem Ziehkind Maria nichts passieren wird. Dann kommt sie wieder ins Hier und Jetzt zurück. »Kommt nicht heute deine Mutter?«
»Ja, sie wird im Laufe des Tages ankommen. Vorhin konnte ich sie nicht erreichen, sie ist wohl unterwegs und konnte nicht ans Telefon gehen« antworte ich Emilia.
»Wir werden heute feiern. Wir gehen in das Lokal, wo wir das erste Mal zusammengekommen ist. Die Katzen werden über uns wachen. Wer weiß, wann wir das nächste Mal feiern können. Macht euch schön. Ich bestelle um acht Uhr einen Tisch und rufe jetzt alle an. Also macht euch einen schönen Tag, raus jetzt mit euch. « verabschiedet uns Emilia, nicht gerade höflich.
Auf der Straße angelangt, sagt Giancarlo zu mir. »Emilia hängt ganz schön durch, sie ist vollkommen überdreht und dann wieder ganz in sich gekehrt. Wir haben ja keine fünf Worte gesagt, da waren wir schon wieder draußen. Ich weiß auch nicht, ob es

wirklich so eine gute Idee ist, heute in aller Öffentlichkeit zu essen, wie auf dem Präsentierteller.«

»Ich finde es gut, es hat mir gefehlt, alle zu sehen, nicht nur in schlechten Momenten. Emilia hat vollkommen recht: wer weiß, wie es zukünftig sein wird? Ob alle überleben, wissen wir doch nicht, oder? Es ist wichtig, dass wir uns, vielleicht für einige das letzte Mal, sehen.« Ich erschrecke mich selbst furchtbar über das eben Gesagte, aber es ist die Realität, wer weiß schon, was kommen wird? »Carpe diem« oder nutze den Tag, denke ich mit schwerem Herzen.

Die Seele

Es wird grausam.
Weder Marta noch ich werden alle schützen können.
Wir werden Menschen und Tiere verlieren,
die wir lieben.
Denn es werden nicht alle überleben.
Aber so traurig mich dies auch macht,
Marta und ich werden überleben.
Ich weiß jetzt wie.

Kapitel 22

Wir schaffen es nicht, uns einen schönen Tag zu machen.
Wir haben Angst, jeweils um den anderen und die lähmt uns. Wir bleiben immer nah beieinander, aber das lässt unsere Angst nur immer größer werden. Schließlich ruft am späten Mittag meine Mutter an, dass sie etwa zwei Stunden später bei uns sei, und fragt nach, ob wir zu Hause wären. »Ja. Wir planen hier zu sein« entgegne ich ihr etwas geistesabwesend. Sie merkt aber nichts davon. Das erkenne ich an ihrer lockeren Art des Sprechens. Sie freut sich auf uns.
Ich will diese zwei Stunden hier nicht weiter ängstlich warten. »Komm, Giancarlo lass uns zum Trevi gehen. Ich muss eine Münze werfen. Wie auch immer dieser Kampf ausgehen wird, ich will wieder hier hin zurückkehren, hier nach Rom mit dir.«
Und Giancarlo erwidert »Dann lass uns gehen. Wir werden die Münze werfen und zusammen den Kampf überleben.«
Wir stecken die Pieper ein und nehmen wieder Kimba mit.
Es ist herrlich, so friedlich. Wir gehen durch die teils schattigen Altstadtgässchen, am Pantheon vorbei Richtung Trevi. Angekommen setzen wir uns nebeneinander auf den Rand des Brunnens und nehmen Kimba auf den Schoß. Das ist natürlich eine Attraktion für alle Anwesenden. Giancarlo und ich mit unserer geliebten Kimba. Es werden

wahrscheinlich hunderte Fotos von uns gemacht. Aber wir fühlen uns trotzdem ganz für uns alleine, achten überhaupt nicht auf die vielen Menschen, sondern nehmen eine Münze gemeinsam in die Hand, die andere ruht auf Kimba und werfen die Münzen in den Brunnen. Dann stehen wir wortlos auf und gehen den gleichen Weg zurück, den wir gekommen sind. Ich sauge Rom förmlich in mich auf, der Trubel und die Lebensfreude um uns herum, deshalb liebe ich es hier so. Die alten Gemäuer, so geschichtsträchtig und im Gegensatz dazu das moderne Leben, der Lärm der Autos. Cafés an jeder Ecke mit netten Menschen und die vielen Touristen. Es gibt hier einfach so viele gut gelaunte Menschen. Und dann diese vielen Gässchen und kleinen Plätze, zu denen sich kaum ein Tourist verirrt. Dort gibt es dann meist nur Einheimische, die stehen bleiben, um miteinander zu reden, einen Kaffee im Vorbeigehen zu trinken oder einfach, wie überall auf der Welt, hektisch ihren Weg wo auch immer hin, zu gehen. Hier will ich immer leben.
Wir sind rechtzeitig wieder zurück, um meine Mutter in Empfang zu nehmen.
Ich freue mich sehr, sie zu sehen. Schon zwei Tage in der Sonne haben ihr gut getan. Sie ist leicht gebräunt und guter Laune. Als ich ihr erzähle, dass wir heute Abend die anderen zum Essen treffen, hebt das ihre Laune noch mehr. Allerdings sage ich ihr auch gleich, dass Giuseppe nicht mehr da ist, er sei nach Mailand umgezogen, wegen der Familie. Das

bedauert sie sehr, sie mochte ihn sehr und hätte ihn gern noch mal wiedergesehen.
Wir haben noch ein paar Stunden Zeit und nutzen diese, um die wenigen Sachen meiner Mutter mit in meinen Schränken unterzubringen. Gern wäre ich ein wenig allein mit meiner Mutter gewesen aber da wir Stufe gelb, gefühlt eher Stufe rot haben, kann Giancarlo nicht alleine nach Hause oder zu Emilia gehen, noch darf und will er mich hier schutzlos mit meiner Mutter alleine lassen.
»So, ich mach euch beiden jetzt erst mal eine Flasche Prosecco auf und dann verziehe ich mich zu einem richtigen Männerbier zu Flora ins Mimi e Coco« grinst er uns beide an. Das ist wirklich eine gute Lösung. Unten ist er mit Flora zusammen und kann trotzdem stets auf uns aufpassen. Er küsst mich zum Abschied und ich raune ihm ein »Danke« zu.
Er ist gerade zur Tür raus, als meine Mutter schon mit dem Schwärmen anfängt. »Da hast du dir aber wirklich was Schnuckeliges ausgesucht. Habe ich ja direkt bemerkt. Oft sind die so schönen Männer leider nicht so nett und aufmerksam wie Giancarlo. Ihn musst du dir wirklich warmhalten. Der ist was fürs Leben« quasselt sie drauflos. »Aber was ist eigentlich mit Tim?«,, erinnert sie sich jetzt sichtlich überrascht.
»Oh Tim! Mama, kannst du bitte dein erstes Glas auf dem Balkon ohne mich trinken. Ich muss dringend Tim anrufen und ich mache das nicht so gern, wenn Giancarlo da ist. Neulich habe ich ihn angerufen, als ich dachte, Giancarlo schläft noch.

Tat er aber nicht und er war sehr traurig, was ich sehr gut verstehen kann.«

»Lass dir Zeit, ich gehe aber nicht auf den Balkon, sondern kurz unter die Dusche. Das dauert mit Haarföhnen eine ganze Weile. Dann ist der Schmutz der Reise fort und du hast die Zeit, die du brauchst« schlägt meine Mutter vor.

»Du bist die Beste, danke.«

Ich greife direkt zum Telefonhörer, aber leider geht bei Tim nur die Mailbox dran. Ich spreche ein paar Worte, und bitte ihn zurückzurufen.

Nun sitze ich da und warte. Ich hätte vielleicht mal vorher versuchen sollen, anzurufen. Aber was mache ich mir Gedanken, zwei Minuten später klingelt es und Tim ist dran.

»Hallo meine Süße, habe gerade ein Meeting, was ist passiert?«, fragt er mich direkt.

»Gar nichts, ich wollte nur deine Stimme hören und heute Abend bin ich mit ein paar Leuten essen und kann dann nicht telefonieren, deshalb melde ich mich mitten am Tag bei dir. Was machst du so, außer Meetings schwänzen« frage ich nach, weil ich trotz Meeting nicht will, dass er sofort wieder auflegt.

»Ich habe total viel zu tun. Ich kann ein großes Neubauprojekt vermakeln und kriege richtig viel Provision dafür. Wenn das klappt, bleibe ich das nächste Mal etwas länger bei dir und lasse die anderen arbeiten« berichtet er euphorisch. »Und was machst du so? «

»Meine Mutter ist gerade angekommen. Sie hat sich endlich von ihrem Mann getrennt, ist zwei Tage in Siena gewesen und wohnt jetzt erst mal hier bei mir, um irgendwie in die Reihe zu kommen. Sie ist so begeistert von Italien, dass sie vielleicht sogar ganz hier bleibt. Sie ist so locker geworden, dass wir uns viel besser als früher verstehen. Ich habe mich so gefreut, dass sie gekommen ist. Das kannte ich bisher gar nicht« erzähle ich begeistert.
»Das hört sich doch toll an. Ich freue mich auch, sie in knapp zwei Wochen wiederzusehen, natürlich nicht ganz so sehr, wie dich«, frotzelt er. »Du fehlst mir so sehr. Aber ich habe eine tolle Überraschung für dich, wirklich. Ich hoffe nur, du freust dich so sehr, wie ich es erhoffe« macht er mich neugierig.
»Erstens sollst du mir nicht auch noch etwas schenken, du tust schon genug für mich und zweitens ist es schrecklich, mich neugierig zu machen, denn du weißt, ich kann dann an nichts anderes mehr denken«, beschwere ich mich, wenn auch nur halb ernst gemeint.
»Erstens kostet es gar nichts und zweitens habe ich meine wahre Freude, wenn du so zappelig vor Neugierde bist. Also lass mir meinen Spaß« lacht er. »Aber so schön es ist, mit dir zu telefonieren, ich muss jetzt wieder zurück ins Meeting, Geld verdienen. Ich rufe dich in den nächsten Tagen noch mal an, dann reden wir in Ruhe. Und schick mir mal wieder ein paar Bilder von dir, deine Letzten sind schon mindestens eine Woche alt« bittet er mich ein wenig sehnsüchtig.

»Das mache ich gleich. Ich freue mich auf dich und ich vermisse dich schrecklich« flüstere ich ihm zärtlich zu.

»Du fehlst mir auch schrecklich und ich zähle schon lange die Tage, bis ich dich wieder habe«, antwortet er mir so, dass sich meine Härchen an den Armen aufstellen. Wir legen beide auf, sonst säuseln wir noch Minuten so rum und das wäre nicht gut für seine Besprechung.

Das war also mein Abschied von Tim. Ich sitze noch Minuten später mit dem Telefon in der Hand auf dem Balkon und denke über Tim nach. Ob es wohl das letzte Mal war, dass ich ihn gesprochen habe?

Da reißt meine Mutter mich aus meinen Gedanken. »Was bist du denn so trübsinnig? War es kein gutes Gespräch mit Tim?«

»Doch sehr gut, aber ich vermisse ihn so. Lass uns ein Glas trinken. Dann musst du ein paar Fotos von mir machen, für ihn. Beim zweiten Glas muss ich dir dann noch einiges Neues erzählen« sage ich.

»Du machst mich aber neugierig, aber eins nach dem anderen. Prost.«

Ganz langsam trinken wir fast schweigend unsere Gläser aus.

Dann macht meine Mutter ein paar Fotos mit dem Handy von mir und auch eins mit Kimba. Dann halten wir uns die Kamera gemeinsam vors Gesicht, dass er auch mal meine Mutter wieder sieht. Ich schicke alle Fotos ab und dann sitzt meine Mutter vor mir und schaut mich erwartungsvoll an. Sie hat nicht vergessen, dass es etwas zu erzählen gibt.

Und dann erzähle ich ihr die ganze Geschichte. Warum ich ein neues Leben bekommen habe und von wem. Was ich hier die ganze Zeit tue und das mein neues Leben nun vorbei sein könnte, bevor es richtig angefangen hat. Dass ich nicht weiß, wann der große Kampf stattfindet, aber dass es bald so weit sein wird. Während ich erzähle, weint meine Mutter immer wieder. Wir haben uns gerade gefunden, sie hat alles aufgegeben und sie will mich nicht schon wieder gehen lassen. Die Sorge um mich und auch um sich selbst lässt sie fast verzweifeln. Sie fragt mich, ob ich dem Ganzen nicht entkommen kann, ob wir beide nicht einfach weggehen können, raus aus diesem Kampf, der doch nicht meiner ist.
»Ich kann nicht gehen. Sie würden mich überall finden. Und es ist mein Kampf, dafür habe ich mein zweites Leben erhalten, sonst wäre ich schon jetzt nicht mehr hier, also muss ich auch da durch. Das macht es mir auch etwas leichter. Ich habe dies alles hier nur kennengelernt durch mein zweites Leben. In meinem ersten Leben war ich selten so glücklich wie jetzt. Als Papa noch da war, war ich zwar oft glücklich aber nie so richtig lange am Stück wie jetzt. Du und ich, Mama, wir haben uns nie richtig gut verstanden, waren nie vertraut miteinander, nie so wie jetzt. Als Erwachsene war ich immer ein Einsiedler und immer der Meinung, das sei gut so. Ich hatte gar nicht bemerkt, dass mir etwas fehlen könnte. Hier habe ich Familie und Freunde in einem. Ich war vom ersten Moment mitten unter ihnen, musste mir meinen Platz nicht erkämpfen, mich

nicht verstellen. Für sie würde ich mein Leben hergeben, also werde ich das jetzt im Zweifel auch tun. Aber ich werde auch versuchen, es zu retten, weil ich es so liebe und noch soviel mit allen erleben will.
Willst du nicht, wenn ich es gut überstehe, hier in Rom bleiben?«frage ich meine Mutter, selbst überrascht über mich.
»Ja, das würde ich schon gern. Die zwei Tage, die ich hier war, zeigen mir, wie wohl ich mich hier fühle. Daran ist deine Familie nicht ganz unschuldig. Aber auch sonst fasziniert mich diese Stadt. Ich fühle mich irgendwie wie zuhause, eben angekommen nach langer Reise, wenn du verstehst, was ich meine«
»Ich verstehe, was du meinst«, sage ich erleichtert.
Meine Mutter fährt fort: »Jetzt bin ich aber unwichtig. Es geht um dich, Marta. Wenn diese Menschen, die ich kennenlernen durfte, nur halb so nett sind, wie ich sie erlebt habe, weiß ich, was du meinst und warum du dein Leben opfern willst. Aber als Mutter will ich eigentlich einen anderen Weg, einen Weg, bei dem du überlebst.« Tränen rinnen meiner Mutter über die Wange.
Ich nehme ein Taschentuch und wische die Tränen meiner Mutter fort.
»Glaub mir, ich tue mein Bestes, um zu überleben.«

In diesem Moment kommt Giancarlo zurück. »Was seid ihr denn hier so traurig. Wir wollen doch heute noch ein wenig feiern«.

»Ich habe meiner Mutter eben alles gesagt, über uns und was uns droht. Ich war der Meinung, ich müsste das tun. Wenn es losgeht, soll sie wissen, was auf dem Spiel steht« erkläre ich Giancarlo.
Giancarlo kommt zu uns und ich bin völlig überrascht, als er zu meiner Mutter geht und sie in die Arme nimmt, um sie zu trösten. »Ich werde alles tun, um sie zu retten, wenn es notwendig werden wird, das verspreche ich dir«, flüstert er ihr ins Ohr aber so, dass ich es hören kann und sie antwortet ihm: »Ich vertraue auf dich. Komm nicht ohne sie zurück«.

Dann versuchen wir so zu tun, als wenn nichts wäre, und leeren die Flasche Prosecco. Das macht ein wenig locker. Aber ich muss aufpassen, nicht zu viel zu trinken. Ich sollte jetzt eigentlich immer nüchtern sein, falls er angreift.
Als die Flasche leer ist, gehe ich ins Bad, um mich zurechtzumachen.
Ich ziehe nicht meine wunderbaren roten Pumps an. Wer weiß, ob ich nicht vielleicht weglaufen muss. Ich wähle eine bis zum Knie reichende Jeans und eine locker darüber fallende weiße, ärmellose Bluse aus. Dazu gibt es rote Turnschuhe und schon bin ich fertig.
Wir wollen noch ein wenig durch die Altstadt laufen, meine Mutter war ja schon einige Zeit nicht mehr da gewesen. Obwohl sich hier in Rom natürlich nicht viel ändert, höchstens mal ein neues Geschäft, das war's auch schon. Meine Mutter

möchte zur spanischen Treppe, das hatten wir beim letzten Mal nicht geschafft. Die mag ich zwar nicht besonders, ich kann aber nicht erklären, weshalb. Die Kirche oberhalb der Treppe ist atemberaubend schön, vor allem weil sie jahrelang eingerüstet war und jetzt wieder so schön aussieht. Und am Fuß der Treppe ist einer der schönsten Brunnen Roms. Er ist klein, sieht wie ein Boot aus und es gibt zwei Stellen, die so gemacht sind, dass man direkt ans Wasser des Brunnens gelangen kann. Doch der ganze Platz mit der Treppe hat für mich einfach keine Atmosphäre, wahrscheinlich nur für mich, denn tausende Touristen täglich strafen mich da Lügen.

Und auch meine Mutter ist begeistert, die Treppe sei so imposant und so viele Menschen beleben den ganzen Bereich. Wir setzen uns einen Moment auf die Treppe und blicken die Via Condotti hinunter, die Pracht-Einkaufsstraße von Rom, noch edler als die Kö in Düsseldorf. Doch für mein Portemonnaie etliche Klassen zu teuer, was ich aber auch nicht bedaure.

Dann wird es langsam Zeit, wir müssen uns auf den Weg machen, sonst kommen wir zu spät zu unserem Treffen. Die Zeit vergeht hier einfach immer so schnell, weil man sich an den Eindrücken einfach nicht sattsehen kann und so immer viel länger verweilt, als man es sich vorgenommen hat.

Aber unser Weg ist nicht so weit. Etwa zwanzig Minuten später sind wir schon an Ort und Stelle. Obwohl wir uns beeilt haben, sind wir die Letzten.

Wir begrüßen uns herzlich und alle können sich natürlich an meine Mutter noch erinnern, so dass sie wieder genauso herzlich aufgenommen wird wie beim ersten Mal.
Emilia ruft sie dann auch direkt zu sich, da sie ihr einen Platz neben sich freigehalten hat. Sofort verfallen die beiden in eine angeregte Unterhaltung über Siena und über Rom und meine Mutter berichtet ihr stolz, dass ich sie gefragt habe, für immer hier zu bleiben. Emilia wirft mir daraufhin einen fragenden Blick zu. »Sie weiß alles, ich habe es ihr heute Nachmittag erzählt« kläre ich Emilia auf.
Wir haben wieder ein herrliches Treffen hier in diesem wunderbaren Ambiente, aber wir sind nicht so ausgelassen wie letztes Mal. Wir schätzen es sehr hier zusammen zu sein, das merkt man allen an und ich ertappe mich immer wieder dabei, die anderen anzusehen und zu überlegen, ob sie alle den Kampf überstehen werden.
Bei diesen Gedanken muss ich immer wieder die Tränen unterdrücken.
Doch beim Hauptgang haben wir Gott sei Dank die trüben Gedanken über Bord geworfen und sind alle in heitere, lockere Gespräche vertieft. Sie beherrschen also auch meine: ›Auf den nächsten Tag Verschiebetaktik‹.

Mein Telefon klingelt plötzlich in all dem Tumult unserer Gespräche. Ich schaue auf das Display, erkenne die Nummer allerdings nicht. Ich nehme den Anruf an und erkenne sofort die Stimme, die mich begrüßt. Es ist Giuseppe. Was will er jetzt noch von uns?

»Marta, höre mir gut zu. Ich weiß, was ich getan habe und ich weiß, dass du oder ihr mir nicht mehr vertraut. Aber ich möchte einen Teil davon wieder gut machen. Ich bin jetzt in Mailand und ein Überläufer zu den Bösen, der das ganze Spektakel wohl nicht mitbekommen hat, hat mich vorhin angerufen und mir mitgeteilt, dass sich heute um zwölf Uhr nachts alle vor deinem Haus treffen, um den ultimativen Schlag vorzunehmen. Sie wollen auf dich und Giancarlo vor deinem Haus warten und euch töten. Liebe Marta, seid gewappnet. Ich weiß nicht, ob sie alles noch absagen, da sie merken, dass ich nicht hätte informiert werden dürfen. Ansonsten passt auf euch auf. Bitte, Marta. Tue mir trotz allem einen letzten Gefallen: Passe auf Emilia und Maria auf, bitte.« Dann ist der Anruf unterbrochen. Ich schaue auf mein Telefon und mache wohl einen merkwürdigen Gesichtsausdruck, denn alle Gespräche sind verstummt und alle starren mich an.

»Das war Giuseppe. Heute um Mitternacht will die böse Seite vor meinem Haus auf Giancarlo und mich warten, um uns zu töten. Ich weiß nicht, ob es stimmt, ob wir es glauben können. Mein Gefühl sagt mir aber, das Giuseppe es ernst meinte. Ich weiß nur nicht, ob sie ihm eine Falle gestellt haben, damit er falsche Informationen an uns weitergibt. Es ist jetzt kurz vor elf Uhr. Wir müssen uns vorbereiten, wie auch immer. Was meint ihr? «

Alle reden durcheinander, als plötzlich meine Mutter dazwischen geht und ruft. »Ruhe jetzt, so kommen wir doch nicht weiter. Wir müssen einen Plan haben.«

Was ist denn in meine Mutter gefahren? So resolut habe ich sie noch nie gehört und außerdem ist es einfach nicht ihr Kampf. Sie kann hier nichts ausrichten. Aber als ich ihr ins Gesicht sehe, bemerke ich die Angst, die schiere Angst um mich. Aber sie hat recht, wir brauchen einen Plan.

»Flora, du gehst sofort mit Dana und Mario ins Mimi e Coco. Versuch deinen Chef zu überreden, den Laden für heute zu schließen und sofort nach Hause zu gehen. Sagt ihm, ihr bringt den Laden in Ordnung. Schließt dann ab und beobachtet die Situation.

Antonio, ruf ein paar von denen an, die ich immer noch nicht kenne, und schleicht euch in Zweiergruppen von allen Seiten an und beziebt Position, am besten immer eine Frau und ein Mann, die können sich dann auch mal an einer Straßenecke länger aufhalten und knutschen. Und gebt uns natürlich immer sofort Bescheid, wenn ihr was Auffälliges bemerkt. Los mit euch «fordere ich sie auf und sie gehen sofort los. Emilia war inzwischen schon aufgestanden, hatte die Rechnung bezahlt und kommt in diesem Moment auch schon wieder zu uns an den Tisch. »So, wie gehen wir jetzt vor? «, fragt sie nach.

»Meine Mutter muss sofort zu dir nach Hause, Emilia. Anna und Maria können sie begleiten« ist mein Vorschlag, woraufhin sich aber sofort Protest von Maria erhebt. »Ich werde dabei sein, du kannst mich hier nicht abschieben. Ich habe das bereits mit Emilia abgeklärt. Ich kann euch eine Hilfe sein, also werde ich mitmachen. Anna kann deine Mutter begleiten und jetzt Schluss mit weiteren Diskussionen. Dazu haben wir keine Zeit« meint Maria sehr resolut. Emilia wirft mir einen dankbaren Blick zu, wenigstens für den Versuch, Maria in Sicherheit zu bringen.

Ich nehme Anna in den Arm und verabschiede mich von ihr, dann drücke ich meine Mutter sehr lang. Sie ist jetzt vollkommen verzweifelt. »Was passiert jetzt, meine Kleine, wirst du das überstehen, wirst du zu mir zurückkommen?«, schluchzt sie in meinen Armen.

»Ich habe es fest vor. Dieses Leben will ich festhalten, aber ich weiß nicht, ob es gelingen wird. Die anderen werden mich nicht beschützen können außer Giancarlo, also muss ich versuchen, alle zu beschützen. Das war das Ziel meines zweiten Lebens, also muss ich es jetzt aufs Spiel setzen. Ich liebe dich, Mama« sage ich mit tränenerstickter Stimme.

»Ich liebe dich auch so sehr. Am liebsten würde ich für dich in diesen Kampf ziehen, aber ich kann es nicht. Es tut mir so leid. Komm heil zu mir zurück «bittet mich meine Mutter und küsst mich.

Ich löse mich von ihr, denn die Zeit drängt.

So nimmt Anna meine Mutter am Arm und führt sie fort, zu Emilias Wohnung.

Wir haben noch keinen Plan, deshalb gehen wir ganz langsam in Richtung meiner Wohnung. Gott sei Dank habe ich heute Nachmittag noch Tim angerufen, um mich von ihm zu verabschieden.
Wir beraten uns. Giancarlo und ich werden uns Arm in Arm meiner Wohnung nähern. Kimba wird bei uns sein, wie immer an Abenden, die wir zusammen verbringen. Emilia und Maria werden in einigem Abstand unsere Nachhut bilden, damit uns keiner von hinten angreifen kann. Giancarlo nimmt mich bei der Hand, die vor Aufregung ganz feucht ist. Ich kann nicht klar denken.
»Anima. Hilf mir, ruhig zu sein. Ich mache alles falsch, wenn ich nicht denken kann« bitte ich im Stillen meine Seele. Und tatsächlich: Es überkommt mich so etwas wie Ruhe, aber es macht mich so nervös, dass Kimba bei uns ist. Ich hätte sie lieber in Sicherheit gewusst. Aber sie würde nicht von meiner Seite weichen. Ich schaue zu meiner Kleinen hinunter und sie schaut zurück. Mit diesem Blick habe ich meine Ruhe. Ich weiß nicht wieso, aber wie das Schnurren mich immer beruhigt, so beruhigt mich jetzt auch dieser Blick. Ich ruhe in mir und meine Hände sind jetzt auch ganz trocken. Ich spanne meine Muskeln an, um immer reagieren zu können und mache mich nun auf den Weg in eine ungewisse Zukunft. Ich werde Il Maligno schlagen, ich werde gewinnen. Wir kommen meiner Wohnung immer näher. Emilia und Maria müssen nun zurückbleiben. Ich will mich nicht mehr verabschieden, das kostet mich zu viel Kraft, also

sage ich nur: »Bis gleich«, und die beiden wünschen uns nur viel Glück, da sie wohl merken, dass es jetzt schon zu viel Abschiede gegeben hatte.
Giancarlo nimmt mich in den Arm und gibt mir einen Kuss an die Schläfe »Wir schaffen das, ich beschütze dich mit meinem Leben.«
Das genau ist das Problem, er soll nicht sein Leben geben für meins. Aber er hat ein Schutzschild, und zur Not werde ich es verlassen, um sein Leben zu retten.
Wir sind noch etwa hundert Meter von meiner Haustür entfernt. Es ist niemand auf der Straße. Wieso ist hier niemand? Hier ist es immer bis spät in die Nacht voll von Römern und Touristen. »Sie sind da. Spürst du diese bedrohliche Atmosphäre, deshalb sind hier keine anderen Menschen. Sie spüren es und es keimt Angst in ihnen hoch, deshalb meiden sie die Straße« bemerkt Giancarlo im gleichen Moment.
Ich sehe das Mimi e Coco im Dunklen daliegen. Der Plan ist aufgegangen.
Die Luft um Giancarlo herum beginnt zu flimmern.
»Mein Schutzschild ist da. Ich lasse es noch ganz klein, damit ich es länger halten kann. Es schließt gerade uns beide ein. Merkst du es?« fragt er mich.
»Ja, ich kann die Macht spüren, die mich umgibt«, sage ich fast atemlos.
Und dann geht alles ganz schnell. Plötzlich stehen etwa zehn Männer vor uns. Sie sind wie aus dem Nichts gekommen. Sie stehen bedrohlich in zwei Reihen vor uns und direkt dahinter steht Il Maligno, noch bewacht von seinen Männern. Aus den

Nebenstraßen und aus einigen Hauseingängen, sowie aus dem Mimi e Coco kommen nun unsere Verbündeten. Antonio hat etwa ein Dutzend Gleichgesinnte um sich geschart und ohne lange zu zögern gehen sie zum Angriff über. Einige Dunkle formieren sich nun um Il Maligno, der einigermaßen überrascht scheint, aber die übrigen Männer antreibt, den Angriff abzuwehren. Und so gehen auch neben den Bösen auch einige unserer Leute zu Boden. Ich kann aber in dem Durcheinander nicht sehen, wer von uns getroffen wurde, vielleicht auch ganz gut so, denn es würde mich nur ablenken. Der Schutzschild um uns herum hält die Angriffe aus. »Anima, bitte was soll ich tun?«, flüstere ich, völlig hilflos. Ich bin doch eben noch so entschlossen gewesen. »Du musst abwarten, wenn du jetzt eingreifst, vergeudest du deine Kraft und die brauchst du, um Il Maligno entgegen zu treten. Hör auf mich, was auch immer passiert, du kannst sonst nicht gewinnen.« befiehlt mir Anima. Aber genau das ist so schwer. Gerade wurde Dana getroffen und ich bin schon auf dem Weg zu ihr, als ich sehe, dass Flora ihr aufhilft und ins Mimi e Coco zerrt. Sie lebt noch. Also bleibe ich, wo ich bin, und beobachte genau, was Il Maligno tut, nämlich das Gleiche wie ich. Er wartet auf den großen Schlag.

Giancarlo neben mir stöhnt. Es ist sehr anstrengend für ihn, das Schild aufrechtzuerhalten.

»Kannst du es noch lange genug halten?«, frage ich ihn.

»Ich halte es im Zweifel mein Leben lang, um dich zu beschützen« presst er hervor.

Ich sehe Antonio mit seinem Gegner kämpfen: Gedanken gegen Gedanken. Er taumelt leicht, kann sich aber wehren. Nun sinkt sein Gegner zu Boden, wehrt sich nur noch mit halber Kraft.

Über diesen Angriff hätte ich beinahe nicht bemerkt, wie sich Il Maligno mir langsam nähert. Da springt plötzlich rechts neben mir, einige Meter entfernt, Maria aus der Deckung und greift Il Maligno an. Er wischt sie eben mal so von der Straße und will sie gerade in einem zweiten Angriff rücksichtslos töten, obwohl sie doch nur ein Kind ist. Emilia ist viel zu weit weg, um ihr zur Hilfe zu kommen und Mario sehe ich gar nicht. Die anderen sind alle in Kämpfe verwickelt und so können sie Maria auch nicht helfen. Giancarlo hat gesehen, was passiert ist und hält mich am Arm fest, doch ich reiße mich los. Er ist zu überrascht, hatte nicht wirklich damit gerechnet, dass ich so unvernünftig sein würde.

Doch bevor ich bei Maria sein kann, überholt mich Kimba und eilt ebenfalls zu Maria. Doch schlimmer als beim letzten Mal schleudert er sie nicht von sich, sondern trifft sie mit seinen Gedanken und sie sinkt kraftlos, scheinbar tödlich getroffen, zusammen.

»Nein«, schreie ich ohrenbetäubend laut und ich renne schneller. Er hat meine Kimba getötet und will nun den Mord an Maria auskosten. Er weiß, was sie uns allen bedeutet. Kimba ist für ihn nur ein Nebenkriegsschauplatz.

Der Schutzschild von Giancarlo wird dünn, er kommt nicht schnell genug hinter mir her, immer noch völlig überrumpelt von meiner unvorhersehbaren Aktion.
Dann reißt der Schutzschild und ich stehe ganz nah bei Il Maligno, der gerade zum Schlag ausholt. Ich hole aus und trete zu, mit all meinen furchtbaren Gedanken für ihn und treffe ihn mit meinem rechten Fuß voll vor die Brust. Doch seinen Angriff kann er noch auf den Weg schicken, und da ich all meine Kraft in meinen Angriff gesteckt hatte, ist nichts mehr übrig für meine eigenen Schutzschilde. Er wollte eigentlich Maria treffen, doch ich habe es geschafft, den Weg zu kreuzen. Il Maligno und ich, wir sinken beide zu Boden, beide von einem Schlag getroffen, den wir wahrscheinlich beide nicht überleben können.
Ich sehe, wie Emilia zu Maria läuft, Giancarlo zu mir. Die restlichen Männer von Il Maligno werden nun, da er regungslos auf den Pflastersteinen liegt, von unseren restlichen Kämpfern rücksichtslos getötet. Giancarlo hockt jetzt neben mir auf dem Boden. Er zieht mich vorsichtig auf seine Beine und hält mich im Arm. Er spricht mit mir, doch ich kann ihn nicht hören. Nicht mehr hören? Nie wieder hören?
Ich habe kein Gefühl in meinen Gliedmaßen, kann mich nicht bewegen, kann nicht sprechen. Auch Anima ist nicht zu hören in meinem eigenen Kopf. Da sehe ich ein kleines flirrendes Licht über mir, das meinen Körper verlässt. Ich sehe das erste Mal

Anima, da bin ich mir sicher und auch an Giancarlos Gesicht kann ich es ablesen. Es ist Anima, der meinen Körper verlässt und mich verlässt das Licht des Lebens.

Epilog

Ich fühle mich, als wäre ich in einer Wolke, wie in Watte gepackt. Ich kann nicht sehen, nicht hören, nicht riechen. Ist das der Weg in den Himmel oder in die Hölle?
Nein, da ist etwas, ich höre Stimmen, die Stimmen von Giancarlo, meiner Mutter, Maria und Emilia.
Tod, wie kannst du nur so grausam sein, warum gibst du mir die Stimmen meiner Liebsten mit auf meinen letzten Weg? Lass mich den Weg alleine gehen, erspar mir diese Folter. Lass mich nicht noch mehr spüren, wie sehr ich sie vermisse.
Doch da ist noch etwas. Ich kann nicht nur hören, ich kann auch spüren, kann einen gewaltigen Schmerz in meinem Kopf spüren. Bin ich etwa nicht gestorben? Es kann doch nicht sein, an einen ewigen Ort gebracht zu werden und die ganze Zeit Schmerz zu empfinden? Das kann doch nicht die Erlösung sein? Das muss das Leben sein, es ist unfassbar.
Ich öffne langsam meine Augen. Es ist zu hell, ich muss sie wieder schließen. Ich habe nichts gesehen, nicht gesehen, ob die Körper zu den gehörten Stimmen bei mir sind.
Ich öffne erneut die Augen, der Schmerz wird unerträglich, doch ich lasse sie Augen geöffnet, muss mich überzeugen.
Und da sind sie, sie sehen in die andere Richtung, sprechen miteinander. Ich kann es nicht verstehen, sie flüstern, wie man es an einem Krankenbett tut.
Giancarlo rauft sich die Haare, scheint verzweifelt.

Die Schultern meiner Mutter zucken immer wieder, so als würde sie weinen, doch ihr Gesicht kann ich nicht sehen.
In diesem Moment schaut Maria mich an und ihr ernstes Gesicht macht Platz für ein lautes, erlösendes Lachen. Sie deutet auf mich und dann stürmt sie rüber zu mir. Sie wirft sich auf mich, was meinen Schmerz verstärkt, doch es ist egal. Ich spüre das Leben, es versichert mir, dass ich lebe. Ich darf hier bleiben, hier bei meiner Familie bleiben.
Maria wird von mir weggezogen und Giancarlo steht direkt vor meinem Bett. Doch er kommt nicht näher aber nur, weil er meiner Mutter den Vortritt lassen will. Sie kommt ganz zögerlich zu mir. Sie hat Angst, dass ich wieder davon laufe, davon in eine Bewusstlosigkeit, vielleicht in den Tod. Sie hat mich schon verloren, sie hat mich schon betrauert. Sie will nicht glauben, dass ich überlebe, denn sie würde es nicht noch einmal schaffen, mich zu verlieren, das würde sie nicht durchstehen. All das ist in dem einen Blick von ihr zu lesen. Doch dann setzt sie sich neben mich und nimmt mich ganz vorsichtig, ganz sanft in den Arm und weint. Die ganze letzte Zeit, wie lange es auch immer war, sucht einen Ausgang, muss erst mal raus, bevor Platz ist für die Freude. Emilia kommt zu ihr, ihre Hand streichelt meine Schulter und bedeutet mir, dass jetzt alles gut ist. Meine Mutter kommt zu sich und lässt mich Giancarlo im Leben wieder willkommen heißen. Auch er nimmt mich vorsichtig in den Arm, doch dann küsst er mich, stürmisch, während seine Arme

mich sanft umfangen. Auch seine Verzweiflung der letzten Zeit ist zu spüren, auch er hatte mich schon aufgegeben. Nur Marias Blick sagt aus: »Seht ihr, ich habe es euch gesagt, sie ist stark und dank unserer Kräfte wird sie es überleben.«
Giancarlo raunt mir leise ins Ohr »Willkommen zurück bei mir. Maria hat dein Leben gerettet. Sie hat unglaubliche Kräfte. Meine hätten nicht ausgereicht, sie ist die wahre Heilerin. Und trotzdem dachten wir alle, es würde nicht reichen, dich zurückzuholen. Anima hatte dich bereits verlassen. Deine Seele hatte etwas zu erledigen und ist dann zurück zu dir gekommen.«
»Was hatte Anima zu erledigen und warum konnte er zurückkommen. Er muss doch ins Seelenreich und kann nicht zurück, wie es ihm beliebt.«
»Doch er kann. Wir haben es alle gesehen. Und die Aufgabe, die er zu erledigen hatte, war deine Kimba zu retten. Sie ist gestorben, es tut mir so leid, aber Anima konnte die Seele von der kleinen Elsa, die es auch nicht schaffte, einfangen und zu dem toten Körper von Kimba leiten. Nun lebt deine Kimba weiter mit der Seele der entzückenden Elsa.«In dem Moment kommt meine Kimba ins Zimmer gelaufen, auf ihren drei Beinen und springt mit einem Satz auf meinen Bauch, was mir wieder unerträgliche Schmerzen bereitet. Sie sieht mich an und legt sich auf meinen Bauch. Ich spüre sofort, dass das nicht meine Kimba ist, mir laufen Tränen die Wangen herunter. Ich spüre es, weil sie mich nicht beruhigt, wie es Kimba immer getan hatte. Aber da ist eine

andere Wirkung, sie belebt mich, macht meinen Geist frisch und mindert meine Schmerzen. Ich lächele meine Kimba-Elsa an und streichele sie.
»Willkommen Elsa sei mir nicht böse, aber ich werde dich weiter Kimba nennen. Schön, dass es ein Teil von euch beiden geschafft hat. Und danke Anima, das bedeutet mir viel. «
Dann muss ich an Dana denken. »Wer hat es nicht geschafft? «
Emilia antwortet traurig » Mario hat es nicht geschafft und dank Maria wird Dana es schaffen. Da sie bewusstlos ist, weiß sie noch nichts von Marios Tod. Es wird sie schrecklich treffen. Die beiden waren eine unzertrennliche Einheit. Ich weiß nicht, ob sie genesen wird, wenn Mario nicht mehr bei ihr ist. Antonio hat noch zwei Tage gekämpft, doch dann ist er letztendlich gegangen. Ein paar unserer anderen Freunde haben es auch nicht geschafft. Du kennst sie aber nicht, also belaste dich damit nicht noch mehr. Maria hat sich nach ihrem Angriff praktisch selbst geheilt. Es war unglaublich.«
Ich bin traurig. Mario und Antonio werde ich nie wiedersehen. Sie haben mich so herzlich in der ersten Zeit meines neuen Lebens begleitet. Es ist so, als hätte ich einen Arm und ein Bein verloren.
»Was ist mit Il Maligno? Haben wir es geschafft? Ist er tot? «fast hätte ich es vergessen über der Trauer der Verlorenen.
»Wir wissen es nicht«, antwortet mir Giancarlo. »Seine Seele ist aufgestiegen, aber dann ist sie förmlich explodiert, was, sagen wir mal,

ungewöhnlich ist. Wir können nur hoffen. Vielleicht weiß Anima ja mehr. Frag ihn, wenn du mit ihm sprichst.
Ach so, da wäre noch etwas. In einer Stunde wird Tim hier sein. Wir wussten nicht, ob du es überlebst, deshalb habe ich ihn angerufen. Ich wollte, dass er sich im Zweifel von dir verabschieden kann« beichtet er mir.
»Das ist lieb von dir, ich freue mich, dass du so darüber denkst. Ich verspreche dir, dass ich bald mit ihm reden und eine Lösung finden finde. Lasst mich jetzt bitte noch ein paar Minuten schlafen. Ich bin so müde und erschöpft. «
»Aber Maria wird hier an deinem Bett Wache halten. Wir wollen nicht, dass noch etwas passiert und lieber sichergehen, ob du wirklich über den Berg bist« befiehlt Emilia.

Gefühlt nach fünf Minuten wecken mich ein Kuss auf die Wange und ein strahlender Tim auf. »Ich dachte, ich hätte dich verloren. Giancarlo war so verzweifelt am Telefon. Ich dachte, ich würde dich nicht mehr lebend antreffen. Gott sei Dank geht es dir besser.« Jetzt küsst er mich richtig und wie bei Giancarlo vorhin prickeln meine Lippen und auch der Rest meines Körpers bebt. Was soll ich nur tun, ich liebe sie wirklich beide. Nichts hat sich verändert. Ich habe immer gehofft, dass ich es irgendwann spüren würde, spüren, wer der Richtige für mich ist. Aber nein, ich bin unersättlich, ich will sie beide.

»Schau her, hier ist deine Überraschung.« und schon legt er mir die kleine Zampina auf den Bauch, dorthin wo eben noch Kimba gelegen hatte, aber geflüchtet war, als Tim gekommen ist. Zampina, die Kleine schaut etwas ängstlich, hatte mich schon so lange nicht mehr gesehen. Doch sie scheint sich ein wenig zu erinnern und der Katzengeruch auf meiner Decke hilft wahrscheinlich auch. Sie bleibt erst mal liegen, etwas verkrampft, aber sie bleibt.
Dann springt Kimba wieder aufs Bett und beschnüffelt Zampina. Sie befindet sie einer Freundschaft wert und kuschelt sich an sie und in dem Moment entspannt sich Zampina und beschließt, sich neben Kimba, auf meinem Bauch zunächst von dem aufregenden Flug zu erholen.
»Danke, aber warum bringst du sie mir? « frage ich Tim.
»Ich glaube, sie gehört hier hin. Du hast da irgend so ein Ding mit den Katzen laufen, was ich nie haben werde. Und bei mir ist sie viel zu viel allein. Sie wird es hier lieben und ich werde einen Grund mehr haben herzukommen. « Mit diesen Worten küsst er mich. »Ach übrigens ist Giancarlo nicht ein wenig zu besorgt um dich? Ich weiß, das ist hier deine neue Familie und so weiter, aber da ist was anderes in seinem Blick«
»Das ist eine andere Geschichte, für später, vertrau mir. «

Ich muss alles in meinem Kopf sortieren. Zwei meiner liebsten Freunde sind tot. Meine geliebte

Katze hat eine neue Seele. Ich habe eine neue Katze. Und zwei Männer und dem einen hatte ich gerade gesagt, er soll mir vertrauen. Worauf soll er vertrauen? Darauf, dass ich beide liebe? Wird ihm das reichen? Wird er es können, mich zu teilen?
Ich mache es wie immer. Ich schiebe mein Problem auf den nächsten Tag.

Die Seele

Er ist nicht tot.
Aber er wird lange nicht mehr bei uns sein.
Ich habe die Zeichen erkannt.
Es wird lange dauern.
Aber er wird zurückkehren.
Wir werden uns eine Weile Ruhe gönnen.
Doch dann werden wir uns wieder vorbereiten.
Wir werden den finalen Schlag vorbereiten.
Und wir werden obsiegen.
Marta und ich werden es schaffen.
Und wir werden das Leben genießen.
Denn in Rom, mit so einer Familie kann man nicht anders, als das Leben zu genießen.

Fortsetzung folgt

Danksagung

Danke an meine Freundin Petra, die als Erste die ersten 89 Seiten gelesen hat und mich begeistert bat, weiterzuschreiben, damit sie weiter lesen kann.
Sie hat mich immer motiviert, wenn es mal nicht so rund lief und mir Tipps und Ratschläge gegeben.
Die Leseproben waren immer mit kleinen, bunten Klebezetteln geschmückt, als Hinweis auf die Schreibfehler.
Danke an meine Italienisch-Kurs-Mitstreiterin Monika für das Korrekturlesen.
Danke an meinen Mann Herbert, von dem das Gedicht auf der ersten Seite stammt und der mir immer den Rücken freigehalten hat, damit ich neben dem Job noch genug Zeit zum Schreiben hatte.